# 작은 아씨들

# 작은 아씨들 ②

Little Women

루이자 메이 올컷 장편소설 허진 옮김

LITTLE WOMEN
by LOUISA MAY ALCOTT(1869)

이 책은 실로 꿰매어 제본하는 정통적인 사철 방식으로 만들어졌습니다.
사철 방식으로 제본된 책은 오랫동안 보관해도 손상되지 않습니다.

제2부

# 제2부

## 24장
# 그동안의 이야기

새롭게 시작하여 가뿐한 마음으로 메그의 결혼식에 가려면 마치가(家)에 대한 소소한 이야기들로 시작하는 것이 좋겠다. 만약 우리 이야기에 〈연애 얘기〉가 너무 많이 나온다고 생각하는 나이 지긋한 독자들이 있다면, 아마도 분명 그렇게 생각할 텐데(젊은 독자가 그런 이의를 제기할 염려는 없다), 나는 마치 부인과 똑같이 이렇게 말할 수밖에 없다. 「우리 집에는 명랑한 딸들이 네 명이나 있고, 저 옆집에는 씩씩하고 젊은 이웃이 살고 있으니 어쩌겠어요?」

3년 동안 이 조용한 가족에게 큰 변화는 없었다. 전쟁이 끝났고, 마치 씨는 무사히 집으로 돌아와서 책을 열심히 읽고 작은 교구를 돌보느라 바빴다. 교구 신자들이 보기에 마치 씨는 주님의 은총에 의해서만이 아니라 타고난 목회자였다. 조용하고 수고를 아끼지 않는 그는 학식보다 나은 지혜와 모든 인류를 〈형제〉라고 부르는 자비로운 마음, 당당하고 훌륭한 인격을 만드는 신앙심이 깊었다.

가난과 엄격한 청렴함 때문에 세속적인 성공과는 거리가

멀었지만, 이러한 성격 덕분에 꿀벌이 달콤한 꽃에 끌리듯 훌륭한 사람들이 자연스럽게 그의 주변에 모여들었고, 그 역시 50년 동안 힘들게 살면서 정제하여 쓴맛이 전혀 없는 꿀을 그들에게 자연스럽게 나눠 주었다. 진지한 젊은이들은 머리가 희끗희끗한 이 학자가 마음만은 자신들만큼 젊다는 사실을 깨달았다. 생각이 많거나 마음이 어수선한 여자들은 더없이 다정한 연민과 가장 현명한 조언을 얻으리라 굳게 믿으며 본능적으로 그에게 고민을 털어놓았다. 죄인은 마음이 깨끗한 이 나이 든 사람에게 자신의 죄를 고백하고 훈계와 구원을 동시에 얻었다. 재능 있는 자는 그에게서 동지애를 발견했고, 야망이 넘치는 자는 자신보다 더욱 고귀한 야망을 엿보았으며, 속물조차 그의 믿음이 〈이득은 되지 않겠지만〉 아름답고 참되다고 고백했다.

밖에서 보기에는 힘이 넘치는 다섯 여자가 집안을 지배하는 것처럼 보였는데, 사실 그런 부분이 없지는 않았다. 그러나 책에 파묻혀 앉아 있는 조용한 학자는 여전히 가족의 우두머리이자 집안의 양심이며, 닻이자 위로를 주는 사람이었다. 걱정이 많고 바쁜 어머니와 딸들은 괴로울 때면 항상 그에게 의지했는데, 그에게서 남편과 아버지라는 신성한 단어의 진정한 의미를 찾았기 때문이었다.

딸들은 자신을 돌봐 주는 어머니에게는 마음을, 아버지에게는 영혼을 맡겼다. 딸들은 자신들을 위해 너무나도 충실하게 일하며 살아가는 부모에게 사랑을 주었다. 그 사랑은 어른이 될수록 점점 더 커질 뿐만 아니라, 삶을 축복하고 죽음을 뛰어넘는 가장 다정한 유대감으로 그들을 부드럽게 묶어 주었다.

마치 부인은 우리가 마지막으로 보았을 때보다 흰머리가 더 늘었지만 분주하고 유쾌했다. 지금은 메그의 일에 열중하고 있었는데, 아직 부상당한 〈소년〉과 세상을 떠난 군인의 아내로 가득한 병원과 가정은 어머니 같은 선교사가 찾아오기를 애타게 기다렸다.

존 브룩은 1년 동안 군대에서 남자답게 의무를 다한 후 부상을 당해 집으로 돌아왔고, 복귀하지 말라는 명령을 받았다. 그는 계급장의 별도 막대도 받지 못했지만, 자신이 가진 모든 것을 내걸었으므로 그것을 받을 자격은 충분했다. 한창 피어나는 삶과 사랑이 무척 소중했다. 그는 제대 명령을 받아들인 다음 건강을 되찾고, 일할 준비를 하고, 메그를 위한 집을 마련하는 일에 전념했다. 특유의 뛰어난 감각과 강한 독립심을 가진 존은 로런스 씨의 후한 제안을 거절하고 회계사 사무소의 일자리를 수락했다. 빌린 돈으로 사업을 벌여 위험을 감수하기보다 정직하게 번 월급으로 시작하는 것이 훨씬 만족스러웠기 때문이다.

메그는 그동안 기다리기만 한 것이 아니라 자기 일을 했다. 더욱 여성스러워지고 살림 솜씨가 늘었으며, 그 어느 때보다 더 예뻐졌다. 사랑은 사람을 정말 아름답게 만든다. 메그는 소녀다운 야망과 희망을 가지고 있었으므로, 새로운 인생을 검소하게 시작하는 것에 어느 정도 실망하기도 했다. 마침 얼마 전 네드 모펏이 샐리 가드너와 결혼했다. 메그는 그들의 집과 마차, 수많은 선물, 그리고 멋진 옷을 자신이 가진 것과 비교하지 않을 수 없었고, 똑같은 것을 가질 수 있으면 좋겠다고 남몰래 소망했다. 그러나 그녀를 기다리는 작은 집에 존이 쏟아부은 끈질긴 사랑과 노동을 생각하자 부러움과 불만은 곧 사라졌다. 황혼이 드리울 때 둘이서 나란히 앉아 작은 계획들을 이야기하다 보면 항상 앞날이 너무나 밝고 아름다워졌기 때문에 메그는 샐리의 화려함을 잊었고, 자신이 기독교 세계에서 가장 부유하고 행복한 여자 같다고 느꼈다.

조는 마치 대고모 댁으로 돌아가지 않았다. 에이미가 마음에 들었던 노부인은 요즘 제일 뛰어난 선생님에게 미술을 배우게 해주겠다며 꼬드겼다. 에이미는 미술을 배울 수만 있다면 훨씬 더 까다로운 부인도 모셨을 것이다. 그래서 에이미는 오전에는 해야 할 일을, 오후에는 하고 싶은 일을 하면서 잘 지냈다. 그동안 조는 문학과 베스에게 자신을 바쳤는데, 베스는 열이 내린 다음에도 한참 동안 몸이 좋지 않았다. 정확히 말해서 병자는 아니었지만 예전처럼 장밋빛 뺨을 가진 건강한 소녀로 돌아가지 못했다. 그러나 베스는 항상 희망차고 행복하고 차분했으며, 자신이 좋아하는 조용한 의무를 다하느라 바빴고, 그녀를 가장 사랑하는 사람들이 깨닫기 훨씬 전부터 모두의 친구이자 집안의 천사였다.

조는 『스프레드 이글』이 그녀의 자칭 〈시시한 글〉 1단에 1달러씩 지급하는 한 재력이 있다고 생각하며 소소한 연애소설을 부지런히 지어냈다. 그러나 그녀의 바쁜 두뇌와 야심

찬 마음속에서는 거창한 계획이 무르익어 갔고, 잉크가 번진 원고 더미가 다락방의 낡은 양철 조리대 안에 서서히 쌓여 갔다. 언젠가 마치라는 이름을 명예로운 명단에 올려 줄 원고였다.

할아버지를 기쁘게 해드리려고 착실하게 대학에 진학한 로리는 이제 스스로의 기쁨을 위해서 더없이 느긋하게 학교에 다니고 있었다. 재산과 몸에 밴 예의범절, 크나큰 재능, 다른 사람을 곤경에서 구해 주려다가 자신이 곤경에 빠지고 마는 너무나도 다정한 마음씨 덕분에 누구에게나 사랑받는 로리는 변변치 못한 사람이 될 크나큰 위험에 처해 있었고, 어쩌면 한때 유망했던 수많은 청년들처럼 그렇게 되었을지도 모른다. 그의 성공을 누구보다도 바라는 마음 따뜻한 노인, 그를 친아들처럼 지켜보는 어머니 같은 이웃, 그리고 마지막으로 네 명의 순수한 소녀가 그를 사랑하고, 존경하고, 온 마음을 다해 믿는다는 너무나도 중요한 사실을 부적처럼 기억에 품고 있지 않았다면 말이다.

로리는 〈유쾌한 청년〉일 뿐이었으므로 당연히 까불거리며 여자들과 어울렸고, 대학의 유행에 따라 점점 더 멋을 부리고, 수상 스포츠를 즐기고, 감상적으로 굴고, 운동을 즐겼다. 또 괴롭힘을 당하거나 괴롭히기도 하고, 상스러운 말을 쓰고, 정학이나 퇴학을 당할 뻔한 적도 몇 번 있었다. 그러나 전부 원기 왕성하고 재미를 좋아해서 그런 것이었으므로 로리는 항상 솔직하게 고백하거나 명예롭게 속죄해서, 또는 거부할 수 없는 특유의 설득력을 발휘해 위기에서 벗어나곤 했다.

사실 그는 이렇게 아슬아슬하게 모면하는 것을 자랑스럽게 여겼고, 분노에 찬 가정 교사나 위엄 있는 교수, 항복한 적에게 거둔 승리를 생생하게 묘사하여 네 자매를 전율하게 만들기를 좋아했다. 자매들의 눈에 〈우리 동기들〉은 영웅이었고 〈우리 친구들〉의 무용담은 절대 질리지 않았다. 로리가 친구들을 집에 데리고 오면 이 대단한 청년들의 미소를 듬뿍 누렸다.

에이미는 특히 이 대단한 영광을 즐겼고 그들 사이에서 최고의 미녀가 되었다. 숙녀 에이미는 타고난 매력이라는 재능을 일찍부터 느끼고 어떻게 이용하는지 배웠기 때문이다. 메그는 자기만의 존에게 깊이 빠져 있었기 때문에 다른 만물의 영장에게는 신경 쓰지 않았고, 베스는 수줍음이 너무 많아 몰래 엿보면서 에이미는 어떻게 저렇게 남자들에게 이래라 저래라 할 수 있을까 감탄할 뿐이었다. 그러나 조는 물 만난 물고기가 된 기분이었고, 자신에게는 젊은 숙녀들이 지켜야 하는 예의범절보다 더 자연스럽게 느껴지는 신사다운 태도와 말투, 특징을 따라 하지 않기가 무척 힘들었다. 로리의 친구들은 모두 조를 무척 좋아했지만, 절대 조와 사랑에 빠지지는 않았다. 하지만 에이미의 신전에 한두 번이라도 감상적인 한숨을 바치지 않는 남자는 아주 드물었다. 감상이라는 말이 나왔으니 자연스럽게 〈비둘기 둥지〉 이야기를 하지 않을 수 없다.

〈비둘기 둥지〉는 브룩 씨가 메그의 첫 번째 보금자리로 마련한 작은 갈색 집의 이름이었다. 로리가 〈처음에는 부리를 맞대고 그다음에는 구구거리는 멧비둘기 한 쌍처럼 잘 어울리는〉 정다운 연인에게 딱이라며 지어 준 이름이었다. 뒤에는 작은 텃밭이, 앞에는 손수건만 한 잔디밭이 딸린 아주 작은 집이었다. 메그는 분수를 만들고 키 작은 관목과 사랑스러운 꽃을 잔뜩 심을 생각이었다. 그러나 현재 분수는 찻물을 버리는 낡아빠진 구정물 통과 무척 비슷해 보이는 오래된 단지였고, 관목은 죽을지 살지 아직 결정을 내리지 못한 어린 낙엽송 몇 그루에 불과했으며, 풍성한 꽃은 씨앗을 어디에 심었는지 표시하는 수많은 막대기를 보고 겨우 짐작할 수 있었다. 그러나 집 안은 무척 근사했고, 행복한 신부는 다락방부터 지하 저장실까지 싫은 점 하나 없이 마음에 들었다. 확실히 복도는 너무 좁았기에 피아노가 없어서 다행이었다. 피아노가 통째로 들어갈 만한 공간이 전혀 없었다. 식당은 너무 작아서 여섯 명만 들어가도 갑갑했고, 부엌 계단은 도자기를 든 하인들을 석탄 저장실에 곤두박질치게 하려는 뚜렷한 목적을 가지고 만들어진 것 같았다. 그러나 이런 사소한 흠결에 익숙해지면 그 어떤 집도 이보다 완벽할 수는 없었다. 감각과 취향이 무척 뛰어난 사람이 가구를 골랐고, 그 결과가 무척 만족스러웠기 때문이다. 대리석 상판 식탁도 긴 거울도 작은 응접실에 레이스 커튼도 없었지만 단순한 가구, 수많은 책, 멋진 그림 한두 점, 퇴창에 놓인 꽃꽂이, 그리고 친한 친구들이 사랑이 넘치는 메시지와 함께 보내 준 예쁜 선물들이 여기저기를 장식하고 있었다.

내가 보기에 로리가 준 파로스 프시케 조각상은 존이 직접 만든 받침대에 올려놓아도 그 아름다움을 조금도 잃지 않았고, 예술가의 손을 가진 에이미가 우아하게 드리운 단순한 모슬린 커튼은 어떤 커튼보다 아름다웠다. 조와 어머니가 메그의 몇 안 되는 상자와 통, 꾸러미를 정리해 넣은 창고는 간절한 소망과 재미있는 말, 행복한 희망으로 가득했다. 그리고 해나가 모든 냄비와 팬을 열두 번쯤 다시 배열하고 〈브룩 부인이 집에 도착하자마자〉 불을 피울 수 있도록 난로를 준비해 놓지 않았다면 멋진 새 부엌이 절대 이토록 아늑하고 깔끔해 보이지 않았을 것이다. 또한 이렇게 많은 총채와 싸개, 헝겊 주머니를 가지고 결혼 생활을 시작하는 젊은 여주인은 없을 것이다. 베스는 메그가 결혼 25주년까지 써도 충분할 정도로 만들어 주었고, 혼수 도자기를 위한 세 종류의 마른 행주까지 챙겨 주었다.

일꾼을 사서 이 모든 일을 하는 사람은 자신이 무엇을 놓치는지 결코 깨닫지 못할 것이다. 사랑이 넘치는 손으로 하면 가장 흔한 집안일도 아름다워진다. 메그는 그 증거를 너무나 많이 발견했기에 부엌 밀대부터 응접실 탁자에 놓인 은 화병에 이르기까지 이 작은 보금자리의 모든 물건에 사랑과 세심한 배려가 넘쳐흘렀다.

함께 계획을 세울 때면 정말 행복했다. 물건을 사러 외출할 때는 무척 진지했고, 아주 우스운 실수도 많았으며, 로리가 말도 안 되는 물건을 사 오면 웃음소리가 피어올랐다. 이 젊은 신사는 대학을 졸업할 때가 다 되었지만 장난을 좋아하는 측면에서는 언제나 소년이나 다름없었다. 최근에는 무슨 변덕인지 매주 브룩 부부의 집을 방문할 때마다 젊은 주부를 위해 새롭고 유용하고 독창적인 물건을 가져왔다. 특이한 빨래집게를 한 자루 사 오는가 하면, 그다음에 사 온 멋진 육두구 강판은 시험 삼아 써보자마자 조각조각 해체되었다. 칼 닦는 도구는 부엌의 칼을 전부 망가뜨렸고, 카펫 청소기는 흙은 그대로 남겨 둔 채 보풀만 깔끔하게 제거했으며, 일을 덜어 준다는 비누를 썼더니 손 껍질이 다 벗겨졌고, 확실하다는 접착제는 그것에 혹해서 사 온 사람의 손가락에만 딱 달라붙었다. 로리는 잔돈을 모아 줄 장난감 저금통부터 증기로 말끔하게 씻어 준다고 했지만 도중에 폭발할 것만 같은 빨래 삶는 통에 이르기까지 온갖 양철 제품들도 사 왔다.

메그는 로리에게 제발 그만 좀 사 오라고 애원했지만 소용없었다. 존은 로리를 비웃었고, 조는 〈투들스 씨〉[1]라고 불렀다. 로리는 미국의 발명품을 후원하고 친구들이 번듯한 살림을 갖춘 모습을 보겠다는 열의에 사로잡혔다. 그래서 매주 어처구니없는 물건이 새롭게 등장했다.

마침내 에이미가 각 방의 색채에 맞춰 비누를 진열하고 베스가 첫 식사를 위해 식탁을 차리는 일까지 모두 끝났다.

「마음에 드니? 집처럼 편하게 느껴져? 여기서 행복할 것 같은 예감이 들어?」 마치 부인이 딸의 팔짱을 끼고 새로운 왕국을 돌아보며 물었다. 당시 두 사람은 그 어느 때보다도 딱 붙어 다녔다.

1 리처드 레이먼드의 희곡 「더 투들스」에 등장하는 인물로, 경매장에 가서 보이는 것마다 사 온다. 이하 모든 주는 옮긴이의 주이다.

「네, 엄마. 정말 마음에 들어요. 가족들 덕분에 말로 표현할 수 없을 만큼 행복해요.」 메그가 말보다 더 많은 것을 알려 주는 표정으로 대답했다.

「하인이 한두 명만 있으면 괜찮을 텐데.」 에이미가 말했다. 응접실에서 메르쿠리우스 청동상을 장식 선반과 난로 선반 중 어디에 두는 것이 더 멋질까 고민하다가 나오는 참이었다.

「어머니랑 얘기해 봤는데, 우선은 엄마 방식대로 해보려고. 롯첸이 잔심부름을 하고 집안일을 도우니까 할 일은 별로 없을 거야. 게을러지지 않고 집 생각이 안 날 정도의 일밖에 없어.」 메그가 차분하게 대답했다.

「샐리 모펏은 하인이 네 명이나 돼.」 에이미가 입을 열었다.

「메그한테 하인이 넷이나 있으면 이 집에 다 들어오지도 못해서 주인 부부가 정원에서 자야 할걸.」 조가 끼어들었다. 조는 커다란 파란색 앞치마를 입고 마지막으로 문손잡이를 닦고 있었다.

「샐리는 가난한 남자의 아내가 아니잖니, 그 근사한 집에는 하녀가 많은 게 어울리지. 메그랑 존은 검소하게 시작하지만, 내 생각에는 작은 집에도 큰 집만큼 행복이 가득할 것 같구나. 메그처럼 젊은 사람이 일을 다 떠맡기고 할 일 없이 옷이나 차려입고 명령이나 내리고 수다나 떠는 건 큰 문제야. 난 신혼 때 새로 산 옷이 낡거나 찢어지기를 바라곤 했단다. 그래야 그걸 고치는 즐거움을 맛볼 수 있으니까. 자수나 놓고 손수건이나 정리하는 게 정말 지겨웠거든.」

「부엌에 들어가서 요리를 하지 그러셨어요. 샐리는 재미로 그렇게 한대요. 제대로 못 해서 하인들이 비웃지만요.」 메그가 말했다.

「나도 한동안은 그랬단다. 난장판으로 만들려는 것이 아니라 해나한테 일을 배우려고 그런 거였지만. 하인들이 날 비웃지 못하도록 말이야. 그때는 일종의 놀이였지만 나중에 하인을 고용할 수 없게 되자 나 스스로 어린 딸들을 위해서 제대로 된 요리를 할 의지만이 아니라 능력도 있다는 사실에 진심으로 감사하게 되었지. 메그, 넌 나와 반대로 가난하게 시작하지만 언젠가 존이 더 부유해지면 네가 지금 배우는 것들이 아주 유용할 거야. 아무리 화려한 집이라도 그 집을 보살피는 여주인은 일하는 방법을 알아야 하거든. 하인들에게 제대로 일을 시키려면 말이야.」

「네, 엄마. 저도 그렇게 생각해요.」 메그가 짤막한 설교에 얌전히 귀를 기울이며 말했다. 좋은 여자는 살림이라는 아주 흥미진진한 주제에 대해 자기 의견을 늘어놓는 법이기 때문이다. 「그거 아세요? 전 이 작은 집에서 이 방이 제일 좋아요.」 잠시 후 그들이 위층으로 올라갔을 때 메그가 가득 들어찬 리넨류 옷장을 들여다보며 덧붙였다.

베스가 눈처럼 하얀 무더기들을 선반에 가지런하게 넣으면서 잘 정리된 모습을 보고 무척 흐뭇해하고 있었다. 리넨 옷장은 언제나 웃음거리였기 때문에 메그가 이렇게 말하자 세 사람은 모두 웃었다. 여러분도 아시겠지만 마치 대고모는 메그에게 〈그 브룩이라는 남자〉랑 결혼하면 한 푼도 받지 못할 거라고 말했다. 그러나 시간이 지나 화가 가라앉고 그런 말을 한 것을 후회할 때쯤 되자 이러지도 저러지도 못하는 궁지에 몰렸다. 마치 대고모는 자기 말을 절대 어기지 않았기에 이 궁지에서 어떻게 벗어날까 한참 고민한 끝에 만족할 만한 방법을 생각해 냈다. 그녀는 플로렌스의 엄마인 캐럴 부인에게 재료를 사서 침대보와 식탁보를 넉넉하게 만들어 마크를 넣은 다음 캐럴 부인의 이름으로 선물하라고 지시했다. 캐럴 부인은 시키는 대로 충실히 따랐지만 비밀이 새어 나갔고, 마치 가족은 무척 즐거워했다. 마치 대고모는 아무것도 모른다는 표정으로 개혼(開婚)이니 예전부터 약속했던 대로 신부에게 딱 고풍스러운 진주 목걸이만 주겠다고 우겼기 때문이다.

「무척 주부다운 취향이라서 보기 좋구나. 시트 여섯 장으로 살림을 시작한 친구가 있었는데, 그래도 핑거볼이 있었기 때문에 만족했지.」 마치 부인이 다마스크 식탁보의 섬세함에 감탄하면서 톡톡 두드렸다.

「난 핑거볼은 하나도 없지만 해나 말로는 이 정도 〈세트〉면 평생 쓸 수 있대요.」 메그는 무척 만족스러워 보였고, 그럴 만도 했다.

「투들스가 온다.」 아래층에서 조가 외치자 세 사람이 로리를 맞이하러 아래층으로 내려갔다. 매주 찾아오는 로리의 방문은 그들의 고요한 삶에서 무척 중요한 사건이었다.

키가 크고 어깨가 넓고 머리를 짧게 자른 청년이 펠트로 만든 대야 같은 모자를 쓰고 펄럭거리는 외투 차림으로 큰길을 따라 성큼성큼 걸어왔다. 그가 걸음을 멈추더니 대문을 열지도 않고 낮은 울타리를 뛰어넘어 두 팔을 벌리며 마치 부인에게 곧장 다가갔다.

「저 왔어요, 어머니! 네, 잘 지내요.」

마지막 말은 부인이 그를 보며 지은 표정에 대한 대답이었다. 바로 잘 지냈는지 따뜻하게 묻는 표정이었고, 잘생긴 눈이 너무나 솔직하게 그 눈을 바라보았기 때문에, 이 작은 의식은 언제나 그렇듯 어머니다운 입맞춤으로 끝났다.

「이건 존 브룩 부인께, 만든 사람이 축하 인사와 찬사도 전해 달래. 몸은 괜찮니, 베스! 조, 그런 모습을 하고 있는 널 보니까 정말 기운이 난다. 에이미, 넌 미혼의 숙녀인 것이 아까울 만큼 너무 아름다워지고 있구나.」

로리는 이렇게 말하면서 갈색 종이로 싼 꾸러미를 메그에게 주고, 베스의 리본을 잡아당기고, 커다란 앞치마를 입은 조를 보고, 에이미 앞에서는 황홀한 척했다. 그런 다음 모두와 악수를 하고 다 같이 이야기를 나누기 시작했다.

「존은 어디 갔어?」 메그가 걱정스럽게 물었다.

「내일 결혼식 때문에 허가증을 받으러 갔습니다, 부인.」

「지난번 경기는 어느 팀이 이겼어, 테디?」 조가 물었다. 그녀는 열아홉 살이나 되었는데도 남자다운 스포츠에 흥미를 느꼈다.

「당연히 우리 팀이지. 너도 봤으면 좋았을 텐데.」

「사랑스러운 랜들 양은 어떻게 지내?」 에이미가 의미심장한 미소를 지으며 물었다.

「그 어느 때보다 잔인하지. 내가 얼마나 애타는지 안 보여?」 로리가 넓은 가슴을 탁 소리 나도록 때린 다음 과장된 한숨을 내쉬었다.

「마지막 장난은 뭘까? 얼른 풀어 봐, 메그 언니.」 베스가 호기심에 차서 울퉁불퉁한 꾸러미를 흘끔거리며 말했다.

「불이 나거나 도둑이 들 때를 대비해서 집에 놔두면 좋은 물건이야.」 로리가 말했다. 파수꾼용 딸랑이가 모습을 드러냈고, 자매들은 깔깔 웃었다.

「메그 부인, 남편이 집을 비웠을 때 무서워지면 이걸 앞쪽 창문 밖으로 던져. 즉시 온 동네 사람들이 깰 거야. 정말 괜찮지 않아?」 그런 다음 로리가 딸랑이 소리가 얼마나 큰지 직접 시범을 보여 주자 다들 귀를 막았다.

「그게 고맙다는 태도야? 고맙다는 말이 나와서 하는 말인데, 해나한테 결혼식 케이크를 구해 줘서 고맙다고 말하는 거 잊지 마. 오는 길에 케이크가 이 집으로 들어가는 걸 봤는데, 해나가 용맹하게 지키지 않았으면 내가 찍어 먹었을 거야. 정말 맛있어 보였거든.」

「언제 클래, 로리.」 메그가 기혼 부인다운 말투로 말했다.

「부인, 전 최선을 다하고 있지만 더 이상 크기는 힘들 것 같네요. 요즘처럼 쇠락한 시절에 인간이 자랄 수 있는 키는 180센티미터 정도밖에 안 되거든요.」 젊은 신사가 대답했다. 그의 머리는 작은 샹들리에에 거의 닿을 정도였다.

「이렇게 깨끗한 집에서 뭘 먹는 건 모독일 텐데, 난 지금 배가 너무너무 고프니 휴정을 제안합니다.」 그가 이내 덧붙였다.

「엄마와 나는 존을 기다릴 거야. 마지막으로 해결해야 할 게 좀 있어.」 메그가 분주히 움직이며 말했다.

「베스 언니랑 나는 키티 브라이언트의 집에 가서 내일 쓸 꽃을 좀 더 가져올 거야.」 에이미가 그림처럼 멋진 고수머리에 그림처럼 멋진 모자를 쓰고 끈으로 묶으면서, 그 효과를 누구 못지않게 즐기며 말했다.

「가자, 조. 친구를 버리지 말아 줘. 난 너무 지쳐서 도와주는 사람이 없으면 집에도 못 가겠어. 뭘 하든 그 앞치마는 벗지 마, 아주 잘 어울리니까.」 로리가 말했다. 조는 로리가 특히나 싫어하는 그 앞치마를 벗어 넉넉한 주머니에 넣고 힘없는 그에게 팔을 내밀어 부축했다.

「테디, 내일 일에 대해서 너한테 진지하게 하고 싶은 말이 있어.」 두 사람이 걸어갈 때 조가 말을 꺼냈다. 「얌전히 행동하겠다고 약속해. 장난을 쳐서 우리 계획을 망치지 않겠다고.」

「장난 안 칠게.」

「그리고 진지한 분위기에서 웃긴 말도 하지 말고.」

「난 안 그래, 그건 너지.」

「그리고 제발 예식 중에는 날 보지 마. 네가 보면 난 웃음을 터뜨리고 말 거야.」

「넌 내가 안 보일걸. 엉엉 우느라 눈앞에 짙은 안개가 생겨서 앞이 잘 보이지 않을 테니까.」

「난 진짜 괴로울 때 말고는 안 울어.」

「친구가 대학에 갈 때처럼 말이야?」 로리가 도전적으로 웃으며 끼어들었다.

「잘난 척하지 마. 언니랑 동생들한테 맞춰 주느라 아주 살짝 신음을 낸 것뿐이야.」

「그러셨겠지. 참, 이번 주에는 할아버지 상태가 어때? 기분이 좋으신가?」

「아주 좋으셔. 왜, 또 곤란한 일이 생겨서 할아버지가 어떻게 반응하실지 알고 싶은 거야?」 조가 날카롭게 물었다.

「조, 넌 내가 사실도 아닌데 너희 어머니 얼굴을 빤히 보면서 〈괜찮아요〉라고 말할 것 같아?」 로리가 상처받은 것처럼 걸음을 멈췄다.

「아니.」

「그러면 의심하지 마. 돈이 필요한 것뿐이야.」 로리가 조의 진심 어린 말투에 기분이 좀 나아져서 다시 걸어가며 말했다.

「돈 정말 많이 쓰는구나, 테디.」

「아, 내가 돈을 쓰는 게 아니라 돈이 마음대로 나가 버려서 내가 알아차리기도 전에 없어지는 거야.」

「넌 너무 인정이 많고 착해서 돈도 잘 빌려주고 〈안 돼〉라는 말을 못 하잖아. 헨쇼에 대해서, 네가 헨쇼에게 뭘 해줬는지 우리도 다 들었어. 돈을 항상 그런 식으로만 쓰면 아무도 뭐라고 안 할 거야.」 조가 따스하게 말했다.

「아, 그건 헨쇼가 과장한 거야. 그렇게 착한 친구가 아주 작은 도움이 부족해서 죽도록 일하게 내버려 두는 건 너도 바라지 않을 거야. 걔가 나같이 게으른 애들 열두 명을 합친 것보다 나은데 말이야. 안 그래?」

「당연하지. 하지만 열일곱 벌이나 되는 조끼랑 끝도 없는 넥타이, 집에 올 때마다 새로 사서 쓰는 모자가 무슨 소용인지는 모르겠다. 멋 부리는 시기는 지난 줄 알았는데, 가끔 새롭게 튀어나온다니까. 요즘은 추하게 하고 다니는 게 유행인가 봐. 솔처럼 곤두선 머리에 구속복(拘束服) 같은 옷, 주황색 장갑, 보기 흉한 사각 코 신발이라니. 흉하지만 싸기라도 하면 나도 아무 말 안 할 텐데. 하지만 다른 옷만큼 비싸면서 내가 보기에는 전혀 만족스럽지가 않아.」

조의 공격에 로리가 고개를 젖히고 껄껄대고 웃느라 대야 같은 펠트 모자가 떨어졌는데, 조가 그것을 밟고 말았다. 모욕적인 일이었지만, 로리는 이 기회를 틈타 짓밟힌 모자를 접어서 주머니에 넣으며 조악한 옷의 장점을 설명할 수 있었다.

「이제 잔소리 좀 그만해, 착하기도 하지! 이번 주 잔소리는 이미 많이 들었어. 집에서는 좀 즐기고 싶어. 내일은 비용과 상관없이 차려입고 친구들을 만족시키도록 할게.」

「머리만 기르면 아무 말도 안 할게. 내가 귀족주의자는 아니지만 프로 권투 선수 같은 사람과 함께 있는 모습을 보이기는 싫어.」 조가 엄하게 말했다.

「이렇게 얌전한 머리를 하면 공부가 더 잘돼. 그래서 다들 이런 머리를 하는 거야.」 로리가 대꾸했다. 확실히 멋진 고수머리를 자발적으로 희생하고 머리카락을 1센티미터도 안 되게 바짝 깎은 로리를 허영심이 많다고 비난할 수는 없었다.

「참, 조. 꼬맹이 파커가 에이미를 정말 좋아하는 것 같아.

계속 에이미 얘기만 하고, 시를 쓰고, 늘 멍한 것이 아주 의심스럽다니까. 마음이 더 커지기 전에 싹을 자르는 게 나을 텐데, 안 그래?」 잠시 침묵이 흐른 후 로리가 오빠 같은 말투로 비밀스럽게 덧붙였다.

「당연하지. 앞으로 몇 년 동안 우리 집안에 결혼은 필요 없어. 세상에, 그 애들은 도대체 무슨 생각인 거지?」 조는 에이미와 파커가 아직 10대도 안 된 것처럼 아연실색한 표정이었다.

「빠른 시대잖아. 우리가 어디로 가고 있는지 모르겠다니까. 넌 신생아나 다름없지만 다음은 네 차례야. 네가 가면 우린 남아서 한탄이나 하겠지.」 로리가 시대의 타락에 절레절레 고개를 저으며 말했다.

「나라고? 걱정하지 마. 난 상냥하지 않잖아. 아무도 날 원하지 않을 거고, 그래서 다행이지 뭐야. 집안에 노처녀 하나는 남을 테니까.」

「넌 아무한테도 기회를 주지 않을 거야.」 로리가 곁눈질을 하면서, 햇볕에 탄 얼굴을 아까보다 조금 더 붉히며 말했다. 「부드러운 면을 보여 주지 않겠지. 만약 누가 우연히 너의 부드러운 면을 보고 좋아하는 티라도 내면 거미지 부인[2]이 자기 애인한테 그런 것처럼 찬물을 뒤집어씌우고 까칠하게 굴 테니까 아무도 감히 널 건드리지도, 보지도 못하겠지.」

2 찰스 디킨스의 『데이비드 코퍼필드』에 등장하는 인물로, 미국으로 이민 가는 배에서 요리사가 청혼하자 크게 화를 내며 옆에 있던 물통을 엎어서 머리를 마구 때린다.

「난 그런 거 싫어. 말도 안 되는 걱정을 하기엔 너무 바쁘고, 그런 식으로 가족을 깨뜨리는 건 끔찍하다고 생각해. 그러니까 이제 이런 얘기는 그만해. 메그 언니의 결혼식 때문에 다들 머리가 이상해져서 연인이니 뭐니 어리석은 얘기만 하잖아. 화내고 싶지 않으니까 이제 다른 얘기 하자.」 조는 아주 약간만 자극해도 찬물을 뿌릴 준비가 된 표정이었다.

로리가 느낀 감정이 무엇이었든 그것은 길고 낮은 휘파람을 통해서, 그리고 두 사람이 대문 앞에서 헤어질 때 내뱉은 무시무시한 예언을 통해서 분출되었다.「내 말 잊지 마, 조. 다음은 너야.」

25장

# 첫 번째 결혼식

그날 아침, 포치를 장식한 6월의 장미는 일찍부터 활짝 피어나 다정한 이웃처럼 구름 한 점 없는 햇살을 진심으로 즐기고 있었다. 흥분한 꽃들은 불그레한 얼굴을 더욱 붉히고 바람에 흔들리면서 자신들이 무엇을 봤는지 속삭였다. 몇몇은 만찬이 차려진 식당을 들여다보았고, 몇몇은 덩굴을 타고 올라가 신부를 치장해 주는 자매들을 보고 고개를 끄덕이면서 미소를 지었으며, 나머지는 이런저런 일로 정원과 포치, 복도를 오가는 사람들에게 몸을 흔들며 환영 인사를 한 참이었다. 장밋빛이 완연하고 활짝 핀 꽃부터 색이 가장 옅은 아기 봉오리까지 모든 꽃들은 오랫동안 자기들을 좋아하고 잘 돌봐 준 상냥한 여주인에게 아름다운 모습과 달콤한 향기로 감사를 전했다.

메그야말로 정말 장미 같았다. 이날 메그는 마음과 영혼의 가장 사랑스럽고 좋은 것들이 얼굴에 피어나는 듯했고, 아름다움 자체보다 더욱 아름다운 매력 때문에 얼굴이 곱고 다정해 보였다. 메그에게는 실크도, 레이스도, 오렌지 꽃다발도 없었다. 「오늘 난 낯설거나 지나치게 꾸민 것처럼 보이고 싶지 않아.」 메그가 말했다. 「내가 원하는 건 고급스러운 결혼식이 아니야. 사랑하는 사람들만 있으면 돼. 평소의 내 모습 그대로 나다워 보이고 싶어.」

그래서 메그는 소녀의 순수한 로맨스와 세심한 희망을 담아 결혼식 예복을 직접 만들었다. 동생들이 머리를 예쁘게 땋아 주었고, 몸에 걸친 장신구라고는 〈그녀의 존〉이 제일 좋아하는 은방울꽃뿐이었다.

「지금 언니는 우리가 정말 사랑하는 메그 언니 그 자체 같아. 너무 사랑스럽고 예뻐서 드레스가 구겨지지만 않는다면 꼭 끌어안고 싶어.」 치장이 끝나자 에이미가 기쁜 얼굴로 메그를 샅샅이 살펴보며 외쳤다.

「그렇다면 다행이네. 다들 드레스는 신경 쓰지 말고 날 끌어안고 키스해 줘. 그런 구김살이라면 오늘 같은 날에는 많을수록 좋아.」 메그가 이렇게 말하고 동생들을 향해 팔을 벌리자, 다들 4월처럼 환한 얼굴로 메그를 잠시 끌어안고서 새로운 사랑이 생겼다고 해서 옛사랑이 바뀌지 않았음을 느꼈다.

「자, 난 이제 가서 존의 크라바트를 매어 주고 서재에서 아버지랑 조용히 얘기 좀 할게.」 메그는 얼른 아래층으로 내려가서 이 작은 의식들을 치렀고, 그런 다음에는 어머니를 졸졸 쫓아다녔다. 어머니가 미소를 짓고 있었지만, 첫째 새가 둥지를 떠난다는 생각에 마음속으로는 슬픔을 품고 있음을 알았기 때문이다.

이제 동생들이 나란히 서서 마지막으로 가벼운 몸단장을 손보고 있으니, 지난 3년의 세월이 이들의 외모에 가져온 몇 가지 변화에 대해 이야기하기 좋은 때인 것 같다. 셋 다 지금 가장 아름답기 때문이다.

조의 각진 얼굴은 훨씬 부드러워졌다. 그리고 우아하지는 않지만 편안하게 행동하는 법을 배웠다. 곱슬곱슬하고 짧았던 머리는 이제 다 길었고, 큰 키와 작은 머리에 잘 어울리도록 둥글게 말아서 올렸다. 갈색 뺨에는 생기가 돌고 눈이 차분하게 반짝인다. 그녀의 날카로운 혀에서 오늘은 상냥한 말만 나왔다.

베스는 더없이 날씬하고 창백하며 조용했다. 아름답고 상냥한 눈은 더 커졌고, 슬프지는 않지만 사람을 슬프게 하는 표정이 담겨 있다. 바로 이 어린 얼굴을 그토록 끈질기게 어루만지는 고통의 그림자이다. 그러나 베스는 불평하지 않고 항상 〈곧 나을 것〉이라고 희망차게 말했다.

에이미는 〈마치 집안의 꽃〉이라 여겨졌고, 실제로도 그랬다. 그녀는 열여섯 살이었지만 성숙한 여자 같은 분위기와 태도를, 아름답지는 않지만 우아함이라는 설명할 수 없는 매력을 가지고 있었다. 사람들은 에이미의 몸매에서, 손의 모양과 움직임에서, 흐르는 듯 움직이는 드레스에서, 늘어뜨린 머리에서 무의식적이지만 조화로운 그 매력을 볼 수 있었고, 그것은 아름다움만큼이나 많은 이들의 마음을 끌어당겼다. 그리스식으로 변하지 않은 코는 여전히 에이미를 괴롭혔고, 각진 턱과 너무 큰 입도 마찬가지였다. 이처럼 자신이 못마땅하게 여기는 이목구비가 얼굴 전체에 독특한 매력을 더했지만 에이미는 그 사실을 알지 못했고, 놀랄 만큼 고운 낯빛과 날카롭고 파란 눈, 그 어느 때보다 금빛으로 빛나는 풍성한 머리카락을 위안으로 삼았다.

세 명 모두 얇고 은빛이 도는 회색 옷(제일 좋은 여름옷이었다)을 입고 머리와 가슴에 붉은 장미를 달았다. 세 사람 다 원래 모습, 얼굴이 싱그럽고 마음이 행복한 소녀의 모습이었다. 이들은 바쁜 삶을 잠시 멈추고 꿈꾸는 듯한 눈으로 여성이라는 소설의 가장 감미로운 장을 읽으려 하고 있었다.

거창한 결혼식이 아니라 모든 것이 최대한 자연스럽고 간소하게 치러질 예정이었다. 따라서 결혼식에 참석하러 온 마치 대고모는 신부가 달려 나와 반갑게 맞이하며 안으로 안내하자 아연실색했다. 게다가 신랑은 떨어진 꽃 장식을 다시 달고 있었고, 목사인 아버지가 진지한 표정으로 양쪽 겨드랑이에 포도주 병을 끼고 위층으로 올라가는 모습이 얼핏 보였다.

「세상에, 이게 무슨 꼴이냐!」 노부인이 말했다. 그녀는 자신을 위해 마련된 특별석에 앉아서 요란하게 부스럭거리며 라벤더색 무아르[3]의 주름을 정리했다. 「얘야, 넌 제일 마지막에 나와야지.」

「대고모님, 저는 전시품이 아니에요. 저를 감상하려고, 드레스를 평가하거나 오찬의 가격을 가늠하려고 오는 사람은 아무도 없어요. 전 너무 행복해서 다른 사람의 말이나 생각

3 물결 같은 느낌을 내는 실크 직물.

은 전혀 신경 쓰이지 않아요. 제 소박한 결혼식은 제 마음대로 하고 싶어요. 존, 여기 망치 있어요.」 메그는 이렇게 말하더니 무척 부적절한 일을 하고 있는 〈그 남자〉를 도우러 갔다.

브룩 씨는 〈고마워요〉라는 말은 하지 않았지만, 낭만과는 거리가 먼 연장을 받으려고 몸을 숙였을 때 접이식 문 뒤에서 귀여운 신부에게 키스했다. 마치 대고모는 그 모습을 보자 늙고 날카로운 눈에 갑작스럽게 이슬이 맺혀서 얼른 손수건을 꺼냈다.

쾅 하는 소리, 비명 소리, 로리의 웃음소리와 함께 〈세상에! 조가 또 케이크를 엎었대요!〉라는 예의도 모르는 고함이 들려 잠시 소란스러워졌다. 사촌들이 도착하고 베스가 어렸을 때 하던 말처럼 〈파티가 들어올〉 때까지도 소동은 끝나지 않았다.

「저 거인 같은 청년이 내 근처에 오지 못하게 해라. 모기보다 더 무섭구나.」 사람들이 방으로 들어오고 로리의 검은 머리가 다른 사람들의 머리 위로 우뚝 솟자 노부인이 에이미에게 속삭였다.

「오늘은 아주 얌전하게 굴기로 했어요. 로리 오빠는 마음만 먹으면 아주 우아하게 행동할 수 있거든요.」 에이미가 이렇게 대답하고 헤라클레스에게 가서 용을 조심하라고 경고했다. 그러자 로리가 노부인에게 딱 달라붙어서 헌신적으로 시중을 들었기 때문에 마치 대고모는 정신이 하나도 없을 지경이었다.

신부 입장은 없었지만 마치 씨와 젊은 부부가 녹색 아치

밑에 자리를 잡고 서자 갑자기 정적이 흘렀다. 어머니와 자매들이 메그를 내주기 싫다는 듯 가까이 모여들었다. 아버지의 목소리가 몇 번 갈라졌지만, 그래서 결혼식이 더욱 아름답고 장엄해졌다. 신랑은 눈에 띄게 손을 떨었고 아무도 그의 대답을 듣지 못했다. 그러나 메그는 신랑의 눈을 똑바로 올려다보면서 애정 어린 믿음이 가득한 표정과 목소리로 〈네!〉라고 말했기 때문에 어머니는 무척 기뻐했고, 마치 대고모는 소리를 내며 코를 훌쩍였다.

조는 울지 않았다. 딱 한 번 울음을 터뜨릴 뻔했지만, 로리가 짓궂은 까만 눈에 재미와 감동이 뒤섞인 우스운 눈빛을 떠올린 채 그녀를 뚫어지게 쳐다보고 있다고 생각하자 참을 수 있었다. 베스는 어머니의 어깨에 얼굴을 묻고 있었지만 에이미는 우아한 동상처럼 서 있었는데, 너무나도 잘 어울리는 햇빛 한 줄기가 그녀의 하얀 이마와 머리를 장식한 꽃을 비추었다.

내 생각에 원래 그런 전통은 없는 것 같지만, 결혼이 성사되는 순간 메그는 〈엄마에게 첫 키스를!〉이라고 외치며 돌아서서 온 마음을 담아 어머니에게 입을 맞췄다. 그 후 15분 동안 메그는 그 어느 때보다 아름다운 한 송이 장미 같았다. 로런스 씨부터 해나에 이르기까지 모두 자신들의 특권을 최대한 활용했기 때문이다. 멋지게 만든 과한 머리 장식을 쓴 해나는 복도에 주저앉아 웃다가 울다가 하면서 〈메그 양, 몇백 번이고 축복을 받길! 케이크도 멀쩡하고 모든 게 아주 훌륭해〉라고 외쳤다.

이제 모두들 입맞춤을 마치고 재미있는 말을 하거나 그러려고 애를 썼는데, 그것만으로도 충분했다. 마음이 가벼우면 웃음이 쉽게 나오는 법이다. 선물은 이미 자그마한 신혼집에 가져다 놓았기 때문에 선물을 풀어 보는 시간도 없고, 거창한 아침 식사도 없었지만, 점심 식사로 꽃을 장식한 케이크와 과일이 잔뜩 나왔다. 로런스 씨와 마치 대고모는 세 명의 헤베[4]가 나르는 음료가 물과 레모네이드, 커피밖에 없는 것을 보고 어깨를 으쓱하더니 마주 보고 미소를 지었다. 아무도 별말 없었지만, 신부의 시중을 들겠다고 고집하던 로리가 음식이 잔뜩 담긴 쟁반을 들고 어리둥절한 표정으로 메그에게 다가갔다.

「조가 포도주 병을 전부 깨뜨리기라도 했어?」 그가 속삭였다. 「아니면 내가 착각하는 건가? 오늘 아침에 몇 병 본 것 같은데.」

「착각 아니야. 너희 할아버지께서 친절하게도 제일 좋은 포도주를 주셨고 마치 대고모님도 좀 보내 주셨는데, 아버지가 베스를 위해서 조금만 남겨 두고 전부 군인 쉼터로 보내셨어. 너도 알다시피 아버지는 아플 때만 포도주를 마셔야 한다고 생각하시고, 어머니는 자신이든 딸들이든 이 집에서 청년에게 술을 권하는 일은 절대 없을 거라고 말씀하시잖아.」

메그는 진지하게 말하면서 로리가 얼굴을 찌푸리거나 웃

4 그리스 신화에서 젊음의 여신인 헤베는 신들에게 넥타르와 암브로시아를 대접했다.

음을 터뜨릴 거라고 생각했다. 하지만 그는 메그를 재빨리 흘깃 보더니 특유의 충동적인 태도로 말했다. 「마음에 드는데! 나도 술이 얼마나 나쁜지 충분히 봤거든. 다른 여자들도 이 집 여자들처럼 생각하면 좋겠다 싶을 정도야.」

「겪어 봐서 아는 건 아니겠지?」 메그의 목소리에서 걱정스러운 기색이 느껴졌다.

「아니야. 진짜 맹세해. 하지만 날 너무 대단하게 생각하지는 마. 포도주는 나한테 별다른 유혹이 아니거든. 난 포도주가 물처럼 흔하고 무해하다고 생각하는 곳에서 자랐지만 별로 좋아하지는 않아. 하지만 예쁜 여자가 권할 때 그걸 거절하는 사람은 없지.」

「하지만 넌 자신을 위해서는 아니라도 다른 사람을 위해서 거절할 거지? 자, 로리. 약속해. 오늘을 내 평생 가장 행복한 날이라고 부를 수 있는 이유를 하나 더 만들어 줘.」

너무 갑작스럽고 진지한 요구에 청년은 잠시 망설였다. 비웃음을 사는 것이 금욕보다 힘든 법이기 때문이다. 메그는 로리가 한번 약속을 하면 무슨 일이 있어도 지킨다는 사실을 알고 있었다. 그녀는 오늘 자신이 가진 힘을 느끼면서, 한 여자로서 자기 친구를 위해 그 힘을 이용했다. 메그는 아무 말도 하지 않았지만 행복으로 가득한 표정이 더 많은 것을 말하고 있었다. 그녀의 미소는 이렇게 말하는 듯했다. 〈오늘은 아무도 내 말을 거절할 수 없어.〉 확실히 로리는 거절할 수 없었고, 그녀의 말을 따르겠다는 듯 미소를 지으며 손을 내밀고 진심으로 말했다. 「약속할게요, 브룩 부인!」

「정말 정말 고마워.」

「그럼 난 〈네 결심이 오래가기를 빌며〉 건배할게, 테디.」 조가 외쳤다. 그녀는 잘했다는 듯 얼굴을 빛내며 잔을 흔들다가 그에게 레모네이드 세례를 내렸다.

그렇게 축배를 들었고, 이 맹세는 수많은 유혹에도 불구하고 충실히 지켜졌다. 두 자매는 본능적인 지혜에 따라서 행복한 순간을 이용해 친구에게 도움이 되는 일을 했고, 그는 이 일로 평생 두 사람에게 고마워하게 된다.

점심 식사가 끝나자 손님들은 두세 명씩 짝을 지어 집 안과 정원을 돌아다니며 햇살을 즐겼다. 어쩌다 보니 메그와 존이 풀밭 한가운데에 서 있었는데, 로리는 유행과 전혀 관계없는 이 결혼식의 대미를 어떻게 장식할지 영감이 떠올랐다.

「독일식으로 결혼한 부부는 모두 이쪽으로 와서 오늘 새로 탄생한 부부를 둘러싸고 손을 잡고 춤을 추는 게 어때요? 아직 결혼하지 않은 우리는 그 바깥에서 짝을 지어 뛰어다닐게요!」 로리가 이렇게 소리치고 에이미와 함께 걸어갔다. 그 활기와 몸짓이 하객들에게 금방 퍼져서 다들 투덜거리지도 않고 따라 했다. 마치 씨 부부와 캐럴 고모 부부가 춤을 추기 시작하자 다른 사람들도 얼른 동참했고, 샐리 모펏마저 잠시 망설이다가 바닥에 끌리는 옷자락을 팔에 걸치더니 네드를 이끌고 원 안으로 들어갔다. 그러나 최고의 웃음을 준 커플은 로런스 씨와 마치 대고모였다. 풍채가 좋은 노신사가 노부인에게 당당하게 다가가자, 그녀는 지팡이를 겨드랑이에 끼우고 기운차게 폴짝폴짝 뛰어가 다른 사람들과 손을 잡고 신혼 부부 주변을 돌며 춤을 추었고, 젊은이들은 한여름 날의 나비처럼 정원으로 이리저리 흩어졌다.

숨이 차오르자 즉흥 무도회가 끝났고, 하객들이 하나둘씩 집으로 돌아가기 시작했다.

「잘살아라, 메그. 난 정말 네가 잘살길 바라지만 언젠가 네가 후회할 것 같구나.」 마치 대고모가 메그에게 이렇게 말했고, 마차까지 에스코트하는 새신랑에게는 한마디 덧붙였다. 「자네는 보물을 얻은 거야, 그러니 그에 어울리게 살도록 하게.」

「정말 오랜만에 보는 예쁜 결혼식이었어요, 네드. 품위는 전혀 없었는데 정말 이상해.」 모펏 부인이 마차를 타고 가면서 남편에게 말했다.

「로리, 너도 이런 걸 누리고 싶으면 저 애들 중 하나를 잡아라. 그러면 난 아주 흡족하겠구나.」 로런스 씨가 들뜬 오전 시간을 보낸 다음 휴식을 취하려고 안락의자에 앉으며 말했다.

「할아버지를 기쁘게 해드리도록 최선을 다할게요.」 로리는 조가 단춧구멍에 꽂아 준 꽃을 조심스럽게 떼며 순순히 대답했다.

작은 집은 그리 멀지 않았고, 메그의 신혼여행은 옛집에서 새집으로 존과 함께 조용히 걸어가는 것이 전부였다. 비둘기색 정장을 입고 밀짚모자를 흰 리본으로 묶은 예쁜 퀘이커 교도 같은 메그가 아래층으로 내려오자 가족들은 그녀가 대단한 여행이라도 떠나는 것처럼 다정한 작별 인사를 하러 모여들었다.

「엄마, 제가 엄마랑 멀어진다거나 존을 너무 사랑해서 엄마를 덜 사랑한다고 생각하진 마세요.」 메그가 눈물이 가득한 눈으로 어머니에게 매달리며 말했다. 「매일 올게요, 아버지. 결혼은 했지만 모두의 마음속에서 예전의 자리를 그대로 차지하고 있다고 생각해도 되죠? 베스는 나랑 시간을 많이 보낼 거고, 다른 애들도 가끔 들러서 내가 살림하느라 애쓰는 모습을 보면서 웃을 거예요. 행복한 결혼식 날을 만들어 줘서 모두 고마워요. 안녕, 안녕!」

가족들은 남편의 팔에 기대어 멀어지는 메그를 사랑과 소망과 자부심이 가득한 얼굴로 바라보았다. 메그의 품에는 꽃이 가득했고, 6월의 햇살이 행복한 얼굴을 더욱 밝게 비추었다. 이렇게 메그의 결혼 생활이 시작되었다.

26장

# 예술가의 도전

사람들, 특히 야심 찬 젊은 남녀가 재능과 천재성의 차이를 깨닫기까지는 오랜 시간이 걸린다. 에이미는 이 차이를 몹시 힘들게 배우고 있었다. 열정을 영감으로 착각하고 젊은이다운 용맹함으로 모든 미술 분야를 시도했기 때문이다. 에이미는 한동안 〈진흙 파이〉를 쉬면서 펜과 잉크로 그리는 세밀화에 전념했는데, 그 솜씨와 기술이 뛰어났기 때문에 우아한 그림은 보기도 좋았고 수익도 있었다. 그러나 눈이 너무 피로해서 에이미는 펜과 잉크를 제쳐 두고 부지깽이 스케치에 용감하게 도전했다. 이 도전이 지속되는 동안 가족들은 화재에 대한 끊임없는 두려움 속에서 살았다. 밤이고 낮이고 나무 타는 냄새가 집 안에 배어들었고, 다락방과 헛간에서 걱정스러울 정도로 자주 연기가 피어올랐으며, 시뻘겋게 달아오른 부지깽이가 항상 아무렇게나 널려 있었다. 해나는 불이 날 경우에 대비해서 자러 갈 때마다 문 앞에 물 한 양동이와 식사 시간을 알리는 종을 놓아두었다. 반죽 판 밑면에 라파엘로의 얼굴이 대담하게 자리 잡았고 맥주 통 뚜껑에는 바쿠스가 그려졌다. 노래하는 천사들이 설탕 통 덮개를 장식했고, 한동안 〈여자 점원의 장갑을 사는 개릭〉을 따라 그리려는 시도가 불쏘시개로 쓰였다.

손가락을 데었기 때문에 불에서 유화로의 전환은 당연한 수순이었고, 에이미는 전혀 줄어들지 않은 열정으로 그림에 빠져들었다. 그림을 그리는 다른 친구가 에이미에게 사용하지 않는 팔레트와 붓, 물감을 주었기 때문에 에이미는 땅이나 바다에서 볼 수 없는 전원과 해양 풍경을 그려 냈다. 가축이라고 그린 거대한 짐승들은 농업 박람회에 나가면 상을 받을 만했고, 모험적인 배 그림은 선박에 아주 익숙한 사람이 봐도 뱃멀미를 일으킬 정도였다. 배의 구조와 로프나 쇠사슬의 원칙을 완전히 무시한 그림이었으므로 보자마자 웃음을 터뜨리지 않았다면 말이다. 작업실 구석에서 당신을 바라보는 까무잡잡한 소년들과 눈이 새까만 성모 마리아는 무리요[5]를 연상시키지 않았다. 엉뚱한 곳에 붉은 선이 들어간 번들거리는 갈색 그림자 같은 얼굴은 렘브란트 화풍을 의도한 것이었고, 풍만한 여자들과 수종에 걸린 아기들은 루벤스를 따라 한 것이었다. 파란 낙뢰와 주황색 번개, 갈색 비, 보라색 구름, 그리고 한가운데에는 보는 사람의 마음에 따라 태양이나 부표, 선원의 셔츠, 왕의 예복 등 무엇이든 될 수 있는 토마토색 물감 자국이 그려진 그림에서는 터너가 보였다.

그다음은 목탄화였다. 석탄 저장실에서 막 나온 것처럼 지

5 Bartolomé Murillo(1618~1682). 17세기 스페인에서 종교화로 유명한 바로크 회화의 대표적인 화가.

저분하고 병약해 보이는 온 가족의 초상화가 나란히 걸렸다. 크레용 스케치로 바뀌자 가족들의 초상화가 좀 더 나아졌다. 무척 비슷하기도 했는데, 〈정말 멋지게〉 그린 에이미의 머리카락, 조의 코, 메그의 입, 로리의 눈이 특히 눈에 띄었다. 에이미가 다시 점토와 석고로 돌아가자 지인들의 조각상이 유령처럼 집 안 구석구석에 서 있거나 벽장 선반에서 사람들의 머리 위로 떨어졌다. 아이들을 구슬려 모델로 삼은 적도 있었다. 하지만 다들 에이미의 수수께끼 같은 행동에 대해서 앞뒤가 맞지 않는 말을 했기 때문에, 그녀는 곧 젊은 도깨비 비슷한 존재로 취급받게 되었다. 그러나 뜻밖의 사고로 에이미의 열정이 꺼지면서 이 분야는 갑작스럽게 막을 내리고 말았다. 한동안 모델을 구할 수 없었던 에이미는 예쁜 자기 발의 본을 뜨려고 했는데, 어느 날 이 세상 소리 같지 않은 쾅당 소리와 비명 소리가 들렸다. 깜짝 놀란 가족들이 구하러 달려가 보니 젊고 열정적인 예술가 에이미가 헛간에서 석고가 가득 담긴 통에 발을 넣은 채 미친 듯이 뛰어다니고 있었다. 석고가 생각보다 빨리 굳었던 것이다. 가족들은 에이미의 발을 석고에서 힘들게 빼냈고, 위험한 고비도 있었다. 조가 너무 심하게 웃다가 칼을 너무 깊숙이 찌르는 바람에 불쌍한 발에 상처를 남겼던 것이다. 따라서 적어도 예술적인 시도 중 하나는 영원한 흔적을 남기게 되었다.

그 이후 에이미는 잠잠해졌지만, 다시 풍경 스케치에 대한 열정이 불타오르자 생생한 연구를 위해 강과 들판과 숲을 헤매고 다녔고 그림으로 그릴 만한 폐허가 있으면 좋겠다며 한숨지었다. 에이미는 바위와 나무 그루터기, 버섯, 꺾인 베르바스쿰 줄기로 구성된 〈멋진 작품〉이나 깃털 침구를 몇 개 그려 놓은 듯한 〈천상의 구름 덩어리〉를 그리느라 축축한 풀밭에 너무 오래 앉아 있다 보니 감기가 떨어질 날이 없었다. 에이미는 고운 얼굴빛을 포기하면서까지 한여름 햇볕 속에서 배를 타고 강을 떠다니며 빛과 그림자를 연구했고, 실을 들고 눈을 가늘게 뜨는 〈시점〉인지 뭔지 하는 기술을 따라 하느라 코에 주름이 생겼다.

〈천재성이란 끝없는 인내심이다〉라는 미켈란젤로의 말이 옳다면 에이미는 천재성을 어느 정도 가지고 있다고 주장할 수 있었다. 온갖 방해와 실패, 기운 꺾이는 일들에도 불구하고 언젠가 〈고급 예술〉이라 불릴 만한 작품을 만들 수 있다고 굳게 믿으며 계속 노력했기 때문이다.

그동안 에이미는 다른 것들도 배우고, 실행하고, 즐겼다. 위대한 예술가는 못 되더라도 매력적이고 교양 있는 여성이 되겠다고 굳게 결심했기 때문이다. 에이미는 이 분야의 성과가 더 좋았다. 그녀는 아무 노력 없이도 사람들을 즐겁게 해주고, 어디서든 친구를 사귀고, 삶을 너무나도 우아하고 쉽게 받아들이는 행복한 피조물들 중 하나였다. 그만큼 운이 좋지 않은 사람들이 보면 저런 사람은 행운의 별 아래 태어났다고 믿고 싶을 정도였다. 에이미의 타고난 재능 중에는 재치도 있었기 때문에 모두가 그녀를 좋아했다. 에이미는 무엇이 즐겁고 예의에 맞는지 파악하는 본능적인 감각이 있었고, 항상 상대방에게 딱 맞는 말을 했으며, 시간과 장소에 알

맞게 행동했다. 그리고 어찌나 차분한지 언니들이 〈에이미는 아무 연습 없이 궁전에 들어가도 뭘 해야 할지 정확히 알 거야〉라고 말할 정도였다.

에이미의 약점 중 하나는 〈제일 좋은 사교계〉에 들어가고 싶다는 야망이었지만, 〈제일 좋다〉는 게 뭔지도 몰랐다. 에이미의 눈에는 돈, 지위, 상류층의 교양, 우아한 몸가짐이 제일 바람직해 보였고, 그런 것들을 가진 사람들과 어울리기를 좋아했다. 하지만 진짜와 가짜를 종종 착각하고 우러러볼 가치가 없는 것들을 우러러보았다. 에이미는 자신이 타고난 숙녀임을 절대 잊지 않고 기회가 생기면 가난 때문에 밀려났던 자리를 차지할 수 있도록 귀족적인 취향과 감정을 길렀다.

친구들한테 〈숙녀〉라고 불리는 에이미는 진정한 숙녀가 되기를 진심으로 바랐고, 마음으로는 이미 숙녀였다. 그러나 타고난 세련됨은 돈으로 살 수 없고, 지위가 고귀함을 항상 보장하는 것은 아니며, 정말 훌륭한 가정 교육은 표면적인 결점에도 불구하고 저절로 드러나는 것임을 아직 배우지 못했다.

「엄마, 부탁이 하나 있어요.」 어느 날 에이미가 심각한 분위기로 말했다.

「그래, 에이미. 무슨 일이니?」 어머니가 말했다. 어머니의 눈에는 당당하고 젊은 숙녀가 아직도 〈아기〉로 보였다.

「그림 수업이 다음 주에 끝나는데, 여름 동안 친구들과 뿔뿔이 흩어지기 전에 우리 집으로 초대하고 싶어요. 다들 강을 보면서 무너진 다리를 스케치하고, 제 그림 중에서 마음에 드는 걸 따라 그리고 싶대요. 친구들이 여러 가지로 무척 친절하게 대해 줘서 정말 고마워요. 다들 집이 부자이고 전 가난하지만 항상 똑같이 대해 줬거든요.」

「당연한 거 아니니?」 마치 부인은 딸들이 말하는 〈마리아 테레지아 같은 태도〉로 물었다.

「거의 모두 다르게 대한다는 건 엄마도 저만큼이나 잘 아시잖아요. 그러니까 모성애 강한 암탉이 화려한 새한테 쪼이는 새끼를 보는 것처럼 그렇게 깃털을 곤두세우지 마세요. 미운 오리새끼는 결국 백조가 됐잖아요.」 에이미는 행복한 기질과 희망찬 기운을 가지고 있었기 때문에 씁쓸한 기색도 없이 미소를 지었다.

마치 부인이 웃음을 터뜨리고 어머니로서의 자부심을 누그러뜨리며 물었다. 「그래, 우리 백조, 어떻게 할 계획이니?」

「다음 주에 친구들을 점심 식사에 초대하려고요. 마차를 타고 애들이 보고 싶다는 곳으로 가서 강에서 배도 좀 타면서 작은 미술 축제 같은 걸 열고 싶어요.」

「괜찮을 것 같구나. 점심 식사로는 뭘 준비할 거니? 케이크, 샌드위치, 과일, 커피면 충분하겠지?」

「오, 아니에요! 차가운 혀 요리랑 닭고기, 프랑스제 초콜릿과 아이스크림이 필요해요. 친구들은 그런 음식이 익숙하니까 우아하고 제대로 된 점심 식사를 대접하고 싶어요. 저야 생계를 위해서 일해야 하지만요.」

「몇 명이나 되는데?」 어머니가 진지한 표정으로 물었다.

「우리 반은 총 열두 명에서 열네 명 정도이지만, 아마 다

오지는 않을 거예요.」

「세상에, 에이미. 그 애들을 태우고 다니려면 승합 마차를 빌려야겠다.」

「엄마, 왜 그렇게 생각하세요? 아마 여섯에서 여덟 명 정도밖에 오지 않을 테니까 해변용 마차를 한 대 빌리고 로런스 할아버지의 체리바운스를 빌릴 거예요.」(해나는 섀러뱅[6]을 체리바운스라고 발음했다.)

「전부 다 하면 돈이 많이 들 거야, 에이미.」

「그렇게 많이 들진 않아요. 얼마나 들지 계산해 봤고, 제가 낼 거예요.」

「네 친구들은 그런 음식에 익숙하니까 우리가 최선을 다해 준비해도 별로 새롭지 않을 거야. 계획을 더 간단하게 세우면 하다못해 기분 전환이라도 돼서 좋지 않겠니? 필요하지도 않은 것을 사거나 빌릴 필요도 없고, 우리 형편에 맞지 않는 방법을 시도하지 않아도 되니까 훨씬 낫고 말이야.」

「제가 하고 싶은 대로 못 할 거면 그냥 안 할래요. 엄마랑 언니들이 조금만 도와주면 제가 완벽하게 해낼 수 있어요. 돈도 제가 다 낼 건데 왜 안 되는지 모르겠어요.」 에이미가 말했다. 결심이 어찌나 굳은지 반대하면 오히려 고집을 부릴 것 같았다.

마치 부인은 경험이야말로 최고의 스승임을 알았고, 가능

6 char-à-banc. 원래는 〈벤치가 있는 마차〉라는 뜻의 프랑스어이다. 벤치 좌석이 앞쪽을 향해 줄지어 놓인 마차로, 주로 지붕이 없고 많은 인원이 탈 수 있어서 소풍 등의 용도로 쓰였다.

하면 아이들이 스스로 교훈을 얻도록 내버려 두었다. 충고를 소금과 센나[7]처럼 거부하지 않으면 기꺼이 더 편한 방법으로 가르쳐 주었지만 말이다.

「좋아, 에이미. 네가 이미 마음을 정했다면, 그리고 돈과 시간, 기운을 낭비하지 않을 수 있겠다 싶으면 난 아무 말도 하지 않을게. 언니들이랑 상의해 보렴. 어떤 결정을 내리든 엄마는 최선을 다해 도울 테니까.」

「고마워요, 엄마. 엄마는 항상 너무 다정해요.」 에이미는 이렇게 말하고 언니들에게 계획을 설명하러 갔다.

메그는 즉시 찬성하며 도와주겠다고 약속했고, 그녀의 작은 집부터 제일 좋은 소금 스푼에 이르기까지 가진 것은 뭐든지 빌려주겠다고 했다. 그러나 조는 에이미의 계획 자체에 얼굴을 찌푸리며 처음에는 아무 상관도 하지 않으려 했다.

「널 좋아하지도 않는 여자애들을 위해 네 돈까지 쓰면서 가족을 귀찮게 하고 온 집안을 뒤집으려는 이유가 도대체 뭐니? 너처럼 자존심 강하고 분별 있는 애가 프랑스제 신발을 신고 쿠페[8]를 타고 다닌다는 이유만으로 다른 여자애들한테 아첨할 줄은 몰랐네.」 조가 말했다. 소설의 비극적인 클라이맥스를 쓰다가 불려 나왔기 때문에 사교 모임 계획을 세우기에 썩 좋은 상태는 아니었다.

「아첨하는 게 아니야. 생색내는 애들은 나도 언니만큼이나 싫어해!」 에이미가 화를 내며 대꾸했다. 두 사람은 이런 문제

7 설사약으로 쓰는 엡섬 소금과 센나 잎은 무척 쓰다.

8 지붕이 있는 2인승 사륜마차.

로 아직도 부딪쳤다. 「친구들은 나를 좋아하고 나도 걔들을 좋아해. 언니는 상류층의 어리석은 행동에 대해서 뭐라고 하지만 걔들도 아주 친절하고, 분별력도 재능도 있어. 언니는 사람들의 호감을 얻는 것도, 좋은 상류 사회에 들어가는 것도, 예의범절을 익히고 좋은 취향을 기르는 것도 신경 쓰지 않잖아. 나는 신경 쓰고, 기회가 오면 최대한 활용할 거야. 허리에 손을 얹고 콧대를 쳐들고 다니는 걸 독립심이라 부르고 싶으면 마음대로 해. 하지만 내 방식은 아니야.」

에이미가 혀를 날카롭게 벼리고 자신의 생각을 있는 그대로 말하면 말싸움에서 거의 이겼다. 에이미는 상식을 쉽게 자기편으로 삼았지만, 조는 자유에 대한 사랑과 관습에 대한 증오를 극단으로 몰고 가다가 자연스럽게 지곤 했다. 조의 독립심에 대한 에이미의 정의가 정곡을 찔렀기 때문에 두 사람 모두 웃음을 터뜨렸고, 논쟁은 조금 더 우호적인 분위기가 되었다. 조는 정말 내키지 않았지만, 결국 그런디 부인[9]을 위해 하루를 희생하고 동생이 〈말도 안 되는 일〉을 해내도록 돕기로 했다.

초대장을 보내자 거의 모두가 수락했고, 성대한 행사는 다음 주 월요일로 예정되었다. 해나는 일주일간의 집안일 일정에 차질이 생겼기 때문에 기분이 상했고, 〈빨래와 다림질이 제대로 되지 않으면 어디서든 제대로 되는 일이 없어〉라고 예언했다. 가사의 중심인 해나가 엇나가면서 행사 전체에 나

9 토머스 모턴의 희극 「쟁기의 속도를 높여라」에서 계속 언급되지만 등장하지 않는 인물로, 관습적 예의범절이라는 뜻으로 쓰인다.

쁜 영향을 끼쳤다. 그러나 좌우명이 〈닐 데스페란둠〉[10]이었던 에이미는 이미 결심을 했기 때문에 계획을 밀어붙였지만 온갖 문제에 부딪쳤다. 우선 해나의 요리가 별로였다. 닭고기는 질기고 혀 요리는 너무 짰으며, 초콜릿은 거품이 제대로 일지 않았다. 케이크와 아이스크림은 에이미의 예상보다 비쌌고, 마차도 마찬가지였으며, 처음에는 사소해 보였던 비용들이 나중에는 놀랄 만큼 커졌다. 베스는 감기에 걸려 침대에 드러누웠다. 메그는 집에 손님이 유독 많이 찾아와서 나올 수 없었고, 정신을 집중할 수 없었던 조는 평소보다 훨씬 자주 물건을 깨뜨리고, 사고를 치고, 실수를 해서 힘들게 만들었다.

「엄마가 없었다면 난 절대 해내지 못했을 거야.」 나중에 모두가 〈그 계절 가장 웃겼던 사건〉을 잊은 후에도 에이미는 어머니에 대한 고마움을 기억하며 이렇게 선언했다.

젊은 아가씨들은 월요일에 날씨가 좋지 않으면 화요일에 오기로 했는데, 그 때문에 조와 해나는 극도로 화가 났다. 월요일 아침 날씨가 좋지도 나쁘지도 않아서 아예 비가 쏟아붓는 것보다 더 신경질이 났다. 비가 살짝 왔다가, 해가 약간 비쳤다가, 바람이 살짝 불었다가 하면서 날씨가 마음을 정하지 않았기 때문에 다른 사람들도 마음을 정할 수 없었다. 에이미가 새벽같이 일어나 식구들을 깨워서 아침 식사를 끝냈기 때문에 집은 깨끗하게 정리되었다. 응접실이 유난히 초라해 보였지만, 에이미는 갖지 못한 것을 생각하며 한숨짓는 대신

10 Nil desperandum. 〈절망하지 말라〉는 뜻의 라틴어.

솜씨를 발휘해서 가진 것을 더없이 멋지게 연출했다. 카펫의 낡은 부분에 의자를 놓고 집에서 만든 조각상으로 벽의 얼룩을 가리자, 조가 여기저기 꽂아 둔 사랑스러운 꽃병과 조화를 이루며 예술적인 분위기가 더해졌다.

점심 식사는 황홀해 보였다. 에이미는 식탁을 둘러보면서 맛이 괜찮기를, 그리고 빌려 온 유리그릇과 도자기 그릇, 은제 물건들이 안전하게 돌아가기를 진심으로 빌었다. 마차는 예약해 두었고 메그와 어머니는 손님들을 맞이할 준비를 마쳤다. 베스는 해나와 함께 보이지 않는 곳에서 도와줄 예정이었고, 조는 정신이 다른 데 팔린 데다 머리가 지끈거리고 모든 사람과 모든 것이 아주 못마땅했지만 최대한 활기차고 상냥하게 굴기로 했다. 에이미는 지친 몸으로 옷을 갈아입으면서 점심 식사를 무사히 마친 후 친구들을 마차에 태우고 나가서 예술적인 즐거움을 만끽할 행복한 오후만 고대하며 기운을 냈다. 〈체리바운스〉와 무너진 다리가 에이미의 자랑거리였기 때문이다.

그 후 두 시간의 긴장된 시간이 흘렀다. 친구들의 생각이 풍향계처럼 바뀌는 동안 에이미는 응접실과 포치를 계속 오갔다. 11시쯤 내린 거센 비가 12시에 도착하기로 한 숙녀들의 열정을 꺼뜨린 것이 분명했다. 2시가 되었지만 아무도 오지 않았다. 지친 가족들은 환한 햇살을 받으며 자리에 앉아 최대한 음식을 낭비하지 않기 위해서 성찬 중에서 상할 가능성이 있는 것들만 먹었다.

「오늘은 날씨가 분명해서 다들 확실하게 올 테니까 부지런히 움직이면서 준비해야 돼요.」 다음 날 아침, 해가 깨우자마자 에이미가 이렇게 말했다. 그녀는 활달하게 말했지만 마음속으로 월요일에 날씨가 좋지 않으면 화요일에 오라는 말을 하지 말걸 그랬다고 몰래 후회하고 있었다. 에이미의 홍미도 케이크처럼 약간 상해 가고 있었다.

「바닷가재를 못 구했어, 오늘은 샐러드 없이 해야겠다.」 한 시간 늦게 나타난 마치 씨가 차분하지만 아쉬운 표정으로 말했다.

「닭고기를 쓰면 될 거예요. 샐러드에 넣으면 질겨도 상관없으니까요.」 그의 아내가 조언했다.

「해나가 닭고기를 부엌 식탁에 잠깐 올려놨는데 새끼 고양이들이 먹어 버렸어. 정말 미안해, 에이미.」 아직도 고양이들의 후원자인 베스가 말했다.

「그러면 혀 요리만으로는 안 돼, 바닷가재가 꼭 있어야 돼.」 에이미가 단호하게 말했다.

「내가 얼른 시내에 나가서 한 마리 사 올까?」 조가 순교자처럼 관대하게 물었다.

「언니는 날 괴롭히려고 바닷가재를 종이로 싸지도 않고 팔 밑에 끼고서 가져올 거잖아. 내가 직접 갈게.」 기운이 빠지기 시작한 에이미가 대답했다.

에이미는 두꺼운 베일을 쓰고 품위 있는 여행 바구니로 무장한 다음, 마차를 타고 시원한 바람을 쐬면 곤두선 신경이 가라앉아서 오늘 일을 해낼 수 있을 것이라고 생각하며 출발했다. 시간이 약간 지체되었지만 원하던 물건을 구한 데다가 집에 도착했을 때 요리 시간을 줄여 줄 드레싱도 한 병 샀다. 에이미는 자신의 선견지명에 감탄하며 집으로 가는 승합 마차에 올랐다.

다른 승객이라고는 꾸벅꾸벅 조는 노부인 한 명뿐이었기 때문에 에이미는 베일을 주머니에 넣고, 돈을 다 어디에 썼을까 생각하며 지루함을 달래고 있었다. 그녀는 복잡한 숫자가 가득한 종이를 보느라 바빠서 마차를 세우지도 않고 올라탄 새로운 승객을 보지 못했다. 〈안녕하세요, 마치 양〉이라고 말하는 남자 목소리가 들려서 고개를 들어 보니 로리의 아주 세련된 대학 친구인 튜더였다. 에이미는 그가 먼저 내리기만을 간절히 바라며 발치에 놓인 바구니를 모른 척했다. 그리고 새로 산 여행용 원피스를 입고 온 자신을 마음속으로 칭찬하며 평소처럼 상냥하고 활기차게 청년의 인사에 대답했다.

두 사람은 즐겁게 대화를 나누었다. 젊은 신사가 먼저 내린다는 사실을 알게 되어 가장 큰 걱정을 내려놓은 에이미가 특히나 도도한 말투로 특별히 잡담을 나누고 있을 때, 노부인이 마차에서 내리려고 했다. 그런데 노부인이 비틀거리며 문 쪽으로 가다가 바구니를 엎었고, 아아, 끔찍하게도 어마어마하게 크고 색이 요란한 바닷가재가 명문가 출신 튜더의 눈앞에 모습을 드러냈다!

「세상에, 저녁거리를 놓고 내리셨군!」 아무것도 모르는 청년이 이렇게 외치며 지팡이로 진홍색 괴물을 바구니에 다시 담아서 노부인에게 건네려고 했다.

「그러지 마세요…… 그거…… 그거 제 거예요.」 에이미가 바닷가재만큼 새빨개진 얼굴로 중얼거렸다.

「아, 그렇군요. 실례했습니다. 보기 드물게 실하군요, 그렇지 않습니까?」 튜더가 정신을 다잡고 훌륭한 가정 교육을 받은 청년답게 아주 차분한 태도로 말했다.

에이미가 얼른 정신을 차리고 대담하게 바구니를 좌석에 올린 다음 웃으며 말했다. 「이걸로 만든 샐러드를 드시고 싶지 않으세요? 그 샐러드를 먹는 매력적인 아가씨들도 보고 말이에요.」

남자들의 가장 큰 약점 두 가지를 건드리는 재치 있는 말이었다. 이 말을 듣자마자 바닷가재는 기분 좋은 기억이라는 후광에 둘러싸였고, 〈매력적인 아가씨들〉에 대한 호기심 때문에 우스운 사고는 금방 잊혔다.

〈로리 오빠랑 이 얘기를 하면서 웃겠지만 내가 그 모습을 볼 일은 없어서 다행이야.〉 튜더가 인사를 하고 멀어질 때 에이미는 생각했다.

집으로 돌아온 에이미는 튜더를 만났다는 말은 하지 않고 (그러나 바구니를 엎는 바람에 드레싱이 치마에 몇 방울 튀어 새 원피스를 망쳤음을 깨달았다) 어제보다 훨씬 더 귀찮게 느껴지는 준비를 했다. 12시가 되자 다시 모든 준비가 끝났다. 에이미는 이웃 사람들이 그녀의 분주한 움직임에 흥미를 갖는 것을 느끼며 오늘만큼은 큰 성공을 거두어 어제의 실패가 지워지기를 바랐다. 그래서 에이미는 연회에 참석할 손님들을 만날 채비를 하고 〈체리바운스〉를 불러서 출발했다.

「덜컹거리는 소리가 들리네, 오나 봐! 내가 포치에 나가서 맞이할게. 따뜻하게 환영해야지. 불쌍한 에이미가 이렇게까지 고생했으니 즐거운 시간을 보내면 좋겠구나.」 마치 부인이 이렇게 말하고 움직이기 시작했다. 그러나 바깥을 흘깃 내다보더니 설명하기 힘든 표정을 지으며 물러났다. 커다란 마차에 어쩔 줄 모르는 표정으로 앉아 있는 사람은 에이미와 젊은 아가씨 한 사람뿐이었다.

「베스, 얼른 해나랑 둘이서 음식을 절반만 남기고 치워. 손님이 한 명인데 열두 명을 위한 오찬이 차려져 있으면 너무 이상하잖아.」 조가 이렇게 외치고 아래층으로 내려갔다. 어찌나 흥분했는지 잠깐 멈춰서 웃음을 터뜨리지도 않았다.

에이미가 무척 차분하게, 그리고 약속을 지킨 유일한 손님을 아주 상냥하게 대하며 안으로 들어왔다. 가족들은 대반전에도 불구하고 각자의 역할을 잘해 냈지만, 엘리엇 양은 정말 재미있는 가족이라고 생각했다. 다들 이 상황이 너무 웃겨서 웃음기를 완전히 지우지 못했기 때문이다. 재빨리 양을 줄인 점심 식사를 즐겁게 나눠 먹고, 화실과 정원을 둘러보고, 예술에 대해서 열정적인 대화를 나눈 후 에이미가 경마차를 불러(아아, 우아한 체리바운스는 아쉽지만 포기해야 했다) 친구에게 조용히 마을을 구경시켜 준 다음 해가 지자 〈파티가 나갔다.〉

에이미는 무척 피곤했지만 여느 때와 다름없이 차분한 표정으로 돌아왔다. 조의 입꼬리가 의심스럽게 실룩거리는 것만 빼면 불행한 축제의 흔적은 모두 사라지고 없었다.

「마차를 타고 돌아다니기에 정말 좋은 오후였겠구나, 에이미.」 손님 열두 명이 모두 다녀간 것처럼 어머니가 점잖게 말했다.

「엘리엇 양은 정말 사랑스럽더라, 즐거워 보였어.」 베스가 평소보다 더 따스하게 말했다.

「나 케이크 좀 줄래? 진짜 필요하거든. 손님이 너무 많은데 네 케이크처럼 맛있게 못 만들겠어.」 메그가 진지하게 물었다.

「다 가져가. 이 집에 단것을 좋아하는 사람은 나밖에 없는데, 나 혼자서는 다 먹기도 전에 곰팡이가 필 거야.」 에이미는 결국 이렇게 끝날 것을 왜 그렇게 넉넉하게 준비했을까 생각하고 한숨을 쉬며 대답했다.

「우리를 도와줄 로리가 없어서 아쉽다.」 다 같이 자리에 앉아서 이틀 사이에 두 번째로 아이스크림과 샐러드를 먹을 때 조가 말을 꺼냈다.

어머니가 경고의 표정을 보이자 조는 입을 다물었고, 온 가족이 영웅적으로 침묵을 지키며 먹고 있을 때 마치 씨가 온화하게 말했다. 「샐러드는 고대인들이 제일 좋아하는 음식 중 하나였는데 말이다, 이블린이…….」 이 부분에서 다들 웃음을 터뜨리는 바람에 학식 높은 신사는 깜짝 놀랐고, 〈샐러드의 역사〉 이야기는 뚝 끊겼다.

「전부 다 바구니에 넣어서 훔멜 씨 댁에 갖다줘요. 독일 사람들은 음식을 좋아하잖아요. 난 보기만 해도 지겨워요. 내가 멍청했다는 이유만으로 온 가족이 배 터져 죽을 필요는 없어요.」 에이미가 눈물을 닦으며 외쳤다.

「그 뭐라는 마차 안에서 커다란 껍데기에 든 조그마한 콩알 두 개처럼 굴러다니는 너희 둘을 보는 순간 웃겨 죽는 줄 알았어. 엄마는 잔뜩 몰려들 손님을 맞이하려고 기다리시는데 말이야.」 조가 실컷 웃은 다음 한숨을 쉬며 말했다.

「네가 실망한 건 정말 안됐지만, 우리 모두 널 만족시키려고 최선을 다했단다.」 마치 부인이 어머니다운 안쓰러움이 가득한 투로 말했다.

「전 만족했어요. 어쨌든 제가 시작한 일을 끝냈고, 제가 잘못해서 실패한 건 아니니까요. 그걸로 위안을 삼을래요.」 에이미가 약간 떨리는 목소리로 말했다. 「다들 도와줘서 고마워요. 그리고 이 일을 적어도 한 달 동안은 입에 올리지 않으면 더 고마울 거예요.」

아무도 몇 달 동안 이 일을 입에 올리지 않았지만 〈축제〉라는 단어가 나오면 다들 미소를 지었고, 로리는 에이미의 생일에 작은 바닷가재 모양의 산호 시곗줄 장식을 선물했다.

27장

# 문학 수업

행운의 여신이 갑자기 조에게 미소를 지으며 그녀의 길에 행운의 1센트 동전을 떨어뜨렸다. 정확히 말해서 금화는 아니었지만 50만 달러라 해도 이 작은 액수보다 더 큰 행복을 주지는 못했을 것이다.

조는 몇 주에 한 번씩 집필복을 입고 방에 틀어박혀서, 본인의 표현에 따르면 〈소용돌이에 휩쓸려〉 온 마음과 영혼을 다해 소설을 썼다. 소설을 끝내기 전에는 평온을 찾을 수 없었다. 조의 〈집필복〉은 펜을 마음대로 닦아도 되는 검은색 양모 앞치마와 기분 좋은 빨간 리본이 달린 같은 재질의 모자였는데, 글을 쓸 준비가 되면 조는 그 안으로 머리카락을 말아서 밀어 넣었다. 가족들에게는 이 모자가 등대나 다름없었다. 조가 이렇게 글을 쓸 때면 가족들은 거리를 두면서 아주 가끔 고개를 들이밀고 〈천재성이 막 불타오르니, 조?〉라고 흥미롭게 물을 뿐이었다. 항상 이런 용감한 질문을 던지는 것은 아니었고, 모자를 보고 그 상황을 판단했다. 표현력이 풍부한 모자가 이마 위로 깊이 내려와 있으면 일이 힘들다는 표시였다. 흥분하면 모자가 비딱하게 틀어졌고, 작가가 절망에 사로잡히면 완전히 벗겨져서 마루에 나뒹굴었다. 그럴 때면 침입자는 말없이 물러가고 재능 넘치는 눈썹 위에서 빨간 리본이 기분 좋게 달랑거리기 전까지는 아무도 감히 조에게 말을 걸지 않았다.

조는 절대 자신을 천재라고 생각하지 않았다. 그러나 글쓰기에 푹 빠지면 모든 것을 다 버리고 자신을 내맡긴 채 더없이 행복하게 지냈다. 그럴 때면 부족함도, 걱정도, 나쁜 날씨도 의식하지 못한 채 상상 속의 세계에서 그녀에게는 현실의 친구만큼이나 진짜이고 소중한 친구들과 함께 안전하고 행복하게 지냈다. 잠이 그녀의 눈을 떠났고, 식사는 손도 대지 않았으며, 이럴 때에만 그녀를 찾아오는 행복을 즐기기에는 밤이든 낮이든 너무 짧았다. 그런 행복은 비록 열매를 맺지 못하더라도 이러한 시간을 가치 있게 만들어 주었다. 성스러운 영감은 보통 1~2주 정도 지속되었고, 그 기간이 끝나면 조는 〈소용돌이〉에서 빠져나와 배가 고프거나 졸리거나 화나거나 풀 죽은 모습을 드러냈다.

이러한 시기가 끝나고 회복 중일 때, 조는 크로커 양을 강연에 모시고 가서 선행의 대가로 새로운 아이디어를 얻기로 했다. 시민 강좌 중 피라미드에 대한 강연이었다. 조는 일반 대중을 대상으로 하는 강연에서 그런 주제를 고른 것이 이상했다. 그러나 석탄 가격과 밀가루 가격만 생각하면서 평생 스핑크스의 수수께끼보다 더 어려운 수수께끼를 풀려고 애를 쓰는 사람들에게 파라오의 영광을 자세히 설명하면 크나

큰 필요가 충족되거나 대단한 사회악을 고칠 수도 있겠지 싶었다.

두 사람은 일찍 도착했다. 크로커 양이 스타킹 뒤꿈치 부분을 정리하는 동안, 조는 자리를 채운 사람들의 얼굴을 자세히 살피며 시간을 보냈다. 왼쪽에서는 넓은 이마에 딱 맞는 보닛을 쓴 기혼 부인 두 명이 여성의 권리에 대해 토론하면서 레이스를 뜨고 있었다. 그 뒤에서는 가난한 연인 한 쌍이 천진난만하게 손을 잡고 앉아 있었고, 침울한 노처녀가 종이봉투에 담긴 페퍼민트를 먹고 있었으며, 노신사 하나가 노란색 손수건을 얼굴에 덮고 미리 낮잠을 자고 있었다. 오른쪽에는 신문에 푹 빠진 학구적인 청년 한 명뿐이었다.

삽화가 있는 신문이었는데, 조는 자신과 제일 가까운 면의 그림을 보면서 어떤 우연이 연달아 발생해야 전투 복장의 인디언이 절벽 위에서 자기 목을 물려는 늑대와 뒹굴고, 부자연스러울 정도로 발이 작고 눈이 큰 젊은 신사 두 명이 화를 내며 서로를 칼로 찌르려 하고, 그 뒤에서 옷차림이 흐트러진 여성이 입을 떡 벌리고 도망치는 걸까, 한가롭게 생각했다. 청년이 페이지를 넘기려고 잠시 멈추었다가 조가 보고 있음을 깨닫고 싹싹한 태도로 신문 반쪽을 건네주면서 불쑥 말했다. 「읽어 볼래요? 최고의 소설이에요.」

조는 아직까지도 남자애들과 어울리는 것을 좋아했기 때문에 미소를 지으며 그것을 받아 들었고, 곧 사랑과 미스터리, 살인이 뒤섞인 흔한 미궁에 빠져들었다. 온갖 격정이 난무하는 소설, 작가가 상상력이 달리면 엄청난 재난을 일으켜서 등장인물의 절반을 죽이고 나머지 절반은 그들의 몰락에 기뻐하는 가벼운 문학이었다.

「최고죠, 안 그래요?」 조의 눈이 마지막 문단으로 내려가자 옆자리의 청년이 물었다.

「당신이나 나도 마음만 먹으면 이 정도는 쓸 수 있을 것 같은데요.」 조가 대꾸했다. 그가 이런 시시한 소설을 좋아하는 것이 놀라웠다.

「내가 이 정도 소설을 쓸 수 있으면 정말 좋겠네요. 이 여자는 이런 소설을 써서 부유하게 산다고 하더라고요.」 그가 소설 제목 밑의 S.L.A.N.G 노스버리 부인이라는 이름을 가리켰다.

「이 사람 알아요?」 조가 갑작스러운 흥미를 느끼며 물었다.

「아니요. 하지만 이 사람 작품은 다 읽었어요. 그리고 이 신문을 찍는 인쇄소에 아는 사람이 있거든요.」

「이런 소설을 써서 부유하게 산다고요?」 조는 지면에 잔뜩 뿌려진 느낌표와 격정적인 등장인물들을 더욱 존경스러운 눈으로 바라보았다.

「그렇겠죠! 사람들이 뭘 좋아하는지 알고, 그걸 써서 돈을 많이 받잖아요.」

그때 강연이 시작되었지만 조는 거의 듣지 못했다. 샌즈 교수가 탐험가 벨초니[11]와 쿠푸왕,[12] 풍뎅이, 상형 문자에 대

11 Giovanni Belzoni(1778~1823). 이집트 유물을 발굴한 18세기 이탈리아 탐험가.

12 Khufu(?~B.C. 2566). 고대 이집트 제4 왕조의 왕.

해 설명하는 동안 조는 몰래 신문사의 주소를 적고 선정 소설[13]에 걸린 상금 1백 달러에 도전해 봐야겠다고 용감하게 결심했다. 강연이 끝나고 청중이 잠에서 깨어날 때 조는 이미 자신의 눈부신 운명을 정해 놓았고(신문으로 돈을 번 것은 처음이 아니었다), 소설 쓰기에 이미 푹 빠져서 결투 장면을 도피 전에 넣을지 살인 후에 넣을지 고민 중이었다.

조는 자신의 계획에 대해서 가족들에게 한마디도 하지 않은 채 다음 날부터 바로 작업에 푹 빠져들었기 때문에 어머니가 무척 걱정했다. 〈천재성이 불타기 시작하면〉 어머니는 항상 약간 염려하는 표정을 지었다. 조는 『스프레드 이글』에 실을 가벼운 로맨스만 썼을 뿐 이런 스타일의 소설을 써본 적이 없었다. 극적인 효과, 적당한 플롯, 언어, 의상에 대한 아이디어를 얻을 수 있었으므로 연극을 봤던 경험과 잡다한 독서가 도움이 되었다. 조의 이야기는 제한적인 지식의 한도 내에서 절망과 절박함 같은 불편한 감정으로 가득했고, 리스본을 배경으로 삼았기 때문에 충격적이고 적절한 해결 방법으로 지진을 일으켰다. 원고는 비밀리에 보내졌고, 감히 기대하지도 않지만 만약 이 소설이 상금을 타지 못한다면 그 가치에 어울린다고 생각하는 금액을 기꺼이 받겠다는 아주 겸손한 쪽지를 동봉했다.

6주는 기다리기에 무척 긴 시간이고, 비밀을 지키기에는 더욱 그러했다. 그러나 조는 둘 다 해냈고, 자기 원고를 다시

13 sensation fiction. 범죄자를 둘러싼 자극적인 이야기를 다루는 장르로, 1860년대와 1870년대에 크게 유행했다.

볼 수 있다는 희망을 포기하려고 할 때쯤 편지가 도착했다. 봉투를 열었을 때 1백 달러짜리 수표가 무릎에 떨어지자 조는 거의 숨을 멈추었다. 조는 수표가 뱀이라도 되는 것처럼 잠시 동안 빤히 바라본 다음 편지를 읽고 울기 시작했다. 그 친절한 쪽지를 쓴 상냥한 신사가 같은 인간에게 얼마나 강렬한 행복을 주었는지 알 수 있었다면, 아마 틈이 날 때마다 그 생각을 떠올렸을 것이다. 조에게는 돈보다 편지가 더 중요했기 때문이다. 편지는 용기를 북돋아 주었다. 몇 년 동안이나 노력했으므로 선정 소설을 쓰는 것뿐이라 해도 무언가 하는 법을 배웠다는 사실을 깨닫자 무척 기분이 좋았다.

조는 감정을 추스른 다음 한 손에는 편지를, 다른 손에는 수표를 들고 더없이 당당하게 나타나 상금을 탔다는 발표로 가족들을 감동시켰다. 당연히 다들 크게 기뻐했고, 모두 소설을 읽고 찬사를 보냈다. 하지만 아버지는 표현이 좋고 로맨스가 신선하고 따뜻하며 비극은 무척 감동적이라고 말한 다음, 고개를 저으며 특유의 세속적이지 않은 분위기로 이렇게 말했다.

「조, 넌 이것보다 더 잘 쓸 수 있어. 돈은 신경 쓰지 말고 최고를 노리렴.」

「저는 돈이 제일 좋은 것 같은데요. 조 언니, 그렇게 큰돈으로 뭐 할 거야?」 에이미가 경건한 눈으로 그 마법 같은 종이를 보며 물었다.

「베스랑 어머니를 한두 달 정도 바닷가에 보내 줄 거야.」 조가 즉시 말했다.

「아, 정말 멋지겠다! 아니, 난 못 가. 조 언니, 그러면 내가 너무 이기적이잖아.」 베스가 외쳤다. 베스는 신선한 바닷바람을 갈망하는 것처럼 가느다란 손을 맞잡고 숨을 길게 들이마시다가 딱 멈추더니, 언니가 눈앞에서 흔드는 수표를 치우라고 손짓했다.

「아니야, 넌 가야 해. 난 마음을 정했어. 그것 때문에 내가 노력한 거고, 그래서 성공한 거야. 난 나만 생각할 때는 항상 잘 안 돼, 그러니까 널 위해서 노력하는 게 나한테는 도움이 돼. 모르겠어? 그리고 엄마는 기분 전환이 필요한데, 널 두곤 절대 안 가실 테니까 너도 꼭 가야 돼. 네가 다시 장밋빛 뺨을 되찾고 통통해져서 집으로 돌아오면 얼마나 좋겠니? 조 의사 선생님 만세, 모든 환자를 치료하신다!」

많은 논의 끝에 두 사람은 바닷가로 떠났고, 베스는 바라던 만큼 장밋빛 뺨을 되찾고 통통해지지는 않았지만 훨씬 좋아졌다. 마치 부인은 10년은 젊어진 기분이라고 단언했다. 그래서 조는 상금을 투자한 결과에 만족했고, 기분 좋게 일을 시작하여 반가운 수표를 더 벌기 위해서 열심히 노력했다. 그해에 조는 꽤 많은 돈을 벌었고, 자신이 집안의 기둥이라고 느끼기 시작했다. 펜이 마법을 부려서 조의 〈시시한 글〉이 온 가족의 안락함으로 변했기 때문이다. 「공작의 딸」로 정육점 청구서를 해결했고, 「유령의 손」으로 새 카펫을 깔았으며, 「코번트리의 저주」로는 식료품과 옷을 구입했다.

물론 부(富)가 제일 바람직하지만 가난도 좋은 면이 있다. 고난의 달콤함 중 하나는 머리와 손을 써서 열심히 일하며 느끼는 진정한 만족감이다. 그리고 이 세상의 현명하고 아름답고 유용한 축복의 절반은 궁핍이 주는 영감 덕분이다. 조는 이러한 만족감을 즐겼고, 이제 부유한 여자들을 시샘하지 않았다. 필요한 것은 스스로 손에 넣을 수 있고 누구에게든 한 푼도 요구할 필요가 없다는 사실을 아는 것은 큰 위안이었다.

조의 소설은 크게 주목받지는 못했지만 시장에서 잘 먹혔고, 이 사실에 힘입어 조는 부와 명성을 위해 과감한 글을 쓰기로 결심했다. 조는 써놓았던 장편소설을 네 번째로 베껴 쓴 다음 믿을 만한 친구들에게 읽혔고, 벌벌 떨고 걱정하면서 세 군데의 출판사에 보냈다. 결국 분량을 3분의 1로 줄이고 그녀가 특히 좋아하는 부분을 전부 빼는 조건으로 사겠다는 제안이 왔다.

「이제 그 소설을 양철 조리대에 다시 넣고 곰팡이가 피도록 뒀다가 자비 출판을 하든지, 사는 사람의 구미에 맞게 조각낸 다음 받을 수 있는 돈을 받든지 둘 중 하나를 선택해야 돼요. 가족들 사이에서의 명성도 좋지만 현금이 더 유용하니까, 이 중요한 문제에 대해 여러분의 생각을 듣고 싶어요.」 조가 가족회의를 소집해서 말했다.

「조, 네 작품을 망치지 말려무나. 그 소설에는 네 생각보다 더 많은 것이 들어 있고, 아이디어를 잘 발전시켰어. 작품이 무르익도록 기다리는 게 좋겠다.」 아버지는 이렇게 충고했다. 그는 본인 말을 실천하여 자신의 열매가 무르익도록 30년을 끈질기게 기다렸고, 과실이 달콤하고 말랑하게 익은 지금도 서둘러 수확하려 하지 않았다.

「내 생각에는 기다리는 것보다 시험해 보는 것이 조에게 더 좋을 것 같아.」 마치 부인이 말했다. 「이런 일은 비평이 제일 좋은 시험이지. 생각지도 못한 장점과 단점을 가르쳐 줄 거고, 다음에는 더 잘하도록 도움이 될 테니까. 우리는 너무 편파적이지만 외부인의 찬사와 비난은 유용할 거야. 돈을 조금밖에 못 받더라도 말이야.」

「네.」 조가 눈썹을 찌푸리며 말했다. 「바로 그거예요. 저는 이 소설을 너무 오랫동안 써서 이제는 좋은지, 나쁜지, 이도 저도 아닌지 진짜 모르겠어요. 냉정하고 공정한 사람들이 제 소설을 보고 어떻게 생각하는지 말해 주면 큰 도움이 될 것 같아요.」

「나라면 한 단어도 안 뺄래. 그러면 소설을 다 망칠 거야. 이야기의 재미는 사람들의 행동보다 마음에 있잖아. 설명을 다 빼버리면 뒤죽박죽이 될 거야.」 이 책이 사상 최고의 소설이라고 굳게 믿는 메그가 말했다.

「하지만 앨런 씨는 〈설명을 빼고 소설을 간략하고 극적으로 고치되, 인물이 이야기를 하게 만들라〉고 했어.」 조가 출판업자의 편지를 보면서 끼어들어 말했다.

「그 사람이 시키는 대로 해. 그 사람은 뭐가 팔리는지 알지만 우리는 모르잖아. 인기 많고 좋은 책을 써서 돈을 최대한 많이 받아. 언젠가 명성을 얻은 다음에 철학적이고 형이상학적인 사람들을 소설에 등장시키면 되잖아.」 모든 일을 철저히 실용적인 관점에서 보는 에이미가 말했다.

「글쎄.」 조가 웃으며 말했다. 「만약 내 인물들이 〈철학적이고 형이상학적〉이라 해도 내 탓은 아니야. 가끔 아빠 말씀을 듣는 것만 빼면 난 그런 건 전혀 몰라. 아빠의 현명한 아이디어가 내 로맨스에 섞여 들어갔다면 나야 좋지. 베스, 네 생각은 어때?」

「난 그 소설이 빨리 출판되는 걸 보고 싶어.」 베스는 미소를 지으며 이렇게만 말했다. 그러나 〈빨리〉라는 말이 무의식적으로 강조되었다. 어린아이의 솔직함을 잃지 않은 눈 속에 담긴 간절한 표정을 보고 조는 두려운 예감에 잠시 가슴이 철렁했고, 작은 모험을 〈빨리〉 시작하기로 결심했다.

그래서 젊은 작가는 엄격한 스파르타식으로 자신의 첫째 아이를 책상 위에 올려놓고 도깨비처럼 가차 없이 조각조각 잘라 냈다. 조는 모두를 기쁘게 해주고 싶어서 모든 충고를 받아들였지만, 결국 우화에 등장하는 노인과 당나귀처럼 그 누구도 만족시키지 못했다.

소설에 무의식적으로 들어간 형이상학적인 부분을 아버지가 좋아했기 때문에 조는 의구심이 들었지만 그 부분을 남겨 두었다. 어머니는 설명이 약간 많다고 생각했다. 그래서 조는 설명을 들어냈는데, 그와 함께 이야기에 꼭 필요한 연관성도 많이 사라졌다. 메그는 비극을 무척 좋아했기 때문에 조는 메그에게 맞춰 고통을 잔뜩 집어넣었다. 또 에이미는 재미를 좋아하지 않았기 때문에 조는 더없이 좋은 의도에서 침울한 인물을 단조롭지 않게 만드는 쾌활한 장면들을 없앴다. 그런 다음 분량을 3분의 1로 줄였기 때문에 폐허가 된 소설은 더욱 복잡해졌고, 조는 털을 다 뽑힌 개똥지빠귀 같은 이 보잘것없는 로맨스 소설을 크고 바쁜 세상으로 내보내 운명을 시험했다.

어쨌든 소설은 출판되었고, 조는 그 대가로 3백 달러를 받았다. 찬사와 비난 역시 잔뜩 쏟아졌다. 둘 다 예상보다 훨씬 많았기 때문에 조는 어찌할 바를 몰랐고, 회복하기까지 시간이 좀 걸렸다.

「엄마, 비평이 도움이 될 거라고 하셨죠. 하지만 평이 너무 모순적이라 제가 전도유망한 책을 썼는지 십계명을 모조리 어겼는지도 모르겠는데, 어떻게 그럴 수가 있죠?」 불쌍한 조가 한 무더기의 비평을 넘기며 외쳤다. 사람들의 평을 정독하면 한순간 자부심과 기쁨이 넘치다가, 다음 순간에는 분노와 실망으로 아득해졌다. 「이 사람은 〈진실과 아름다움, 진솔함이 가득한 놀라운 책, 모든 것이 사랑스럽고 순수하고 건전하다〉래요.」 당혹한 작가가 말을 이었다. 「다음 평은 〈이 책의 이론은 한심하다 — 우울한 상상, 관념론적인 사상, 부자연스러운 인물로 가득하다〉래요. 전 이론 같은 것도 없고, 관념론도 믿지 않고, 등장인물들을 실제 삶에서 가져왔으니까 이 비평은 맞을 수가 없어요. 또 다른 사람은 〈최근 몇 년간 나온 미국 소설 중 최고로 꼽을 만하다〉라고 하고(저도 이 말을 믿을 만큼 순진하지는 않아요), 다음 사람은 〈독창적이고 엄청난 힘과 감정으로 썼지만 위험한 책이다〉래요. 전혀 아니에요! 놀리는 사람도 있고, 지나친 찬사를 보내는 사람도 있고, 거의 모두 제가 심오한 이론을 펼친다고 주장하지만 저는 돈과 재미를 위해서 썼을 뿐이에요. 책을 그대로 내거나 아예 내지 말걸 그랬어요. 이렇게 오해를 받다니, 너무 싫어요.」

조의 가족과 친구들은 위로와 칭찬을 잔뜩 퍼부어 주었다. 그러나 좋은 의도로 시작한 일의 결과가 너무 좋지 않았기 때문에 예민하고 활기찬 조에게는 힘든 시간이었다. 하지만 조에게 도움이 되는 경험이었다. 진정으로 가치 있는 의견을 가진 사람들의 비평이 작가에게 가장 좋은 가르침을 주었다. 맨 처음의 시련이 지나가자 조는 형편없는 자기 책을 보고 웃으면서도 그 가치를 믿을 수 있었고, 자신이 시달림을 겪으면서 더 강하고 현명해졌음을 느낄 수 있었다.

「키츠 같은 천재가 아니라고 해서 죽는 것도 아니잖아.」 조가 강인하게 말했다. 「그리고 참 웃기기도 했어. 실제 삶에서 그대로 가져온 부분은 불가능하고 부조리하다고 비난을 받고, 내가 멍청한 머리로 만들어 낸 장면은 〈매력적일 만큼 자연스럽고 섬세하고 진실하다〉라는 말을 들었으니까. 그걸 위안으로 삼아야겠다. 준비가 되면 다시 일어나서 시도해야겠어.」

## 28장

# 신혼 생활

대부분의 젊은 기혼 여성과 마찬가지로 메그는 결혼 생활을 시작할 때 모범적인 주부가 되겠다고 굳게 결심했다. 존은 집을 낙원으로 여길 것이고, 늘 미소 짓는 얼굴을 보고 매일 호화로운 식사를 즐길 것이며, 단추 하나 떨어지지 않을 것이라고 말이다. 메그는 너무나도 많은 사랑과 에너지를 쏟아부으며 쾌활하게 일했기 때문에 몇 가지 문제에도 불구하고 성공할 수밖에 없었다. 메그의 낙원이 고요하지는 않았다. 이 작은 여인은 존을 만족시키려고 안달하면서 지나치게 걱정했고, 시중을 드느라 경황이 없던 마르타[14]처럼 분주하게 움직였다. 가끔 메그는 너무 피곤해서 미소 지을 힘도 없었다. 정말 맛있는 코스 요리 때문에 소화 불량에 걸린 존은 고마운 줄도 모르고 간단한 식사를 요구했다. 단추의 경우, 메그는 금방 단추가 도대체 어디로 갔을까 생각하면서 남자의 부주의함에 고개를 절레절레 흔들게 되었다. 그리고 서툰 손가락으로 초조하게 잡아당기니까 단추가 자꾸 떨어지는 게

14 신약 성경 「루가의 복음서」 10장 38~42절 참고.

아니냐며 존에게 단추를 직접 달아 보라고, 그가 단 단추는 메그가 단 단추보다 잘 붙어 있나 보자는 말까지 했다.

사랑만으로 살 수 없음을 깨달은 후에도 두 사람은 무척 행복했다. 존이 보기에는 메그가 익숙한 커피 주전자 뒤에서 그를 향해 얼굴을 빛내는 지금도 그녀의 아름다움은 전혀 줄어들지 않았다. 메그도 매일 아침 출근하는 남편이 입맞춤을 한 다음, 〈저녁 식사에 쓸 송아지 고기나 양고기를 보낼까요?〉라고 물을 때면 로맨스가 전혀 아쉽지 않았다. 작은 집은 이제 연인들의 정자가 아니라 가정이 되었고, 젊은 부부는 곧 그것이 더 나은 변화임을 느꼈다. 처음에 두 사람은 소꿉놀이를 하는 아이들 같았다. 하지만 존은 곧 어깨에 짊어진 가장의 무게를 느끼며 착실하게 일하기 시작했고, 메그는 희고 얇은 실내복을 벗고 커다란 앞치마를 두른 다음 앞서 말한 것처럼 신중함보다는 넘치는 에너지로 일을 시작했다.

요리에 대한 열의가 불타오르는 동안 메그는 『코닐리어스 부인의 요리책』을 수학 문제집처럼 독파하면서 인내심을 가지고 주의 깊게 문제를 풀었다. 가끔 가족을 집으로 초대해 성공적이지만 양이 너무 많은 성찬을 함께 즐기기도 했고, 실패한 요리는 모두의 눈을 피해 롯첸을 통해 훔멜 씨네로 몰래 보내서 아이들의 뱃속이라는 편리한 곳에 숨겼다. 보통 저녁에 존과 함께 가계부를 살펴보고 나면 요리에 대한 열정이 소강상태에 접어들고 검소해졌다. 그동안 불쌍한 존은 브레드 푸딩, 해시,[15] 다시 데운 커피를 먹어야 했기 때문에 괴

15 브레드 푸딩은 남은 빵에 우유와 달걀 등을 섞어서 만든 요리이고, 해

로웠지만 칭찬할 만한 인내심을 발휘하며 참았다. 그러나 황금률을 찾기 전에 메그는 젊은 부부들이 결혼 후 금방 마련한다는 가족의 항아리[16]를 살림에 추가했다.

메그는 집에서 만든 보존 식품으로 식료품실을 가득 채우고 싶다는 주부다운 열망에 불타올라 커런트 젤리를 직접 만드는 일에 착수했다. 커런트가 다 익어서 즉시 처리해야 했으므로, 메그는 존에게 작은 단지 열두 개 정도와 넉넉한 분량의 설탕을 주문해 달라고 부탁했다. 존은 〈내 아내〉라면 무엇이든 할 수 있다고 굳게 믿었고, 메그의 살림 솜씨에 대한 자부심이 있었기 때문에 아내가 원하는 대로 해줘야 한다고, 두 사람이 키운 유일한 과일을 겨울에도 즐길 수 있는 가장 맛있는 형태로 저장해야 한다고 생각했다. 그래서 작고 멋진 단지 마흔여덟 개와 설탕 반 통, 메그를 위해 커런트를 따줄 소년을 집으로 보냈다. 젊은 주부는 작은 모자에 예쁜 머리카락을 밀어 넣고, 소매를 팔꿈치까지 걷어 올리고, 가슴받이가 달렸지만 요염해 보이는 체크무늬 앞치마를 두르고, 성공을 믿어 의심치 않으며 일에 착수했다. 해나가 만드는 것을 수백 번은 보지 않았던가? 처음에는 줄줄이 늘어선 단지를 보고 약간 놀랐지만 존은 젤리를 무척 좋아했고, 작고 예쁜 단지들을 맨 꼭대기 선반에 늘어놓으면 무척 보기 좋을 것 같았다. 그래서 메그는 단지를 전부 채우기로 결심하고

시는 고기와 감자를 잘게 다져서 만든 요리이다.

16 〈가정불화family jar〉의 jar가 〈항아리〉라는 뜻도 있다는 점을 이용한 말장난이다.

젤리를 만들기 위해 기나긴 하루 내내 부지런히 커런트를 따고, 끓이고, 걸렀다. 메그는 최선을 다했고, 코닐리어스 부인에게 자문도 구했다. 무엇을 빠뜨렸는지 알아내려고 해나가 어떻게 했었는지 기억을 떠올리며 머리를 쥐어짜기도 했다. 커런트를 다시 끓이고, 설탕을 다시 넣고, 다시 걸렀지만 그 끔찍한 것이 도무지 〈굳지〉를 않았다.

메그는 앞치마 차림이고 뭐고 간에 집으로 달려가서 어머니에게 도움을 청하고 싶었지만, 존과 메그는 두 사람만의 걱정이나 실험, 말다툼으로 다른 사람을 귀찮게 하지 말자고 약속했다. 말다툼이라는 말을 할 때는 절대 있을 수 없는 일이라는 듯이 웃어넘겼다. 아무튼 두 사람은 결심을 지켰고, 다른 사람의 도움 없이 해낼 수 있으면 그렇게 했다. 애초에 마치 부인의 제안에 따라 이렇게 결심한 것이었으므로 아무도 간섭하지 않았다. 그래서 메그는 그 더운 여름날 까다로운 설탕 절임을 상대로 온종일 혼자서 씨름을 했고, 5시가 되자 엉망진창으로 어질러진 부엌에 주저앉아서 커런트가 잔뜩 묻은 손을 비비며 소리 높여 울었다.

한편, 새로운 삶에 도취되어 있던 초창기에 메그는 종종 이렇게 말했다.

「내 남편은 언제든지 마음대로 친구를 집에 데려와도 돼요. 난 항상 준비가 되어 있을 테니까요. 허둥대거나 바가지를 긁지도 않을 거고, 불편하게 만들지도 않을 거고, 깔끔한 집과 명랑한 아내, 맛있는 저녁 식사가 기다리고 있을 거예요. 존, 나한테 허락을 구할 필요 없이 당신이 원하는 사람은 누구든 초대해요, 내가 반드시 환영할게요.」

이 얼마나 멋진가! 존은 이 말을 듣고 자부심으로 얼굴을 빛냈고, 뛰어난 아내를 둔다는 것은 정말 축복받은 일이라고 느꼈다. 두 사람이 가끔 손님을 접대하긴 했지만 존이 불시에 사람을 데려온 적은 없었으므로 메그는 두각을 나타낼 기회가 없었다. 지금까지는 말이다. 세상일은 항상 그런 식이다. 이런 모든 일은 불가피하기 때문에 우리는 놀라고, 한탄하고, 최대한 견디는 수밖에 없다.

존이 젤리에 대해 까맣게 잊지 않았다면, 1년 중에서 하필이면 그날을 골라 친구를 저녁 식사에 불쑥 초대한 것은 용서받을 수 없는 일이었을 것이다. 존은 그날 아침 괜찮은 식사거리를 주문해서 다행이라고 생각하며, 정확히 제시간에 준비되어 있을 것이라고 확신했다. 그는 예쁜 아내가 달려나와 맞이하면 얼마나 좋은 인상을 줄까, 기분 좋게 기대하면서 젊은 집주인이자 남편으로서 억누를 수 없는 만족감을 안고 친구를 자기 집으로 안내했다.

그러나 존이 비둘기 둥지에 도착해서 깨달은 것처럼 세상은 실망으로 가득하다. 평소에는 손님을 반기며 열려 있는 대문이 닫혀 있을 뿐만 아니라 잠겨 있고, 계단에는 어제 묻은 진흙이 그대로 있었다. 응접실 창문도 닫힌 채 커튼이 내려져 있고, 흰옷을 입고 머리에는 눈길을 끄는 작은 리본을 단 채 포치에서 바느질하는 예쁜 아내도, 손님을 맞이하면서 반짝이는 눈으로 수줍게 환영의 미소를 짓는 여주인도 없었다. 피를 흘린 것처럼 불긋불긋한 모습으로 커런트 덤불 밑에서 잠든 소년 외에는 아무도 없었다.

「무슨 일이 있나 보군. 정원으로 들어가게, 스콧. 나는 브룩 부인을 찾아볼 테니.」 존이 고요하고 쓸쓸한 집을 보고 깜짝 놀라며 말했다.

그는 설탕을 태운 지독한 냄새에 이끌려 서둘러 집으로 들어갔고, 스콧 씨는 기묘한 표정으로 그 뒤를 따랐다. 브룩이 사라지자 그는 신중하게 거리를 두고 멈춰 섰지만 보고 들을 수는 있었다. 아직 미혼인 그는 이제부터 무슨 일이 벌어질지 흥미진진했다.

부엌에는 혼란과 절망이 가득했다. 단지에서 단지로 젤리 비슷한 것이 뚝뚝 떨어졌고, 다른 상태의 젤리가 바닥에 깔려 있었으며, 또 다른 젤리는 불 위에서 신나게 타고 있었다. 튜턴족의 후예답게 태평한 롯첸은 젤리가 아직도 구제 불능의 액체 상태였기 때문에 빵과 커런트 와인을 태평하게 먹는 중이었고, 브룩 부인은 머리에 앞치마를 뒤집어쓰고 앉아서 서글프게 흐느끼고 있었다.

「메그, 무슨 일이에요?」 존이 소리쳤다. 그는 손에 화상을 입거나 나쁜 소식이라도 들은 게 아닐까 끔찍한 상상을 하며, 또 정원에 손님이 있다는 생각에 속으로 당황하며 급히 달려왔다.

「아, 존. 너무 피곤하고, 덥고, 화가 나고, 걱정이에요! 녹초가 될 때까지 애썼는데. 와서 좀 도와줘요, 죽을 것 같아요!」 지친 주부는 남편의 품에 몸을 던져 모든 의미에서 달콤한 환영 인사를 했다. 앞치마도 마룻바닥과 똑같이 젤리투성이였기 때문이다.

「뭐가 걱정이에요, 여보? 끔찍한 일이라도 생겼어요?」 걱정이 된 존이 비뚤어진 작은 모자의 정수리에 다정하게 입을 맞추며 물었다.

「네.」 메그가 절망적으로 흐느꼈다.

「얼른 말해 봐요. 울지 말고. 그것만큼은 정말 못 견디겠어요. 얼른 말해요.」

「그게…… 젤리가 굳질 않아요, 어떻게 해야 할지 모르겠어요!」

그러자 존 브룩은 그 뒤로는 감히 터뜨리지 못할 웃음을 터뜨렸다. 스콧이 커다란 웃음소리를 듣고 자기도 모르게 비웃음을 흘려 불쌍한 메그의 고통에 결정타를 날렸다.

「그게 다예요? 젤리는 창밖으로 던져 버리고 더 이상 신경 쓰지 말아요. 원하면 사줄게요. 그러니 제발 히스테리는 부리지 말아요. 같이 저녁 식사를 하려고 잭 스콧을 데려왔는데…….」

존은 더 이상 말을 잇지 못했다. 메그가 그의 품에서 빠져나가 비극적인 몸짓으로 양손을 맞잡더니 의자에 쓰러져서 분노와 비난, 절망이 섞인 목소리로 이렇게 외쳤기 때문이다.

「모든 게 엉망인데 친구를 저녁 식사에 초대하다니! 존 브룩, 어떻게 그럴 수가 있어요?」

「쉿, 스콧이 정원에 있어요! 그놈의 젤리 만드는 날인 걸 깜빡했지만, 어쩔 수 없죠, 뭐.」 존이 초조한 눈빛으로 이제 어떻게 해야 할지 생각하며 말했다.

「미리 소식을 전하든지, 오늘 아침에 얘기를 해주든지, 내가 얼마나 바쁜지 잊지 말았어야죠.」 메그가 토라져서 말했다. 비둘기도 짜증이 나면 쪼아 대는 법이다.

「오늘 아침에는 이렇게 될 줄 몰랐고, 퇴근길에 만났기 때문에 당신에게 소식을 전할 시간이 없었어요. 늘 하고 싶은 대로 하라고 해서 허락을 구해야 한다는 생각도 못 했어요. 한 번도 이런 적이 없고, 앞으로도 절대 안 부를 거예요!」 존도 화가 난 목소리로 덧붙였다.

「그러면 좋겠네요! 당장 데리고 가요. 난 당신 친구를 볼 수 없고, 저녁 식사도 없어요.」

「그게 무슨 소리예요! 내가 집으로 보낸 쇠고기랑 야채는, 당신이 만들어 주겠다던 푸딩은 어디 있죠?」 존이 얼른 식품 저장실로 가면서 외쳤다.

「요리할 시간이 없었어요. 저녁은 엄마 집에 가서 먹을 생각이었단 말이에요. 미안해요, 너무 바빴어요.」 메그가 다시 눈물을 흘리기 시작했다.

존은 온화한 남자였지만 그 역시 인간이었다. 긴 하루 일을 마친 다음 지치고 배고픈 몸으로 희망에 차서 집으로 돌아왔는데 엉망으로 어질러진 집과 텅 빈 식탁, 화난 아내를 발견하니 마음의 휴식을 느낄 수도 없고 예의 바른 태도에 도움이 되지 않았다. 그러나 존은 꾹 참았고, 단어 하나만 잘못 선택하지 않았다면 이 작은 소나기는 말끔하게 날아갔을 것이다.

「곤란한 상황인 건 인정해요. 하지만 당신이 도와주면 아직 어떻게든 좋은 시간을 보낼 수 있어요. 울지 말아요, 여보.

조금만 힘내서 먹을 걸 좀 만들어 줘요. 우리 둘 다 사냥꾼처럼 배가 고프니까 뭐든 상관없어요. 차가운 고기랑 빵, 치즈를 줘요. 젤리는 안 줘도 돼요.」

존은 좋은 마음에서 농담이라고 한 말이었지만, 한 단어가 그의 운명을 결정지었다. 메그는 슬픈 실패를 언급하다니 너무 잔인하다고 생각했고, 그 말을 듣자 마지막 남은 인내심 한 톨마저 사라져 버렸다.

「곤란한 상황은 당신이 알아서 하세요. 난 너무 지쳐서 누구를 위해서도 〈힘내는〉 건 못 하겠어요. 친구에게 빵과 치즈와 뼈다귀를 내놓다니 아주 남자답네요. 내 집에 그런 건 없어요. 스콧을 데리고 엄마 집으로 가요. 난 없다고 하세요. 아프다고 하든 죽었다고 하든 마음대로 해요. 난 당신 친구 보지 않을 테니까, 둘이서 나랑 젤리를 실컷 비웃든 어쩌든 하고 싶은 대로 해요. 젤리 말고는 아무것도 없으니까.」 메그는 단숨에 항의한 다음 앞치마를 벗어 던지고 황급히 전쟁터를 떠나 혼자 슬퍼하러 자기 방으로 갔다.

메그는 자신이 자리를 비운 사이에 두 사람이 무엇을 했는지 알 수 없었다. 그러나 스콧 씨는 〈엄마 집〉에 가지 않았고, 두 사람이 나간 뒤 아래층으로 내려온 메그는 난잡하게 식사한 흔적을 발견하고 공포에 질렸다. 롯첸은 두 사람이 〈많이 먹고 많이 웃으셨어요. 브룩 씨가 만들던 젤리는 전부 버리고 단지는 숨기라고 하셨어요〉라고 말했다.

메그는 어머니에게 가서 다 털어놓고 싶은 생각이 굴뚝같았다. 하지만 자신의 단점이 부끄럽기도 하고, 존이 〈잔인하게 굴기는 했지만 아무도 그 사실을 알아서는 안 된다〉는 생각 때문에 참았다. 그녀는 집을 간단히 치운 다음 예쁘게 차려입고 자리에 앉아 존이 돌아와서 용서를 빌기를 기다렸다.

불행히도 이 일을 그런 식으로 생각하지 않았던 존은 오지 않았다. 그는 스콧에게 재미있는 장난인 척하면서 최대한 아내를 변호하고 아주 융숭하게 대접했다. 친구는 대충 차린 저녁 식사를 즐겁게 먹고 다음에 다시 오겠다고 약속했다. 그러나 겉으로 드러내지는 않았지만 존은 화가 난 상태였다. 메그가 자신을 곤경에 빠뜨리고 버린 느낌이었다. 〈언제든지 마음대로 친구를 집에 데려와도 된다고 해놓고, 그 말대로 했더니 화를 내면서 남편을 탓하고, 궁지에 빠진 남편이 비웃음을 사든 동정을 받든 신경도 쓰지 않고 내버려 두는 건 옳지 않아. 아니, 절대 아니지! 메그도 알아야 해.〉 그는 식사를 하는 내내 속으로 화를 냈다. 그러나 돌풍이 지나가고 스콧을 배웅한 다음 집으로 돌아오다 보니 마음이 가라앉았다. 〈불쌍하기도 하지! 나를 기쁘게 해주려고 그렇게 진심으로 애쓰는데, 너무 힘들었을 거야. 물론 메그가 잘못하긴 했지만 아직 어리잖아. 내가 인내심을 가지고 가르쳐 줘야 해.〉 존은 메그가 어머니 댁으로 가지 않았기를 바랐다. 그는 소문과 간섭을 싫어했다. 잠시지만 그 생각을 떠올리기만 해도 짜증이 났고, 메그가 울다가 병이 날지도 모른다는 걱정이 생기자 마음이 약해지고 걸음이 빨라졌다. 그는 차분하고 친절하지만 단호하게, 아주 단호하게 대해야겠다고, 그녀가 어떤 점에서 배우자에 대한 의무를 저버렸는지 보여 줘야겠다고 결심했다.

메그 역시 그에게 남편의 의무가 무엇인지 〈차분하고 친절하지만 단호하게〉 보여 주겠다고 결심했다. 메그는 달려가서 존을 맞이하며 용서를 빌고 싶었고, 남편이 당연히 해줄 입맞춤과 위로를 받고 싶었다. 그러나 물론 달려가지 않았다. 그녀는 존이 들어오는 것을 보고 아주 자연스럽게 콧노래를 흥얼거렸고, 제일 좋은 응접실에서 한가로운 시간을 보내는 숙녀처럼 몸을 흔들며 바느질을 했다.

존은 연약한 니오베[17]를 발견하지 못해서 약간 실망했다. 하지만 체면이 있으니 먼저 사과를 받아야 한다고 생각해서 자신은 사과하지 않았다. 그가 여유롭게 들어와서 소파에 앉으며 무척 의미심장한 말을 했다.

「새로운 달이 뜨겠군요, 여보.」

「그렇겠네요.」 메그도 똑같이 차분하게 말했다.

브룩 씨가 일반적인 화제를 몇 개 꺼냈지만 브룩 부인이 흥을 깨뜨려서 대화가 시들해져 버렸다. 존이 창가로 가서 신문을 펼치고, 비유적으로 말해서 그 안에 푹 빠졌다. 메그는 반대쪽 창가로 가서 슬리퍼에 새로 달 장미 매듭이 생필품이라도 되는 것처럼 바느질을 했다. 두 사람 다 말이 없었다. 둘 다 무척 〈차분하고 단호해〉 보였고, 둘 다 지독히도 불편한 기분이었다.

17 그리스 신화에서 레토에게 자식 자랑을 하다가 레토의 자식인 아폴로와 아르테미스에게 열네 명의 자식을 모두 잃는다. 니오베는 시필로스산으로 도망쳐 돌이 된 후에도 계속 울었다고 한다.

〈아, 세상에. 결혼 생활은 정말 힘들어, 엄마 말씀처럼 사랑만이 아니라 끝없는 인내가 필요하구나.〉 메그는 생각했다. 〈엄마〉를 생각하자 오래전에 어머니가 해주신, 그때는 믿을 수가 없어서 항변만 했던 충고가 생각났다.

「존은 착한 남자지만 나름의 결점이 있으니까 그걸 파악하고 참는 법을 배워야 해. 너도 결점이 있다는 걸 기억하면서 말이야. 존은 무척 단호하지만 네가 성급하게 반대하지 않고 상냥하게 이유를 설명하면 완고하게 굴지는 않을 거야. 또 존은 아주 정확하고 사실을 까다롭게 따져…… 넌 〈귀찮게 군다〉고 하지만 좋은 성격이지. 메그, 겉모습이나 말로 절대 그를 속이지 마. 그렇게만 하면 존은 너를 믿고 지지해 줄 거야. 존도 성질이 있지만, 화르르 불타오르고 끝나는 우리와는 달라. 거의 동요하지 않지만 한번 불붙으면 끄기 힘든 고요한 백열 같은 분노야. 존이 너에게 화를 내지 않도록 조심해야 된다, 정말 조심해야 돼. 평화와 행복은 존이 널 계속 존중하게 만드는 데 달려 있어. 신중하게 행동하렴. 둘 다 잘못했을 때는 네가 먼저 사과하고, 발끈하거나 오해하거나 성급한 말을 하지 않도록 조심해. 그런 것들이 쓰라린 슬픔과 후회로 가는 길을 닦는 경우가 많으니까 말이야.」

메그가 황혼 속에 앉아서 바느질을 하고 있으니 어머니의 이 말이, 특히 마지막 말이 떠올랐다. 이번 일은 최초의 심각한 말다툼이었다. 지금 생각하니 메그의 성급한 말은 어리석고 불퉁하게 느껴졌고, 분노는 유치해 보였으며, 불쌍한 존이 집에 도착했을 때 그런 광경이 펼쳐져 있었다고 생각하니 마음이 녹았다. 메그가 눈물을 글썽거리며 존을 보았지만, 그는 그녀의 눈물을 보지 못했다. 메그는 바느질감을 내려놓고 일어나며 생각했다. 〈내가 먼저 《용서해 줘요》라고 말해야지.〉 그러나 존은 그녀의 말을 듣고 있지 않았다. 자존심을 굽히는 것이 힘들었기 때문에 메그는 아주 천천히 방을 가로질러서 그의 옆에 섰지만, 존은 고개를 돌리지 않았다. 메그는 도저히 못 할 것 같다는 생각이 잠시 들었지만 〈이건 시작이야. 내 몫을 하고 나 자신에 대해 아무런 후회도 하지 말자〉라는 생각이 떠오르자 몸을 굽히고 남편의 이마에 부드럽게 입을 맞췄다. 물론 이것으로 문제가 해결되었다. 참회의 키스는 온 세상의 모든 말보다 더 나았고, 존은 곧 메그를 무릎에 앉히고 상냥하게 말했다.

「가여운 젤리 단지를 보고 웃은 건 내가 잘못했어요. 용서해 줘요, 여보. 다시는 안 그럴게요!」

그러나 아아, 존은 수백 번은 그렇게 했고 메그도 마찬가지였다. 두 사람은 그것이 최고로 달콤한 젤리라고 선언했다. 그 작은 가족의 항아리에 가정의 평화가 보존되어 있었기 때문이다.

나중에 메그는 스콧 씨를 저녁 식사에 특별히 초대해서 지친 기색 없이 즐거운 식사를 대접했다. 그때 메그가 얼마나 유쾌하고 상냥했던지, 모든 일이 얼마나 멋지게 흘러갔던지, 스콧 씨는 존에게 운 좋은 남자라고 했고, 집으로 돌아가는 내내 독신의 괴로움에 고개를 저었다.

가을이 되자 새로운 시련과 경험이 메그를 찾아왔다. 다시 친해진 샐리 모팻이 항상 이 작은 집으로 달려와서 소문을 한 접시 나눠 주거나 〈그 불쌍한 메그〉를 커다란 집으로 초대해서 하루를 보냈다. 메그는 날씨도 쓸쓸하고 외로울 때가 많았기 때문에 즐겁게 응했다. 가족은 모두 바빴고, 존은 밤늦도록 돌아오지 않았다. 바느질이나 독서, 빈둥대는 것 말고는 할 일도 없었다. 그래서 메그는 자연스럽게 친구와 놀러 다니거나 소문에 대해 잡담을 나누게 되었다. 샐리의 예쁜 물건들을 보니 메그도 갖고 싶어졌고, 그런 것들을 갖지 못한 자신이 불쌍했다. 샐리는 무척 친절했고 메그가 탐내는 작은 물건들을 자주 주었지만 메그는 존이 좋아하지 않으리라는 것을 알기 때문에 거절했다. 그래 놓고서 이 어리석은 여인은 존이 더욱 싫어할 만한 일을 했다.

메그는 남편의 수입이 어느 정도인지 알고 있었고, 남편이 본인의 행복에 대해서뿐만 아니라 몇몇 남자들이 더욱 소중하게 여기는 것 — 돈 — 에 대해서도 자신을 믿는다는 느낌이 좋았다. 메그는 돈이 어디에 있는지 알고 있었고 마음대로 가져다 쓸 수도 있었다. 존이 요구하는 것은 얼마를 썼는지 빠짐없이 기록하고, 한 달에 한 번 각종 세금을 내고, 그녀가 가난한 남자의 아내임을 기억하라는 것뿐이었다. 지금까지 메그는 신중하고 정확하게 잘해 왔고, 작은 가계부를 깔끔하게 정리해서 매달 남편에게 거리낌 없이 보여 주었다. 그러나 그해 가을, 뱀이 메그의 천국에 기어 들어와 수많은 현대의 이브에게 그러듯이 사과가 아닌 옷으로 그녀를 유혹했다. 메그는 동정을 받거나 가난한 느낌이 드는 것을 좋아하지 않았다. 그러면 짜증이 났다. 하지만 그렇다고 말하기가 부끄러웠고, 샐리에게 절약해야 한다는 인상을 주기 싫어서 가끔 위안 삼아 예쁜 물건을 샀다. 예쁜 물건이 필수품인 경우는 거의 없었기 때문에 그러고 나면 항상 나쁜 짓을 한 기분이 들었다. 하지만 정말 얼마 안 되는 돈이었기 때문에 걱정할 가치가 없었다. 그래서 사소한 물건이 무의식적으로 늘어났고, 이제 쇼핑을 할 때 메그는 더 이상 소극적인 구경꾼이 아니었다.

그러나 사소한 물건은 우리의 생각보다 돈이 많이 든다. 월말에 비용을 다 더해서 총액을 확인해 본 메그는 다소 놀랐다. 그 달에는 존이 바빠서 청구서를 그녀에게 맡겼고, 그다음 달에는 집에 없었다. 하지만 세 번째 달에는 중대한 분기별 결산을 하기로 되어 있었고, 메그는 그 사실을 절대 잊지 않았다. 며칠 전 메그는 끔찍한 짓을 저질러서 마음이 무거웠다. 샐리가 실크를 사러 갔는데 메그도 새로운 실크를, 파티에 입고 갈 가볍고 멋진 옷을 한 벌 갖고 싶었다. 메그의 검은색 실크는 너무 흔했고, 가벼운 드레스용 실크는 아가씨들에게나 어울렸다. 보통 새해가 되면 마치 대고모가 네 자매에게 25달러씩 선물해 주었다. 한 달만 기다리면 그 돈을 받을 수 있고, 지금 사랑스러운 보라색 실크가 할인 판매 중이었다. 메그에게는 용기를 내면 가져다 쓸 돈이 있었다. 존은 자기 것이 곧 그녀의 것이라고 항상 말하곤 했다. 하지만 나중에 받을 25달러뿐 아니라 생활비 중에서 25달러를 쓰는 것도 옳다고 생각할까? 그것이 문제였다. 샐리는 사라고 설득하면서 돈을 빌려주겠다고 했고, 정말 좋은 의도에서 메그가 무리를 하도록 부추겼다. 그 불길한 순간에 가게 주인이 반짝반짝 빛나는 사랑스러운 옷감을 들고 〈정말 싸게 드리는 겁니다〉라고 말했다. 메그는 〈살게요〉라고 대답했고, 천이 잘리고 돈이 지불되었으며, 샐리는 무척 기뻐했다. 메그는 별일 아니라는 듯이 웃다가 마차를 타고 돌아왔지만, 도둑질을 해서 경찰에 쫓기는 기분이었다.

집으로 돌아온 메그는 사랑스러운 실크를 펼쳐 보며 양심의 가책을 달래려 했다. 그러나 이제 보니 아까처럼 반짝이지도 않았고, 메그에게 어울리는 것 같지도 않았다. 폭마다 〈50달러〉라는 말이 무늬처럼 찍혀 있는 것 같았다. 메그는 실크 옷감을 치웠지만 그 생각이 머리에서 떠나지 않았다. 새로운 드레스를 만들 때처럼 기분 좋게 따라다니는 것이 아니라, 쉽게 뿌리칠 수 없는 어리석은 짓의 유령처럼 무섭게 쫓아다녔다. 그날 밤 존이 가계부를 꺼내자 메그는 가슴이 철렁했고, 결혼한 후 처음으로 남편이 무서웠다. 친절한 갈색 눈은 엄격해질 수 있을 듯 보였다. 존은 평소보다 기분이 좋았지만 메그는 그가 자신의 잘못을 알아내고도 모르는 척하는 것이라고 상상했다. 각종 요금은 전부 지불했고, 가계부도 다 정리되어 있었다. 존이 메그를 칭찬한 다음 그들이 〈은행〉이라고 부르는 지갑을 열려고 할 때, 그것이 거의 비어 있음을 아는 메그가 그의 손을 잡고 초조하게 말했다.

「내 가계부는 아직 안 봤잖아요.」

존은 메그의 가계부를 보여 달라고 한 적이 없었지만 메그는 항상 봐야 한다고 우겼고, 남자인 존이 여자들이 좋아하는 신기한 물건들을 보고 놀라는 모습을 보면서 즐거워했다. 존은 〈파이핑〉이 뭔지 추측하고 〈허그미타이트〉[18]가 무슨 뜻이냐고 끈질기게 묻거나 장미 봉오리 세 개와 벨벳 약간, 끈 두 개로 만든 작은 물건인 보닛이 어떻게 6달러나 하냐며 놀랐다. 그날 밤 존은 아내가 쓴 돈에 대해 캐물으며 종종 그러듯이, 메그의 사치에 충격을 받은 척하고 알뜰한 아내를 특히 자랑스러워하며 즐기고 싶은 것 같았다.

작은 가계부가 천천히 나와서 그의 앞에 놓였다. 메그는 존의 의자 뒤로 가 서서 지친 그의 이마 주름을 어루만지는 척했다. 그녀가 입을 열었는데, 한마디 한마디 할 때마다 두려움이 점점 더 커졌다.

「존, 여보. 최근에 정말 끔찍할 만큼 낭비를 해서 당신한테 내 가계부를 보여 주기가 부끄러워요. 알겠지만 요즘 많이 돌아다니면서 필요한 물건들을 제법 샀거든요. 샐리도 사라고 하고, 그래서 샀어요. 새해에 받을 용돈으로 일부는 낼 수 있어요. 하지만 사고 나서 후회했어요. 당신은 내가 잘못했다고 생각할 것 같아서요.」

존이 웃으면서 메그를 자기 앞으로 끌어당기며 기분 좋게 말했다. 「숨지 말아요, 멋진 신발을 한 켤레 샀다고 당신을 때리지는 않을 테니까. 난 내 아내의 발이 자랑스럽고, 아내가 8~9달러 주고 신발 한 켤레를 샀다고 해도 좋은 신발이면

18 몸에 딱 맞는 여성용 니트 재킷으로, 문자 그대로 해석하면 〈나를 꽉 안아 줘Hug me tight〉가 된다.

상관없어요.」

메그가 마지막으로 산 〈사소한 물건〉이었던 신발 항목을 보며 존이 말했다. 메그는 덜덜 떨면서 〈아, 그 끔찍한 50달러를 보면 도대체 뭐라고 할까!〉라고 생각했다.

「신발보다 더 끔찍해요, 실크 드레스예요.」 메그는 최악의 상황이 빨리 끝나기를 바랐고, 절망감 때문에 오히려 차분하게 말했다.

「음, 여보, 맨털리니 씨[19]의 말처럼 〈빌어먹을〉 총액이 얼마인데 그래요?」

존답지 않은 말이었다. 메그는 존이 똑바로 자신을 올려다보고 있음을 알았다. 지금까지는 항상 그 눈을 마주 보며 솔직하게 대답할 수 있었다. 메그가 가계부를 한 장 넘기면서 고개도 같이 돌리고 총액을 가리켰다. 50달러가 더해지지 않아도 충분히 나쁜 숫자였지만, 50달러까지 더하니 메그에게는 무시무시한 숫자였다. 잠시 방 안이 쥐 죽은 듯 조용했고, 존이 천천히 입을 열었다……. 메그는 존이 못마땅함을 드러내지 않으려고 무척 노력하고 있음을 느낄 수 있었다.

「음, 요즘은 온갖 장식까지 달아야 하니 50달러가 드레스 값으로 비싼지 아닌지 난 잘 모르겠군요.」

「아직 만들지도 마무리하지도 않았어요.」 아직 발생하지도 않은 비용이 갑자기 떠올라 당황한 메그가 작게 한숨을 쉬었다.

19 찰스 디킨스의 『니컬러스 니클비』에서 아내의 재산을 낭비하며 사는 인물로, 〈빌어먹을dem'd〉이 말버릇이다.

「실크 20마이면 조그마한 여자 한 명이 걸치기에는 상당히 많은 것 같지만, 내 아내가 그 옷을 입으면 분명 네드 모펏의 아내만큼 예뻐 보이겠죠.」존이 건조하게 말했다.

「화난 거 알아요, 존. 하지만 어쩔 수가 없었어요. 당신 돈을 낭비할 생각은 없었는데, 작은 물건들을 합치면 이렇게 큰돈이 될 줄 몰랐어요. 샐리가 갖고 싶은 건 다 사면서 마음대로 못 사는 날 불쌍히 여기니까 나도 참을 수가 없었어요. 만족하려고 노력하지만 힘들어요, 가난한 게 지긋지긋해요.」

마지막 말은 아주 작게 했기 때문에 메그는 존이 못 들은 줄 알았다. 하지만 사실은 들렸고, 존은 메그를 위해 수많은 즐거움을 포기했기 때문에 깊이 상처받았다. 메그는 그 말을 한 순간 자신의 혀를 물어뜯고 싶었다. 존이 가계부들을 치우고 일어나면서 약간 떨리는 목소리로 이렇게 말했기 때문이다.「이렇게 될까 봐 두려웠어요. 하지만 난 최선을 다하고 있어요, 메그.」메그는 존이 그녀를 혼내도, 아니 그녀를 붙잡고 흔들었어도 이 몇 마디 말보다 가슴이 아프지는 않았을 것이다. 메그가 존에게 달려가 그를 꽉 끌어안고 참회의 눈물을 흘리며 외쳤다.「아, 존! 정말 상냥하고 열심히 일하는 당신인데. 그런 뜻이 아니었어요! 정말 못되고, 사실도 아니고, 고마운 줄도 모르는 말이었어요. 어떻게 그런 말을! 아, 내가 어떻게 그런 말을!」

무척 다정한 존은 메그를 즉시 용서했고, 한마디의 비난도 하지 않았다. 그러나 메그는 존이 그 일을 두 번 다시 입 밖에 내지 않는다고 해도 자신의 행동과 말이 쉽게 잊을 수 없는 것임을 알았다. 메그는 기쁠 때나 슬플 때나 존을 사랑하겠다고 약속했다. 그래 놓고서 다른 사람도 아닌 그의 아내라는 자신이 존이 번 돈을 경솔하게 쓰고서 그를 가난하다며 비난했다. 정말 끔찍했다. 그중에서도 최악은 그 뒤로 존이 아무 일도 없었던 것처럼 아주 조용히 지냈다는 것이었다. 하지만 그는 더 늦게 퇴근하고 밤에도 일했으며, 그동안 메그는 울다가 잠이 들었다. 후회로 일주일을 보내고 나니 메그는 병이 날 지경이었고, 새로 주문한 겨울 외투를 존이 주문했다가 취소했음을 알게 되었을 때에는 보기 딱할 정도로 비탄에 빠졌다. 메그가 깜짝 놀라 왜 취소했냐고 묻자, 존은 간단하게 대답했다.「난 그걸 살 돈이 없어요, 여보.」

메그는 더 이상 아무 말도 하지 않았다. 그러나 몇 분 후에 존은 복도에서 그의 낡은 외투에 얼굴을 묻고 가슴이 미어질 듯 울고 있는 메그를 발견했다.

그날 밤 두 사람은 긴 대화를 나누었고, 메그는 가난하기 때문에 남편을 더 사랑하게 되었다. 가난이 지금의 존이라는 남자를 만들고, 그에게 싸우며 자신의 길을 찾아 나갈 힘과 용기를 주고, 그가 사랑하는 이들의 자연스러운 갈망과 단점까지 견디고 위로할 다정한 인내심을 준 것 같았기 때문이다.

다음 날 메그는 자존심을 주머니에 넣고 샐리에게 가서 사실대로 말한 다음, 실크 옷감을 사달라고 부탁했다. 착한 모펏 부인은 기꺼이 그렇게 했고, 세심하게도 그 옷감을 바로 메그에게 선물로 주지도 않았다. 메그는 겨울 외투를 집으로 주문했고, 존이 도착하자 그것을 입고 새 실크 드레스를 입은 자신이 마음에 드느냐고 물었다. 그가 뭐라고 대답했을지, 그가 선물을 어떻게 받아들였을지, 그 뒤에 얼마나 행복한 일이 일어났을지 독자들도 쉽게 상상할 수 있을 것이다. 존은 일찍 귀가했고, 메그는 더 이상 놀러 다니지 않았으며, 그 겨울 외투는 아침이면 아주 행복한 남편이 입었고 밤에는 더없이 헌신적인 아내가 벗겨 주었다. 그렇게 그해가 흘러갔다. 한여름이 되자 메그는 새로운 경험을, 여자의 일생에서 가장 심오하고 애정 넘치는 경험을 하게 되었다.

어느 토요일, 로리가 흥분한 표정으로 비둘기 둥지 부엌으로 슬그머니 들어가자 심벌즈 소리가 그를 환영했다. 해나가 한 손에 소스 팬, 다른 손에 뚜껑을 든 채 박수를 쳤던 것이다.

「어린 엄마는 어때요? 다들 어디 있어요? 왜 내가 집에 오기 전에 말해 주지 않았어요?」 로리가 크게 속삭였다.

「여왕처럼 행복하답니다! 다들 경배하러 올라갔어요. 허리케인은 사양이라서 그랬죠. 응접실로 가요, 다들 그쪽으로 보낼 테니까.」 해나가 복잡하게 대답하더니 흥에 겨워 웃으며 사라졌다.

곧 조가 커다란 베개에 올려놓은 플란넬 꾸러미 같은 것을 들고 당당하게 나타났다. 조의 얼굴은 무척 진지했지만 눈은 반짝거렸고, 감정을 억누르느라 목소리가 이상했다.

「눈 감고 팔 내밀어 봐.」 조가 솔깃하게 말했다.

로리가 구석으로 황급히 물러나 애원하듯 양손을 등 뒤로 숨겼다. 「고맙지만 괜찮아. 안 할래. 떨어뜨리거나 뭉개 버릴 거야, 아주 확실해.」

「그럼 조카를 못 보는 거지.」 조가 나가려는 것처럼 돌아서며 단호하게 말했다.

「할게, 할게! 대신 무슨 일 생기면 네 책임이다.」 로리가 이렇게 말한 다음 시키는 대로 용감하게 눈을 감았고, 그의 품에 무언가가 안겨졌다. 조, 에이미, 마치 부인, 해나와 존의 웃음소리에 로리가 눈을 뜨자, 한 명이 아니라 두 명의 아기가 품에 안겨 있었다.

사람들이 웃음을 터뜨린 것도 당연했다! 로리의 표정은 퀘이커 교도라도 웃음을 터뜨리게 할 만큼 우스웠다. 가만히 서서 잠든 두 아기와 기쁨에 넘치는 구경꾼들을 번갈아 보는 로리가 어찌나 당황했던지, 조는 바닥에 주저앉아서 소리를 질렀다.

「세상에, 쌍둥이라니!」 로리는 이 말밖에 하지 못했고, 그런 다음 우스울 정도로 경건하고 호소하는 표정으로 여자들을 보며 덧붙였다. 「얼른 좀 데려가, 아무나! 웃다가 떨어뜨릴 것 같아.」

존이 자식들을 구해 내더니, 한 팔에 한 명씩 안고서 아기를 돌보는 신비로운 일을 벌써 시작한 것처럼 이리저리 걸어 다녔다. 그동안 로리는 눈물이 뺨을 타고 흐를 때까지 깔깔 웃었다.

「이번 계절 최고의 장난이야, 안 그래? 깜짝 놀래 주려고 마음먹고 일부러 말하지 않았어. 그러길 정말 잘했지 뭐야.」 조가 한숨 돌리고 말했다.

「내 평생 이렇게 휘청거린 건 처음이야. 웃기지 않아? 둘

다 아들이야? 이름은 뭐라고 지을 거야? 한 번만 더 보자. 나 좀 잡아 줘, 조. 진짜 나한테는 한 명도 버거워.」 갓 태어난 새끼 고양이 한 쌍을 바라보는 커다랗고 인정 많은 뉴펀들랜드 개처럼 로리가 아기를 보며 대꾸했다.

「아들이랑 딸이야. 정말 예쁘지 않아?」 자부심 넘치는 아빠가 꼼지락거리는 작고 발그스름한 아기를 아직 깃털이 나지 않은 천사처럼 바라보며 얼굴을 빛냈다.

「내가 지금까지 본 아기들 중에서 가장 놀라워요. 어느 쪽이 아들이고 어느 쪽이 딸이에요?」 로리가 두레박처럼 몸을 굽히고 두 신동을 살펴보았다.

「에이미가 둘을 구별하려고 아들한테는 파란 리본을, 딸한테는 분홍색 리본을 달아 놨어. 프랑스식이래. 한 명은 눈이 파랗고 한 명은 갈색이야. 키스해 주세요, 테디 삼촌.」 장난꾸러기 조가 말했다.

「아기들이 싫어할 것 같은데.」 로리가 이런 일에는 드물게 소심함을 드러내며 말했다.

「당연히 좋아하지, 이젠 익숙해졌어. 지금 당장 하시죠, 선생님!」 로리가 대신 해달라고 할까 봐 조가 명령을 내렸다.

로리가 얼굴을 찌푸린 채 조가 시키는 대로 두 아기의 작은 뺨에 아주 신중하게 뽀뽀를 하자 사람들이 다시 웃음을 터뜨렸고, 아기들이 빽빽 울었다.

「아, 싫어할 줄 알았다니까! 얘가 아들이네, 발로 차는 것 봐. 주먹질도 같이 하네. 꼬맹이 브룩, 덩치가 맞는 사람한테 덤벼라, 응?」 목적도 없이 버둥거리는 작은 주먹이 얼굴을 때리자 로리가 무척 즐거워하며 외쳤다.

「아들은 존 로런스, 딸은 엄마와 할머니의 이름을 따서 마거릿이라고 부를 거야. 메그가 두 명이면 안 되니까 애는 데이지라고 부르려고. 아들은 잭이라고 부르면 되겠지. 더 좋은 이름을 못 찾으면 말이야.」 에이미가 이모다운 관심을 드러내며 말했다.

「데미존[20]이라고 하자. 줄여서 데미라고 부르는 거야.」 로리가 말했다.

「데이지와 데미, 딱이네! 테디가 해낼 줄 알았다니까.」 조가 박수를 치며 외쳤다.

이때 확실히 테디가 해낸 셈이었다. 언제까지나 〈데이지〉와 〈데미〉로 불렸으니 말이다.

20 〈데미demi〉는 〈절반〉이라는 뜻이다.

29장

# 방문

「가자, 조 언니. 시간 됐어.」

「어딜 가?」

「오늘 나랑 여섯 집 방문하기로 약속했잖아, 잊어버린 건 아니지?」

「내가 살면서 성급하고 어리석은 짓을 많이 했지만, 하루에 여섯 집이나 방문하겠다고 말할 만큼 정신이 나가지는 않았을 거야. 한 집만 다녀와도 일주일 동안 기분이 나쁜데 말이야.」

「아니야, 했어. 우리 둘이 거래했잖아. 언니한테 줄 베스 언니의 크레용 초상화를 끝내면 나랑 같이 이웃들을 답방하기로 말이야.」

「날씨가 좋으면 간다고 했지, 그게 조건이었잖아. 나는 내 조건을 문자 그대로 지키겠네, 샤일록.[21] 동쪽에 구름이 잔뜩 꼈어, 날씨가 좋지 않아. 그러니까 안 갈래.」

21 셰익스피어의 희곡 『베니스의 상인』에 나오는 인정머리 없는 유대인 고리대금업자.

「그건 회피야. 날씨가 아주 좋고 비 올 낌새도 없어. 언니는 약속 잘 지키는 걸 자랑스러워하잖아. 그러니까 명예롭게 가서 의무를 다해. 그러고 나면 6개월 동안 다시 평화로울 거야.」

그 당시 조는 옷 만들기에 푹 빠져 있었다. 조는 식구들이 모두 인정할 만큼 망토를 잘 만들었고, 펜뿐만 아니라 바늘도 쓸 줄 안다며 칭찬을 받았다. 조는 직접 만든 망토를 처음 입어 보려는 참이었는데, 무더운 7월에 제일 좋은 옷을 입고 이웃을 방문하러 가야 한다는 명령을 받자 무척 약이 올랐다. 조는 격식을 갖춘 방문을 싫어해서 에이미가 거래나 뇌물, 약속을 빌미로 억지로 데려가기 전에는 절대 가지 않았다. 이제 빠져나갈 방법이 없었기 때문에 조는 반항적으로 가위를 짤그락거리며 천둥 냄새가 난다고 항변했지만, 결국 일감을 치우고 어쩔 수 없다는 듯 장갑과 모자를 챙긴 다음 에이미에게 희생양은 준비가 끝났다고 말했다.

「조 마치, 언니는 성자도 짜증나게 만들 심술쟁이야! 설마 그 꼴을 하고 이웃집을 방문하겠다는 건 아니겠지.」 에이미가 깜짝 놀라서 조를 살펴보며 외쳤다.

「왜 안 돼? 깔끔하고 시원하고 편안하고, 더운 날 흙길을 걷기에는 딱 좋아. 나보다 내 옷을 더 신경 쓰는 사람들이라면 만나고 싶지 않아. 네가 두 사람 몫을 챙겨 입고 우아하게 굴렴. 넌 잘 차려입는 데서 보람을 느끼잖아. 난 아니야, 요란한 장식을 하면 걱정만 돼.」

「아, 세상에!」 에이미가 한숨을 쉬었다. 「이제 삐딱하게 굴면서 내가 제대로 차려입으라고 잔소리를 못 하게 정신을 딴 데로 돌리려고 하네. 나도 오늘 별로 가고 싶지 않아. 하지만 그건 우리가 사람들에게 진 빚이야. 언니랑 나밖에 갚을 사람이 없어. 조 언니, 옷을 잘 차려입고 같이 가서 내가 정중하게 예의를 지키도록 도와주면 언니를 위해서 뭐든지 할게. 언니는 말도 잘하지, 좋은 옷을 차려입으면 귀족 같지, 노력만 하면 멋지게 행동할 수 있잖아. 그래서 난 언니가 자랑스러워. 혼자 가는 건 무섭단 말이야. 같이 가서 날 좀 돌봐 줘.」

「비뚤어진 언니한테 이렇게 아첨을 하면서 구슬리다니, 정말 솜씨도 좋다니까. 나보고 귀족적이고 행실이 바르다니, 그리고 너 혼자 가는 게 무섭다니! 뭐가 더 이상한지 모르겠다. 음, 꼭 가야 한다면 가서 최선을 다할게. 네가 이번 원정의 사령관을 맡아, 난 무조건 복종할 테니까. 됐어?」 고집을 부리던 조가 갑자기 양처럼 유순해져서 말했다.

「언닌 정말 천사야! 자, 제일 좋은 옷으로 갈아입고 와. 어느 집에서 어떻게 행동해야 좋은 인상을 줄 수 있는지 내가 가르쳐 줄게. 난 사람들이 언니를 좋아하면 좋겠어. 언니가 조금만 더 싹싹하게 굴면 사람들이 좋아할 거야. 머리도 예쁘게 하고, 보닛에 분홍 장미를 달자. 언니랑 어울려. 언니는 수수한 옷을 입으면 너무 냉정해 보이거든. 얇은 장갑이랑 자수 손수건도 챙겨. 메그 언니네 들러서 흰색 양산을 빌려 가자. 언니는 내 비둘기색 양산을 쓰면 돼.」

에이미가 옷을 입으면서 명령을 내렸고 조는 시키는 대로 했다. 그러나 군말 없이 따른 것은 아니었다. 새로 산 오건디[22]

옷을 부스럭부스럭 입으면서 한숨을 쉬었고, 보닛을 나무랄 데 없는 리본으로 묶으면서 자기 얼굴을 보며 음울하게 찌푸렸다. 또 칼라를 달면서 핀과 심술궂게 씨름했고, 손수건을 털면서 인상을 구겼다. 이웃집 방문 때문에 짜증이 나서 손수건의 자수가 코에 닿기만 해도 짜증이 났다. 우아한 모습을 완성시킬 마지막 소품으로 단추 두 개와 태슬이 달린 장갑을 억지로 낄 때 조가 바보 같은 표정으로 에이미를 보면서 온순하게 말했다.

「난 정말 비참하지만 네가 나보고 남들 앞에 내놓을 만하다고 말하면 행복하게 죽을 수 있을 거야.」

「아주 만족스러워. 천천히 돌아봐, 제대로 좀 보게.」 조가 한 바퀴 돌자, 에이미가 여기저기 손본 다음 뒤로 물러나 고개를 갸웃거리며 관대한 눈으로 관찰했다. 「그래, 됐어. 머리가 진짜 마음에 들어, 그 흰 보닛에 장미를 달면 정말 황홀하다니까. 어깨를 펴고 장갑이 갑갑해도 손을 편안하게 내려 봐. 언니한테 정말 잘 어울리는 게 하나 있어. 숄을 걸치자. 난 안 어울리지만 언니가 하면 아주 근사해. 노턴 양이 언니한테 그 사랑스러운 숄을 줘서 난 정말 기뻐. 수수하지만 근사하고, 팔 부분의 주름이 정말 예술적이야. 내 망토 어때? 절개선이 한가운데로 와 있어? 드레스는 비뚤어지지 않았어? 난 코는 별로지만 발이 예쁘니까 신발을 드러내고 싶어.」

「넌 아름다운 것이고 영원한 기쁨이야.」[23] 조가 감정하는

22 얇은 모슬린 직물.

23 존 키츠의 장시 『엔디미온』의 첫 행 〈아름다운 것은 영원한 기쁨이네〉

사람처럼 손가락 사이로 금발에 꽂은 파란색 깃털을 바라보며 말했다. 「흙길을 걸어갈 때 저의 제일 좋은 드레스를 끌고 다녀야 하나요, 아니면 살짝 들어야 하나요, 선생님?」

「걸어갈 때는 살짝 들고 집 안에 들어가면 내려. 언니는 옷자락이 끌리는 스타일이 잘 어울리니까, 치마를 우아하게 끄는 법을 배워야 돼. 한쪽 소매 단추를 반밖에 안 채웠네, 얼른 채워. 아주 작은 부분에 신경 쓰지 않으면 절대 완벽해 보이지 않아. 전체를 보기 좋게 만드는 건 작은 부분이거든.」

조가 한숨을 쉬고 소매 단추를 채우다가 장갑 단추가 다 풀려 버렸지만, 결국 둘 다 채웠다. 위층 창문으로 몸을 내밀고 두 사람을 지켜보던 해나의 말처럼 조는 〈그림같이 예쁜〉 모습으로 길을 떠났다.

「조 언니, 체스터가(家) 사람들은 스스로 무척 우아하다고 생각하니까 품행을 아주 바르게 해야 돼. 불쑥 말하지도 말고 이상한 행동은 아무것도 하지 마, 알았지? 차분하고 침착하게, 조용히 있어. 그러면 숙녀 같아 보이고 안전해. 15분 정도 얌전히 구는 거야. 쉽잖아.」 두 사람이 첫 번째 이웃집에 거의 도착했을 때 에이미가 말했다. 그들은 흰 양산을 빌리러 가서 양팔에 아기를 하나씩 안은 메그에게 최종 점검을 받고 왔다.

「보자. 〈차분하고 침착하고 조용하게〉라. 좋아, 그건 약속할 수 있을 것 같아. 연극에서 새침한 숙녀 역할을 해봤으니까 그걸 써먹어 볼게. 이제 곧 보겠지만 난 연기력이 아주 뛰

를 이용한 말이다.

어나, 그러니까 마음 놓아도 돼, 에이미.」

에이미는 안심한 표정이었지만 짓궂은 자기 말을 곧이곧대로 지켰다. 즉 첫 번째 방문 내내 팔다리를 우아하게 늘어뜨리고 드레스 주름도 곧게 펴고 앉은 조는 여름 바다처럼 차분하고, 바람에 날려 쌓인 눈 더미처럼 침착했으며, 스핑크스만큼이나 말이 없었다. 체스터 부인이 조의 〈멋진 소설〉을 언급하고 딸들이 파티와 피크닉, 오페라, 패션 이야기를 꺼내도 소용없었다. 조는 상대방의 말에 미소를 짓고, 인사하고, 〈네〉 또는 〈아니요〉로 얌전하지만 싸늘하게 대답했다. 에이미가 〈말 좀 해〉라며 신호를 보내고, 대화에 끌어들이려 애를 쓰고, 남몰래 발로 쿡쿡 찔러도 소용없었다. 조는 그런 것들을 전혀 모른다는 듯이, 〈모드〉[24]의 얼굴과도 같이 〈얼음처럼 단정하고 화려하게 무표정한〉 태도로 가만히 앉아 있었다.

「나이 많은 마치 양은 정말 오만하고 재미없는 사람이네요!」 손님들이 나가고 문이 닫힐 때, 불행히도 어느 숙녀의 말이 들려왔다. 조는 복도를 나오는 내내 소리 없이 웃었지만, 에이미는 자기가 내린 지시가 실패했기 때문에 진저리가 난 표정이었고, 너무나 당연하게도 조를 탓했다.

「어떻게 내 말을 그렇게 오해할 수가 있어? 적당히 품위 있고 차분하게 행동하라는 말이었는데, 완전히 목석처럼 굴었잖아. 램 씨네 집에서는 사람들이랑 좀 어울려 봐. 다른 여자들처럼 소문 이야기도 하고, 옷 얘기든 남자 얘기든 말도 안

24 앨프리드 테니슨의 모노드라마 「모드」의 주인공.

되는 소리라도 사람들의 얘기에 흥미를 가져. 램 씨네 가족은 상류층이고, 알고 지내면 아주 유익한 사람들이야. 난 무슨 일이 있어도 꼭 좋은 인상을 줄 거야.」

「싹싹하게 굴게. 소문 이야기도 하고 웃기도 하고, 네가 원하는 대로 사소한 일에도 막 무서워하거나 기뻐서 어쩔 줄 모르는 척할게. 좀 재미있는 것 같아. 이제 〈매력적인 소녀〉 흉내를 내야겠어. 메이 체스터라는 모델이 있으니까 문제없어, 체스터 양보다 더 잘할 거야. 램 씨 가족이 나를 보고 〈조 마치 양은 정말 활달하고 좋은 사람이구나!〉라고 말하나 안 하나 두고 봐.」

에이미는 불안했는데, 그럴 만도 했다. 조가 별나게 굴 때는 어디서 멈출지 알 수 없었기 때문이다. 조는 다음 집 응접실로 미끄러지듯 들어가서 모든 아가씨들에게 아주 반갑게 입맞춤을 한 다음 젊은 신사들을 향해 정중하게 얼굴을 빛냈고, 보는 사람이 깜짝 놀랄 만큼 활기차게 잡담을 나누었다. 그런 모습을 바라보는 에이미의 얼굴은 볼 만했다. 에이미는 그녀를 제일 마음에 들어 하는 램 부인에게 붙잡혀서 루크레티아의 마지막 공격에 대한 기나긴 설명을 들어야만 했다.[25] 그동안 유쾌한 세 청년이 에이미를 구해 주려고 말이 멈추기만을 기다리며 주변을 맴돌았다. 따라서 에이미는 조를 살펴볼 수가 없었고, 조는 장난기에 완전히 사로잡혀서 램 부인

25 로마의 귀족 여인 루크레티아는 로마의 왕자 타르퀴니우스에게 겁탈당한 후 남편과 친척들을 불러 복수를 다짐받고 자결했다. 이 사건으로 브루투스가 왕을 끌어내리고 로마 공화정이 시작되었다.

만큼이나 유창하게 수다를 떨었다. 조의 주변으로 사람들이 모여들었고, 에이미는 무슨 일이 일어나고 있는지 들으려고 귀를 쫑긋 세웠다. 중간중간 말이 잘 들리지 않아서 걱정스러웠고, 동그래진 눈과 번쩍 든 손을 보니 너무 궁금했다. 종종 터져 나오는 웃음소리를 들으니 뭐가 그렇게 재미있는지 같이 듣고 싶었다. 에이미가 대화를 조각조각 엿들으면서 얼마나 괴로웠을지 쉽게 상상할 수 있을 것이다.

「에이미 양은 말을 정말 멋지게 타더군요. 누구한테 배웠죠?」

「가르쳐 준 사람은 없어요. 걘 나무에 낡은 안장을 얹고서 올라타는 법, 고삐 잡는 법, 허리를 펴고 똑바로 앉는 법을 연습하곤 했어요. 겁이 없어서 이제는 아무거나 타죠. 마구간지기가 그 애한테는 말을 싸게 빌려준답니다. 숙녀를 잘 태우도록 말을 훈련시켜 주거든요. 걘 말을 정말 열심히 타요. 저는 만약 다른 일이 전부 실패해도 조마사(調馬師)가 되어서 먹고살 수 있을 거라고 에이미한테 종종 말한답니다.」

에이미는 이 끔찍한 말을 듣고 힘들게 꾹 참았다. 조는 에이미가 무척 활달한 아가씨라는 인상을 주고 있었는데, 에이미는 그런 것을 특히 싫어했다. 하지만 에이미가 뭘 할 수 있었을까? 노부인은 아직도 이야기를 한창 늘어놓는 중이었다. 부인의 이야기가 끝나기도 전에 조가 다시 이야기를 시작하더니, 더욱 우스꽝스러운 이야기를 늘어놓으며 훨씬 더 무시무시한 실수를 저지르고 있었다.

「네, 그날 에이미는 절망했죠. 좋은 말은 다 나가고 세 마리만 남아 있었는데, 한 마리는 다리를 절고 다른 한 마리는 눈이 안 보이고 또 다른 한 마리는 고집이 너무 세서 입에 흙이라도 퍼 넣지 않으면 움직이지 않았거든요. 놀러 가기에 정말 딱이겠죠?」

「그래서 어느 녀석을 골랐죠?」 웃음 짓는 신사들 중에서 이야기를 무척 재미있게 듣던 한 명이 물었다.

「아무것도 선택하지 않았어요. 강 건너 농장에 젊은 말이 한 마리 있다고 들었는데, 여자는 한 번도 태운 적이 없었지만 멋지고 씩씩한 말이라고 해서 에이미가 직접 시도해 보기로 결심했어요. 정말 고생했답니다. 안장이 있는 곳까지 말을 끌고 올 사람이 없어서 에이미가 직접 안장을 가지고 말이 있는 곳까지 갔어요. 사랑스러운 제 동생이 안장을 배에 싣고 강을 건넌 후 머리에 인 다음 헛간까지 걸어가자 마구간 노인이 정말 깜짝 놀랐답니다!」

「에이미 양이 그 말을 탔나요?」

「물론이죠, 정말 즐거운 시간을 보냈어요. 전 동생이 녹초가 되어 집으로 실려 올 줄 알았지만 에이미는 그 말을 완벽하게 길들였어요, 정말 즐거웠대요.」

「음, 정말 용맹하군요!」 젊은 램 씨가 만족스럽게 에이미를 흘긋 보았고, 어머니가 무슨 말을 했기에 저 아가씨가 저렇게 불편한 표정으로 얼굴을 빨갛게 물들이고 있을까 생각했다.

잠시 후 대화 주제가 드레스로 바뀌자 에이미는 얼굴이 더욱 빨개지고 불편해졌다. 젊은 아가씨 한 명이 조에게 피크

닉에 쓰고 왔던 예쁜 담갈색 모자를 어디서 샀냐고 묻자, 어리석은 조는 2년 전에 그 모자를 어느 가게에서 샀는지 말하는 대신 불필요할 만큼 솔직하게 대답했다.「아, 에이미가 칠한 거예요. 그런 연한 색은 살 수 없으니까, 우리가 직접 마음에 드는 색으로 칠한답니다. 예술적 재능이 뛰어난 여동생이 있으면 정말 편해요.」

「정말 독창적인 생각 아닌가요?」 램 양이 조는 정말 재미있는 사람이라고 생각하며 외쳤다.

「정말 대단한 업적에 비하면 그건 아무것도 아니랍니다. 에이미는 정말 못 하는 게 없어요. 아, 샐리의 파티에 파란 신발을 신고 가고 싶어서 얼룩진 흰색 신발에 본 적도 없을 만큼 사랑스러운 하늘색을 칠한 적도 있는데, 진짜 새틴 같았어요.」 조가 여동생의 업적을 자랑스러워하며 덧붙이자, 에이미는 너무 화가 나서 조에게 명함 통이라도 던져야 마음이 풀릴 것 같았다.

「저번에 조 양이 쓴 소설을 읽었는데, 정말 재미있었답니다.」 장녀인 램 양이 문학적 소양이 뛰어난 아가씨 — 솔직히 지금은 전혀 그렇게 보이지 않았다 — 를 칭찬하고 싶어서 이렇게 말했다. 조에게 그녀의 〈작품〉을 언급하면 항상 역효과가 나서 오히려 더 뻣뻣해지고 기분이 상한 표정을 짓거나 퉁명스러운 말로 화제를 바꾸었는데, 지금이 딱 그랬다.「더 나은 읽을거리가 없다니 안됐네요. 제가 그 시시한 글을 쓴 건 잘 팔리기 때문인데, 평범한 사람들은 좋아하는 편이죠. 이번 겨울에 뉴욕에 가시나요?」

램 양은 그 이야기를 〈정말 재미있게 읽었〉기 때문에 이 말은 딱히 감사의 인사도, 인사치레도 아니었다. 조는 말을 하는 순간 실수했음을 깨달았지만 상황을 더 악화시킬까 봐 두려웠다. 그래서 그만 가봐야겠다는 말을 먼저 꺼내야 할 사람이 자신임을 갑자기 기억해 내고 불쑥 일어섰기 때문에 세 사람은 끝내지도 못한 말을 입에 담은 채 남겨졌다.

「에이미, 우린 이제 가야겠다. 안녕히 계세요, 여러분. 저희 집에도 한번 오세요. 여러분의 방문을 애타게 기다릴게요. 램 씨, 당신한테는 감히 오시라고 말씀드릴 수 없지만, 만약에 오시면 도저히 그냥 보내지 못할 것 같아요.」

조가 메이 체스터의 과장된 말투를 너무나 우스꽝스럽게 흉내 내며 말했기 때문에, 에이미는 깔깔 웃는 동시에 엉엉 울고 싶은 기분으로 최대한 빨리 빠져나왔다.

「나 잘하지 않았어?」 두 사람이 걸어갈 때 조가 만족스럽다는 듯 물었다.

「그보다 더 나쁠 순 없었어.」 에이미가 무섭게 대답했다. 「내 안장이니, 모자니, 신발이니, 도대체 무슨 생각으로 그런 얘기를 한 거야?」

「왜? 재미도 있고 사람들이 즐거워하잖아. 우리가 가난한 거 다들 아니까 마부가 있는 척, 한 계절에 모자를 서너 개씩 사는 척, 그 사람들처럼 좋은 것들을 느긋하게 누리는 척해 봐야 안 통해.」

「그렇다고 우리가 임시변통으로 쓰는 방법을 시시콜콜 얘기해서 쓸데없이 가난하다는 것을 드러낼 필요도 없잖아. 언니는 자존심도 없고, 언제 입을 열고 언제 입을 닫아야 하는지 절대 배우지 못할 거야.」 에이미가 절망적으로 말했다.

불쌍한 조는 당혹스러운 표정이었고, 자기 잘못에 대해 속죄하는 것처럼 뻣뻣한 손수건으로 코끝을 말없이 문질렀다.

「여기서는 어떻게 할까?」 두 사람이 세 번째 집에 거의 다 왔을 때 조가 물었다.

「하고 싶은 대로 해. 난 언니한테서 손 뗐어.」 에이미의 짤막한 대답이 돌아왔다.

「그럼 내 맘대로 즐겨야지. 남자애들이 있으니까 같이 편안한 시간을 보내야겠어. 아, 난 정말 기분 전환이 필요해. 고상하게 굴려고 해봤자 성질만 나빠져.」 분위기를 맞추지 못해서 짜증이 난 조가 거칠게 대꾸했다.

다 큰 남자애 세 명과 예쁜 아이들이 열렬히 환영해 주자, 조는 곤두섰던 신경이 금방 가라앉았다. 조는 여주인과 마침 이 집을 방문 중이던 튜더 씨를 상대하는 일을 에이미에게 맡기고 젊은 사람들과 어울렸고, 기분 전환을 하니 기운이 솟았다. 그녀는 대학교 이야기에 무척 흥미롭게 귀를 기울였고, 포인터와 푸들을 투덜거리지도 않고 쓰다듬었으며, 예의에 어긋나는 표현이었지만 〈톰 브라운은 좋은 녀석이었죠〉라고 진심으로 동의했다. 또 남자애 하나가 자기 거북이 수조를 보여 주겠다고 하자 선뜻 따라 나섰기 때문에 그 아이의 엄마가 조에게 미소를 지었다. 그 어머니는 곰처럼 거칠지만 애정이 넘치는 아이의 포옹 때문에 비뚤어진 모자를 고쳐 쓰고 있었다. 그녀에게는 아이의 포옹이 영감 넘치는 프랑스 여자의 손끝에서 나온 전혀 나무랄 데 없는 머리 모양보다 소중했다.

에이미는 언니가 하고 싶은 대로 하도록 내버려 둔 채 자신도 마음껏 즐겼다. 튜더 씨의 숙부가 귀족의 팔촌인 영국 숙녀와 결혼했기 때문에 에이미는 그 가문 전체를 무척 존경했다. 에이미는 미국에서 나고 자랐지만 우리 중 가장 훌륭한 사람들도 버리지 못하는 작위에 대한 존경심을 가지고 있었다. 초창기 왕들에 대한 인정받지도 못하는 이러한 충성심은 태양 아래 가장 민주적이라는 나라조차 몇 년 전 노란 머리 왕족 소년의 방문[26]에 크게 흥분하게 만들었고, 신생 국가가 옛 국가에게 품고 있는 사랑과도 관련이 있다. 이것은 가능할 때까지는 품어 주었지만 반항을 하자 크게 꾸짖으며 멀리 떠나보내는 오만한 어머니를 향한 다 큰 아들의 사랑과 비슷한 감정이었다. 그러나 영국 귀족의 먼 친척과 이야기를 나누는 만족감도 에이미가 시간을 잊게 만들지는 못했고, 적당한 시간이 지나자 에이미는 마지못해 이 귀족들과 헤어진 다음 구제 불능인 언니가 마치가의 이름에 먹칠하지 않았기만을 간절히 바라며 조를 찾아다녔다.

더 나쁠 수도 있었지만 에이미가 보기에는 충분히 나빴다. 조는 남자애들에게 둘러싸여 풀밭에 앉아 있었고, 그녀가 공식적인 자리나 축제에 갈 때 입는 드레스 치마에 개 한 마리

26 후에 에드워드 7세가 되는 빅토리아 여왕의 아들이 1860년에 19세의 나이로 미국을 방문했던 일을 말한다. 그는 미국을 방문한 최초의 영국 왕족이었다.

가 더러운 발을 올리고 있었다. 조는 감탄하는 청중에게 로리가 어떤 장난을 쳤는지 들려주고 있었다. 어떤 꼬마 아이가 에이미의 소중한 양산으로 거북이를 쿡쿡 찔렀고, 또 어떤 아이는 조의 제일 좋은 보닛 위에서 진저브레드를 먹고 있었으며, 또 다른 아이는 조의 장갑으로 공놀이를 하고 있었다. 하지만 다들 즐거운 시간을 보내는 중이었다. 조가 그만 가려고 망가진 물건들을 챙기자 호위대가 따라 나와서 꼭 다시 오라고 애원하면서 〈로리의 장난 이야기는 정말 재미있었어요〉라고 말했다.

「정말 좋은 애들이야, 안 그래? 애들이랑 놀고 나니까 젊고 팔팔해진 기분이야.」 조가 뒷짐을 지고 걸어가며 말했다. 뒷짐을 지는 것은 버릇이기도 했지만 흙탕물이 튄 양산을 숨기는 방법이기도 했다.

「언니는 왜 항상 튜더 씨를 피해?」 에이미가 현명하게도 엉망이 된 조의 모습에 대한 말은 삼가며 이렇게 물었다.

「그 사람 싫어. 잘난 척하고, 자기 누이들을 무시하고, 아버지를 걱정시키고, 어머니에 대해서도 공손하게 말하지 않잖아. 로리가 그러는데, 방탕하대. 알고 지내서 좋을 것 없는 사람 같아서 피하는 거야.」

「적어도 예의 바르게는 대해야지. 차갑게 고개만 까딱했잖아. 그래 놓고 식료품 가게 아들인 토미 체임벌린한테는 미소를 지으면서 아주 공손하게 고개까지 숙이고 인사하더라. 바꿔서 하면 좋았을 텐데.」 에이미가 나무라듯 말했다.

「아니, 그렇지 않아.」 조가 대꾸했다. 「튜더의 할아버지의 숙부의 조카의 조카가 귀족의 팔촌이든 아니든 난 튜더를 좋아하지도 않고, 존경하지도 않고, 그에게 감탄하지도 않아. 토미는 가난하고 숫기 없지만 착하고 아주 똑똑해. 난 토미를 높이 평가하고, 그렇다는 걸 보여 주고 싶어. 갈색 종이로 싼 꾸러미를 배달하고 다닌다 해도 그는 신사니까.」

「언니랑 말싸움해 봐야 아무 소용 없어.」 에이미가 말했다.

「전혀 소용 없지.」 조가 끼어들었다. 「그러니까 상냥한 표정으로 여기 명함이나 놓고 가자. 킹 씨네 가족은 외출한 것 같으니까. 진짜 고맙게도 말이야.」

가족 명함이 제 역할을 다하자 두 사람은 계속 걸었다. 다섯 번째 집에 도착해서 아가씨들이 다른 볼일을 보는 중이라는 말을 듣자 조는 또다시 감사의 인사를 했다.

「마치 대고모님 댁은 건너뛰고 그냥 집에 가자. 대고모님 댁은 언제든지 갈 수 있잖아. 이렇게 피곤하고 기분도 좋지 않은데 제일 좋은 옷을 차려입고 흙길을 걸어가는 건 너무 힘들어.」

「언니야 그렇겠지. 마치 대고모님은 우리가 잘 차려입고 격식을 갖춰 방문하는 걸 좋아하셔. 대단한 일도 아닌데 대고모님이 기뻐하시잖아. 더러운 개랑 서툰 남자애들이 언니 옷을 망친 것에 비하면 흙길을 걷는 건 아무것도 아냐. 고개 좀 숙여 봐, 보닛에 묻은 빵 부스러기 떼어 줄게.」

「넌 정말 착하구나, 에이미!」 조가 회개하는 눈빛으로 엉망이 된 자기 옷과 아직 산뜻하고 얼룩 하나 없는 동생의 옷을 번갈아 보며 말했다. 「나도 너처럼 사소한 일로 사람들을 기쁘게 만들 수 있으면 좋겠다. 생각은 하지만 시간이 너무 많이 걸려. 그래서 큰 호의를 베풀 기회를 기다리면서 작은 기회는 그냥 흘려보내지. 하지만 결국에는 작은 호의가 제일 중요한 것 같아.」

에이미는 금방 마음을 누그러뜨리고 미소를 지으며 어머니처럼 말했다. 「여자는 상냥하게 구는 법을 배워야 해, 가난하면 특히 더 그래. 사람들이 베푸는 친절에 보답할 다른 방법이 없으니까. 그 사실을 잊지 말고 실천에 옮기면 사람들은 언니를 나보다 더 좋아할 거야. 언니는 좋은 점이 더 많으니까.」

「나는 너무 성급해, 앞으로도 쭉 그럴 거야. 하지만 네 말이 맞다는 건 기꺼이 인정할게. 그래도 난 내키지도 않으면서 상냥하게 대하는 것보다 그 사람을 위해서 목숨을 거는 게 더 쉬워. 좋고 싫은 게 분명한 건 정말 불행한 일이야, 안 그래?」

「좋고 싫은 걸 숨기지 못하는 게 더 큰 불행이야. 나도 언니만큼 튜더가 마음에 안 들지만 본인한테 그렇게 말해야 한다고 생각하지는 않아. 언니도 그래. 튜더가 불쾌하게 군다고 해서 언니도 똑같이 불쾌하게 굴어 봤자 아무 소용 없어.」

「하지만 난 여자라면 어떤 청년이 못마땅할 경우에 티를 내야 한다고 생각해. 태도가 아니면 무엇으로 티를 낼 수 있겠니? 잔소리해 봐야 아무 소용 없어, 슬프지만 테디를 상대해 봤으니까 잘 알지. 하지만 잔소리 외에도 내가 테디에게 영향을 줄 수 있는 사소한 방법은 아주 많고, 가능하면 여자들이 다른 남자들한테도 그렇게 해야 한다고 생각해.」

「테디 오빠는 굉장한 남자야, 다른 남자들의 표본으로 볼 수는 없어.」 에이미가 확신에 차서 엄숙하게 말했는데, 그 〈굉장한 남자〉가 이 말을 들었다면 깔깔 웃었을 것이다. 「우리가 대단한 미녀라면, 또는 부와 지위를 갖췄다면 뭔가 할 수 있을지도 모르지. 하지만 우리가 못마땅한 청년한테 얼굴을 찌푸리고 괜찮은 청년한테 미소를 지어 봤자 눈곱만큼도 효과가 없어. 별나고 딱딱한 여자라는 평이나 들을 뿐이야.」

「그러니까 우린 미녀도 백만장자도 아니라는 이유만으로 싫은 것을 다 참아야 한다는 거네? 그것참, 대단한 도덕성이구나.」

「난 논리적으로 설명할 수는 없지만, 세상 이치가 그렇다는 건 알아. 그 이치를 거슬러 봐야 힘만 들고 비웃음만 살 뿐이야. 난 개혁가는 싫어. 언니도 개혁가가 되지 않도록 노력하면 좋겠어.」

「난 개혁가가 좋고, 될 수만 있다면 되고 싶어. 비웃음을 살지는 몰라도 그런 사람들이 없으면 세상은 절대 제대로 돌아가지 않으니까. 넌 구세계에, 난 신세계에 속해 있으니까 우리 의견이 일치할 수는 없겠지. 넌 아주 잘살겠지만 난 떠들썩하게 살 거야. 신랄한 비평과 야유도 재미있을 거야.」

「자, 이제 진정해. 급진적인 사고방식으로 대고모님께 걱정 끼치지 말고.」

「안 그러려고 노력하겠지만, 이상하게 대고모님 앞에만 가면 둔감한 말을 불쑥 내뱉거나 혁명적인 생각을 드러내고 만

다니까. 그게 내 운명이야, 어쩔 수 없어.」

두 사람이 들어가니 캐럴 고모가 노부인과 함께 있었고, 둘 다 아주 흥미로운 주제에 푹 빠져 있었다. 그러나 조와 에이미가 들어가자 말을 뚝 끊고 조카들에 대해 이야기하고 있었음을 드러내는 표정을 지었다. 조는 기분이 별로 좋지 않아서 다시 삐딱하게 굴기 시작했다. 그러나 충실히 의무를 다하며 성질을 다스리고 모두를 즐겁게 해준 에이미는 더없이 천사 같은 마음 상태였다. 이 상냥한 마음이 즉시 전해졌기 때문에 두 고모 모두 〈귀여운 에이미〉라고 애정을 담아 부르면서 〈저 아이는 매일 더 나아진다니까〉라는 표정을 지었고, 나중에는 실제로도 그렇게 말했다.

「자선 바자회, 도울 거니?」 에이미가 친근한 태도로 옆자리에 앉자 캐럴 고모가 물었다. 나이 든 사람들은 젊은 사람이 그런 태도를 취하면 정말 좋아했다.

「네, 고모님. 체스터 부인이 도와주겠냐고 물어보시기에 저는 내놓을 것이 시간밖에 없으니 판매대를 하나 맡겠다고 했어요.」

「전 안 가요.」 조가 단호하게 말했다. 「누가 저한테 생색내는 건 싫거든요. 체스터가 사람들은 인맥이 대단한 자기네 자선 바자회를 돕도록 허락하는 게 대단한 호의라도 베푸는 줄 안다니까요. 에이미, 네가 가겠다고 한 게 놀랍다. 너한테 일을 시키는 것뿐이잖아.」

「난 기꺼이 할 거야. 체스터가 사람들뿐만 아니라 해방된 자유민을 위한 거잖아. 일과 재미를 나눠 주다니 정말 친절한 사람들이라고 생각해. 의도만 좋으면 생색내든 말든 난 상관없어.」

「매우 적절하고 옳은 말이구나. 고마워할 줄 아는 태도가 마음에 들어. 우리의 노력을 고마워할 줄 아는 사람을 돕는 건 즐거운 일이지. 고마워할 줄 모르는 사람도 있는데, 그러면 힘들거든.」 마치 대고모가 안경 너머로 조를 보면서 말했다. 조는 조금 떨어져 앉아서 시무룩한 얼굴로 몸을 흔들고 있었다.

어마어마하게 행복한 일이 조와 에이미 사이에서 저울처럼 왔다 갔다 하고 있음을 조가 알았다면 순식간에 비둘기처럼 얌전해졌겠지만, 불행히도 인간의 가슴에는 창문이 없기 때문에 우리는 주변 사람들의 마음속에서 무슨 일이 벌어지고 있는지 볼 수 없다. 보통은 볼 수 없는 편이 더 낫지만, 가끔 볼 수 있다면 정말 큰 위안이 되고 시간과 기운을 아낄 수 있을 것이다. 조는 이다음에 덧붙인 말로 몇 년 동안의 행복을 걷어차 버렸고, 혀를 조심해야 한다는 교훈을 적절한 때에 배웠다.

「전 호의는 싫어요. 호의를 받으면 억압당하는 것 같고 노예가 된 기분이 들거든요. 전부 제 힘으로 하는 것이, 완벽하게 독립적인 게 좋아요.」

「에헴!」 캐럴 고모가 마치 대고모를 보며 작게 헛기침을 했다.

「내가 뭐랬어.」 마치 대고모가 캐럴 고모를 향해 확고하게 고개를 끄덕이며 말했다.

다행히도 조는 자신이 무슨 짓을 저질렀는지 까맣게 모른 채 콧대를 높이 쳐들고 전혀 솔깃하지 않은 혁명적인 면을 드러내며 앉아 있었다.

「프랑스어는 할 줄 아니?」 캐럴 부인이 에이미의 손에 손을 얹으며 물었다.

「마치 대고모님 덕분에 꽤 잘해요. 에스더와 실컷 이야기를 나누게 해주셨거든요.」 에이미가 고마워하는 표정으로 대답하자 노부인이 상냥하게 미소를 지었다.

「넌 외국어를 어느 정도 하니?」 캐럴 부인이 조에게 물었다.

「전혀 못 해요. 머리가 너무 나빠서 공부를 못하거든요. 프랑스어는 발음이 너무 미끄러져서 견딜 수가 없어요. 바보 같은 언어예요.」 무뚝뚝한 대답이 돌아왔다.

두 노부인 사이에 또 다른 눈빛이 오갔고, 마치 대고모가 에이미에게 말했다. 「넌 건강하고 힘도 세겠지? 이제 눈도 아프지 않고?」

「전혀 아프지 않아요. 감사합니다. 전 아주 건강해요. 이번 겨울에는 중요한 일을 몇 가지 할 생각이에요. 로마에 갈 준비를 해놓으려고요. 그 즐거운 때가 언제 올지 모르니까요.」

「착하기도 하지! 넌 갈 자격이 있어. 언젠가 꼭 가게 될 거다.」 에이미가 실타래를 주워 드리자, 마치 대고모가 마음에 든다는 듯 머리를 쓰다듬으며 말했다.

심술궂은 사람아 빗장을 걸어라,

난롯가에 앉아서 실을 자아라.[27]

조의 의자 뒤 횃대에서 폴리가 이렇게 꽥꽥거리면서 몸을 숙여 조의 얼굴을 들여다보았는데, 그 뻰뻰한 태도가 어찌나 우스웠는지 웃음을 터뜨리지 않을 수 없었다.

「정말 관찰력이 예리한 새라니까.」 노부인이 말했다.

「산책하러 가요.」 폴리가 설탕을 달라는 듯 도자기 벽장을 향해 뛰어가며 외쳤다.

「고마워. 가자, 에이미.」 이렇게 해서 조는 이웃 방문이 자기 성미에 정말 악영향을 끼친다는 사실을 그 어느 때보다 실감하며 방문을 끝냈다. 조는 신사처럼 악수를 했지만, 에이미는 두 고모에게 입을 맞추었다. 두 사람은 그림자와 햇살 같은 인상을 남기고 떠났다. 조와 에이미의 모습이 사라지자마자 마치 대고모가 말했다.

「그렇게 하는 게 좋겠다, 메리. 돈은 내가 내마.」 그러자 캐럴 고모가 확실하게 대답했다. 「저 아이의 부모가 허락하면 꼭 그렇게 할게요.」

27 영국의 전래 동요.

30장

# 결과

체스터 부인의 자선 바자회는 정말 우아하고 고급스러운 분위기였기 때문에 이웃 아가씨들은 판매대를 맡아 달라고 요청받는 것을 크나큰 영예로 여겼고, 모두 이 행사에 관심이 무척 많았다. 에이미는 요청을 받았고 조는 요청을 받지 못했지만, 그래서 모두에게 다행이었다. 이즈음 조는 단호하게 허리에 손을 얹고 있었고, 그녀가 사람들과 편하게 지내는 법을 배우려면 큰 타격을 많이 받아야 했다. 〈오만하고 재미없는 사람〉인 조는 가혹할 정도로 홀로 남겨졌지만, 에이미는 예술품 판매대를 맡아 달라는 제안을 받음으로써 재능과 취향을 마땅히 인정받았다. 에이미는 자선 바자회를 열심히 준비했고, 적당하고 귀중한 기증품을 구했다.

모든 일이 순조롭게 진행되고 있었지만, 자선 바자회 하루 전날 피할 수 없는 작은 논쟁이 벌어졌다. 나이 많은 사람부터 젊은 사람까지 나름의 적대감과 편견을 가진 스물다섯 명의 여자가 함께하다 보니 피할 수 없는 일이었다.

메이 체스터는 자기보다 인기가 많은 에이미를 약간 질투

하고 있었다. 여기에 몇 가지 사소한 정황이 더해지면서 질투심이 더욱 커졌다. 메이가 색칠한 꽃병이 에이미의 고상한 펜화에 완전히 묻혀 버렸던 것이다. 이것이 첫 번째 가시였다. 그런 다음 무적의 튜더가 최근 파티에서 메이와는 한 번밖에 춤을 추지 않았지만 에이미와는 네 번이나 추었다. 이것이 두 번째 가시였다. 그러나 메이의 마음을 괴롭히면서 그녀의 쌀쌀맞은 행동에 구실이 된 주된 불만은 남 말 하기 좋아하는 사람이 그녀에게 속삭여 준 소문이었다. 램 씨네 집에서 마치가의 딸들이 메이를 놀렸다는 것이었다. 이 일은 전적으로 조의 잘못이었다. 조의 짓궂은 흉내가 너무 똑같아서 누구인지 알아보지 못할 수가 없었고, 장난을 좋아하는 램가의 사람들 때문에 그 이야기가 밖으로 새어 나갔다. 그러나 범인들은 이 일을 전혀 몰랐다. 그러므로 자선 바자회 바로 전날 밤 에이미가 예쁜 판매대를 마지막으로 손보고 있는데, 딸을 놀렸다는 소문에 당연히 화가 난 체스터 부인이 찾아와서 말투는 온화하지만 냉정한 표정으로 이런 말을 했을 때, 에이미가 얼마나 당황했는지 쉽게 상상할 수 있을 것이다.

「에이미 양, 내가 이 판매대를 우리 딸들이 아닌 타인에게 맡겨서 다른 아가씨들의 마음이 좀 상했나 봐요. 예술품 판매대가 가장 중요하기도 하고, 제일 매력적인 판매대라고 하는 사람도 있으니까요. 우리 애들이 이번 자선 바자회의 주최자니까 여긴 우리 애들이 맡는 게 제일 좋겠다고들 하네요. 미안하게 됐어요. 하지만 에이미 양은 이 바자회의 목적에 정말로 관심이 있으니까 사소하고 개인적인 문제로 실망하지 않으리라 믿어요. 원하면 다른 판매대를 맡아도 좋아요.」

체스터 부인은 이 짤막한 말을 하기 쉬울 줄 알았다. 그러나 막상 말을 하다 보니 에이미의 의심 한 점 없는 눈이 놀라움과 고통을 가득 담고 그녀를 똑바로 바라보았기 때문에 자연스럽게 말하기가 어려웠다.

에이미는 이 일의 배후에 뭔가가 있다고 느꼈지만 짐작이 가지 않았고, 마음에 상처를 받았음을 숨기지도 않고 조용히 말했다.

「제가 아무것도 맡지 않는 게 더 좋으신가요?」

「에이미 양, 부디 기분 나빠하지 말아요. 순전히 편의의 문제예요. 우리 애들이 바자회를 주도하는 게 당연하니까, 그 애들이 이 판매대를 맡는 게 적절하다는 거죠. 난 에이미 양한테도 무척 적당하다고 생각했지만요. 이렇게 공들여 예쁘게 만들어 줘서 정말 고마워요. 하지만 우리가 개인적인 욕심은 포기하는 게 당연하잖아요. 좋은 판매대를 줄게요. 꽃 판매대는 어때요? 어린 여자애들이 맡았는데 의욕을 잃었나 봐요. 에이미 양이 멋진 판매대를 만들 수 있을 거예요. 잘 알겠지만 꽃 판매대는 항상 매력적이잖아요.」

「특히 신사분들께 말이야.」 메이가 이렇게 덧붙이자, 에이미는 그 표정을 보고 자신이 갑자기 미움을 산 이유 중 하나가 무엇인지 알아차렸다. 에이미는 화가 나서 얼굴이 빨개졌지만, 비꼬는 말에 신경 쓰지 않고 오히려 상냥하게 대답했다.

「원하는 대로 하셔야죠, 체스터 부인. 당장 여기서 손을 떼고 말씀하신 대로 꽃 판매대를 맡을게요.」

「원한다면 네가 기증한 물건은 네 판매대에 진열해도 돼.」메이가 입을 열었다. 예쁜 선반, 채색 조개껍질, 에이미가 정말 신경 써서 만들어 우아하게 진열한 고풍스러운 채식(彩飾) 서적을 보니 양심이 약간 찔렸기 때문이다. 상냥한 마음으로 한 말이었지만 에이미가 그 뜻을 오해하고 얼른 대답했다.

「아, 그래. 방해가 되면 치울게.」에이미는 앞치마에 자기 물건을 대충 쓸어 넣고, 자신과 자기 작품이 도저히 용서할 수 없을 정도로 모욕당했다고 느끼며 걸어갔다.

「에이미가 화났나 봐요. 아, 엄마한테 말해 달라고 부탁하지 말걸 그랬어요.」메이가 판매대의 텅 빈 공간을 암담하게 바라보며 말했다.

「여자애들 싸움은 금방 끝나.」메이의 어머니가 대꾸했다. 그녀는 자기가 이 싸움에서 한 역할이 아주 약간 부끄러웠다. 당연한 일이었다.

어린 소녀들은 무척 기뻐하면서 에이미와 그녀의 보물을 환영했다. 진심 어린 환영을 받자 에이미도 마음이 누그러져서 예술품으로 성공할 수 없다면 꽃으로 성공하겠다고 굳게 결심하고 일을 시작했다. 그러나 모든 상황이 불리했다. 이미 늦은 시간이었고, 에이미는 피곤했다. 다들 자기 일이 바빠서 에이미를 도울 수 없었고, 어린 소녀들은 한 떼의 까치처럼 수다를 떨며 부산스럽게 구는 데다가 완벽하게 정리된 상태를 자꾸 건드려서 엉망으로 만들었기 때문에 방해만 되었다. 상록수 아치를 세우고 바구니를 매달아서 물건을 넣었더니 아치가 비틀거리면서 머리 위로 쓰러지려 했다. 에이미의 제일 좋은 타일에는 물이 튀어서 큐피드의 뺨에 암갈색 눈물이 생겼다. 망치질을 하다가 손에 멍이 들었고, 외풍이 심한 자리에서 일을 하느라 감기에 걸려서 다음 날이 걱정스러웠다. 이와 비슷한 괴로움을 겪어 본 소녀 독자라면 누구나 불쌍한 에이미에게 공감하면서 에이미가 자선 바자회를 무사히 마치기만을 바랄 것이다.

에이미가 그날 밤 집으로 돌아와 무슨 일이 있었는지 이야기하자 가족 모두 크게 화를 냈다. 어머니는 말도 안 되는 일이지만 에이미의 행동이 옳았다고 말해 주었다. 베스는 자선 바자회에 가지 않겠다고 선언했고, 조는 에이미에게 비열한 사람들끼리 잘해 보라 하며 예쁜 기증품을 전부 챙겨서 나오지 그랬냐고 말했다.

「그 사람들이 비열하다고 해서 나까지 비열해질 이유는 없으니까. 난 그런 거 싫어. 내가 상처받았다고 생각하는 건 당연하지만 그걸 드러낼 생각은 없어. 이렇게 하면 내가 화를 내면서 뭐라고 하거나 성급한 행동을 할 때보다 그 사람들이 더 많은 걸 느낄 거야. 그렇죠, 엄마?」

「좋은 마음가짐이야, 에이미. 나를 때리는 사람한테 입맞춤을 하는 게 늘 가장 좋은 방법이지만, 가끔은 그렇게 하기가 쉽지 않단다.」 어머니가 설교와 실천의 차이를 배운 사람답게 말했다.

화를 내고 복수하고 싶다는 아주 당연한 유혹이 많았지만, 에이미는 다음 날 내내 자신의 결심을 지키면서 친절로 적을 이기려 애썼다. 시작이 좋았다. 뜻밖에도 마침 눈에 띈 물건이 말없이 가르침을 주었다. 그날 아침, 여자애들이 대기실에서 바구니를 채우는 동안 에이미는 판매대를 정리하다가 자신이 만든 아끼는 책을 집어 들었다. 고풍스러운 표지는 아버지가 당신의 보물들 중에서 발견해 준 것이었고, 에이미는 벨럼 가죽 책장에 적힌 문구들을 아름답게 꾸몄다. 에이미는 당연한 자부심을 느끼며 우아한 장식이 가득한 책장을 넘기다가 어느 구절이 눈에 띄자 손을 멈추고 생각에 잠겼다. 진홍색과 파란색, 금색의 멋진 소용돌이 장식 틀 안에 서로 도와서 올라가거나 내려가는 요정들과 가시, 꽃으로 꾸며진 문구는 다음과 같았다. 〈이웃을 네 몸과 같이 사랑하라.〉

〈그래야 하는데, 그렇게 하지 않았어.〉 에이미가 화려한 책장에서 시선을 떼고 커다란 꽃병들 뒤에 서 있는 메이의 불만스러운 얼굴을 바라보며 생각했다. 꽃병은 에이미의 예쁜 작품들이 차지하던 빈 공간을 다 채우지 못했다. 에이미는 잠시 서서 책장을 넘기며 매정한 마음과 원한을 상냥하게 질책하는 말들을 읽었다. 거리와 학교, 사무실, 집에서 우리가 의식하지 못하는 수많은 목사님들이 매일 우리에게 현명하고 진정한 설교를 한다. 자선 바자회의 판매대라고 할지라도 언제나 옳고 도움이 되는 가르침을 준다면 설교단이 될 수 있다. 에이미의 양심이 바로 그때 그 자리에서 이 문구를 통해 짤막한 설교를 했고, 에이미는 많은 이들이 항상 실천하지는 못하는 행동을 했다. 즉 설교를 마음 깊이 받아들이고 당장 실행에 옮겼다.

한 무리의 아가씨들이 메이의 판매대 근처에 서서 예쁜 물건들을 보고 감탄하면서 판매원이 바뀐 것에 대해 이야기하고 있었다. 그들이 목소리를 낮췄지만 에이미는 자기 이야기를 하고 있음을, 한쪽 이야기만 듣고 판단하고 있음을 알아차렸다. 기분 좋은 일은 아니었지만 에이미는 착하게 마음을 먹었고, 그것을 보여 줄 기회가 바로 생겼다. 메이가 슬픈 듯이 말하는 소리가 들려왔던 것이다.

「정말 속상해. 다른 물건을 만들 시간은 없고, 잡동사니로 판매대를 채우고 싶지도 않아. 그때는 판매대가 정말 완벽했는데, 지금은 다 망쳤어.」

「부탁하면 다시 진열해 줄 거야.」 누군가가 말했다.

「이렇게 요란을 떨어 놓고 어떻게 부탁을…….」 메이가 말을 시작했지만 끝맺지는 못했다. 홀 건너편에서 에이미의 상냥한 말이 들려왔기 때문이다.

「가져가도 돼. 너만 좋으면 그냥 가져가도 돼. 돌려놓을까 물어보려던 참이었어. 내 판매대가 아니라 네 판매대에 어울리는 물건이잖아. 자, 여기 둘게. 어젯밤에 너무 급하게 가져와서 미안해.」

에이미는 고개를 끄덕이고 미소를 지으며 기증품을 돌려놓고 돌아왔다. 가만히 앉아서 고맙다는 인사를 받는 것보다 먼저 나서서 친절한 행동을 하는 것이 훨씬 쉽다는 생각이 들었다.

「아, 정말 착하다. 안 그래?」어느 아가씨가 외쳤다.

메이의 대답은 들리지 않았지만 레모네이드를 만들다가 그렇게 됐는지 성질이 톡 쏘는 다른 아가씨가 불쾌하게 웃으면서 덧붙였다.「참 착하기도 하다. 자기 판매대에서는 못 팔 걸 아니까 그렇지.」

이건 좀 심했다. 우리는 작은 희생을 할 때 최소한 그 보답을 받기 바라는 법이다. 에이미는 잠시 기증품을 괜히 줬다고 생각했고, 선행이 항상 보답을 받는 것은 아니라고 느꼈다. 그러나 에이미가 곧 깨달았듯이 선행은 보답을 받는다. 에이미는 기운이 나기 시작했고, 그녀의 능숙한 손길 아래에서 판매대가 활짝 피어났다. 아가씨들은 무척 친절했고, 조금 전 에이미의 작은 행동이 분위기를 놀랄 만큼 밝게 만들었다.

에이미에게는 정말 길고 힘든 날이었다. 어린 소녀들이 금방 가버렸기 때문에 에이미는 판매대 뒤에 혼자 앉아 있을 때가 많았다. 여름에 꽃을 사려는 사람은 거의 없었고, 밤이 되기 한참 전부터 꽃다발이 축 처지기 시작했다.

예술품 판매대는 이 자선 바자회에서 제일 매력적이었다. 종일 사람들로 붐볐고, 판매를 맡은 사람들은 진지한 얼굴로 돈 상자를 짤랑거리며 계속 바쁘게 오갔다. 에이미는 부러운 눈으로 종종 그쪽을 쳐다보면서 할 일 없는 구석이 아니라 편안하고 행복한 저 자리에 있으면 좋겠다고 간절히 바랐다. 이것을 고난이라고 생각하지 않는 사람들도 있을 것이다. 그러나 예쁘고 쾌활한 아가씨에게는 지루할 뿐만 아니라 무척 괴로운 일이었다. 가족들에게, 그리고 로리와 친구들에게 이런 모습을 보일 생각을 하면 정말 순교라도 당하는 기분이었다.

에이미는 저녁에 잠시 집으로 돌아갔다. 아무 불평도 하지 않았고 무슨 일을 했는지도 말하지 않았지만, 너무 창백하고 조용해 보였기 때문에 가족들은 낮 동안 에이미가 힘들었음을 바로 알아차렸다. 어머니는 특별히 기운 나는 차를 한 잔 주었다. 베스는 옷 갈아입는 것을 도와주고, 에이미가 머리에 쓸 예쁜 화관을 만들어 주었다. 조는 평소와 달리 신경 써서 차려입고 나타나 이제 판세가 뒤집힐 것이라고 음울하게 암시해서 가족들을 놀라게 했다.

「무례한 짓은 하지 마. 부탁해, 언니. 소란 피우면 안 돼. 그냥 모르는 척하고 예의 바르게 행동해 줘.」 에이미가 이렇게 애원하면서 형편없는 판매대에 보충할 꽃을 찾으려고 일찍 출발했다.

「내가 아는 모든 사람들을 황홀할 정도로 상냥하게 대해서 네 판매대 앞에 최대한 오래 묶어 두려는 것뿐이야. 테디가 친구들이랑 도와줄 거고, 우린 이제부터 즐거운 시간을 보낼 거야.」 조는 이렇게 대꾸하며 로리가 오는지 보려고 정문 너머로 몸을 기댔다. 곧 황혼 속에서 익숙한 발소리가 들리자 조가 로리를 만나러 달려 나갔다.

「내 친구 로리야?」

「네가 내 친구 조인 것만큼 확실하지!」 로리가 모든 바람이 이루어진 남자처럼 조의 손을 자기 팔 밑에 끼웠다.

「아, 테디. 무슨 일이 있었는지 좀 들어 봐!」 조는 에이미가 얼마나 부당한 대우를 받았는지 언니답게 열을 내며 이야기했다.

「내 친구들이 곧 올 거야. 애들이 에이미의 꽃을 전부 다 사고 판매대 앞에 죽치고 앉아 있게 만들게.」 로리가 조의 생각을 따뜻하게 지지하며 말했다.

「에이미가 그러는데, 꽃이 정말 별로인데 싱싱한 꽃이 시간 맞춰서 못 올지도 모른대. 말도 안 되는 의심을 하고 싶지는 않지만, 새 꽃이 아예 안 와도 난 놀라지 않을 거야. 비열한 행동을 한 번 한 사람은 한 번 더 할 가능성이 아주 높거든.」 조가 역겹다는 듯이 말했다.

「헤이스가 우리 정원에서 제일 예쁜 꽃을 안 가져다줬어? 내가 가져다주라고 말해 놨는데.」

「그건 몰랐어. 깜빡하셨나 봐. 꽃을 얻고 싶긴 했는데, 너희 할아버지가 몸도 안 좋으신데 괜히 그런 걸 여쭤봐서 걱정 끼치고 싶지 않았어.」

「조, 어떻게 여쭤봐야 한다고 생각할 수가 있어? 내 것이 곧 네 거잖아. 우린 항상 뭐든지 반으로 나누잖아?」 로리가 말했다. 이런 말투는 항상 조를 곤란하게 만들었다.

「그건 싫은데! 네가 가진 것의 절반은 나랑 하나도 맞지 않을 거야. 어쨌든 여기서 노닥거릴 시간이 없어. 에이미를 도와야 해. 그러니까 너도 가서 멋지게 차려입어. 그리고 헤이스한테 좋은 꽃을 자선 바자회에 갖다주라고 얘기 좀 해줄래? 그럼 평생 칭찬해 줄게.」

「지금 해주면 안 돼?」 로리가 물었다. 너무나 도발적이었기 때문에 조는 쌀쌀맞게 서두르며 로리의 눈앞에서 문을 쾅 닫고 창살 너머로 외쳤다. 「저리 가, 테디. 나 바빠.」

공모자들 덕분에 그날 밤 판세가 뒤집혔다. 헤이스가 센터피스로 사랑스러운 바구니에 아주 멋진 꽃을 풍성하게 꽂아서 보내왔기 때문이다. 그런 다음 마치 가족이 우르르 나타났고, 조는 모종의 목적을 위해서 애를 썼다. 그래서 사람들이 에이미의 판매대로 왔을 뿐만 아니라, 조의 터무니없는 말에 웃고 에이미의 안목에 감탄하며 무척 즐거운 시간을 보냈다. 로리와 친구들은 이 난국을 용맹하게 타개하기 위해서 꽃다발을 산 다음, 판매대 앞에 진을 치고 앉아서 바자회장 한구석을 가장 활기찬 곳으로 만들었다. 에이미는 이제 자신감을 되찾았고, 무엇보다도 고마운 마음에 최대한 활발하고 상냥하게 사람들을 대했다. 그리고 선행이 결국은 보답을 받는다는 결론을 내렸다.

조는 모범적일 만큼 예의 바르게 행동했다. 에이미가 의장대(儀仗隊)에게 행복하게 둘러싸여 있을 때 조는 바자회장을 돌아다니면서 다양한 소문을 주워들었고, 체스터 부인이 판매대를 바꾼 이유를 알게 되었다. 조는 체스터 부인이 악감정을 품은 데 자신이 한몫했음을 자책하면서 최대한 빨리 에이미의 혐의를 벗겨 주기로 결심했다. 또 조는 에이미가 아침에 어떤 행동을 했는지 듣고 관대함의 진정한 본보기라고 생각했다. 조가 예술품 판매대를 지나치면서 에이미의 기증품을 찾아 흘끔거렸지만 하나도 보이지 않았다. 〈안 보이게 치운 게 분명해.〉 조는 이렇게 생각했다. 그녀는 자신을 부당하게 대우하는 것은 용서할 수 있었지만 가족을 모욕하면 뜨겁게 분노했다.

「안녕하세요, 조 양. 에이미는 어떻게 하고 있어요?」 메이가 자기도 관대하게 행동할 수 있음을 보여 주고 싶어서 화해를 청하듯 물었다.

「팔 만한 것은 전부 팔고 지금은 즐기고 있어요. 아시겠지만 꽃 판매대는 항상 매력적이잖아요. 특히 〈신사들에게〉 말이에요.」

조는 한 방 먹이지 않을 수 없었지만 메이가 너무나 온순하게 받아들였기 때문에 이 말을 곧 후회하고 아직 남아 있던 커다란 꽃병들을 칭찬했다.

「에이미가 채식한 책은 없나요? 아버지께 사드리려고 했는데.」 여동생의 작품이 어떻게 되었는지 무척 궁금했던 조가 말했다.

「에이미의 작품은 벌써 다 팔렸어요. 어울리는 사람의 눈에 띄도록, 그리고 그 사람들이 괜찮은 금액을 내도록 제가 신경 썼어요.」 메이가 대답했다. 그녀는 에이미와 마찬가지로 그날 몇 가지 작은 유혹을 물리쳤다.

무척 만족한 조는 서둘러 돌아가서 이 좋은 소식을 알렸고, 에이미는 메이의 말과 행동에 무척 놀라고 감동한 표정이었다.

「자, 신사 여러분. 제 판매대에서 그랬던 것처럼 다른 판매대에 가서도 관대하게 의무를 다하세요. 특히 예술품 판매대에서요.」 네 자매가 〈테디 패거리〉라고 부르던 대학 친구들에게 에이미가 명령을 내렸다.

「그 판매대에 대한 모토는 〈돌격, 체스터, 돌격!〉이지만, 남자답게 의무를 다하도록 해. 그러면 모든 의미에서 각자 지불한 돈의 가치에 맞는 예술품을 손에 넣을 수 있을 거야.」 헌신적인 병사들이 출전할 때 조가 이렇게 말했다.

「명령에 복종하겠습니다. 하지만 3월이 5월보다 훨씬 아름다운 법이죠.」[28] 꼬맹이 파커가 애써 재치 있고도 다정한 말을 했지만, 곧 로리가 찍소리도 못 하게 만들었다.

「대단한데, 파커. 꼬맹이치고는 말이야!」 로리는 아버지 같은 태도로 파커의 머리를 쓰다듬으면서 데리고 갔다.

「꽃병을 사.」 에이미가 로리에게 이렇게 말함으로써 원수의 머리에 숯불을 쌓았다.[29]

메이로서는 무척 기쁘게도 로리가 꽃병을 샀을 뿐 아니라 옆구리에 그것을 끼고 돌아다녔다. 다른 신사들도 온갖 물건들을 황급히 산 다음 밀랍 꽃, 채색 부채, 세공 서류집, 그 밖에 유용하고 적절한 구매품을 들고 이리저리 돌아다녔다.

캐럴 고모도 바자회에 참석했는데, 무슨 일이 있었는지 듣고 무척 기쁜 표정을 짓더니 한쪽 구석에 있던 마치 부인에게 뭐라고 속삭였다. 그러자 마치 부인은 만족스럽게 얼굴을

28 3월은 〈마치March〉, 5월은 〈메이May〉이므로 에이미가 메이보다 아름답다는 중의적인 표현이다.

29 신약 성경 「로마인들에게 보낸 편지」 12장 20절. 〈원수가 배고파하면 먹을 것을 주고 목말라하면 마실 것을 주십시오. 그렇게 하면 그의 머리에 숯불을 쌓아 놓는 셈이 될 것입니다.〉

빛내며 자부심과 고민이 뒤섞인 표정으로 에이미를 바라보았다. 그러나 며칠 후까지 기쁨의 이유를 알리지 않았다.

자선 바자회는 성공적이었고, 메이는 에이미에게 작별 인사를 할 때 평소처럼 빠르게 말을 쏟아 내는 것이 아니라 애정 어린 입맞춤을 하면서 〈다 잊고 용서해 줘〉라는 표정을 지었다. 그것으로 에이미는 만족했다. 집으로 돌아와 보니 응접실 난로에 커다란 꽃다발이 꽂힌 꽃병이 늘어서 있었다.
「관대한 마치 양을 위한 우수상 상품입니다.」 로리가 요란하게 발표했다.

「넌 내가 생각했던 것보다 훨씬 더 원칙이 분명하고 너그럽고 고귀한 사람이었어, 에이미. 넌 정말 멋지게 행동했고, 나는 널 진심으로 존경해.」 서로 머리를 빗어 줄 때 조가 따뜻하게 말했다.

「응, 우리 모두 마찬가지야. 그렇게 쉽게 용서하다니, 정말 사랑해. 그렇게 오랫동안 애써서 만든 예쁜 물건들을 내놓을 때 정말 끔찍하게 힘들었을 텐데. 난 너처럼 그렇게 친절하게 대하지 못했을 거야.」 베스가 베개를 베고 누워서 덧붙였다.

「언니들, 날 그렇게 칭찬할 필요 없어. 난 내가 대접받고 싶은 대로 했을 뿐이야. 내가 숙녀가 되고 싶다고 하면 언니들은 비웃지만, 내 말은 마음과 태도까지 진정한 숙녀가 되고 싶다는 뜻이야. 정확히 설명할 수는 없지만 나는 너무 많은 여자들을 망치는 비열함과 어리석음과 잘못을 극복하고 싶어. 아직 멀었지만 최선을 다하면서 언젠가 엄마처럼 되기를 바라고 있어.」

에이미가 진지하게 말하자 조가 진심을 담아 끌어안으며 말했다. 「네 말이 무슨 뜻인지 이제 알겠다, 두 번 다시 비웃지 않을게. 넌 네 생각보다 훨씬 빨리 멋진 사람이 되고 있어. 너한테서 진정한 공손함을 배워야겠다. 네가 비결을 깨달은 것 같으니까 말이야. 열심히 노력해 봐, 에이미. 언젠가 보답을 받을 거야. 그때는 내가 그 누구보다 기뻐할 거야.」

일주일 후, 에이미는 보답을 받았지만 불쌍한 조는 기뻐하기 힘들었다. 캐럴 고모에게서 편지가 왔는데 그 편지를 읽는 마치 부인의 얼굴이 어찌나 환해졌는지, 곁에 있던 조와 베스가 도대체 무슨 희소식이냐고 물어볼 정도였다.

「다음 달에 캐럴 고모가 외국에 가시는데…….」

「저보고 같이 가자고 하셨군요!」 조가 이렇게 외치고 억누를 수 없을 만큼 기뻐하며 의자에서 벌떡 일어났다.

「아니야, 조. 네가 아니라 에이미란다.」

「아, 엄마! 에이미는 너무 어려요, 제가 먼저잖아요. 정말 오래전부터 가고 싶었는데. 저한테 정말 큰 도움이 될 거고, 정말 멋질 거예요. 제가 가야 해요!」

「그건 불가능할 것 같구나, 조. 캐럴 고모가 에이미라고 확실하게 말했어. 호의를 베푸는데 우리가 이래라저래라 할 수는 없잖니.」

「항상 이런 식이에요. 에이미는 재미를 보고 나는 고생만 하고. 불공평해요. 아, 불공평해요!」 조가 열렬하게 외쳤다.

「네 잘못도 있는 것 같아, 조. 저번에 캐럴 고모랑 이야기를 나눴는데, 네가 너무 무뚝뚝하고 지나치게 독립적이라고 아쉬워하더라. 여기 네 말을 인용한 것처럼 이렇게 쓰셨구나. 〈처음에는 조에게 같이 가자고 하려 했지만 《조에게는 호의가 짐》이고 《프랑스어를 싫어》하니까 초대하면 안 되겠구나 생각했어요. 에이미가 더 온순하고 플로에게 좋은 친구가 되어 줄 듯해요. 그리고 이 여행에서 얻을 수 있는 것들을 더 고마워하면서 받아들일 것 같아요.〉」

「아, 이놈의 혀, 이 가증스러운 혀! 저는 왜 가만히 있는 법을 배우질 못할까요?」 조가 파멸의 원인이 된 말을 기억하며 신음했다. 마치 부인은 편지에 인용된 말을 어쩌다가 하게 되었는지 듣고 나서 슬픈 듯이 말했다.

「나도 네가 갈 수 있으면 좋았겠다 싶지만, 이번에는 가망이 없으니까 기분 좋게 견디려고 노력하렴. 비난이나 후회로 에이미의 기쁨을 망치지 말고.」

「노력할게요.」 조가 말했다. 그녀는 무릎을 꿇고 기쁨에 넘쳐 엎었던 바느질감 바구니를 집어 들고서 열심히 눈을 깜빡거렸다. 「에이미를 본받아서 기쁜 척만 하는 게 아니라 정말 기뻐하도록, 에이미의 행복을 단 한순간도 샘내지 않도록 노력할게요. 하지만 쉽지는 않을 거예요, 끔찍하게 실망스러우니까요.」 가련한 조는 안고 있던 작고 통통한 핀 쿠션을 쓰라린 눈물로 적셨다.

「조 언니, 나 너무 이기적이지만 언니를 보내기 싫어. 언니가 안 가서 기뻐.」 베스가 바구니와 조를 한꺼번에 끌어안으며 속삭였다. 베스가 사랑이 넘치는 표정으로 딱 달라붙으며 말했기 때문에 조는 위로를 받았지만, 자신의 얼굴을 한 대 치고 싶을 정도로 통렬하게 후회했다. 캐럴 고모에게 이 호의를 짐 지워 달라고, 그리고 자기가 그 짐을 얼마나 고맙게 지는지 보시라고 겸허하게 애원하고 싶었다.

에이미가 돌아올 때쯤 조는 가족들과 함께 기뻐할 수 있었다. 평소만큼 진심은 아니었을지 모르지만, 에이미의 행운에 불만을 품지 않을 수는 있었다. 어린 숙녀는 이 소식을 듣고 무척 기뻐했지만 엄숙한 표정으로 물감을 정리하고 연필을 싸기 시작했다. 옷과 돈, 여권처럼 별로 중요하지 않은 물건을 챙기는 일은 자기만큼 예술적 열망에 푹 빠지지 않은 다른 사람들에게 맡겼다.

「나한테는 그냥 재미로 가는 여행이 아니야, 언니들.」 에이미가 제일 좋은 팔레트를 닦으며 무척 인상적으로 말했다. 「이 여행이 내 앞날을 결정할 거야. 나한테 재능이 있다면 로마에서 발견할 거고, 뭔가를 해내서 재능을 증명할 거야.」

「만약에 재능이 없으면?」 조가 벌건 눈으로 에이미에게 줄 새 옷깃을 만들면서 말했다.

「그러면 집으로 돌아와서 그림을 가르치며 먹고살아야지.」 명성을 간절히 바라는 야심가가 냉정하고 침착하게 대답했다. 하지만 에이미는 그 생각에 얼굴을 찌푸렸고, 희망을 포기하기 전에 열정적으로 노력해야겠다는 듯이 팔레트를 열심히 긁었다.

「아닐걸. 넌 힘든 일을 싫어하니까 돈 많은 남자랑 결혼하고 돌아와서 호사스럽게 살 거야.」 조가 말했다.

「언니의 예언이 가끔 맞을 때도 있지만, 이번 예언은 맞을 것 같지 않아. 그렇게 되면 좋겠지만. 내가 예술가가 될 수 없다면 예술가를 도울 수 있는 사람이 되고 싶거든.」 에이미가 자신은 가난한 미술 교사 역할보다는 레이디 바운티풀[30] 역할이 더 잘 어울린다는 듯 미소를 지으며 말했다.

「흠!」 조가 한숨을 쉬며 말했다. 「네가 정말 바라면 그렇게 될 거야. 네 소원은 항상 이루어지니까. 내 소원은 절대 이루어지지 않지만.」

「언니도 가고 싶어?」 에이미가 생각에 잠겨 물감 나이프로 코를 톡톡 두드리며 물었다.

「당연하지!」

「그럼 내가 1~2년 안에 사람을 보내서 언니를 데려갈게. 같이 로마 광장에서 유물을 발굴하고 우리가 세웠던 수많은 계획을 전부 실천에 옮기자.」

「고마워. 그 기쁜 날이 오면 네가 무슨 약속을 했는지 상기시켜 줄게. 만약에 정말 온다면 말이야.」 조가 막연하지만 엄청난 제안을 최대한 고맙게 받아들이며 대꾸했다.

준비할 시간이 별로 없었기 때문에 에이미가 출발할 때까지 집은 흥분의 도가니였다. 조는 그 시간을 잘 견딘 다음 팔락거리는 파란 리본이 마지막으로 사라지자 자신의 피난처인 다락방에 틀어박혀서 더 이상 눈물이 나오지 않을 때까지 엉엉 울었다. 에이미 역시 증기선이 출항할 때까지 용감하게

30 조지 파커의 희곡 「멋쟁이들의 전략」에 등장하는 인물로, 돈 많고 자비로운 여성을 뜻하는 표현으로 쓰인다.

견뎠다. 그런 다음 사람들이 배와 부두를 연결하는 다리를 치우려고 하자, 곧 드넓은 대양이 자신을 가장 사랑하는 사람들과 자기 사이를 가로막는다는 생각이 문득 떠올라서, 마지막까지 남아 있던 로리에게 매달려 흐느끼며 말했다.

「아, 우리 가족을 잘 보살펴 줘. 혹시 무슨 일이 생기면…….」

「그렇게 할게, 에이미. 혹시 무슨 일이 생기면 내가 달려가서 위로해 줄게.」 로리가 이렇게 속삭였지만, 이 약속을 얼마나 빨리 지키게 될지 상상도 못 했다.

이렇게 해서 에이미는 젊은이의 눈에 항상 새롭고 아름답게만 보이는 구세계를 찾아 배를 타고 떠났고, 아버지와 친구는 해안에서 그녀를 지켜보며 마음속으로 행복이 가득한 이 소녀에게 좋은 일만 일어나기를 간절히 기도했다. 에이미는 바다에서 반짝이는 여름 햇살밖에 보이지 않을 때까지 두 사람을 향해 열심히 손을 흔들었다.

31장

# 우리의 해외 통신원

런던에서

사랑하는 여러분,

저는 지금 피커딜리 바스 호텔의 창가에 앉아 있어요. 근사한 호텔은 아니지만 고모부가 몇 년 전 여기에서 묵었다며 다른 곳으로 가려 하질 않으세요. 하지만 여기서 오래 묵을 계획은 아니니까 상관없어요. 아, 제가 이 모든 것을 얼마나 즐기고 있는지, 이야기를 시작하기도 힘들어요. 그러니까 제가 공책에 적어 둔 글을 일부 보낼게요. 여행을 시작한 후로 글과 그림을 끄적이는 것 말고는 아무것도 하지 않았거든요.

핼리팩스에서 기분이 좋지 않을 때 한 줄 적어 보냈지만 그 뒤로는 즐겁게 지냈어요. 멀미도 거의 하지 않고, 종일 갑판에서 시간을 보냈죠. 저를 재미있게 해주는 유쾌한 사람들이 굉장히 많았어요. 다들 저에게 정말 친절했어요, 특히 장교들이요. 웃지 마, 조 언니. 배 위에서는 신사들이 정말 필요해요. 부축을 해주거나 시중을 들어 주거든요. 어차피 할 일도 없으니까 쓸모 있는 일을 하게 만드는 게 오히려 인정을 베푸는 거예요. 아니면 죽도록 담배만 피울 테니까요.

고모와 플로는 오는 내내 몸이 좋지 않아서 혼자 있고 싶다고 하길래, 전 두 사람을 위해서 할 수 있는 일을 한 다음 혼자 나가서 즐겼어요. 갑판 위의 산책, 황혼, 멋진 공기와 파도! 배가 정말 빠를 때는 말을 타고 달리는 것처럼 신났어요. 베스 언니가 왔으면 좋았을 텐데, 몸에 정말 좋았을 거예요. 조 언니라면 지브인지 뭔지 아무튼 제일 높은 돛대 망루에 올라가 앉아서 기술자들이랑 친해지고, 선장님의 확성기를 울리면서 정말 신나게 지냈겠죠.

모든 것이 천국 같았지만, 아일랜드 해변이 보이자 정말 반갑기도 하고 아주 아름다웠어요. 온통 초록색에 햇살이 찬란하고, 군데군데 보이는 갈색 오두막집, 산 위의 폐허, 골짜기에는 신사들의 시골 저택, 공원에서 먹이를 먹는 사슴도 있었어요. 이른 아침이었지만 그걸 보려고 일찍 일어난 것이 전혀 아깝지 않았어요. 만(灣)에는 작은 배들이 가득하고, 해안은 그림처럼 아름다웠으며, 장밋빛 하늘이 머리 위에 펼쳐져 있었거든요. 절대 잊지 못할 거예요.

새로 알게 된 레녹스 씨라는 분과 퀸스타운에서 헤어졌는데, 제가 킬라니 호수에 대해서 무슨 말을 했더니 한숨을 쉬고는 저를 보면서 이렇게 노래하는 거예요.

> 오, 케이트 커니에 대해서 들어 봤나요
> 그녀는 킬라니 호숫가에 살지요
> 흘깃 보는 그녀의 눈빛으로부터

위험을 피해 달아나세요
케이트 커니의 눈빛은 치명적이거든요.

정말 말도 안 되지 않아요?

리버풀에는 몇 시간만 머물렀어요. 더럽고 시끄러운 곳이었어요, 금방 떠나서 정말 다행이에요. 고모부는 얼른 나가서 개가죽 장갑이랑 두껍고 못생긴 신발이랑 우산을 샀고, 위는 좁고 아래는 넓은 모양으로 구레나룻을 자르셨어요. 그러고는 진짜 영국인처럼 보인다고 자신하셨지만, 처음 구두를 닦으러 갔을 때 구두 닦는 아이가 미국인이라는 걸 바로 알아보고 씩 웃으면서 말했어요. 「다 됐습니다, 손님. 최신 미국 스타일로 닦아 드렸어요.」 고모부는 무척 재미있어하셨어요. 참, 그 이상한 레녹스 씨가 어떻게 했는지부터 얘기해야죠! 우리랑 같이 배에 타고 있던 자기 친구 워드 씨를 시켜서 저한테 줄 꽃다발을 주문했지 뭐예요. 제가 방으로 들어가자마자 사랑스러운 꽃다발과 〈로버트 레녹스로부터〉라는 카드가 보이더라고요. 정말 재미있지 않아, 언니들? 난 여행이 정말 좋아.

서두르지 않으면 런던 이야기는 쓰지도 못하겠어요. 여행은 멋진 풍경화로 가득한 길쭉한 화랑에서 말을 타고 달리는 것 같았어요. 농장 가옥을 보는 게 정말 즐거웠어요. 초가지붕, 처마까지 타고 올라가는 담쟁이덩굴, 격자 창문, 문 앞에 혈색 좋은 아이들과 함께 서 있는 통통한 여자들. 무릎까지 올라오는 클로버 풀밭의 소 떼는 미국 소보다 더 차분해 보이고, 암탉은 미국 닭들과 달리 신경질이 나지 않는지 만족스럽게 꼬꼬댁 울었어요. 그렇게 완벽한 색은 처음 봤어요. 푸르른 풀, 새파란 하늘, 샛노란 곡식, 새까만 숲. 여기 오는 내내 정말 신났어요. 플로도 마찬가지였고, 우리는 이쪽저쪽으로 자리를 옮기면서 시속 1백 킬로미터로 달리는 기차 안에서 모든 걸 보려고 했죠. 고모는 피곤해서 주무시러 갔지만 고모부는 여행 안내서를 읽으면서 그 무엇에도 놀라지 않으셨어요. 이런 식이었어요. 제가 달려가서 〈아, 저게 케닐워스성인가 봐. 저 숲속의 회색 건물 말이야!〉라고 하면 플로가 얼른 내가 있는 창가로 와서 〈정말 멋지다! 언젠가 저기 꼭 가봐요, 아빠. 네?〉라고 해요. 그러면 고모부는 차분하게 자기 신발을 보고 감탄하면서 〈안 된다, 플로. 맥주를 마시고 싶은 게 아니라면 말이야. 저긴 양조장이거든〉 하시는 거예요.

잠시 침묵이 흐르다가 플로가 다시 외치죠. 「세상에, 저기 교수대가 있는데 어떤 남자가 거기 올라가고 있어.」 「어디? 어디?」 제가 소리치면서 두 개의 높다란 기둥과 그 사이의 들보, 대롱거리는 사슬을 봐요. 「탄광이다.」 고모부가 눈을 빛내며 말씀하세요. 「저기 사랑스러운 양 떼가 누워 있어.」 제가 말해요. 「보세요, 아빠. 정말 예쁘지 않아요?」 플로가 감상적으로 덧붙여요. 「거위란다, 꼬마 숙녀들.」 고모부는 이렇게 말씀하시죠. 그러면 우리는 조용해지고, 플로는 자리에 앉아서 『캐번디시 선장의 연애』를 읽고 저는 혼자 풍경을 즐겨요.

런던에 도착했더니 당연히 비가 내리고 있었고, 안개랑 우산밖에 보이지 않았어요. 우리는 잠깐 휴식을 취하고, 짐을 풀고, 소나기가 잠시 그친 사이에 쇼핑을 했죠. 전 너무 급하게 출발하느라 필요한 것의 반도 갖추지 못해서 메리 고모가 여러 가지를 새로 사주셨어요. 파란 깃털이 달린 흰 모자, 모자랑 어울리는 모슬린 드레스, 그리고 정말 사랑스러운 망토. 리젠트 거리에서 하는 쇼핑은 정말 멋져요. 전부 아주 싼 것 같아요. 멋진 리본이 한 마에 겨우 6펜스예요. 그래서 이것저것 잔뜩 샀지만 장갑은 파리에서 사려고요. 정말 우아하고 부유하게 들리지 않아요?

고모와 고모부가 외출하신 사이에 플로와 저는 재미로 핸섬 마차[31]를 불러 드라이브를 갔어요. 하지만 젊은 숙녀들끼리 마차를 타면 안 된다는 건 나중에야 알았지 뭐예요. 정말 웃겼어요! 우리가 마차에 오르고 나무판이 닫히자 마부가 마차를 어찌나 빨리 몰았는지, 겁에 질린 플로가 저한테 마차를 멈추게 하라는 거예요. 하지만 마부는 바깥 위쪽 어딘가에 있어서 말을 전할 수가 없었죠. 마부는 제가 부르는 소리도 듣지 못하고, 양산을 흔드는 것도 보지 못했어요. 그래서 우리는 무력하게 덜컹거렸고, 모퉁이를 돌 때도 목이 부러질 듯한 속도로 흔들렸어요. 결국 절망에 빠진 제가 지붕에 난 작은 문을 찾아내서 열자, 빨간 눈이 나타나더니 맥주에 취한 듯한 목소리로 말했어요.

「네, 부인?」

31 조지프 핸섬이 개발한 말 한 마리가 끄는 마차로, 속도와 안전을 결합하고 안전한 코너링을 위해 무게중심을 낮게 잡은 것이 특징이다.

제가 최대한 침착하게 지시를 내리고 문을 닫자 늙은 마부가 〈네, 네, 부인〉이라고 대답했고, 곧 말이 장례식에라도 가는 것처럼 느릿느릿 걸었어요. 제가 다시 문을 열고 〈조금만 빨리 가주세요〉라고 했더니 마부는 아까처럼 허둥지둥 마차를 달렸고, 우리는 모든 걸 운명에 맡길 수밖에 없었죠.

오늘은 날씨가 좋아서 근처 하이드 공원에 갔어요. 우리가 보기보다 귀족적이거든요. 데번셔 공작이 근처에 살아요. 뒷문에서 어슬렁거리는 하인들이 자주 보이고, 웰링턴 공작의 집도 멀지 않아요. 제가 이런 장면을 보다니, 세상에! 잡지 『펀치』만큼이나 재미있었어요. 뚱뚱한 귀족 미망인들은 빨갛고 노란 마차를 타고 다니는데, 실크 스타킹과 벨벳 외투 차림의 멋진 하인들이 마차 뒤에 서 있고, 앞쪽에는 파우더를 바른 마부가 타고 있어요. 제가 지금까지 본 아이들 중에서 가장 혈색 좋은 아이들을 돌보는 단정한 하녀들, 반쯤 잠든 예쁜 여자애들, 괴상한 영국 모자에 연보라색 염소 가죽 장갑을 끼고 어슬렁거리는 멋쟁이들, 짤막한 빨간색 재킷에 머핀 같은 모자를 삐뚤게 쓴 모습이 너무 우스워서 꼭 그려 보고 싶은 키 큰 군인들.

로튼 로는 〈루트 드 루아〉, 즉 왕의 길이라는 뜻이지만 지금은 승마 학교에 가까워요. 말들은 정말 멋지고 남자들, 특히 말 사육 담당자들은 말을 정말 잘 타요. 하지만 여자들은 뻣뻣하고 우리와는 다르게 몸을 위아래로 튕겨요. 맹렬하게 달리는 미국식 승마를 보여 주고 싶어요. 승마복에 높다란 모자를 쓰고 엄숙하게 달가닥달가닥 걷는 영국 여자들은 꼭 장난감 노아의 방주 속 여자 인형 같거든요. 다들 — 노인도, 뚱뚱한 숙녀도, 작은 아이도 — 말을 타고, 여기 젊은 남녀는 곧잘 시시덕거려요. 저는 어느 연인이 장미꽃 봉오리를 주고받는 걸 봤는데, 그걸 단춧구멍에 달기 때문이에요. 꽤 좋은 생각 같아요.

오후에는 웨스트민스터 사원에 갔었지만, 제 설명을 기대하진 마세요. 그건 불가능하거든요. 그러니까 정말 웅장했다는 말만 할게요! 오늘 저녁에는 페히터[32]의 공연을 보러 갈 건데, 제 평생 가장 행복한 날에 딱 어울리는 마무리 같아요.

한밤중에

무척 늦은 시각이지만 어제 저녁에 무슨 일이 있었는지 얘기하지도 않고 편지를 그냥 보낼 수는 없어서 덧붙여요. 우리가 차를 마시고 있을 때 누가 왔는지 알아요? 로리 오빠의 영국 친구들인 프레드와 프랭크 본이 왔어요! 정말 깜짝 놀랐어요, 명함이 아니었으면 두 사람을 알아보지도 못했을 거예요. 둘 다 키가 크고 구레나룻을 기른 남자가 되었는데, 프레드는 영국식 미남이 되었고 프랭크는 훨씬 좋아졌어요. 이제 다리를 조금밖에 절지 않고 목발도 쓰지 않거든요. 로리 오빠한테서 우리가 온다는 소식을 듣고 자기 집으로 초대하러 왔대요. 하지만 고모부가 가지 않겠다고 하셔서 나중에 답례로 방문하기로 했어요. 우리는 그 두 사람과 함께 극장

32 Charles Fechter(1824~1879). 햄릿과 오셀로 연기로 유명한 배우를 말한다.

에 가서 정말 즐거운 시간을 보냈어요. 프랭크는 플로에게 푹 빠졌고, 프레드와 저는 평생 알던 사이처럼 과거와 현재, 미래의 즐거움에 대해서 이야기했거든요. 프랭크가 베스 언니한테 안부를 전해 달래요. 언니가 아프다는 이야기를 듣고 걱정했어요. 내가 조 언니 이야기를 했더니 프레드가 웃으면서 〈그 커다란 모자에 대한 정중한 찬사〉를 전해 달래요. 두 사람 다 로런스 캠프를, 그때 우리가 얼마나 즐거운 시간을 보냈는지 잊지 않았더군요. 정말 오래전 일 같아요, 그렇지 않아요?

고모가 벌써 세 번째로 벽을 두드리고 있으니 이제 정말 그만 써야겠어요. 예쁜 것들로 가득한 방에서 이렇게 늦은 시간까지 편지를 쓰면서 머릿속에는 공원과 극장, 새로 산 옷, 〈아!〉라고 말하며 진정한 영국 귀족처럼 당당하게 금빛 수염을 배배 꼬는 용맹한 사람들로 가득하다니, 진짜 방탕한 런던 숙녀가 된 기분이에요. 다들 정말 보고 싶어요.

편지는 엉망이지만 언제나 여러분을 사랑하는

에이미

파리에서

사랑하는 언니들,

지난번 편지에서 런던 이야기를 했지. 본 가족이 얼마나 친절했는지, 우리랑 얼마나 즐겁게 어울렸는지 말이야. 난 햄프턴코트와 켄싱턴 뮤지엄이 제일 좋았어. 햄프턴에서는 라파엘로의 밑그림을 봤고, 켄싱턴 뮤지엄은 터너와 로런스,

레이놀즈, 호가스를 비롯해 위대한 화가들의 그림이 전시실마다 가득했거든. 리치먼드 공원에 갔던 날은 영국식 피크닉을 해서 정말 좋았고, 멋진 오크 나무와 사슴 떼가 어찌나 많았는지 다 그릴 수도 없었어. 나이팅게일 소리도 들리고 종달새가 솟구쳐 날아가는 것도 봤어. 우리는 프레드와 프랭크 덕분에 런던을 정말 실컷 즐겼고, 떠나는 게 아쉬웠어. 내 생각에 영국인은 친해질 때까지 오래 걸리긴 하지만, 한번 마음을 열면 더없이 후한 것 같아. 본 가족은 다음 겨울에 로마에서 만나자고 했는데, 만나지 못한다면 난 정말 실망할 거야. 그레이스랑 난 좋은 친구가 되었고, 그 집 형제들도 참 괜찮은 사람들이거든. 특히 프레드가 말이야.

음, 우리가 여기서 자리를 잡기도 전에 프레드가 다시 나타나서 휴가를 보내러 왔다고, 스위스로 간다고 했어. 고모는 처음에는 쌀쌀맞으셨지만 프레드가 워낙 아무렇지도 않게 대하니까 아무 말씀도 못 하셨어. 이제는 잘 지내고 있고, 프레드가 와서 정말 다행이라고 생각해. 프랑스어를 프랑스 사람처럼 잘하거든. 프레드가 없었으면 어떻게 했을지 모르겠어. 고모부는 프랑스어를 열 단어도 모르시면서 영어로 아주 크게 말씀하셔. 그러면 사람들이 알아듣는다는 듯이 말이야. 고모는 발음이 옛날식이고 플로와 나는 우리가 프랑스어를 꽤 잘한다고 생각했지만 아니라는 걸 깨달았으니, 프레드가 고모부 말씀대로 〈쏼라쏼라〉 잘해서 정말 다행이야.

여기에서 정말 얼마나 즐겁게 지내고 있는지 몰라! 아침부터 밤까지 관광을 다니고, 멋진 〈카페〉에 들러서 점심을 먹고, 온갖 신나는 모험을 하고 있어. 비 오는 날이면 나는 루브르에 가서 그림을 감상해. 조 언니는 예술에 관심이 없으니까 제일 좋은 작품을 봐도 그 거만한 콧대를 치켜세우겠지. 하지만 난 관심이 있으니까 최대한 빨리 감식안과 취향을 기르려고 노력 중이야. 조 언니는 위대한 사람들의 유물을 더 좋아할지도 몰라. 조 언니가 좋아할 만한 나폴레옹의 삼각모와 회색 외투, 아기 요람, 낡은 칫솔을 봤고, 마리 앙투아네트의 작은 신발, 생드니의 반지, 샤를마뉴의 검, 그 밖에 흥미로운 물건들을 정말 많이 봤어. 집에 가면 몇 시간이고 얘기해 줄게, 지금은 쓸 시간이 없어.

팔레 루아얄은 정말 천국 같은 곳이야. 보석류랑 사랑스러운 물건으로 가득한데, 난 살 수가 없으니까 거의 이성을 잃을 지경이야. 프레드가 사주고 싶어 했지만 물론 내가 허락하지 않았어. 그리고 불로뉴 숲과 샹젤리제도 〈트레 마그니피크〉[33]야. 나는 황제 가족을 여러 번 봤는데, 황제는 못생기고 무정해 보이는 남자고, 황후는 창백하고 예쁘지만 옷 입는 취향이 끔찍한 것 같아…… 보라색 드레스에 초록색 모자, 노란 장갑을 끼고 다니지 뭐야. 꼬마 나폴레옹은 잘생긴 소년이야. 말 네 필이 끄는 사륜마차에 앉아서 자기 가정 교사한테 뭐라고 말하면서 지나가는 사람들한테 입맞춤을 날려. 기수들은 빨간 새틴 재킷 차림이고 앞뒤로 기마병이 호위를 해.

우리는 튀일리 정원이 멋져서 자주 산책하지만, 나는 고풍

33 très magnifique. 〈무척 멋지다〉라는 뜻의 프랑스어.

스러운 뤽상부르 공원이 더 좋아. 페르라셰즈 공동묘지는 아주 신기해. 수많은 무덤이 꼭 작은 방 같은데, 안을 들여다보면 테이블 하나랑 죽은 사람의 그림이나 사진이 있고, 애도하러 온 사람들이 앉을 수 있는 의자가 있어. 정말 프랑스다워…… 〈네 스 파?〉[34]

우리 숙소는 리볼리 거리에 있어. 우리는 발코니에 앉아서 길고 멋진 거리를 구경해. 너무 멋져서 낮에 돌아다니느라 피곤하면 저녁에는 거기 앉아서 이야기를 나눠. 프레드는 아주 재미있고 내가 지금까지 알았던 청년들 중에서 가장 상냥해…… 로리 오빠만 빼고 말이야. 로리 오빠의 예의 바른 태도가 훨씬 더 매력적이거든. 난 프레드가 좀 더 진지하면 좋겠어, 가벼운 사람은 싫으니까. 하지만 본 가문은 아주 부유하고 훌륭한 가문이야. 내 머리가 더 노란데 그 사람들 머리가 노랗다고 흠을 잡진 않을래.

우리는 다음 주에 독일과 스위스로 떠나. 빨리 이동하는 중이라서 아마 급하게 쓴 편지밖에 보내지 못할 거야. 아버지의 충고대로 일기를 계속 쓰면서 내가 보고 감탄한 것들을 정확하게 기억하고 분명하게 묘사하려고 노력하고 있어. 나한테는 좋은 연습이야. 이렇게 대충 휘갈겨 쓴 글보다 내 스케치북을 보면 이 여행을 더 잘 이해할 수 있을 거야.

안녕, 다정한 포옹을 보내며.

〈보트르〉[35] 에이미

34 n'est ce pas? 〈그렇지 않아?〉라는 뜻의 프랑스어.
35 votre. 〈당신들의〉라는 뜻의 프랑스어.

하이델베르크에서

사랑하는 엄마,

베른으로 떠나기 전에 조용한 시간이 생겼으니 무슨 일이 있었는지 말씀드릴게요. 읽으면 아시겠지만 아주 중요한 일도 있어요.

라인강을 따라 배를 타고 이동할 때는 정말 완벽했어요. 저는 가만히 앉아서 마음껏 즐겼죠. 아버지의 낡은 여행 안내서를 꺼내서 읽었어요. 이 풍경을 설명할 만큼 아름다운 말이 저에게는 없더군요. 우리는 코블렌츠에서 정말 멋진 시간을 보냈어요. 프레드가 배에서 알게 된 본 출신 학생들이랑 함께 우리에게 세레나데를 불러 줬거든요. 달빛이 밝은 밤이었는데, 1시쯤 창 밑에서 더없이 아름다운 음악이 들려서 플로와 저는 잠에서 깼어요. 우린 얼른 달려가 커튼 뒤에 숨었지만, 살짝 엿보니 저 밑에서 프레드와 학생들이 노래를 하고 있지 뭐예요. 그렇게 낭만적인 광경은 정말 처음 봤어요…… 강, 다리처럼 늘어선 배들, 맞은편의 거대한 성채, 사방을 비추는 달빛, 돌로 된 심장도 녹일 듯 딱 맞는 음악.

노래가 끝나서 우리가 꽃을 던졌더니, 다들 꽃을 잡으려고 다투면서 보이지 않는 숙녀들을 향해 키스를 날린 후 웃으면서 멀어졌어요. 아마 맥주를 마시고 담배를 피우러 갔겠죠. 다음 날 아침, 프레드가 조끼 주머니에 넣어 두었던 구겨진 꽃을 저에게 보여 주면서 무척 감상적인 표정을 지었어요. 웃으면서 제가 던진 게 아니라 플로가 던진 거라고 말했죠. 그러자 프레드는 기분 나쁘다는 듯이 창밖으로 꽃을 던지고 평소 모습으로 돌아왔어요. 제가 이 남자와 함께 있다가 문제가 생길까 봐 두려워요. 그럴 것 같다는 생각이 들기 시작했어요.

나사우의 온천은 정말 즐거웠고, 바덴바덴에서도 마찬가지였어요. 바덴바덴의 카지노에서 프레드가 돈을 잃어서 제가 뭐라고 했죠. 프랭크가 옆에 없을 때는 프레드를 보살필 사람이 필요해요. 케이트 언니는 프레드가 빨리 결혼하면 좋겠다고 말했었는데, 저도 프레드가 결혼하는 게 좋다는 생각에 동의해요. 프랑크푸르트는 정말 좋았어요. 저는 괴테의 집에 가고, 실러의 동상을 보고, 다네커의 유명한 〈아리아드네〉 조각상도 봤어요. 정말 사랑스러웠지만 신화에 대해 잘 알았다면 훨씬 더 즐거웠을 거예요. 다들 그 이야기를 알거나 아는 척했기 때문에 저는 물어보고 싶지 않았어요. 조 언니가 전부 얘기해 주면 좋겠어요. 책을 더 많이 읽었어야 하나 봐요. 전 정말 아무것도 모른다는 걸 깨달았고, 그래서 부끄러워요.

이제부터는 심각한 얘기예요. 여기서 생긴 일인데, 프레드가 방금 떠났어요. 프레드는 정말 친절하고 유쾌해서 우리 모두 그를 무척 좋아하게 됐어요. 세레나데를 불러 준 밤까지는 전 그냥 여행 친구라고만 생각했죠. 그날 밤 이후 달밤의 산책, 발코니에서 나누는 대화, 매일매일의 모험이 프레드에게 단순한 재미 이상이라는 느낌이 들기 시작했어요. 엄마, 전 절대 프레드에게 추파를 던지지 않았어요, 정말이에요. 엄마가 해준 말을 기억하면서 최선을 다했을 뿐이에요.

사람들이 저를 좋아하는 건 제가 어떻게 할 수가 없는 일이에요. 저는 사람들이 저를 좋아하게 만들려고 애쓰지도 않고, 저를 좋아하는 사람을 제가 좋아하지 않으면 마음이 무거워요. 조 언니는 저한테 매몰차다고 하지만요. 알아요, 엄마는 고개를 절레절레 흔들고 언니들은 〈아, 돈밖에 모르는 불쌍한 아이라니까!〉라고 말하겠지만 전 마음을 정했어요. 미친 듯이 사랑하는 건 아니지만 프레드가 청혼하면 받아들일 거예요. 전 그를 좋아하고, 우린 편하게 잘 지내요. 프레드는 잘생기고, 젊고, 충분히 똑똑하고, 아주 부자예요…… 로런스 집안보다 훨씬 더 부자예요. 그의 가족도 반대하지 않을 거고, 다들 친절하고 품위 있고 너그러운 사람들인 데다가 저를 좋아하니까 저는 아주 행복할 거예요. 프레드가 쌍둥이 중 형이니까 저택을 물려받을 텐데, 정말 멋진 곳이에요! 상류층 동네에 있는 저택인데, 미국의 커다란 집들처럼 보란 듯이 화려하진 않지만 두 배로 편안하고 영국 사람들이 좋아하는 실속 있는 사치품으로 가득해요. 진짜라서 마음에 들어요. 시골집 사진들도 봤는데, 문패와 가문의 보석들, 나이 많은 하인들, 넓은 대지와 커다란 저택, 사랑스러운 정원, 멋진 말들이 있었어요. 아, 저는 더 이상 바랄 게 없을 거예요! 작위보다 그게 더 좋아요. 여자들은 작위를 쉽게 덥석 물지만 그 뒤에는 아무것도 없죠. 제가 돈만 밝히는 걸지도 모르지만 가난은 싫어요. 할 수만 있다면 가난을 조금도 더 견딜 생각이 없어요. 우리들 중 한 사람은 부자와 결혼해야만 해요. 메그 언니는 그렇게 하지 않았고, 조 언니는 그러지 않을 거고, 베스 언니는 아직 그럴 수 없으니까, 제가 그렇게 해서 주변 사람들을 모두 편안하게 해줄 거예요. 그렇다고 해서 싫어하거나 경멸하는 남자와 결혼하려는 건 아니에요. 그건 믿으셔도 돼요. 프레드가 저의 이상적인 영웅은 아니지만 저에게 무척 잘해 줘요. 프레드가 저를 무척 좋아하고 제가 원하는 대로 하게 해주면 저도 그를 충분히 좋아할 거예요. 지난 주에는 머릿속으로 계속 이런저런 생각을 했어요. 프레드가 저를 좋아하는 것을 눈치채지 않을 수가 없었거든요. 프레드는 아무 말도 하지 않았지만, 사소한 행동에서 다 드러나요. 프레드는 플로와 절대 어울리지 않고, 마차에서든 식탁에 앉을 때든 산책을 할 때든 늘 제 옆자리를 차지해요. 또 단둘이 있을 때면 감상적인 표정을 짓고, 누가 저에게 말을 걸면 얼굴을 찌푸리죠. 어제 저녁 식사 때는 한 오스트리아 장교가 우리 쪽을 보다가 자기 친구인 멋쟁이 남작에게 〈아인 본더쇠네스 블륀드헨〉[36] 어쩌고 하자, 사자처럼 화가 난 프레드가 고기를 어찌나 거칠게 잘랐는지 접시에서 날아갈 뻔했어요. 프레드는 침착하고 뻣뻣한 영국 남자가 아니라 화를 잘 내는 편인데, 아름다운 푸른 눈을 보면 짐작할 수 있듯이 스코틀랜드인의 피가 섞여서 그런가 봐요.

음, 어젯밤에 우리는 해가 질 무렵 성에 올라갔어요. 프레드를 제외한 우리 모두 말이에요. 프레드는 편지를 가지러 우체국에 갔다가 성으로 와서 우리랑 만나기로 했죠. 우리는

36 ein wonderschönes Blöndchen. 〈정말 아름다운 금발 머리〉라는 뜻의 독일어.

폐허 여기저기를 둘러보고, 괴물처럼 어마어마한 술통이 있는 지하 저장고도 가보고, 아주 오래전 선제후가 영국인 아내를 위해서 만들었다는 아름다운 정원도 구경하면서 즐거운 시간을 보냈어요. 저는 커다란 테라스가 제일 좋았어요, 풍경이 정말 멋졌거든요. 그래서 다른 사람들이 안쪽 방을 보러 들어간 사이에 저는 테라스에 앉아서 진홍색 인동덩굴 가지에 둘러싸인 회색 사자 석상을 스케치하고 있었어요. 그곳에 앉아 있으니 꼭 소설 속 주인공이 된 기분이었죠. 계곡에서 흘러가는 네카어강을 보면서, 밑에서 들려오는 오스트리아 악단의 음악을 들으며 연인을 기다리는 거죠. 저에게 무슨 일이 일어날 것 같다는 느낌이 들었고, 준비가 되어 있었어요. 얼굴이 빨개지지도 몸이 떨리지도 않았고, 아주 약간 흥분했을 뿐 차분했어요.

조금 있으니 프레드의 목소리가 들리고, 그가 저를 찾아서 높은 아치문 안으로 서둘러 들어왔어요. 수심 어린 표정이기에 제 생각은 전부 잊고 무슨 일이냐고 물었죠. 프레드는 프랭크가 많이 아프다고, 빨리 집으로 돌아오라는 편지를 받았다고 했어요. 그날 밤 기차를 타고 바로 떠나야 해서 작별 인사를 할 시간밖에 없다고요. 전 프레드가 정말 불쌍했어요. 저로서는 실망스러웠지만 그 실망은 오래가지 않았어요. 프레드가 악수를 하면서 절대 못 알아들을 수 없는 말투로 이렇게 말했거든요. 「금방 돌아올게요. 날 잊지 않을 거죠, 에이미?」

저는 아무 약속도 하지 않았지만 프레드를 물끄러미 쳐다보았고, 그는 만족한 것 같았어요. 한 시간 내로 떠나야 했기 때문에 메시지를 전하고 작별 인사를 할 시간밖에 없었어요. 우리 모두 프레드가 무척 그리워요. 프레드는 할 말이 있는 것이 분명했지만, 아버지에게 당분간은 그렇게 하지 않겠다고 약속한 것 같아요. 프레드가 그 비슷한 말을 언뜻 비친 적이 있어요. 프레드는 성급하고 노신사는 외국인 며느리를 별로 좋아하지 않거든요. 우린 곧 로마에서 만날 거고, 프레드가 〈그렇게 해줄래요?〉라고 물어보면 전 〈네, 고마워요〉라고 대답할 거예요. 제 마음이 바뀌지 않는다면 말이에요.

물론 이건 정말 비밀이지만, 무슨 일이 일어나고 있는지 엄마에게 알리고 싶었어요. 제 걱정은 하지 마시고 제가 엄마의 〈신중한 에이미〉라는 걸 잊지 마세요. 아무것도 서두르지 않을 테니 믿어 주세요. 충고를 보내고 싶으시면 얼마든지 보내 주세요. 가능하면 따르도록 할게요. 엄마를 만나서 실컷 이야기를 나눌 수 있으면 얼마나 좋을까요. 절 사랑하고 믿어 주세요.

영원한 엄마의 딸

에이미

32장
# 다정한 고민

「조, 베스가 걱정이구나.」

「왜요, 엄마. 베스는 쌍둥이가 태어난 이후로 아주 좋아 보이는걸요.」

「건강 때문에 걱정하는 게 아니야, 마음 때문이야. 베스의 마음속에서 무슨 일이 벌어지고 있는 게 분명해. 네가 좀 알아보면 좋겠구나.」

「왜 그렇게 생각하세요, 어머니?」

「항상 혼자 앉아 있고, 아버지에게도 예전만큼 이야기를 하지 않아. 저번에는 쌍둥이를 보면서 울고 있더라. 노래를 해도 늘 슬픈 노래만 부르고, 내가 이해할 수 없는 표정을 지어. 베스 같지가 않아서 걱정이란다.」

「무슨 일인지 물어보셨어요?」

「몇 번 물어보려고 했지만 베스가 내 질문을 피하거나 너무 괴로운 표정을 지어서 그만뒀어. 난 아이들에게 속마음을 털어놓으라고 강요하지 않지만, 오래 기다려야 했던 적은 별로 없단다.」

마치 부인이 이렇게 말하면서 조를 흘끔거렸지만, 맞은편의 얼굴은 베스의 비밀스러운 걱정 외에 다른 문제는 모르는 듯했다. 조가 잠시 생각에 잠겨 바느질을 하다가 말했다. 「베스가 크려나 봐요. 그래서 꿈도 꾸고, 희망과 두려움과 조바심도 느끼는 거죠. 이유도 모르고 설명할 수도 없이 말이에요. 엄마, 베스도 이제 열여덟 살이잖아요. 하지만 우린 그것도 모르고, 베스도 다 컸다는 걸 잊어버리고 아이처럼 취급하죠.」

「그런가 보구나. 세상에, 다들 어찌나 빨리 크는지.」 어머니가 한숨을 짓고 미소를 띠며 대답했다.

「어쩔 수 없어요, 엄마. 그러니까 걱정은 다 붙들어 매시고 아기 새들이 하나씩 하나씩 둥지에서 뛰어내리게 내버려 두세요. 전 절대 멀리 가지 않겠다고 약속할게요, 이런 말로 위안이 된다면요.」

「정말 큰 위안이 된단다, 조. 메그가 떠나고 나니 네가 집에 있으면 늘 마음이 든든해. 베스는 너무 약하고 에이미는 너무 어려서 기댈 수 없지만, 힘든 일이 생겼을 때 넌 항상 준비가 되어 있지.」

「전 힘든 일도 마다하지 않는 거 아시잖아요, 부족한 딸이라도 한 명은 집에 늘 있어야죠. 에이미는 세심한 일을 잘하고 전 못하지만, 카펫을 전부 걷어야 한다거나 가족의 절반이 한꺼번에 아프면 물 만난 물고기가 된 기분이에요. 에이미는 해외에서 잘하고 있으니까 집에 뭔가 문제가 있으면 저한테 맡겨 주세요.」

「그럼 베스를 너한테 맡길게. 베스는 그 작고 여린 마음을 누구보다도 너에게 더 빨리 열 테니까. 다정하게 대해 줘. 하지만 베스를 지켜보고 있다거나 베스에 대해 이야기한다는 느낌을 주면 안 돼. 베스가 다시 활기차고 건강해지기만 하면 난 세상에 바랄 게 하나도 없을 텐데.」

「행복하시겠네요! 전 바라는 게 잔뜩 있는데.」

「어머, 바라는 게 도대체 뭔데?」

「베스 문제를 해결한 다음에 제 문제를 말씀드릴게요. 쉽게 사라지는 건 아니니까 그때까지도 남아 있을 거예요.」 조가 현명하게 고개를 끄덕이며 바느질을 계속하자, 어머니는 적어도 그 순간만큼은 마음이 놓였다.

조는 자기 일에 열중하는 척하면서 베스를 지켜보았고, 수많은 상반된 추측 끝에 마침내 베스의 변화를 설명하는 한 가지 이유를 찾아냈다. 조는 사소한 사건이 미스터리를 풀 단서를 제공했다고 생각했고, 나머지는 풍부한 상상력과 베스를 사랑하는 마음이 다 했다. 어느 토요일 오후, 베스와 단둘이 있을 때 조가 바쁘게 글을 쓰는 척했다. 그러나 조는 글을 써 내려가면서도 유난히 조용한 동생에게서 눈을 떼지 않았다. 창가에 앉은 베스는 바느질감을 자꾸 무릎으로 떨어뜨렸고, 시무룩한 모습으로 손에 머리를 기대고서 지루한 가을 풍경을 바라보고 있었다. 갑자기 밑에서 누가 오페라에 나오는 찌르레기처럼 휘파람을 불며 지나갔고, 어떤 목소리가 이렇게 외쳤다.

「이상 무! 오늘 밤에 오겠음.」

깜짝 놀란 베스가 몸을 앞으로 내밀더니 미소를 지으며 고개를 끄덕였고, 빠른 발소리가 더 이상 들리지 않을 때까지 물끄러미 보더니 혼잣말처럼 중얼거렸다.

「로리 오빠는 정말 씩씩하고 건강하고 행복해 보이네.」

「흠!」 조가 여동생의 얼굴을 유심히 보면서 말했다. 환한 빛은 떠오를 때만큼 재빨리 꺼지고 미소가 사라지더니, 곧 창턱에 반짝이는 눈물 한 방울이 떨어졌다. 베스는 떨어진 눈물을 얼른 닦고 조를 걱정스럽게 흘끔거렸지만, 조는 「올림피아의 맹세」에 푹 빠진 것처럼 엄청난 속도로 글을 쓰고 있었다. 베스가 고개를 돌리자마자 조는 다시 베스를 보았고, 반쯤 고개를 돌린 얼굴에서 옅은 슬픔을 읽자 조의 눈에도 눈물이 차올랐다. 조는 베스에게 들킬까 봐 종이가 더 필요하다고 중얼거리며 빠져나왔다.

「세상에, 베스가 로리를 사랑하고 있어!」 조가 자기 방에 앉아서 조금 전의 깨달음으로 인한 충격 때문에 얼굴이 하얗게 질린 채 말했다. 「꿈에도 생각 못 했는데. 엄마가 뭐라고 하실까? 만약에 로리가…….」 조는 여기서 말을 멈추고 갑작스러운 생각이 떠올라 얼굴이 새빨개졌다. 「로리가 베스를 사랑하지 않으면 얼마나 끔찍할까. 로리가 베스를 사랑해야 돼. 아니라면 내가 그렇게 만들어야겠어!」 조는 벽에서 그녀를 보며 웃고 있는 장난스러운 소년의 사진을 보며 위협적으로 고개를 저었다. 「세상에, 우리가 놀랄 만큼 빨리 어른이 되고 있잖아. 메그 언니는 결혼해서 엄마가 되었고, 에이미는 파리에서 성장하고 있고, 베스는 사랑에 빠졌어. 그런 말도 안 되는 일에 빠지지 않을 만큼 제정신인 사람은 나밖에 없네.」 조는 사진에 시선을 고정한 채 잠시 깊이 생각하더니, 찌푸렸던 이마를 펴고 그 사진을 보면서 단호하게 고개를 끄덕였다. 「고맙지만 됐거든. 넌 아주 매력적이지만 풍향계처럼 변덕스러워. 그러니까 감동적인 편지를 쓰고 뭔가 암시하는 것처럼 미소 지을 필요 없어. 그래 봤자 좋을 거 하나 없고, 난 받아들이지 않을 테니까.」

그런 다음 조는 한숨을 쉬며 몽상에 빠져들었고, 황혼이 지기 시작할 때쯤 깨어났다. 베스를 다시 관찰하러 내려갔지만 품고 있던 의심을 확인했을 뿐이다. 로리는 에이미와 시시덕거리고 조와 장난을 쳤지만, 베스를 대하는 태도는 항상 친절하고 다정했다. 그러나 모두 마찬가지였다. 그래서 아무도 로리가 베스를 다른 사람보다 더 좋아한다고 생각하지 못했다. 사실 가족들은 전반적으로 〈우리 로리〉가 요즘 조를 점점 더 좋아하는 것 같다는 인상을 받았지만, 조는 그런 얘기를 들으려고도 하지 않았고, 누군가 그런 말을 꺼내면 격렬하게 저항했다. 아직 봉오리였을 때 잘려 버린 온갖 다정한 시도를 가족들이 알았다면 〈내가 뭐랬어〉라고 말하며 어마어마한 만족감을 느꼈을 것이다. 그러나 조는 〈장난삼아 노닥거리는〉 것을 정말 싫어하며 용납하지 않았고, 그런 기미가 조금이라도 보이면 늘 준비되어 있던 농담을 하거나 얼굴을 찌푸리면서 넘어갔다.

대학에 입학했을 때 로리는 한 달에 한 번씩 사랑에 빠졌다. 그러나 이 작은 불꽃들은 열렬한 만큼 짧았고, 아무런 상처도 주지 않았다. 조는 아주 재미있어하면서 매주 만날 때마다 로리가 털어놓는 이야기가 희망에서 절망으로, 또 분노로 바뀌는 것을 무척 흥미롭게 들었다. 그러나 로리가 수많은 사원에서 경배드리는 일을 멈추고, 모든 것을 빨아들이는 유일한 열정을 암울하게 내비치면서 가끔 바이런 같은 우울함에 푹 빠지는 시기가 왔다. 그런 다음 로리는 민감한 주제를 아예 회피하면서 조에게 철학적인 편지를 보냈고, 갑자기 학구적으로 변해 빛나는 영광 속에서 졸업하겠다며 학업에 열심히 〈파고들겠다〉고 했다. 조는 어렴풋한 비밀 고백이나 살며시 손을 꽉 잡는 힘, 수많은 뜻이 담긴 눈빛보다 이것이 더 좋았다. 심장보다 두뇌가 먼저 발달한 조는 현실의 이상적인 남자보다 상상 속의 남자를 더 좋아했기 때문이다. 상상 속의 남자는 지겨워지면 양철 조리대에 처박아 놓았다가 다시 꺼낼 수 있지만, 현실의 남자는 그렇게 마음대로 할 수 없었다.

바로 이런 상황에서 엄청난 발견을 한 것이었고, 그날 밤 조는 지금까지와는 전혀 다른 눈으로 로리를 지켜보았다. 그런 생각이 떠오르지 않았다면 조는 아주 조용한 베스와 무척 친절한 로리의 모습에서 평소와 다른 점을 하나도 발견하지 못했을 것이다. 그러나 고삐 풀린 생생한 상상력은 조를 태우고 엄청난 속도로 달렸고, 오랫동안 사랑 이야기를 쓰느라 힘이 약해진 상식은 조를 구하지 못했다. 평소처럼 베스는 소파에 누워 있고 로리는 근처 낮은 의자에 앉아서 온갖 소문 이야기로 베스를 즐겁게 해주고 있었다. 베스는 일주일에 한 번 듣는 로리의 〈세상 이야기〉를 무척 기대했고, 로리는 베스를 절대 실망시키지 않았다. 그러나 그날 저녁, 조는 베스가 자기 옆의 활기차고 가무잡잡한 얼굴에 특히나 기쁜 시선을 보내고 있다고, 어느 흥미로운 크리켓 시합에 대한 설명을 아주 흥미롭게 듣고 있다고 상상했다. 〈타이스로 던진 공에 당했다〉거나 〈스텀프를 뽑았다〉거나 〈레그 히트로 3점을 냈다〉라는 말은 베스에게 산스크리트어나 마찬가지였지만 말이다. 또, 그렇게 보려고 마음먹어서인지 조의 눈에는 로리의 태도가 더욱 다정해 보였다. 로리는 가끔 목소리를 낮추고, 평소보다 덜 웃고, 약간 멍했으며, 거의 애정 어린 손길로 베스의 발에 아프간 담요를 부지런히 덮어 주었다.

〈누가 알겠어? 더 이상한 일들도 있었는데.〉 조는 방 안에서 이리저리 서성이며 생각했다. 〈베스는 로리를 천사처럼 만들 거고, 로리는 우리 베스를 정말 편안하고 즐겁게 지내게 해줄 거야. 둘이 서로 사랑하기만 하면 말이야. 어떻게 로리가 베스를 사랑하지 않을 수 있겠어. 우리가 방해하지만 않으면 로리는 분명 베스를 사랑할 거야.〉

사실 조만 빼면 방해하는 사람이 아무도 없었기 때문에 조는 최대한 빨리 사라져 줘야겠다고 생각하기 시작했다. 하지만 어디로 가야 할까? 조는 동생에 대한 헌신이라는 사원에 의탁하고 싶다는 열망에 불타올라 자리를 잡고 앉아서 곰곰이 생각했다.

이 낡은 소파는 소파계의 장로나 다름없는 물건으로, 길고 넓고 낮고 아주 푹신했다. 약간 낡았지만 그럴 수밖에 없었다. 네 자매가 아기 때는 이 소파에 뻗어서 잤고, 어렸을 때는 등받이 너머로 낚시를 하거나 팔걸이에 올라타거나 그 밑에서 온갖 놀이를 했으며, 커서는 이 소파에 머리를 기대어 꿈을 꾸고 다정한 이야기를 들었기 때문이다. 네 자매 모두 이 소파를 사랑했다. 소파는 가족의 피난처였고, 조는 늘 한쪽 구석자리에 앉아서 빈둥거리기를 좋아했다. 낡은 소파를 장식하는 수많은 쿠션들 중에 딱딱하고 둥근 쿠션이 하나 있었는데, 따끔거리는 말총으로 뒤덮여 있고 양쪽 끝에 울퉁불퉁한 단추가 하나씩 달려 있었다. 이 기분 나쁜 쿠션은 조의 특별한 물건이었다. 조는 이것을 방어 무기로, 바리케이드로, 또는 게으름에 빠지지 않게 해주는 확실한 방지책으로 썼다.

로리는 이 쿠션에 대해 잘 알았다. 쿵쾅거리며 뛰어다녀도 괜찮았던 시절에는 그것으로 가차 없이 두드려 맞았고, 지금은 그가 제일 탐내는 조의 옆자리를 가로막고 있을 때가 많았기 때문에 이 쿠션을 무척 싫어할 만도 했다. 〈소시지〉라고 부르는 그 쿠션이 길쭉하게 세워져 있으면 로리가 옆에 가서 앉아도 된다는 뜻이었지만, 가로로 놓여 있으면 남자든 여자든 아이든 감히 쿠션을 건드리면 큰 화를 당한다는 뜻이었다! 그날 저녁에 조가 바리케이드 치는 것을 깜빡 잊는 바람에 자리에 앉은 지 5분도 안 되어 거대한 형체가 그녀의 앞에 나타났다. 로리가 소파 등 뒤로 양팔을 벌리고 긴 다리를 쭉 뻗고서 만족스러운 한숨을 내쉬며 외쳤다.

「재수 좋네!」

「상스러운 말 쓰지 마.」 조가 쿠션을 탁 내려놓으며 쏘아붙였다. 하지만 너무 늦었다. 쿠션이 들어갈 자리가 없었다. 쿠션은 바닥으로 떨어지더니 이상하게도 사라져 버렸다.

「왜 그래, 조. 까칠하게 굴지 마. 일주일 내내 해골이 될 정도로 공부했으니까 칭찬받을 자격이 있잖아. 꼭 칭찬받고 말 거야.」

「베스가 칭찬해 줄 거야. 난 바빠.」

「아니지, 베스를 성가시게 할 수는 없지만 넌 칭찬해 주는 거 좋아하잖아. 갑자기 싫어진 게 아니라면 말이야. 싫어졌어? 이제 네 친구가 싫어져서 쿠션을 막 던지고 싶어?」

이 감동적인 호소만큼 마음을 녹이는 말도 없었지만, 조는 가차 없는 질문으로 〈우리 로리〉를 찍소리 못 하게 만들었다. 「이번 주에 랜들 양에게 꽃다발을 몇 개나 보냈어?」

「하나도 안 보냈어, 맹세해. 랜들 양은 약혼했어.」

「다행이네. 관심도 없는 여자들한테 꽃이나 선물을 보내는 게 너의 어리석은 사치 중 하나잖아.」 조가 꾸짖듯이 말했다.

「내가 좋아하는 분별 있는 여자들은 〈꽃이나 선물〉을 못 보내게 하니까 어쩌겠어? 내 감정도 〈숨 쉴 구멍〉이 필요하단 말이야.」

「엄마는 장난으로라도 남녀가 시시덕거리는 걸 용납하지 않으시는데, 너는 한심할 정도로 그러고 있잖아, 테디.」

「〈너도 똑같잖아〉라고 말할 수만 있으면 무엇이든 내놓을 텐데. 그럴 수 없으니까 이렇게만 말할게. 장난일 뿐이라고, 서로 이해하고 있으면 사소하고 재미있는 장난을 친다고 해서 나쁠 건 없다고 말이야.」

「음, 재미있어 보이긴 하지만 난 어떻게 하는 건지 전혀 모르겠어. 시도는 해봤지, 다들 하는데 나만 안 하면 이상하니까. 하지만 못 하겠더라.」 조가 충고하는 중이라는 것을 깜빡하고 말했다.

「에이미한테 배워, 그쪽에 상당한 재능이 있으니까.」

「그래, 에이미는 참 예쁘게 잘하고 절대 과해 보이지도 않아. 노력하지 않아도 자연스럽게 사람들을 즐겁게 만드는 사람이 있는가 하면, 항상 엉뚱한 때에 엉뚱한 말과 행동만 하는 사람도 있나 봐.」

「난 네가 그런 걸 못 해서 좋아. 분별 있고 솔직한 여성이 스스로를 바보로 만들지 않고도 친절하고 쾌활하게 행동하는 모습은 정말 새롭거든. 조, 우리끼리니까 하는 말이지만 내가 부끄러울 정도로 너무 앞서가는 여자도 있거든. 분명 나쁜 의도는 아니겠지만, 나중에 남자들이 뭐라고 하는지 알면 아마 그런 태도를 고칠 거야.」

「여자도 마찬가지야. 여자는 혀가 더 날카로우니까 남자들이 아주 된통 당할걸. 너희들도 그 여자들만큼이나 어리석으니까 말이야. 너희들이 제대로 행동하면 여자들도 그러겠지. 하지만 여자는 남자들이 말도 안 되는 행동을 좋아하는 걸 알아서 계속 그러는 건데, 남자들은 여자만 탓한다니까.」

「아는 게 많으시군요, 아가씨.」 로리가 교만한 말투로 말했다. 「우리도 요란하게 추파를 던지는 건 좋아하지 않아. 가끔 좋아하는 척할지도 모르지만. 남자들은 예쁘고 얌전한 여자에 대해서 절대 이러쿵저러쿵하지 않아. 얘기를 해도 존중하면서 하지. 넌 정말 순진하구나! 한 달만 나로 살아 보면 놀랄 만한 사실을 알게 될 거야. 정말이지 난 그렇게 경솔한 여자를 보면 항상 우리 친구인 울새와 함께 이렇게 말하고 싶어진다니까. 〈저리 꺼져, 꼴도 보기 싫어, 염치도 모르는 게!〉[37]」

여자를 나쁘게 말하기를 꺼리는 기사도 정신과 사교계 여성들의 여자답지 못한 어리석은 행동에 대한 타고난 반감이 우습게 충돌하는 모습을 보고 웃지 않기는 불가능했다. 조는 〈로런스 청년〉이 세속적인 엄마들이 가장 탐내는 사윗감이고, 그 딸들이 로리에게 늘 미소를 지으며, 나이를 불문하고 온갖 여자들이 그가 우쭐댈 만큼 치켜세워 준다는 사실을 잘 알고 있었다. 그래서 조는 다소 질투 어린 눈으로 로리를 지켜보면서 버릇없어질까 봐 걱정했고, 그가 아직도 얌전한 여자를 높이 평가하는 것을 보니 솔직히 인정하고 싶지는 않았지만 무척 기뻤다. 조가 갑자기 훈계조로 돌아가서 목소리를 낮춰 말했다. 「테디, 〈숨 쉴 구멍〉이 필요하면 네가 존중하는 〈예쁘고 얌전한〉 여자한테 헌신해. 어리석은 여자들이랑 시간 낭비하지 말고.」

「진심으로 충고하는 거야?」 로리가 불안과 기쁨이 기묘하게 뒤섞인 표정으로 조를 보았다.

「그래. 하지만 대학을 마칠 때까지 기다리면서 그런 여자한테 어울리는 사람이 되는 게 좋을 거야. 넌 아직 반도 못 미쳐…… 누군지 모를 그 얌전한 아가씨한테는 말이야.」 하마터

37 마더구스 동화 중에서 굴뚝새가 병에 걸리자 울새가 간호해 주는데, 병이 나은 굴뚝새가 사랑하지 않는다고 말하자 화가 난 울새가 하는 말이다.

면 이름을 말할 뻔했기 때문에 조 역시 기묘한 표정을 지었다.

「그렇긴 하지!」 로리가 인정했다. 그에게서는 볼 수 없던 겸손한 표정이었다. 로리가 시선을 떨어뜨리고 조의 앞치마에 달린 태슬을 멍하니 손가락에 감았다.

〈세상에, 이래서는 절대 안 돼.〉 조가 이렇게 생각하고 소리 내어 덧붙였다. 「가서 노래 불러 줘. 음악이 듣고 싶어 죽겠어. 네 노래는 늘 좋아.」

「고맙지만 그냥 여기 있을래.」

「음, 안 돼. 자리가 없어. 가서 쓸모 있는 일을 좀 해, 넌 장식품으로 쓰기엔 너무 크단 말이야. 여자의 앞치마 끈에 매이는 건 싫은 줄 알았는데?」 조가 로리의 반항적인 말을 인용하며 대꾸했다.

「아, 그 앞치마를 누가 입고 있느냐에 따라 다르지!」 로리가 넉살 좋게 태슬을 잡아당겼다.

「안 가?」 조가 쿠션을 찾아서 몸을 던지며 물었다.

로리는 당장 피아노 앞으로 달아났다. 「귀여운 던디의 보닛」이 울려 퍼지자 조는 살그머니 빠져나갔고, 젊은 신사 로리가 크게 화를 내며 돌아갈 때까지 모습을 드러내지 않았다.

그날 밤 조가 자리에 누워서 막 잠이 들려 할 때 숨죽여 흐느끼는 소리가 들렸다. 조는 얼른 베스의 침대 옆으로 가서 걱정스럽게 물었다. 「무슨 일이야, 베스?」

「자는 줄 알았는데.」 베스가 흐느끼며 말했다.

「또 예전처럼 아파서 그래?」

「아니. 이건 새로운 건데, 견딜 수가 없어.」 베스가 눈물을 그치려 애썼다.

「다 말해 봐, 늘 그렇듯이 내가 낫게 해줄게.」

「언닌 못 해, 이건 치료법이 없어.」 그런 다음 목소리가 작아지더니 베스가 꼭 달라붙어서 어찌나 비통하게 울었는지, 조는 덜컥 겁에 질렸다.

「어디가 아파? 엄마 부를까?」

베스는 첫 번째 질문에 대답하지 않았지만 어둠 속에서 한 쪽 손이 자기도 모르게, 마치 거기가 아프다는 듯이 가슴으로 올라갔다. 베스가 다른 손으로 조를 꽉 잡고 열띠게 속삭였다.

「아니, 아니, 부르지 마. 엄마한테 얘기하지 마. 곧 나을 거야. 여기 누워서 머리를 쓰다듬어 줘. 그러면 울음을 그치고 잘게. 꼭 그럴 거야.」

조는 베스가 시키는 대로 했다. 하지만 베스의 뜨거운 이마와 젖은 눈가를 부드럽게 쓰다듬자 심장이 터질 것만 같아서 말이 너무나 하고 싶었다. 그러나 조는 아직 젊지만 꽃과 마찬가지로 마음도 거칠게 다루면 안 된다는 것을, 자연스럽게 열려야 한다는 것을 배웠다. 조는 베스의 새로운 아픔의 원인이 무엇인지 안다고 생각했지만, 사랑이 넘치는 말투로 이렇게 말할 뿐이었다. 「무슨 괴로운 일 있니, 베스?」

「맞아, 언니!」 긴 침묵 뒤에 대답이 돌아왔다.

「뭔지 얘기하면 마음이 편해지지 않을까?」

「지금은 아니야, 아직 안 돼.」

「그럼 묻지 않을게. 하지만 잊지 마, 베스. 엄마랑 나는 늘 네 이야기를 기꺼이 듣고 너를 도울 거야.」

「알아. 언젠가 언니한테 얘기할게.」

「이제 아픈 건 좀 나아졌어?」

「아, 응. 훨씬 나아. 언니랑 있으면 마음이 너무 편해.」

「이제 자, 베스. 내가 옆에 있을게.」

그래서 두 사람은 뺨을 맞대고 잠들었고, 다음 날 베스는 예전의 모습으로 돌아왔다. 열여덟 살에는 머리도 마음도 오래 아프지 않고, 사랑이 넘치는 말은 대부분의 병을 고치기 때문이다.

그러나 조는 결정을 내렸고, 며칠 동안 계획을 심사숙고한 다음 어머니에게 털어놓았다.

「지난번에 바라는 게 뭐냐고 물어보셨잖아요. 그중 하나를 말씀드릴게요, 엄마.」 조가 어머니와 단둘이 앉아서 말을 꺼냈다. 「이번 겨울에는 멀리 떠나 보고 싶어요.」

「왜 그러니, 조?」 이 말에 이중적인 의미가 있다는 듯이 어머니가 재빨리 고개를 들었다.

조는 자신의 바느질감을 보면서 진지하게 대답했다. 「전 새로운 걸 원해요. 지금보다 더 많은 것을 보고, 하고, 배우고 싶어서 초조하고 불안해요. 전 사소한 일들을 너무 골똘하게 생각해요. 자극이 필요해요. 이번 겨울에는 제가 집에 꼭 없어도 되니까, 살짝 뛰어내려서 제 날개를 시험해 보고 싶어요.」

「어디로 뛰어내릴 건데?」

「뉴욕으로요. 어제 좋은 생각이 떠올랐어요. 커크 부인이 엄마한테 보낸 편지에서 아이들을 가르치고 바느질도 해줄 젊은 사람이 필요하다고 하셨잖아요. 딱 맞는 일을 찾기는 힘들지만 그 일은 노력하면 할 수 있을 것 같아요.」

「조, 그 큰 하숙집에 가서 일을 하겠다고!」 마치 부인은 깜짝 놀란 표정이었지만 기분이 나쁜 것 같지는 않았다.

「꼭 일 때문에 가는 건 아니에요. 커크 부인은 엄마 친구잖아요. 그렇게 친절한 분이니 저한테 잘해 주실 거 알아요. 커크 부인 가족은 근처에 친척도 없고, 거기서는 아무도 저를 몰라요. 알아도 상관없고요. 그리고 정직한 일이니까 부끄럽지 않아요.」

「내 생각도 그래. 하지만 글은 어쩌고?」

「변화가 생기면 더 좋죠. 새로운 것을 보고 들으면 새로운 아이디어를 얻을 수 있을 거예요. 만약 그곳에서 글을 쓸 시간이 별로 없어도 제 시시한 소설에 쓸 소재를 잔뜩 가지고 집으로 돌아올 수 있겠죠.」

「그거야 그렇지만, 갑자기 이런 생각을 한 이유가 그것뿐이니?」

「아뇨, 엄마.」

「다른 이유를 물어도 될까?」

조가 주변을 둘러보더니 갑자기 뺨을 물들이며 천천히 말했다. 「제 허영이거나 착각일지도 모르지만, 로리가 저를 너무 좋아하는 것 같아요.」

「로리가 널 좋아하기 시작했지만 넌 그 애를 그런 식으로 좋아하지 않는다는 거구나?」 마치 부인이 걱정스러운 얼굴로 물었다.

「당연하죠! 전 지금까지 늘 그랬던 것처럼 로리를 사랑하고 로리가 아주 자랑스러워요. 하지만 그 이상은 말도 안 돼요.」

「그 말을 들으니 다행이구나, 조.」

「왜요?」

「내가 보기에 너희는 서로 맞지 않아. 친구로서는 아주 행복하고 자주 말다툼을 해도 금방 풀어지지만, 평생 짝이 되면 서로 반발할까 봐 걱정이야. 너희 둘은 너무 비슷하고, 둘 다 자유를 너무 사랑하지. 성미가 불같고 의지가 강하다는 건 말할 필요도 없고. 그러니까 사랑만이 아니라 끝없는 인내와 자제가 필요한 관계가 되면 행복하게 지내지 못할 거야.」

「저도 말로 표현은 못 했지만 그런 느낌이 들어요. 로리의 마음이 이제 막 시작되었을 뿐이라고 생각하시니 다행이에요. 로리를 불행하게 만들 생각을 하면 정말 슬프고 마음이 아파요. 하지만 고맙다는 이유만으로 오랜 친구와 사랑에 빠질 수는 없잖아요. 그렇죠?」

「너에 대한 로리의 감정은 확실하니?」

조가 뺨을 더욱 붉히더니 젊은 여성이 첫 연인에 대해서 말할 때처럼 기쁨과 자부심, 고통이 섞인 표정으로 대답했다.
「그런 것 같아요, 엄마. 로리는 아무 말도 안 했지만 얼굴에 그대로 드러나요. 무슨 일이 생기기 전에 제가 멀리 떠나는 게 나을 것 같아요.」

「나도 그렇게 생각해. 그걸로 정리가 된다면 네가 떠나야지.」

조는 안심한 표정을 지었고, 잠시 침묵을 지키다가 미소를 지으며 말했다.

「모펏 부인이 이 사실을 알면 엄마는 수완이 너무 없다면서 깜짝 놀랄 거예요. 그리고 애니한테 아직 희망이 있다고 기뻐하겠죠.」

「조, 엄마들의 수완은 다를지도 모르지만 바라는 것은 다 똑같아. 아이들이 행복한 모습을 보고 싶은 거야. 메그도 그렇지. 난 메그가 행복해져서 기뻐. 넌 자유를 실컷 누리게 놔둘 거야. 넌 그래야만 더 달콤한 것이 있다는 사실을 깨달을 테니까. 지금은 에이미가 제일 걱정이지만, 분별이 있으니까 잘할 거야. 베스에게는 건강 외에 아무것도 바라지 않고. 그러고 보니 요 며칠 베스가 좀 더 밝아 보이더구나. 베스랑 얘기를 좀 했니?」

「네. 고민이 있다고 인정했고, 언젠가 말해 주겠다고 약속했어요. 무슨 고민인지 알 것 같아서 더 이상은 말하지 않았지만요.」 그런 다음 조가 자기 생각을 들려주었다.

마치 부인은 고개를 저으면서 지나치게 낭만적인 조의 생각을 받아들이지 않았다. 그러나 무척 심각한 표정을 지었고, 로리를 위해서 조가 당분간 멀리 가는 게 좋겠다고 한 번 더 말했다.

「확실히 정해질 때까지 로리한테는 아무 말도 하지 마세요. 전 로리가 머리를 짜내서 비극적으로 굴기 전에 도망칠 거예요. 베스는 제가 원해서 떠난다고 생각해야 돼요. 사실이 그러니까요. 베스한테 로리 이야기를 할 수는 없어요. 하지만 제가 떠나면 베스가 로리를 위로해 줄 수 있을 거고, 그러면 저에 대한 낭만적인 생각에서 벗어날 거예요. 로리는 이런 시련을 너무 많이 겪어 봐서 익숙하니까 실연을 금방 극복할 거예요.」

조는 희망차게 말했지만 이 〈작은 시련〉이 다른 시련보다 더 힘들지도 모른다는 예감을, 로리가 〈실연〉을 지금까지처럼 쉽게 극복하지 못할지도 모른다는 예감을 떨쳐 버릴 수 없었다.

커크 부인은 조를 기꺼이 받아 주기로 했고, 즐겁게 지낼 집을 제공해 주겠다고 약속했다. 그래서 가족회의에서 조가 계획을 이야기하자 모두 찬성했다. 조는 아이들을 가르치면서 생계를 꾸릴 수 있고, 자유로운 시간이 많으니 글을 써서 돈을 벌 수도 있다. 그리고 새로운 환경과 사람들을 겪으면 도움도 되고 즐거울 것이다. 천성적으로 가만히 있지 못하고 모험을 좋아하는 조는 이제 둥지가 너무 좁게 느껴졌기 때문에 이 계획이 마음에 들었고 빨리 떠나고 싶었다. 모든 일이 정해지자 조는 무척 걱정하면서 로리에게 알렸다. 그러나 놀랍게도 로리는 이 소식을 무척 담담하게 받아들였다. 최근 들어 로리는 평소보다 진지했지만 무척 유쾌하게 굴었고, 새사람이 된 거냐고 농담처럼 말하자 진지하게 대답했다. 「맞아. 그리고 쭉 새사람으로 살 생각이야.」

조는 마침 로리가 착하게 구는 시기에 떠나게 되어서 무척 마음이 놓였다. 베스도 더 명랑해진 것 같아서 조는 가벼운 마음으로 떠날 준비를 하며, 자신의 결정이 모두를 위한 최선이기를 바랐다.

「너한테 특별히 부탁할 게 하나 있어.」 떠나기 전날 조가 말했다.

「언니 글 말이야?」 베스가 물었다.

「아니, 내 친구 말이야. 로리한테 잘해 줘, 알았지?」

「당연하지. 하지만 난 언니의 빈자리를 채우지 못할 거고, 로리 오빠는 슬퍼하면서 언니를 그리워할 거야.」

「그런다고 다치진 않아. 그러니까 잊지 마. 로리를 너한테 맡길 테니 괴롭히고, 칭찬해 주고, 정신 차리고 살게 해줘.」

「언니를 위해서 최선을 다할게.」 베스는 조가 자신을 왜 이렇게 이상한 눈으로 볼까 생각하면서 약속했다.

작별 인사를 나눌 때 로리가 의미심장하게 속삭였다. 「아무 소용 없을 거야, 조. 난 널 지켜보고 있어. 그러니까 행동 조심해. 아니면 내가 널 집으로 데려올 거야.」

33장

# 조의 일기

11월, 뉴욕에서

사랑하는 엄마와 베스에게

제가 유럽 대륙을 여행하는 세련된 아가씨는 아니지만 할 말이 잔뜩 있으니까 규칙적으로 편지를 쓸게요. 사랑하는 아버지의 얼굴이 사라지자 저는 약간 우울해졌어요. 아일랜드 숙녀와 엉엉 우는 네 명의 꼬마 아이 때문에 정신없지 않았다면 눈물까지 한두 방울 흘렸을지도 몰라요. 아이들이 큰 소리로 울려고 입을 벌릴 때마다 좌석 너머로 진저브레드 조각을 떨어뜨리면서 즐거운 시간을 보냈거든요.

금방 해가 떴어요. 그것을 좋은 징조로 삼아서 저도 기분을 풀었고, 여행을 진심으로 즐겼죠.

커크 부인이 너무나 친절하게 환영해 주셨기 때문에 낯선 사람들로 가득한 커다란 집이었지만 즉시 집에 온 것처럼 편안해졌어요. 커크 부인은 작고 웃긴 다락방을 내주셨어요…… 남은 방이 그것밖에 없었거든요. 하지만 스토브도 있고 햇볕 드는 창가에 멋진 테이블도 있으니까, 거기 앉아서 마음대로 글을 쓸 수 있어요. 멋진 풍경과 맞은편의 교회 탑 때문에 수많은 계단도 용서가 돼요. 그래서 제 은신처를 보자마자 마음에 들었어요. 제가 아이들도 가르치고 바느질도 하는 아이방은 커크 부인의 개인 응접실 바로 옆에 있는 좋은 방이고, 두 여자아이는 버릇이 좀 없는 것 같지만 예뻐요. 〈못된 돼지 일곱 마리〉 이야기를 해주자마자 저한테 푹 빠졌어요. 저는 분명 이상적인 가정 교사가 될 거예요.

제가 원하면 다 같이 식사를 하는 큰 식탁이 아니라 아이들과 함께 식사를 해도 괜찮아요. 지금은 아이들과 먹고 있어요. 아무도 믿지 않겠지만 전 부끄러움이 많거든요.

「자, 집처럼 편하게 지내렴.」 커크 부인이 자상하게 말했어요. 「난 아침부터 밤까지 정신이 없단다, 대가족을 꾸려야 하니까 어쩔 수 없지. 하지만 아이들이 너랑 안전하게 있다는 걸 알면 마음의 짐을 크게 덜 거야. 내 방에는 언제든지 찾아와도 돼. 네 방은 최대한 편안하게 만들어 줄게. 우리 하숙집에는 좋은 사람들이 많으니 어울리며 지내렴. 그리고 저녁 시간은 전부 자유롭게 써도 좋아. 무슨 문제가 있으면 날 찾아오고, 최대한 행복하게 지내도록 해. 차 마실 시간을 알리는 종이 울렸구나. 빨리 가서 모자를 바꿔 써야겠어.」 그런 다음 제가 새 둥지에 자리를 잡도록 혼자 두고 황급히 나가셨어요.

저는 곧 아래층으로 내려가다가 기분 좋은 장면을 봤어요. 이 높은 집은 계단이 무척 긴데, 제가 세 번째 계단 꼭대기에서서 어린 하녀가 다 올라올 때까지 기다려 주고 있었거든요.

그런데 어떤 신사가 하녀를 따라오더니 무거운 석탄 통을 빼앗아 들고 끝까지 올라가서 근처 방 문 앞에 내려놓지 뭐예요. 그런 다음 친절하게 고개를 끄덕이고 나가면서 외국인 같은 억양으로 이렇게 말했어요.

「이게 더 나아요. 이렇게 무거운 짐을 들기에는 작은 등이 너무 어리니까.」

정말 착하지 않아요? 전 그런 게 좋아요. 아버지가 말씀하신 것처럼 사소한 일에서 인격이 드러나잖아요. 그날 저녁에 제가 커크 부인에게 그 이야기를 했더니 웃으면서 말씀하셨어요.

「바에르 교수님이 분명해. 항상 그러시거든.」

커크 부인은 바에르 교수님이 베를린 출신이라고, 아주 유식하고 착하지만 교회의 쥐처럼 가난하다고 했어요. 학생들을 가르쳐 생계를 꾸리면서 부모 잃은 어린 두 조카를 여기서 교육시키고 있대요. 미국인이랑 결혼했던 죽은 여동생이 부탁했다더군요. 아주 낭만적인 이야기는 아니지만 흥미로웠어요. 저는 커크 부인이 바에르 교수에게 개인 응접실을 공부방으로 빌려준다는 말을 듣고 기뻤어요. 응접실과 아이들 방은 유리문으로 나뉘어 있으니까, 그 교수를 슬쩍 보고 어떻게 생겼는지 말해 줄게요. 그분은 마흔 살이 거의 다 되었으니까 괜찮아요, 엄마.

저는 차를 마시고 야단법석을 떨며 아이들을 재운 다음 커다란 바구니에 가득 든 바느질감을 해치웠고, 새로 사귄 친구와 수다를 떨면서 조용한 저녁 시간을 보냈어요. 일기 같은 편지를 써서 일주일에 한 번씩 보낼게요. 안녕히 주무세요, 내일 또 소식 전할게요.

화요일 저녁

오늘 아침에는 아이들이 산초처럼 굴어서 수업 시간이 아주 활기찼어요. 한 번은 아이들을 붙잡고 마구 흔들어야 하나 생각했다니까요. 그때 착한 천사가 체육을 하는 게 어떠냐고 속삭였고, 그래서 전 아이들이 가만히 앉아 있어도 되는 걸 기뻐할 때까지 체육을 시켰죠. 점심 식사를 한 다음 하녀가 아이들을 데리고 산책을 갔고, 저는 꼬마 메이블처럼 〈아주 기꺼운 마음으로〉[38] 바느질을 하러 갔어요. 제가 단춧구멍 만드는 법을 배워서 다행이라고 운명의 별에게 감사하고 있을 때, 응접실 문이 열렸다가 닫히더니 누가 커다란 호박벌처럼 흥얼거리기 시작했어요.

켄스트 두 다스 란트.[39]

예의에 어긋나는 건 알지만, 저는 유혹을 뿌리칠 수가 없었어요. 그래서 유리문 앞의 커튼 한쪽 끝을 살짝 들추고 들여다봤죠. 바에르 교수가 거기 있었어요. 그가 책을 정리하는 동안 저는 그를 자세히 관찰했어요. 전형적인 독일인이더

38 영국 시인 메리 호잇의 시 「한여름 날의 메이블」의 마지막 행이다.

39 Kennst du das land. 〈그 나라를 아시나요〉라는 뜻의 독일어이다. 괴테의 『빌헬름 마이스터의 수업 시대』에서 미뇽이 부른 노래 가사로 베토벤, 슈베르트, 슈만, 리스트 등 많은 작곡가들이 실제로 곡을 붙였다.

군요…… 풍채가 좋은 편이고, 갈색 머리가 굽이치고, 수염이 덥수룩하고, 코가 신기하고, 눈은 지금까지 제가 본 눈들 중에서 가장 다정하고, 목소리는 크고 멋졌어요. 날카롭고 경박한 미국식 말투만 들어서 그런가 봐요. 낡은 옷에 손은 컸고, 치열이 고른 것만 빼면 대단히 잘생긴 얼굴은 아니었어요. 하지만 머리 모양이 깔끔해서 전 마음에 들었어요. 셔츠도 아주 깔끔하고, 신사처럼 보였거든요. 외투 단추가 두 개 떨어져서 없고, 한쪽 신발에는 기운 흔적이 있었지만 말이에요. 콧노래를 하는데도 진지해 보였지만, 창가로 가서 히아신스 구근이 햇볕을 쬐도록 돌려놓고 그를 오랜 친구처럼 반기는 고양이를 쓰다듬었어요. 그런 다음 미소를 지었죠. 누가 문을 두드리자 크고 활기찬 목소리로 외쳤어요.

「헤라인!」[40]

그만 돌아서려다가 아주 작은 아이가 커다란 책을 들고 방으로 들어오길래 무슨 일이 벌어지는지 궁금해서 멈췄어요.

「바에르 선생님 주세요.」 꼬맹이가 이렇게 말하더니 책을 탁 내려놓고 그에게 달려갔어요.

「바에르 선생님 여기 있습니다. 이리 와. 한번 안아 주렴, 티나.」 교수가 이렇게 말하더니 웃으면서 아이를 머리 위로 높이 들어 올리자, 그 애가 작은 얼굴을 푹 숙여서 입을 맞췄어요.

「이제 공부해요.」 귀여운 아이가 이렇게 말했어요. 그러자 그가 아이를 탁자 앞에 내려놓고, 아이가 가져온 커다란 사

40 Herein. 〈들어오세요〉라는 뜻의 독일어.

전을 펼친 다음 종이와 연필을 줬어요. 아이는 가끔 사전을 들춰 가며 뭔가를 썼고, 단어를 찾는 것처럼 통통하고 작은 손가락으로 페이지를 따라 내려갔어요. 어찌나 진지했는지 저는 웃음을 터뜨릴 뻔했죠. 바에르 씨는 옆에 서서 아버지 같은 표정으로 아이의 예쁜 머리를 쓰다듬고 있었기 때문에 그의 아이가 틀림없다고 생각했어요. 아이는 독일인보다 프랑스인에 가까웠지만요.

또다시 문 두드리는 소리가 나더니 젊은 여성 두 명이 들어왔고, 저는 하던 일로 돌아가 옆방에서 들려오는 온갖 시끄러운 소리와 말소리에도 불구하고 얌전히 일을 했어요. 한 아가씨는 계속 억지웃음을 지으면서 애교스러운 말투로 〈저기요, 교수님〉이라고 말했고, 또 다른 아가씨는 독일어 억양이 어찌나 이상한지 바에르 교수는 분명 침착을 유지하기 힘들었을 거예요.

두 사람 모두 바에르 씨의 인내심을 몹시 시험하는 것 같았어요. 그가 〈아니, 아니, 아니에요. 내가 말하는 대로 하고 있지 않잖아요〉라고 강하게 말하는 걸 두 번 이상 들었고, 한 번은 책으로 탁자를 내리쳤는지 큰 소리가 나더니 〈아니! 오늘은 정말 엉망이군요〉라고 절망적으로 외쳤거든요.

불쌍한 사람, 저는 그를 동정했죠. 아가씨들이 가고 나서 저는 그가 살아 있나 보려고 다시 한번 엿봤어요. 그는 지쳐서 의자에 털썩 몸을 던진 것 같았고, 눈을 감고 가만히 있다가 시계가 2시를 알리자 다시 벌떡 일어났어요. 다음 수업을 준비하는지 주머니에 책을 넣고 소파에서 잠든 꼬맹이 티나를 안아 들고서 조용히 나갔죠. 힘들게 사는 것 같았어요.

커크 부인이 5시에 아래층으로 내려와서 저녁을 같이 먹자고 권했어요. 저는 집이 그리워서 그래야겠다고 생각했죠, 저와 같은 지붕 밑에 어떤 사람들이 살고 있는지 보려고요. 그래서 단정하게 차려입고 커크 부인 뒤에 숨어서 슬쩍 들어가려고 했지만, 부인은 작고 저는 크니까 숨으려던 작전은 실패였죠. 부인이 자기 옆자리를 내주었고, 저는 달아오른 얼굴이 좀 식자 용기를 내서 주변을 둘러보았어요. 긴 식탁은 사람들로 가득 차 있었고, 다들 열심히 식사를 하고 있었어요. 신사들이 특히 그랬는데, 식사 시간에 딱 맞춰 먹고 있는 것 같았어요. 문자 그대로 마구 삼키더니 다 먹자마자 사라졌죠. 다양한 젊은이가 자기만의 생각에 빠져 있고, 젊은 커플들은 서로에게 푹 빠져 있었어요. 기혼 여성들은 자기 아이에게, 노신사들은 정치 이야기에 푹 빠져 있었죠. 저는 그 사람들과 별로 어울리고 싶지 않았어요. 얼굴이 예쁘고 뭔가 특별해 보이는 나이 많은 미혼 여성 한 명만 빼고요.

식탁 제일 끝에 앉은 바에르 교수는 귀가 잘 들리지 않는 데다 꼬치꼬치 캐묻는 옆자리 노신사의 질문에 큰 소리로 대답하면서 반대편 옆에 앉은 프랑스인과 철학에 대해서 이야기를 나누고 있었어요. 에이미가 여기 있었다면 바에르 교수에게 영원히 등을 돌렸을 거예요. 유감스럽게도 그는 식욕이 왕성해서 〈고상한〉 에이미라면 기겁할 만한 태도로 식사를 게걸스럽게 먹었거든요. 저는 해나의 말처럼 〈맛있게 먹는 사람들을 보는 걸〉 좋아해서 별로 상관없어요. 게다가 그 불쌍한 남자는 종일 멍청이들을 가르쳤으니 많이 먹어야 했을 거예요.

저녁 식사가 끝나고 제가 위층으로 올라갈 때 젊은 청년 두 명이 복도 거울 앞에 서서 비버 모자를 매만지고 있었어요. 한 사람이 다른 사람에게 낮은 목소리로 말하는 소리가 들렸죠. 「새로 온 사람은 누구지?」

「가정 교사인가, 뭐 그럴 거야.」

「그 여자가 도대체 왜 같은 식탁에 앉은 거지?」

「여주인이랑 아는 사이래.」

「똑똑해 보이지만 품위는 없더군.」

「전혀 없지. 불 좀 줘봐, 빨리 가지.」

저는 처음에는 화가 났지만 곧 신경 쓰지 않았어요. 가정 교사는 사무원만큼이나 좋은 직업이고, 저는 품위가 없어도 분별력은 있으니까요. 고장 난 굴뚝처럼 담배를 피우면서 요란하게 가버린 그 우아한 사람들이 말하는 모양을 보면, 어떤 사람들보다는 제가 훨씬 분별력이 있잖아요. 전 평범한 사람이 정말 싫어요!

목요일

어제는 아이들을 가르치고, 바느질을 하고, 작은 제 방에서 글을 쓰면서 조용히 지냈어요. 제 방은 빛도 있고 불도 있어서 아주 아늑해요. 저는 몇 가지 새로운 소식을 들었고, 바에르 교수와 인사도 나누었어요. 티나는 여기 세탁실에서 다림질을 하는 프랑스 여자의 아이인 것 같아요. 이 꼬맹이는 바에르 씨에게 완전히 마음을 빼앗겨 그가 집 안 어디를 가든 강아지처럼 졸졸 따라다녀요. 바에르 씨는 독신남이지만 아이들을 아주 좋아하기 때문에 티나가 따라다니는 걸 좋아해요. 키티와 미니 커크도 그를 좋아하고, 저한테 바에르 씨가 무슨 놀이를 만들었는지, 어떤 선물을 주었는지, 어떤 재미있는 이야기를 해주었는지 전부 말해 줘요. 그보다 젊은 남자들은 그에게 질문을 하면서 그를 올드 프리츠, 라거 비어, 큰곰자리 등 이름을 가지고 온갖 장난을 쳐요. 하지만 커크 부인의 말에 따르면, 그는 아이처럼 즐거워하면서 아주 사람 좋게 받아 주기 때문에 태도가 좀 별나지만 다들 그를 좋아한대요.

나이 많은 미혼 여성은 노턴 양인데, 부유하고 교양 있고 친절해요. 오늘 저녁 식사 때 노턴 양이 저에게 말을 걸더니 (오늘도 큰 식탁에서 먹었거든요, 사람들을 구경하는 게 정말 재미있어요) 자기 방으로 놀러 오라고 했어요. 노턴 양은 좋은 책과 그림이 많고, 재미있는 사람들을 알고 지내는 데다 호의적인 것 같아서 저도 상냥하게 대해야겠어요. 저도 좋은 사람들과 어울리고 싶거든요. 에이미가 좋아하는 그런 사람들은 아니지만 말이에요.

어제 저녁에 제가 우리 응접실에 있는데, 바에르 씨가 커크 부인에게 가져다줄 신문을 가지고 들어왔어요. 커크 부인은 계시지 않았지만 꼬마 어른인 미니가 저를 아주 귀엽게 소개했어요. 「이분은 엄마의 친구 마치 양이에요.」

「맞아요, 마치 양은 아주 재미있어서 우리가 정말 좋아해요.」〈앙팡 테리블〉인 키티는 이렇게 말했죠.

우리 둘은 고개 숙여 인사한 후 웃음을 터뜨렸어요. 새침한 소개와 솔직하게 덧붙인 말의 대조가 무척 우스웠거든요.

「아, 네. 이 장난꾸러기 녀석들이 당신을 귀찮게 한다고 들었습니다, 마치 양. 다음에 또 귀찮게 하면 저를 부르세요, 제가 당장 달려오죠.」 그가 무섭게 얼굴을 찌푸리며 말하자 꼬맹이들이 아주 좋아했어요.

제가 그러겠다고 약속하자 그는 응접실에서 나갔어요. 하지만 저는 그를 자주 볼 운명인가 봐요. 오늘 외출하는 길에 그의 방문 앞을 지나다가 실수로 우산으로 문을 두드렸거든요. 문이 활짝 열리더니 실내 가운 차림의 바에르 씨가 한 손에는 커다란 파란색 양말을, 다른 손에는 돗바늘을 들고 서 있었어요. 그는 전혀 부끄러워하는 것 같지 않았어요. 제가 설명한 다음 서둘러 나가려 하자, 그가 양말을 든 손을 흔들면서 특유의 크고 명랑한 목소리로 이렇게 말했거든요.

「날씨가 좋아서 즐거운 산책이 되겠네요. 〈본 부아야주, 마드무아젤.〉[41]」

저는 아래층으로 내려가는 내내 웃었지만, 그 불쌍한 남자가 자기 옷을 직접 고쳐야 한다고 생각하니 조금 안됐다는 생각도 들어요. 독일 신사들은 수도 놓는다는 걸 저도 알지만, 양말을 꿰매는 건 전혀 다르고 그렇게 예쁘지도 않잖아요.

41 Bon voyage, mademoiselle. 〈좋은 여행 되세요, 아가씨〉라는 뜻의 프랑스어.

토요일

노턴 양을 찾아간 것만 빼면 편지에 쓸 만한 일이 없었어요. 노턴 양은 방에 예쁜 물건들이 가득하고 아주 매력적이에요. 저한테 자기 보물을 전부 보여 주면서 강연과 연주회를 좋아하면 가끔 같이 가달라고 했어요. 부탁하는 것처럼 말했지만, 커크 부인한테 우리 집안 사정을 듣고 저에게 친절을 베푸는 게 분명해요. 저는 루시퍼만큼이나 자존심이 세지만, 그런 사람들이 베푸는 호의는 전혀 부담스럽지 않기 때문에 기쁘게 수락했죠.

제가 아이들 방으로 돌아갔을 때 응접실이 너무 소란스러워서 들여다봤어요. 그랬더니 티나가 바닥에 엎드린 바에르 씨의 등에 타고 있고, 키티가 줄넘기 줄로 그를 끌고 가고 있지 뭐예요. 미니는 의자로 만든 우리에서 소리를 지르며 날뛰는 꼬마 남자애 두 명에게 시드케이크[42]를 주고 있었어요.

「동물원 놀이를 하고 있었어요.」 키티가 설명했어요.

「이건 내 코끼이에요!」 티나가 바에르 씨의 머리카락을 붙잡고 덧붙였죠.

「프란츠랑 에밀이 오는 토요일 오후에는 엄마가 항상 우리 마음대로 놀게 해줘요. 그렇죠, 바에르 선생님?」 미니가 말했어요.

〈코끼이〉가 일어나 앉더니 아이들만큼이나 진지한 표정으로 저에게 침착하게 말했어요. 「정말입니다. 우리가 너무 시끄러우면 〈쉿!〉이라고 하세요. 그러면 소리를 낮출게요.」

42 캐러웨이 씨앗이 든 케이크.

저는 그러겠다고 약속했지만, 문을 열어 두고 아이들만큼이나 즐거운 시간을 보냈어요. 그보다 더 재미있는 장난은 본 적이 없었거든요. 바에르 씨와 아이들은 술래잡기와 군인놀이를 하고 춤을 추면서 노래를 불렀어요. 그러다가 점점 어두워지자 소파에 앉은 바에르 씨 주변으로 모여들었고, 그가 굴뚝 꼭대기에 사는 황새 이야기, 떨어지는 눈송이를 타는 꼬마 요정 〈코볼트〉 이야기를 아주 재미있게 들려줬어요. 미국인도 독일인처럼 단순하고 꾸밈없으면 좋겠어요, 그렇지 않나요?

저는 글 쓰는 걸 너무 좋아해서 경제적인 이유만 아니라면 편지를 끝도 없이 쓸 거예요. 얇은 종이에 아주 작은 글씨로 쓰고 있지만, 이 긴 편지에 우표가 얼마나 들까 생각하면 덜덜 떨려요. 에이미의 편지도 다 읽자마자 보내 주세요. 에이미의 화려한 이야기를 읽고 나면 저의 사소한 소식이 아주 단조롭게 들리겠지만, 그래도 둘 다 좋아할 거 알아요. 테디는 공부를 너무 열심히 하느라 친구들한테 편지 쓸 시간도 없나 봐요? 베스, 나 대신 로리를 잘 돌봐 주고 쌍둥이 얘기도 전해 줘. 모두에게 어마어마한 사랑을 보내요.

여러분의 충실한 조

추신. 제 편지를 다시 읽어 보니 바에르 씨 이야기가 좀 많은 것 같지만, 전 항상 특이한 사람들한테 흥미가 많으니까요. 그리고 정말 쓸 이야기가 별로 없어요. 잘 지내요!

12월

나의 소중한 베스에게

대충 두서없이 쓰는 편지니까 네 앞으로 쓸게. 너한테는 재미있을지도 모르고, 내가 어떻게 지내는지도 짐작할 수 있을 테니까 말이야. 난 조용하긴 하지만 정말 즐겁게 지내고 있어. 다행이지 뭐야! 정신적, 도덕적 농사에서 에이미라면 〈헤르쿨라네움〉[43]이라고 표현했을 노력 끝에 내가 심어 준 어린 생각이 움트고 아주 작은 가지들이 내가 원하는 대로 구부러지기 시작하고 있어. 키티와 미니는 티나와 남자애들만큼 흥미롭지는 않지만 나는 의무를 다하고 있고, 애들도 나를 좋아해. 프란츠와 에밀은 멋진 꼬마들이고 나랑 비슷해. 독일인과 미국인의 정신이 섞여서 항상 흥분 상태거든. 토요일 오후는 집 안에 있든 밖으로 나가든 아주 소란스러워. 날씨가 좋으면 다 같이 산책을 나가는데, 학교처럼 바에르 교수와 내가 인솔해. 정말 재미있어!

우리는 이제 친한 친구가 되었고, 난 독일어를 배우기 시작했어. 나도 어쩔 수가 없었어. 그렇게 된 과정이 정말 웃겨서 꼭 얘기해 줘야겠다. 시작은 어느 날 내가 바에르 씨의 방 앞을 지나가는데, 그 방을 뒤지고 있던 커크 부인이 나를 부른 거야.

「이렇게 정신없는 방 본 적 있니, 조? 들어와서 책 똑바로

43 Herculaneum. 화산 폭발로 없어진 고대 로마의 도시 이름. 철자를 자주 틀렸던 에이미라면 〈매우 힘든herculean〉이라는 단어를 이렇게 착각했을 거라고 농담하고 있다.

꽂는 것 좀 도와주렴. 내가 얼마 전에 줬던 손수건 여섯 장이 어디 있는지 찾으려다가 다 뒤집어 놨지 뭐니.」

나는 안으로 들어가 손수건을 찾으면서 주변을 둘러봤어. 정말 〈정신없는 방〉이었거든. 사방에 책과 종이가 널려 있고, 난로 선반에는 깨진 해포석 담뱃대와 이제 쓰지 않는 듯한 낡은 플루트가 있었어. 창가에 놓인 의자에서 꼬리 없는 텁수룩한 새가 지저귀고, 또 다른 의자에는 흰 생쥐가 든 상자가 놓여 있었어. 원고들 사이에는 반쯤 완성된 배와 조각난 끈 몇 개가 있었지. 난롯가에는 지저분한 신발을 말리고 있고, 바에르 씨가 기꺼이 노예가 되어 주는 사랑하는 조카들의 흔적이 사방에 흩어져 있었어. 방을 대대적으로 뒤진 끝에 사라졌던 손수건 세 장을 찾아냈어. 한 장은 새장 위에 드리워져 있고, 다른 한 장은 잉크 얼룩이 가득하고, 또 한 장은 받침대로 썼는지 갈색으로 탔더라.

「이렇다니까!」 사람 좋은 커크 부인이 헝겊 주머니에 엉망이 된 손수건을 넣으며 웃었어. 「나머지는 찢어서 배를 만들었든지, 손가락을 베여 반창고 대신 썼든지, 연 꼬리라도 만들었나 봐. 정말 고약하지만 뭐라고 할 수가 없어. 정신이 없고 사람이 좋아서 아이들이 하자는 대로 다 하니까 말이야. 내가 옷을 세탁하고 수선해 주기로 했는데, 바에르 교수님이 내놓는 걸 자꾸 깜빡하고 나는 챙기는 걸 자꾸 깜빡해서 가끔 한심한 상태가 되지 뭐니.」

「제가 고칠게요.」 내가 말했어. 「전 괜찮아요, 바에르 교수님에게도 알릴 필요 없어요. 제가 고쳐 드리고 싶어요. 친절하게 편지도 가져다주고 책도 빌려주시거든요.」

그래서 내가 바에르 씨의 물건을 정리하고 양말 두 켤레의 뒤꿈치 부분을 다시 떴어. 바에르 씨가 돗바늘로 고쳐 놔서 모양이 엉망이었거든. 난 아무 말도 하지 않았고, 바에르 씨가 모르길 바랐어. 하지만 지난주 어느 날 들켜 버렸지 뭐야. 바에르 씨가 다른 사람들을 가르치는 소리를 듣고 있으니, 너무 흥미롭고 재미있어서 나도 독일어를 배우고 싶어졌어. 티나가 들락날락거리며 문을 열어 놔서 다 들리거든. 나는 근처에 앉아 양말 손질을 끝내면서 그가 나만큼이나 멍청한 새로운 학생한테 하는 말을 이해하려 애쓰고 있었어. 수업이 끝나고 학생이 나갔어. 너무 조용하기에 난 바에르 씨도 나간 줄 알고 아주 우스꽝스럽게 몸을 앞뒤로 흔들면서 동사를 바쁘게 중얼거렸지. 그때 까르르 웃는 소리가 들려서 고개를 들었더니, 바에르 씨가 티나한테 모르는 척하라고 눈치를 주면서 나를 보고 소리 없이 웃고 있었어.

내가 하던 일을 딱 멈추고 바보처럼 멍하니 쳐다보자 그가 말했어. 「당신은 나를 엿보고, 나는 당신을 엿보고, 나쁘지 않네요. 음, 독일어 배우고 싶어요?」

「네, 하지만 당신은 너무 바쁘잖아요. 그리고 저는 너무 멍청해서 잘 못 배워요.」 나는 작약만큼이나 새빨개져서 더듬더듬 말했지.

「아니! 우리 시간을 만들어 보죠. 분명히 할 수 있어요. 저녁에 잠깐 기꺼이 가르쳐 드릴게요. 지금 당신을 보세요, 마치 양. 제가 갚을 빚이 있잖아요.」 그러면서 그가 내 바느질감을 가리켰어. 「그래요! 친절한 여성분들끼리 이렇게 말했겠죠. 〈그 사람은 멍청해서 우리가 뭘 하는지 모를 거예요. 양말 뒤꿈치에서 구멍이 사라진 줄도 모르고, 단추가 떨어지면 새로 자라나는 줄 알고, 끈은 저절로 고쳐지는 줄 알겠죠.〉 아! 하지만 저도 눈이 있으니 다 보입니다. 심장이 있으니 고마움도 느끼고요. 자, 가끔 짤막하게 수업을 하기로 해요. 이제 저를 위해서 요정처럼 몰래 일해 주지 말고요.」

물론 나는 아무 말도 할 수 없었고, 정말 좋은 기회라서 그러기로 했지. 우린 수업을 시작했어. 나는 수업을 네 번 듣고 나서 문법의 늪에 푹 빠져 버렸지. 교수님은 아주 참을성 있게 대해 주었지만, 그 사람에게도 정말 고문이었을 거야. 가끔 교수님이 약간 절망한 듯한 표정으로 나를 보았는데, 그러면 난 웃어야 할지 울어야 할지 모르겠더라. 웃어도 보고 울어도 봤지. 그러다가 결국 완전한 굴욕감과 비탄에 잠겨 훌쩍거렸더니, 교수님이 문법책을 바닥에 내던지고 쿵쾅대며 나가 버렸어. 난 정말 망신스럽고 영원히 버려진 느낌이 들었지만 교수님은 전혀 탓하지 않았어. 얼른 위층으로 올라가서 정신을 차리려고 흩어진 종이를 챙기고 있는데 교수님이 얼굴을 빛내며, 대단한 일을 해낸 사람을 보듯이 나를 보며 활기차게 들어왔어.

「지금부터 새로운 방식을 시도해 봅시다. 이 짧고 재미있는 〈메르헨〉[44]을 같이 읽어요. 저 지루한 책은 그만 봅시다. 우릴 괴롭혔으니 저 구석에 처박아 두기로 해요.」

44 märchen. 〈동화〉라는 뜻의 독일어.

그가 정말 다정하게 말하더니 내 앞에서 한스 안데르센의 동화책을 유혹하듯 펼쳤어. 너무 부끄러워서 내가 죽기 살기로 열심히 했더니 교수님은 무척 재미있었나 봐. 나는 부끄러움도 잊고 온 힘을 다해서 끈질기게(이 말 외에는 달리 표현할 말이 없어) 읽었어. 긴 단어는 더듬거리고, 그 순간 떠오르는 대로 발음하면서 정말 최선을 다했지. 내가 첫 페이지를 다 읽고 숨을 쉬려고 멈추자, 그가 손뼉을 치면서 정말 진심으로 외쳤어. 「다스 이스트 구테![45] 이제 잘 되네요! 이제 내 차례예요. 내가 독일어로 읽을 테니 한번 들어 봐요.」 그런 다음 그가 힘찬 목소리로 우렁차게 읽었는데, 어찌나 재미있게 읽던지 듣는 것뿐만 아니라 보기에도 좋았어. 다행히 『꿋꿋한 주석 병정』이었는데, 너도 알겠지만 재미있는 이야기잖아. 그래서 나는 반도 알아듣지 못했지만 웃을 수 있었고, 실제로도 웃었어. 어쩔 수 없었어. 그는 너무 진지했고 나는 너무 흥분해서 모든 게 너무 우스웠거든.

그다음부터 우린 더 나아졌고, 나는 이제 수업 시간에 꽤 잘 읽어. 이런 공부 방법이 나한테 잘 맞나 봐. 그리고 젤리에 박힌 알약처럼 이야기와 시에 군데군데 끼워진 문법이 보여. 난 수업이 정말 좋고, 교수님도 아직 지친 것 같지는 않아. 정말 좋은 분이지 않니? 돈을 드릴 수는 없으니까 크리스마스에 뭐라도 드릴 생각이야. 뭐가 좋을지 말 좀 해주세요, 엄마.

로리가 바쁘고 행복한 것 같다니, 그리고 담배를 끊고 머리카락을 기른다니 다행이에요. 나보다 베스가 로리를 더 잘

45 Das ist gute! 〈좋아요!〉라는 뜻의 독일어.

다룬다는 거 이제 아시겠죠? 베스, 난 전혀 질투 안 나니까 최선을 다해. 다만 로리를 성자로 만들지만 말아 줘. 난 장난기라는 인간적인 양념이 없는 로리는 좋아할 수 없을 것 같아. 내 편지의 일부를 로리한테 보여 줘. 편지 쓸 시간이 많이 없으니까 이걸 보여 주면 될 거야. 베스가 계속 편하게 지낸다니 정말 다행이에요.

1월

사랑하는 우리 가족, 모두 새해 복 많이 받으세요! 물론 로런스 할아버지와 테디라는 청년도 포함해서요. 여러분이 보내 준 크리스마스 선물이 얼마나 반가웠는지 말도 못 해요. 밤까지 오지 않아 모든 희망을 포기하고 있었거든요. 편지는 아침에 왔지만 깜짝 놀래 주려고 그랬는지, 소포에 대해서는 아무 말도 없더군요. 여러분이 저를 잊지 않을 거라는 〈어떤 느낌〉이 있었기 때문에 무척 실망했었어요. 차를 마신 다음 제 방에 앉아 있는데, 기분이 좀 우울했어요. 진흙투성이에 낡아 보이는 커다란 꾸러미를 받았을 때는 그걸 끌어안고 폴짝폴짝 뛰었지 뭐예요. 집 생각도 많이 나고, 기운이 나는 선물이었어요. 저는 바닥에 앉아서 읽고, 보고, 먹고, 웃고, 울었죠. 제가 원래 좀 이상하잖아요. 선물은 전부 딱 제가 원하던 거였고, 산 게 아니라 만든 거라서 더 좋아요. 베스가 새로 만든 〈잉크 가슴받이〉는 정말 훌륭하고, 해나가 보낸 딱딱한 진저브레드 한 상자는 정말 보물이에요. 엄마, 보내 주신 멋진 플란넬 꼭 입을게요. 그리고 아버지가 표시를 해서 주신

책들도 꼼꼼하게 읽을게요. 전부 너무너무 고마워요!

책 이야기가 나와서 말인데, 저는 그쪽 방면에서 부자가 되고 있어요. 새해 첫날에 바에르 씨가 저한테 멋진 셰익스피어 책을 주셨거든요. 그가 무척 소중히 여기는 책인데, 저는 독일어 사전, 플라톤, 호메로스, 밀턴과 함께 영예의 전당에 꽂힌 그 책을 보면서 종종 감탄했어요. 그러니 그가 커버를 벗긴 그 책을 가지고 내려와서 제 이름과 〈당신의 친구 프리드리히 바에르로부터〉라고 적힌 것을 보여 줬을 때, 제가 어떤 기분이었는지 상상이 가겠지요.

「서재가 갖고 싶다고 자주 말했었죠. 여기 서재를 하나 줄게요. 이 두 개의 뚜껑(표지라는 뜻이었어요) 사이에 수많은 책이 하나가 되어 들어 있어요. 셰익스피어를 잘 읽으면 그가 당신을 많이 도와줄 거예요. 이 책에 나오는 인물들을 공부하면 세상에서 그런 인물들을 읽어 내고 당신 펜으로 그걸 그릴 수 있을 테니까요.」

저는 바에르 씨에게 감사한 마음을 최대한 열심히 전했고, 이제 책이 백 권은 되는 것처럼 〈제 서재〉에 대해서 이야기해요. 전에는 셰익스피어에 얼마나 많은 것이 담겨 있는지 몰랐어요. 그때는 그걸 설명해 줄 바에르 씨도 없었으니까요. 자, 괴상한 이름이라고 웃으면 안 돼요. 사람들은 베어나 비어라고 부르지만, 실제 발음은 둘 다 아니고 그 중간쯤 돼요. 독일인들만 발음할 수 있죠. 두 분 모두 제가 바에르 씨에 대해서 들려드린 이야기를 좋아해서 다행이에요, 언젠가 두 분도 그를 만날 수 있으면 좋겠어요. 엄마는 그의 따뜻한 마음을, 아버지는 현명한 머리를 좋아하실 거예요. 전 둘 다 좋아하고 새로운 〈친구 프리드리히 바에르〉가 생겨서 부자가 된 기분이에요.

저는 돈도 별로 없고 그가 뭘 좋아할지도 몰라서 작은 것들을 여러 개 사서 바에르 씨가 의외의 순간에 발견하도록 방 여기저기에 놓아두었어요. 유용하거나 예쁘거나 웃긴 물건이에요. 책상에는 새 잉크스탠드를 놓고, 작은 꽃병도 놔뒀어요. 그의 말에 따르면 상쾌한 기분을 느끼려고 항상 꽃을, 아니면 풀을 유리잔에 꽂아 두거든요. 그리고 에이미가 〈무슈아르〉[46]라고 부르는 것을 태우지 않도록 담뱃대 받침도 줬어요. 베스가 발명했던 것처럼 몸통이 통통한 커다란 나비 모양으로 만들어서 검은색과 노란색이 섞인 날개랑 소모사로 만든 더듬이, 구슬 눈알을 달았죠. 그러자 바에르 씨가 무척 마음에 들었는지 골동품처럼 난로 선반에 진열해 놓았어요. 그러니 결국은 실패라고 해야겠네요. 바에르 씨는 가난하지만 이 집에 사는 하인들과 아이들까지 한 명도 잊지 않고 챙겼고, 프랑스인 세탁부부터 노턴 양까지 이 집에 사는 사람들도 모두 그를 잊지 않고 챙겼어요. 그래서 난 너무 기뻐요.

새해 전날 밤에는 가면무도회를 열어 즐거운 시간을 보냈어요. 저는 드레스가 없어서 내려가지 않을 생각이었죠. 하지만 무도회가 시작되기 직전에 커크 부인이 낡은 브로케이드 드레스가 있다는 것을 기억해 냈고, 노턴 양이 레이스와

46 mouchoir. 〈손수건〉이라는 뜻의 프랑스어.

깃털을 빌려줬어요. 그래서 전 맬러프롭 부인으로 분장한 다음 가면을 쓰고 슥 끼어들었죠. 아무도 저를 알아보지 못했어요. 제가 목소리도 다르게 낸 데다가 다들 말없고 오만한 마치 양(대부분의 사람들은 제가 아주 딱딱하고 냉정한 줄 알아요. 잘난 척하는 사람들한테는 제가 그렇게 대하거든요)이 드레스를 차려입고 춤을 추며 〈멋진 묘비들의 교란, 나일 강둑의 알레고리처럼〉[47] 같은 말을 할 거라고는 꿈에도 생각지 못했을 테니까요. 저는 너무 즐거운 시간을 보냈고, 다 같이 가면을 벗었을 때 사람들이 저를 멍하니 보는 게 정말 재미있었어요. 어느 청년이 다른 청년한테 제가 배우인 줄 알았다고, 소극장에서 봤던 기억이 나는 것 같다고 하는 말도 들었어요. 메그 언니가 이 농담을 아주 좋아할 거예요. 바에르 씨는 닉 보텀, 티나는 티타니아[48]였는데, 그의 품에 안겨 있으니 완벽한 꼬마 요정 같았죠. 두 사람이 춤추는 모습은 테디의 표현을 빌리면 〈대단한 풍경〉이었어요.

아무튼 전 정말 즐거운 새해 첫날을 맞이했어요. 방으로 돌아와서 다시 생각해 보니 수많은 실패들에도 불구하고 조금은 앞으로 나아가고 있다는 느낌이 들었어요. 이제 항상 명랑하고, 열심히 일을 하고, 예전보다 다른 사람들에게 더

47 의도한 단어가 아니라 발음이 비슷한 단어를 잘못 말하는 맬러프롭 부인의 대사. 〈멋진 형용사 배치, 나일 강둑의 악어처럼a nice arrangement of epithets, like an alligator on the banks of the Nile〉이라고 해야 하는데, 〈멋진 묘비들의 교란, 나일 강둑의 알레고리처럼a nice derangement of epitaphs, like an allegory on the banks of the Nile〉이라고 잘못 말하고 있다.

48 셰익스피어의 『한여름 밤의 꿈』에 등장하는 직공과 요정 여왕.

흥미를 가지고 있으니까요. 아주 만족스러워요. 모두에게 축복을 전해요.

영원히 여러분을 사랑하는 조

34장

# 친구

조는 친근한 분위기 속에서 무척 행복했고, 빵을 사기 위해 매일 일을 하느라 — 그런 노력 덕분에 빵이 더욱 맛있어졌다 — 무척 바빴지만, 그래도 시간을 내서 틈틈이 글을 썼다. 지금 그녀를 사로잡은 목표는 가난하고 야심만만한 아가씨에게는 당연한 것이었지만, 그녀가 그 목표를 이루기 위해서 선택한 수단은 최선이 아니었다. 조는 돈이 힘을 주는 것을 보았기에 돈과 힘을 갖겠다고 결심했다. 자기만을 위해서가 아니라 자신이 목숨보다 사랑하는 사람들을 위해서였다. 집 안을 안락함으로 가득 채우고, 베스에게 겨울의 딸기부터 자기 방의 오르간까지 원하는 걸 모두 해주고, 조는 해외여행을 다니고, 항상 충분한 것보다 더 많은 것을 가짐으로써 자선이라는 사치를 누리겠다는 꿈은 조가 몇 년 동안 가장 소중히 품어 온 허공의 성채였다.

글을 써서 상금을 탄 경험은 긴 여행과 힘든 오르막길 끝에 멋진 샤토 앙 에스파뉴[49]로 이어지는 길을 열어 준 것 같

49 chateau en Espagne. 〈스페인의 성〉이라는 뜻의 프랑스어로, 허공의

았다. 그러나 소설 사건 때문에 조는 한동안 용기가 꺾였다. 대중의 의견은 조보다 더 큰 콩나무에 올라간 더 용맹한 잭도 겁에 질리게 만드는 거인이었다. 그래서 조는 불사의 주인공처럼 첫 시도 이후 잠시 휴식을 취했는데, 내 기억이 맞는다면 잭은 그 때문에 거인의 보물 중 가장 시시한 것만 가지고 나무에서 굴러떨어졌다. 그러나 〈다시 일어나서 다른 보물을 가져오는〉 정신은 조도 잭 못지않았고, 그래서 이번에는 더 그늘진 곳으로 기어올라 더 많은 보물을 손에 넣었지만 돈주머니보다 훨씬 더 소중한 것을 놓고 올 뻔했다.

조는 선정 소설을 쓰게 되었다. 그 암울한 시대에는 완벽한 미국인조차 쓰레기 같은 글을 읽었기 때문이다. 조는 아무에게도 말하지 않았지만 이것저것 섞어서 〈오싹한 이야기〉를 만들어 냈고, 용감하게도 『위클리 볼케이노』지의 편집장 대시우드 씨에게 직접 가져갔다. 조는 『의상 철학』을 읽은 적이 없었지만, 옷차림이 고귀한 인격이나 마법 같은 태도보다 더 많은 사람들에게 강력한 영향력을 발휘한다는 여자로서의 직감이 있었다. 그래서 제일 좋은 옷으로 차려입고 자기는 초조하지도 흥분하지도 않았다고 스스로를 세뇌하면서 어둡고 더러운 계단 두 층을 용감하게 올라갔다. 그러자 시가 연기가 자욱하고 어질러진 방에 도착했다. 세 신사가 뒤꿈치가 모자보다 높은 자세로 앉아 있었고, 조가 들어가도 아무도 굳이 모자를 들어 인사하지 않았다. 이러한 대접에 약간 기가 죽은 조는 문간에서 주저주저하면서 무척 당황한

성채와 같이 〈터무니없는 상상〉을 말한다.

목소리로 중얼거렸다.

「실례합니다. 『위클리 볼케이노』 사무실을 찾고 있는데요. 대시우드 씨를 만나고 싶습니다.」

제일 높이 올라가 있던 뒤꿈치 한 쌍이 내려가더니 연기를 가장 많이 뿜어내던 신사가 일어났다. 그는 시가를 손가락 사이에 소중하게 끼우고 고개를 끄덕인 다음, 졸음밖에 담겨 있지 않은 얼굴로 다가왔다. 조는 어떻게든 이 일을 해내야 한다고 생각하며 원고를 꺼냈고, 한 문장 한 문장 말할 때마다 점점 더 얼굴을 빨갛게 붉히면서 이 순간을 위해 신중하게 준비한 말을 더듬더듬 내뱉었다.

「친구의 부탁으로 왔어요…… 단편소설인데…… 그냥 시험 삼아서요…… 편집장님의 의견을 듣고 싶대요…… 이게 괜찮으면 더 쓸 수 있대요.」

조가 얼굴을 붉히며 더듬더듬 말하는 동안 대시우드 씨가 원고를 가져가서 지저분한 손가락으로 종이를 넘기며 비판적인 눈빛으로 깔끔한 원고를 위아래로 살폈다.

「처음 시도하는 건 아니겠군요?」 페이지에 숫자가 적혀 있고 표지를 한쪽 옆면만 감싼 데다가 리본 — 초보라는 확실한 징표였다 — 으로 묶여 있지 않은 것을 보고 그가 말했다.

「네. 글을 좀 쓴 적이 있고 『블라니스톤 배너』에 소설이 실리고 상금도 받았어요.」

「아, 그래요?」 대시우드 씨가 조를 재빨리 흘끔 보더니, 보닛의 리본부터 부츠의 단추까지 그녀가 걸친 모든 것을 살피는 듯했다. 「음, 괜찮으면 두고 가세요. 이런 원고가 너무 많아서 지금 당장은 어떻게 할 수 없지만, 대충 훑어보고 다음 주에 대답을 드리죠.」

조는 대시우드 씨가 전혀 마음에 들지 않아서 이제 원고를 두고 가기 싫어졌지만, 이 상황에서는 고개 숙여 인사한 다음 나갈 수밖에 없었다. 조는 유난히 키가 크고 당당해 보였는데, 초조하거나 당혹스러워할 때의 버릇이었다. 지금은 둘 다였다. 신사들이 다 안다는 듯 주고받는 시선을 보니 〈친구〉의 소설을 장난으로 여기는 게 분명했고, 편집장이 문을 닫으며 뭐라고 하자 터져 나온 웃음은 조의 좌절에 쐐기를 박았다. 조는 두 번 다시 오지 않겠다고 반쯤 결심하면서 집으로 돌아왔고, 원피스를 열심히 만들면서 짜증을 가라앉혔다. 한두 시간 지나자 마음이 가라앉아서 그 광경을 떠올리며 웃음을 터뜨리고 다음 주를 기다릴 수 있게 되었다.

조가 다시 찾아갔을 때는 대시우드 씨 혼자 있어서 마음이 놓였다. 다행히도 대시우드 씨는 지난번보다 훨씬 정신이 맑아 보였고, 예절을 잊을 만큼 시가에 푹 빠져 있지도 않았다. 그래서 두 번째 만남은 첫 번째보다 훨씬 더 편안했다.

「몇 군데 고치는 데 동의하시면 우리(편집장은 절대 〈나〉라고 말하지 않는다)가 이걸 싣도록 하죠. 너무 길지만 제가 표시한 부분을 삭제하면 길이가 딱 맞을 겁니다.」 그가 사무적인 어조로 말했다.

조는 구깃구깃해지고 밑줄이 그어진 자기 원고를 이번에도 거의 알아보지 못했다. 그러나 새 요람에 맞게 아기 다리를 자르라고 요구받은 마음 약한 엄마가 된 기분으로 표시된

문단들을 살펴본 다음 교훈적인 부분 — 과도한 로맨스와 균형을 맞추기 위해서 신중하게 넣은 것이었다 — 이 전부 빠진 것을 보고 깜짝 놀랐다.

「하지만 전 모든 이야기에는 교훈이 있어야 한다고 생각해서 일부러 죄인 몇 명이 회개하게 만든 건데요.」

대시우드 씨는 편집장의 무게를 잠시 내려놓고 미소를 지었다. 조가 〈친구〉에 대해서 까맣게 잊고 저자만이 할 수 있는 말을 했기 때문이었다.

「아시겠지만 사람들이 원하는 건 재미지 설교가 아니에요. 요즘 교훈적인 내용은 안 팔려요.」 사실은 정확히 맞는 말도 아니었다.

「그럼 이렇게 고치면 괜찮은가요?」

「네. 플롯이 신선하고 꽤 잘 썼어요…… 표현력도 좋고요.」 대시우드 씨가 상냥하게 대답했다.

「그러면…… 그, 보상은 어떻게…….」 조는 입을 열었지만 뭐라고 표현할지 몰랐다.

「아, 네. 우리는 이런 글에 25달러에서 30달러를 드립니다. 신문이 나온 다음에 지급하지요.」 대시우드 씨가 그 문제를 깜빡했다는 듯이 말했다. 편집장들은 이런 사소한 문제는 곧잘 잊어버린다.

「아주 좋아요. 그렇게 해요.」 조가 만족스럽다는 태도로 원고를 다시 건네며 말했다. 한 단에 1달러씩 받았었기 때문에 25달러도 큰돈 같았다.

「친구한테 이보다 괜찮은 소설이 있으면 받아 주실 거라고 말할까요?」 성공에 힘입어 용감해진 조가 아까의 말실수도 깨닫지 못한 채 이렇게 말했다.

「음, 한번 보도록 하죠. 받을 거라고 장담은 못 해요. 짧고 자극적으로 쓰라고, 교훈은 신경 쓰지 말라고 하세요. 친구분이 무슨 이름으로 내고 싶다던가요?」 아무렇지도 않은 말투였다.

「괜찮으면 이름 없이 내주세요. 친구가 이름을 밝히고 싶지는 않은데 〈놈 드 플륌〉[50]은 없다고 했거든요.」 조가 자기도 모르게 얼굴을 붉히며 말했다.

「물론 원하시는 대로 해드려야죠. 다음 주에 실릴 겁니다. 돈을 받으러 오시겠어요, 아니면 보내 드릴까요?」 새로운 투고자가 누구인지 알고 싶다는 당연한 궁금증을 느끼며 대시우드 씨가 물었다.

「제가 올게요. 안녕히 계세요.」

조가 떠나자 대시우드 씨가 발을 책상 위로 올리며 점잖게 말했다. 「또 가난하지만 자존심 센 작가로군. 하지만 잘할 거야.」

조는 대시우드 씨의 지시에 따라서, 그리고 노스버리 부인을 모범으로 삼아서 선정 문학이라는 거품 가득한 바다에 성급하게 뛰어들었지만, 친구가 던져 준 구명구 덕분에 바다에 빠진 것치고는 그럭저럭 괜찮은 상태로 나올 수 있었다.

젊은 작가들 대부분이 그렇듯이 조는 외국에서 인물과 풍경을 찾았고, 강도와 백작, 집시, 수녀, 공작 부인이 그녀의

50 nom de plume. 〈필명〉이라는 뜻의 프랑스어.

무대에 등장했으며, 이들은 사람들이 기대하는 태도로 아주 정확하게 자기 역할을 소화했다. 조의 독자들은 문법과 구두점, 개연성 같은 사소한 것에 대해 별로 까다롭게 굴지 않았다. 대시우드 씨는 너그럽게도 조가 제일 싼 원고료를 받고 자기 신문을 채우도록 허락하면서, 자신이 호의를 베푸는 진짜 이유를 굳이 말할 필요는 없다고 생각했다. 그에게 글을 파는 작가 한 명이 더 높은 원고료를 제안받고 떠나 버려 곤란한 처지였던 것이다.

조는 곧 일이 재미있어지기 시작했다. 한 주 한 주 지날수록 야윈 지갑이 튼튼해졌고, 여름에 베스를 산에 데려가려고 모으는 돈이 느릿하지만 확실히 쌓여 가고 있었기 때문이다. 딱 하나 그녀를 괴롭히는 것이 있었는데, 바로 가족들에게 이야기하지 않았다는 사실이었다. 조는 어머니와 아버지가 달가워하지 않으리라는 느낌이 들었기 때문에 우선 자기 방식대로 한 다음 나중에 용서를 구하기로 했다. 이름이 실리지 않았으므로 비밀을 지키기는 쉬웠다. 대시우드 씨는 물론 조의 이름을 곧 알게 되었지만 모른 척하겠다고 약속했고, 놀랍게도 그 약속을 지켰다.

조는 자신에게 해가 될 것이 하나도 없다고 생각했다. 스스로 부끄러운 내용은 쓸 생각이 없었고, 글을 써서 번 돈을 보여 주고 철저하게 지키던 비밀을 털어놓으며 다 같이 한바탕 웃는 행복한 순간을 기대하며 따끔거리는 양심을 잠재웠다.

하지만 대시우드 씨는 전율을 일으키는 이야기 외에는 전부 퇴짜를 놓았다. 전율을 일으키려면 독자의 영혼을 못살게 구는 방법밖에 없었고, 그렇게 하기 위해서 역사와 로맨스, 땅과 바다, 과학과 예술, 경찰 기록과 정신 병원 기록을 샅샅이 뒤져야 했다. 조는 자신이 너무 순수하게 살아서 사회의 밑바닥에 깔려 있는 비극적인 세계를 몇 번 엿본 것이 전부임을 곧 깨달았다. 그래서 직업적인 입장에서 특유의 에너지로 부족한 부분을 보충하는 일에 착수했다. 조는 소설의 소재를 열심히 찾아서 글솜씨는 훌륭하지 않더라도 플롯만큼은 심혈을 기울여 독창적으로 쓰려고 신문을 뒤져 사건과 사고, 범죄 기사를 읽었다. 도서관에서는 독극물에 대한 책을 신청해서 사서들의 의심을 샀다. 조는 거리에서 사람들의 표정을 관찰했고, 착하든 악하든 무심하든 주변의 모든 인물을 연구했다. 너무나 오래되어 새로운 것만큼이나 좋은 사실이나 허구를 찾아 고대의 흙먼지 속으로 파고들었고, 제한된 기회가 허락하는 한 어리석음과 죄악, 불행을 찾아다녔다. 조는 스스로 잘하고 있다고 생각했지만, 자신도 모르게 가장 여성적인 특징을 잃어 가기 시작했다. 그녀는 나쁜 사람들 속에서 살고 있었고, 비록 상상이긴 했지만 그 영향을 받았다. 조는 마음과 생각에 위험하고 빈약한 양식을 먹이고 있었고, 우리 모두 언젠가는 접하게 되는 삶의 어두운 부분을 너무 일찍 접하는 바람에 타고난 순수함을 너무 빨리 잃어버리고 있었다.

조 역시 이 사실을 알았다기보다는 느끼기 시작했다. 타인의 열정과 감정을 많이 설명하다 보니 자신에 대해서도 사색

하고 연구하게 되었기 때문이다. 건강한 젊은이라면 스스로 빠져들지 않을 병적인 흥미였다. 잘못은 항상 처벌을 불러오게 마련이고, 조는 가장 필요할 때 벌을 받았다.

조가 셰익스피어를 읽어서 인물을 파악하는 데 도움이 되었는지, 아니면 정직하고 용감하고 강한 것에 대한 여자의 타고난 본능 때문인지는 모르겠다. 아무튼 조는 상상 속 영웅들에게 태양 아래 모든 완벽함을 불어넣는 한편, 수많은 인간적인 결점에도 불구하고 그녀의 흥미를 끄는 살아 있는 영웅을 발견했다. 바에르 씨가 어느 날 조와 대화를 나누다가 단순하고 진실하고 사랑스러운 인물을 만나면 잘 관찰해 보라고, 작가가 되기 위한 좋은 훈련이라고 충고했다. 조는 그의 충고를 받아들였다. 차분하게 주변을 둘러보다가 그를 관찰했기 때문이다. 이 훌륭한 교수는 무척 겸손했으므로 이 사실을 알았다면 정말 깜짝 놀랐을 것이다.

처음에 조는 모두가 바에르 씨를 좋아하는 것이 이상했다. 그는 부유하지도 대단하지도 않았고, 젊지도 잘생기지도 않았으며, 아무리 봐도 매혹적이거나 인상적이거나 눈부시지도 않았다. 그러나 온화한 불처럼 매력적이어서 사람들이 따뜻한 난롯가에 모여들듯 자연스럽게 그의 주변에 모여드는 것 같았다. 그는 가난했지만 항상 뭔가를 주었다. 이방인이었지만 모두가 그의 친구였고, 더 이상 젊지 않지만 소년처럼 마음이 행복했으며, 평범하고 기묘하게 생겼지만 많은 사람들의 눈에는 그의 얼굴이 아름다워 보였다. 사람들은 그의 어색함을 쉽게 용서했다. 조는 자주 그를 지켜보면서 매력이 뭔지 알아내려 노력했고, 마침내 자비로운 마음이 기적을 행하고 있다고 결론을 내렸다. 바에르 씨에게 슬픔이 있었다고 해도 그것은 〈날개 밑에 고개를 파묻고 있었고〉, 그는 세상에 밝은 면만 보여 주었다. 그의 이마에는 주름이 있었지만 세월도 그가 다른 사람들에게 얼마나 친절했는지 잊지 않았기에 살짝 어루만지기만 하고 지나간 것 같았다. 입가의 보기 좋은 주름은 다정한 말과 유쾌한 웃음이 남긴 기념품이었고, 눈은 절대 차갑거나 가혹하지 않았으며, 커다란 손이 따뜻하게 꽉 잡는 힘은 말보다 더 많은 것을 표현해 주었다.

그의 옷도 주인의 후한 성정을 나눠 가진 듯했다. 그의 옷은 느긋해 보였고, 주인을 편안하게 만들어 주는 것을 좋아했다. 낙낙한 조끼는 그 아래 숨어 있는 더 넓은 마음을 보여 주는 듯했다. 빛바랜 외투는 친근한 분위기를 풍겼고, 늘어진 주머니는 얼마나 많은 꼬맹이들의 손이 텅 빈 채 들어갔다가 가득 차서 나왔는지 잘 보여 주었다. 그의 신발도 인정이 많았고, 옷깃은 다른 사람들의 옷깃과 달리 절대 뻣뻣하거나 거슬리지 않았다.

「바로 그거야!」 조가 외쳤다. 게걸스럽게 먹고, 자기 양말을 직접 꿰매고, 바에르라는 이상한 이름을 가진 건장한 독일 선생조차 같은 인간을 향한 진심 어린 선의를 가지고 있으면 아름답고 품위 있어 보인다는 사실을 드디어 깨달았던 것이다.

조는 선함을 높이 평가했지만, 보통 여자들이 그렇듯이 지성에 대한 존경심도 가지고 있었는데, 바에르 교수에 대한 사소한 사실을 알게 되면서 그를 향한 호감이 더욱 커졌다. 바에르 교수는 자기 이야기를 절대 하지 않았기 때문에 그가 고향에서는 학식과 고결함 때문에 무척 존경받고 높이 평가받았다는 사실을 아무도 몰랐다. 그러던 어느 날 고향 사람이 바에르 교수를 만나러 왔고, 노턴 양과 대화를 나누다가 재미있는 사실을 누설했다. 조는 노턴 양에게서 그 이야기를 들었고, 바에르 씨가 그런 말을 한 번도 한 적이 없었기 때문에 그가 더욱 좋아졌다. 조는 그가 미국에서는 가난한 어학 교사일 뿐이지만 베를린에서는 존경받는 교수였다는 사실을 알고 자랑스러웠고, 이 발견이 더해 준 낭만적인 정취 때문에 소박하고 열심히 일하는 그의 삶이 훨씬 더 아름다워 보였다.

지성보다 더욱 훌륭한 또 다른 재능이 생각지도 못한 방식으로 드러났다. 노턴 양은 대부분의 사교 모임에 자유롭게 참석할 수 있었고, 그녀가 아니었다면 조는 그런 모임에 가 볼 기회도 없었을 것이다. 이 고독한 여인은 야심만만한 아가씨에게 흥미를 느꼈고, 조와 교수 모두에게 이런 종류의 호의를 수없이 베풀었다. 어느 날 밤, 유명인을 여러 명 초대해서 출입 조건이 까다로운 토론회에 노턴 양이 두 사람을 데리고 갔다.

조는 멀리서 젊은이다운 열정으로 숭배해 왔던 유력한 사람들에게 고개 숙여 인사하고, 그들을 흠모할 만반의 준비를 갖추고 갔다. 그러나 그날 밤 천재에 대한 조의 존경심은 크게 흔들렸고, 조는 위대한 인물들도 결국 그저 평범한 남자와 여자에 불과하다는 깨달음에서 회복할 때까지 시간이 조금 걸렸다. 시만 읽었을 때에는 〈영혼과 불, 이슬〉[51]만 먹는 천상의 존재일 것 같던 시인을 감탄의 눈길로 소심하게 훔쳐봤는데, 그는 지적인 표정이 모조리 지워질 정도로 저녁 식사를 게걸스럽게 먹어 치우고 있었다. 조가 얼마나 당황했을지 상상해 보자. 조는 타락한 우상에게서 등을 돌린 후 낭만적인 환상을 급속히 깨뜨리는 여러 가지 사실을 발견했다. 위대한 소설가는 술병 두 개 사이를 시계추처럼 규칙적으로 오갔다. 유명한 신학자는 이 시대의 마담 드 스탈[52] 중 한 명과 공개적으로 시시덕거렸는데, 그녀는 또 다른 코린을 노려보고 있었고, 코린은 심오한 철학자의 관심을 빼앗는 데 성공한 다음 생글거리며 마담 드 스탈을 비꼬고 있었다. 철학자는 새뮤얼 존슨처럼 차를 잔뜩 마시고 꾸벅꾸벅 조는 것 같았다. 코린이 너무 수다스러워서 그가 말할 틈이 없었던 것이다. 과학계의 명사들은 연체동물과 빙하기는 잊고 예술에 대해 잡담을 나누면서 특유의 에너지로 굴과 얼음을 열심히 먹었다. 제2의 오르페우스처럼 도시를 매료시킨 젊은 음악가는 경마에 대해서 이야기하고 있었고, 그 자리에 있던 영국 귀족들이 그나마 가장 평범했다.

저녁 모임이 반쯤 지나기도 전에 조는 완전히 〈데질뤼시오네〉[53]한 기분으로 구석 자리에 앉아 자신을 추스르고 있었다.

51 로버트 브라우닝의 시 「이블린 호프」에 나오는 구절.

52 Germaine de Staël(1766~1817). 프랑스 작가로, 그녀의 소설 『코린』의 주인공 코린은 독립성 강하고 천재적인 능력을 가진 여성이다.

53 désillusionnée. 〈환멸을 느낀〉이라는 뜻의 프랑스어.

바에르 씨가 겉도는 듯한 모습으로 그녀와 합류했고, 곧 철학자들이 각자 자신이 천착하는 화제를 가지고 느릿느릿 다가와 잠시 쉬면서 지식 대결을 펼쳤다. 조는 대화를 전혀 이해할 수 없었지만 즐거웠다. 칸트와 헤겔은 그녀가 알지 못하는 신들이었고, 주체와 객체라는 용어도 이해할 수 없었다. 〈그녀의 내적 의식에서 진화한 것〉은 대화가 다 끝나고 남은 극심한 두통밖에 없었다. 조는 세상이 샅샅이 비판을 받더니 이야기를 나누는 철학자들에 따르면 예전보다 무한히 더 나은 원칙에 따라 새롭게 맞춰지는 느낌이 들었다. 종교는 논리에 의해 무(無)로 돌아가는 중이고 지성만이 유일한 신이었다. 조는 철학이나 형이상학을 전혀 알지 못했지만, 휴일에 밖으로 나온 어린 풍선처럼 시간과 공간 속을 떠다니는 기분으로 귀를 기울이고 있으려니, 반쯤은 즐겁고 반쯤은 고통스러운 이상한 흥분이 엄습해 왔다.

조는 바에르 교수가 어떻게 하고 있는지 둘러보다가, 그가 더없이 엄격한 표정으로 자신을 쳐다보고 있음을 깨달았다. 바에르 교수가 고개를 저으며 조에게 그만 가자고 손짓했다. 그러나 사변 철학의 자유로움에 완전히 매료된 조는 자리를 지키고 앉아 현명한 신사들이 낡은 믿음을 전멸시킨 다음 무엇에 의존할 생각인지 알아내려고 했다.

바에르 씨는 원래 내성적이고 자기 의견을 잘 말하지 않았는데, 생각이 정돈되지 않아서가 아니라 너무나 진지하고 솔직한 생각이라서 가볍게 말할 수 없었기 때문이다. 그는 현란한 철학의 눈부신 빛에 매료된 조와 다른 젊은이들을 흘깃 보더니 눈살을 찌푸렸고, 말을 하고 싶어졌다. 불붙기 쉬운 젊은 영혼이 철학자들의 불화살 같은 언변에 홀려 길을 잃고 헤매다가 쇼가 끝나면 빈 막대나 불에 그을린 손밖에 남아 있지 않음을 깨달을까 봐 걱정되었다.

바에르 교수는 최대한 오래 참았지만 누가 그의 의견을 묻자 솔직한 분노를 불태우며 사실을 아주 유창하게 제시하여 종교를 옹호했다. 서툰 영어가 음악처럼 감미롭게 들리고 평범한 얼굴이 아름다워 보일 정도로 유창했다. 현명한 남자들도 반박을 잘했으므로 힘든 싸움이었지만, 바에르 교수는 패배를 몰랐고 남자답게 자기 입장을 고수했다. 그의 이야기를 듣다 보니 어느새 조의 세상이 정상으로 돌아왔다. 길게 지속되어 온 오랜 믿음이 새로운 믿음보다 더 나은 것 같았다. 신은 눈먼 힘이 아니고, 불멸은 아름다운 우화가 아니라 축복받은 사실이었다. 조는 발밑에서 단단한 땅이 다시 느껴지는 기분이었다. 바에르 씨가 말싸움에 밀리면서도 자기 생각을 전혀 바꾸지 않고 잠시 말을 멈추자, 조는 박수를 치면서 그에게 감사하고 싶었다.

조는 박수도 치지 않고 감사의 인사도 하지 않았지만 이 장면을 기억에 새겼고, 교수에게 진심 어린 존경을 보냈다. 바에르 씨가 침묵을 허락하지 않는 양심 때문에 그때 거기서 입을 열기까지 크나큰 노력이 필요했음을 잘 알고 있었던 것이다. 조는 인격이 돈이나 지위, 지성, 아름다움보다 나은 재산임을 깨닫기 시작했고, 어느 현명한 사람이 정의했듯이 위대함이 〈진실과 존경, 선의〉를 뜻한다면 그녀의 친구 프리드리히 바에르는 선할 뿐만 아니라 위대한 사람이라고 생각했다.

이러한 생각은 나날이 강해졌다. 조는 그에게 높이 평가받는 것을 소중히 생각했고, 그의 존경을 얻고 싶었으며, 그의 우정에 걸맞은 사람이 되고 싶었다. 이런 소망이 가장 진지해졌을 때 조는 모든 것을 잃을 뻔했다. 모든 일은 삼각모에서 시작되었다. 어느 날 저녁 바에르 교수가 조에게 독일어를 가르치려고 내려왔을 때 티나가 씌워 준 종이 군모를 깜빡 잊고 그대로 쓰고 있었다.

〈내려오기 전에 거울도 안 보나 봐.〉 조가 미소를 지으며 생각했고, 바에르 씨는 〈안녕하세요〉라고 말한 다음 차분하게 자리에 앉았다. 그는 조에게 실러의 「발렌슈타인의 죽음」을 읽어 줄 예정이었는데, 그 주제와 자기가 쓴 모자의 우스꽝스러운 대조는 꿈에도 모르는 것 같았다.

조는 처음에 아무 말도 하지 않았다. 우스운 일이 있을 때 그가 터뜨리는 진심 어린 너털웃음이 듣기 좋았기 때문에 조는 본인이 직접 발견할 때까지 내버려 둔 채 모자는 잠시 잊었다. 독일인이 낭독하는 실러를 들으면 몰입하지 않을 수 없었기 때문이다. 낭독이 끝난 후 시작된 수업은 무척 활기찼다. 그날 밤 조는 기분이 좋았고, 그녀의 눈은 삼각모 때문에 재미있어서 계속 춤을 추고 있었다. 바에르 교수는 조가 왜 그러는지 전혀 몰랐고, 결국 수업을 멈추고 약간 놀란 듯 물었다.

「마치 양, 왜 선생님의 얼굴을 보면서 웃는 겁니까? 이렇게 못되게 굴다니, 나를 존경하는 마음이 조금도 없습니까?」

「어떻게 존경할 수 있겠어요, 선생님. 모자 벗는 걸 깜빡하셨는데 말이에요.」 조가 말했다.

교수가 아무 생각 없이 손을 들어 머리를 만져 보고는 작은 삼각모를 찾아서 벗었다. 그런 다음 모자를 잠시 보더니, 고개를 젖히고 더블 베이스 같은 소리를 내며 즐겁게 웃었다.

「아, 이제야 봤군. 장난꾸러기 티나가 모자를 씌워서 나를 바보로 만들었군요. 뭐, 괜찮습니다. 하지만 수업이 제대로 진행되지 않으면 당신도 이걸 써야 할 겁니다.」

그러나 몇 분 동안 수업은 전혀 진행되지 않았다. 바에르 씨가 모자에 그려진 삽화를 보고 펼치더니 아주 혐오스럽다는 듯 이렇게 말했기 때문이다.

「이런 신문은 이 집에 들이지 않으면 좋겠어요. 아이들이 볼 만한 것도, 젊은이들이 읽을 만한 것도 아니에요. 좋지 않아요. 이런 해악을 만드는 사람들은 정말 참을 수가 없습니다.」

조가 신문지를 흘깃 보니 미치광이, 시체, 악당, 독사가 그려진 재미있는 그림이었다. 조는 그림이 마음에 들지 않았지만 불쾌함이 아니라 두려움 때문에 충동적으로 신문을 뒤집어 보았다. 문득 『위클리 볼케이노』일지도 모른다는 생각이 들었던 것이다. 그러나 『위클리 볼케이노』는 아니었다. 그리고 만약 『위클리 볼케이노』가 맞고 그녀의 소설이 실려 있다 해도 이름이 없을 것이라는 사실을 기억해 내자 공포도 가라앉았다. 하지만 조는 표정과 빨개진 얼굴로 정체를 드러내고 말았다. 바에르 교수는 정신이 없긴 해도 사람들이 생각하는 것보다 훨씬 많은 것을 보았다. 그는 조가 글 쓰는 것을 알았고, 신문사가 모여 있는 거리에서 두 번 이상 그녀와 마주친 적도 있었다. 그러나 조가 그런 이야기를 전혀 하지 않았기 때문에 그녀의 작품을 무척 보고 싶었지만 아무것도 묻지 않았다. 이제 바에르 교수는 조가 자기 작품이라고 인정하기 부끄러운 글을 쓰고 있는 게 아닐까 하는 생각이 들었고, 그래서 괴로웠다. 많은 사람들은 〈내가 상관할 일이 아니야. 나는 아무 말도 할 자격이 없어〉라고 생각하겠지만, 그는 그렇지 않았다. 바에르 교수는 조가 젊고 가난하며 어머니의 사랑과 아버지의 보살핌에서 멀리 떨어져 지내는 아가씨라는 사실만 기억했고, 그녀를 돕고 싶다는 충동을 느꼈다. 웅덩이로 떨어지는 아기를 구하려고 손을 내밀 때처럼 당연하고 재빠른 충동이었다. 이 모든 생각이 순식간에 그의 마음에 떠올랐지만 표정에는 전혀 드러나지 않았고, 조가 신문을 다시 뒤집고 바늘에 실을 꿰었을 때 바에르 교수는 무척 자연스럽게, 하지만 아주 진지하게 입을 열었다.

「그래요. 그렇게 멀리해야 합니다. 착한 아가씨가 그런 걸 보면 안 되죠. 그런 것을 즐기는 사람들도 있지만, 저는 조카들에게 이런 쓰레기를 주느니 차라리 화약을 갖고 놀게 할 겁니다.」

「전부 나쁜 건 아닐지도 몰라요. 그저 어리석은 거죠. 이런 이야기에 대한 수요가 있다면 그걸 공급하는 게 왜 잘못인지 모르겠어요. 선정 소설이라는 것을 써서 정직하게 생계를 꾸리는 존경할 만한 사람도 많아요.」 조가 이렇게 말하면서 주름을 어찌나 열심히 잡았는지, 바늘이 지나간 자국을 따라 작은 구멍이 숭숭 뚫렸다.

「위스키에 대한 수요도 있지만 당신도 나도 그걸 팔 생각은 없잖아요. 그 존경할 만한 사람들이 자기가 무슨 해악을 끼치는지 알면 자신의 생계 수단이 정직하다고 생각하지 않을 겁니다. 그 사람들은 사탕에 독을 넣어서 어린아이에게 먹일 권리가 없어요. 아뇨, 그 사람들도 생각을 좀 하고, 이런 일을 하느니 거리의 흙이나 쓸어야 해요.」

바에르 씨가 따뜻한 목소리로 이렇게 말한 다음, 손에 든 신문을 구기며 난롯가로 걸어갔다. 조는 가만히 앉아 있었지만 곧 불길이 그녀를 덮치러 온다는 듯한 표정이었다. 조의 뺨은 삼각모가 연기로 변해 아무런 해도 없이 굴뚝을 빠져나간 뒤에도 한참 동안 불타올랐다.

「나머지도 전부 불태우고 싶군요.」 바에르 교수가 후련한 듯 자리로 돌아오며 중얼거렸다.

조는 위층에 쌓여 있는 자기 원고를 다 태우면 불길이 얼마나 커질까 하고 생각했다. 그러자 힘들게 번 돈이 양심을 무겁게 짓눌렀다. 그런 다음 자신을 위로하며 속으로 생각했다. 〈내 소설은 저렇지 않아, 그냥 바보 같은 거지 나쁘진 않아. 그러니까 걱정할 필요 없어.〉 그러고 나서 책을 집어 들고 학구적인 표정으로 말했다.

「그럼 계속할까요, 선생님? 이제 아주 착하고 예의 바른 학생이 될게요.」

「그러면 좋겠군요.」 바에르 교수는 이렇게 말했을 뿐이지만, 사실 조의 생각보다 훨씬 더 많은 뜻이 담긴 말이었다. 그의 심각하고 다정한 표정을 보자 조는 자기 이마에 큰 글씨로 『위클리 볼케이노』라고 찍혀 있는 듯한 기분이었다.

조는 방으로 올라가자마자 원고를 꺼내서 한 편, 한 편 주의 깊게 읽어 보았다. 바에르 씨는 약간 근시여서 가끔 안경을 썼는데, 조가 그의 안경을 써봤더니 책의 작은 글씨가 크게 확대되어 보여서 미소를 지은 적이 있었다. 지금은 조가 바에르 교수의 정신적, 도덕적 안경이라도 낀 것처럼 형편없는 이야기들의 단점이 그녀를 무시무시하게 노려보았고, 그래서 무척 당황스러웠다.

〈이것들은 쓰레기야, 계속 쓰면 더 끔찍한 쓰레기가 나올 거야. 모든 이야기가 바로 앞에 쓴 소설보다 선정적이니까 말이야. 난 이런 소설을 정신없이 쓰면서 돈 때문에 나 자신과 다른 사람들에게 상처를 줬어. 이제 알겠어, 정말 너무 부끄러워서 맨정신으로는 읽을 수가 없잖아. 가족들이 이걸 보거나 바에르 씨가 이걸 손에 넣으면 난 어떻게 하지?〉

생각만으로도 얼굴이 뜨거워진 조가 원고를 전부 난로에 쑤셔 넣자 굴뚝에 불이 붙을 기세로 타올랐다.

〈그래, 이렇게 쉽게 타오르는 허튼소리는 난로에 넣는 게 제격이야. 내가 만든 화약으로 사람들을 다치게 만드느니 집을 불태우는 게 나아.〉 조는 「쥐라 산맥의 악마」가 화르르 타올라 불꽃같은 눈을 번득이며 검은 재로 변하는 모습을 지켜보며 이렇게 생각했다.

그러나 지난 3개월 동안 했던 일이 한 무더기의 재와 무릎에 놓인 돈 말고는 아무것도 남지 않게 되자, 조는 차분한 표정으로 바닥에 앉아서 이 돈을 어떻게 해야 할지 생각하기 시작했다.

「아직 내가 큰 해악을 끼치지는 않은 것 같으니까, 이건 내 시간에 대한 보상으로 가져도 될 거야.」 조가 오랜 생각 끝에 이렇게 말한 다음 황급히 덧붙였다. 「양심이 없었으면 좋겠다 싶을 정도야, 너무 불편해. 옳은 일을 하는 것에 관심이 없고 잘못을 저질러도 마음이 불편하지 않으면 정말 잘살 수 있을 텐데. 가끔은 부모님이 그런 문제에 대해서 너무 까다롭지 않으면 좋겠다는 생각을 하지 않을 수가 없다니까.」

아아 조, 그런 걸 바랄 게 아니라 〈부모님이 까다로우신 것〉을 신께 감사드리고 원칙을 따르며 울타리가 되어 주는 보호자가 없는 사람들을 진심으로 가엾게 여기렴. 성급한 청년에게는 그런 울타리가 감옥처럼 느껴질지도 모르지만, 성숙한 여자로서 인격을 쌓을 확실한 기반이 되어 줄 테니 말이야.

조는 돈이 이런 기분의 대가가 될 수 없다고 결론 내리고 더 이상 선정 소설을 쓰지 않았다. 대신 조와 같은 성격을 가진 사람들이 그렇듯 정반대의 극단으로 치달았다. 셔우드 부인,[54] 에지워스 양,[55] 해나 모어[56]를 본받아 에세이나 설교라

54 Mary Sherwood(1775~1851). 영국 작가. 19세기의 대표적 아동 문학가이다.

55 Maria Edgeworth(1768~1849). 아일랜드 작가. 주로 도덕적인 작품을 썼다.

고 부르는 것이 더 적당할 만큼 도덕적인 이야기를 쓴 것이다. 그러나 처음부터 의구심이 들긴 했다. 조의 생생한 상상력과 소녀다운 로맨스가 새로운 양식과 맞지 않는 것 같았기 때문이다. 꼭 지난 세기의 뻣뻣하고 거추장스러운 옷을 입고 가장무도회에 나간 것 같았다. 조는 교훈적인 작품을 여러 시장에 내보냈지만 사겠다는 사람을 찾을 수 없었다. 그래서 교훈은 팔리지 않는다는 대시우드 씨의 말에 동의하게 되었다.

그다음으로는 아이들을 위한 동화를 써보았는데, 조가 돈 욕심을 내서 톡톡한 대가를 바라지만 않았다면 쉽게 팔 수 있었을 것이다. 청소년 문학을 쓰는 것도 괜찮겠다 싶은 정도의 액수를 제시한 사람은 어느 고귀한 신사밖에 없었다. 그는 온 세상이 본인의 신념을 믿도록 바꾸어야 한다는 사명감을 가지고 있었다. 그러나 조는 아이들을 위한 책을 쓰는 것은 좋았지만, 장난꾸러기 남자애들이 특정한 주일 학교에 가지 않았다는 이유만으로 곰에게 잡아먹히거나 미친 소의 뿔에 받히게 만들기는 싫었다. 또 주일 학교에 간 착한 아이들은 금테를 두른 진저브레드부터 이 세상을 떠날 때 호위해 주는 천사에 이르기까지 온갖 행복으로 보상을 받고, 혀짤배기소리로 찬송가를 부르고 설교를 하면서 천국으로 간다는 것도 찬성할 수 없었다. 그래서 동화 쪽으로는 아무 성과도 없었다. 조는 크나큰 굴욕감을 느끼며 잉크병을 닫고 말했다.

「아무것도 모르겠어. 뭔가 알겠다 싶으면 그때 다시 시도

56 Hannah More(1745~1833). 영국 작가. 종교적이고 교훈적인 내용의 동화책을 썼다.

할래. 더 잘할 때까지는 〈거리의 흙이나 쓸면서〉 지내자. 적어도 그건 정직하니까.」 이 결정은 콩나무에서 두 번째로 굴러떨어진 것이 조에게는 좋은 경험이었음을 보여 주었다.

조의 마음이 이렇게 급격히 변하는 동안, 겉으로 보기에는 평소와 다름없이 바쁘고 별다른 사건도 없었다. 조가 가끔 심각하거나 약간 슬퍼 보였다고 해도 바에르 교수 외에는 그 사실을 알아차리지 못했다. 바에르 교수는 조가 그의 비난을 받아들이고 도움이 되었는지 궁금해서 그녀를 지켜보았지만, 무척 조용히 관찰했기 때문에 조 본인도 그 사실을 전혀 몰랐다. 그러나 조는 시험을 통과했고, 바에르 교수는 만족했다. 두 사람 사이에 아무 말도 오가지 않았지만, 그는 조가 글쓰기를 포기했음을 알아차렸다. 조의 오른쪽 검지에 더 이상 잉크가 묻어 있지 않았고, 요즘 조는 아래층에서 저녁 시간을 보냈으며, 그녀를 신문사가 있는 거리에서 마주친 적도 없었다. 그리고 조가 공부를 아주 열심히 했기 때문에, 바에르 교수는 그녀가 재미는 없어도 유용한 일에 전념하려고 애쓰고 있음을 깨달았다.

바에르 씨는 조를 여러 가지 방법으로 도우면서 진정한 친구임을 입증했고, 조는 무척 행복했다. 그녀는 펜을 내려놓은 동안 독일어 외에 다른 것들도 배우면서 자신의 삶이라는 소설의 기반을 쌓아 가고 있었다.

그해 겨울은 즐겁고 아주 길었다. 조는 6월이 되어서야 커크 부인의 집을 떠나기로 했다. 떠날 때가 되자 다들 아쉬워했다. 아이들은 달랠 수 없을 정도로 실망했고, 바에르 씨는 마음이 괴로울 때면 항상 머리를 마구잡이로 헝클었기 때문에 머리카락이 언제나 위로 솟구쳐 있었다.

「집으로 간다고요? 아, 돌아갈 집이 있어서 행복하겠군요.」 조가 집으로 돌아간다고 하자 그는 이렇게 말했다. 조는 마지막 날 저녁에 환송회를 열었고, 바에르 교수는 구석에 말없이 앉아서 수염을 잡아당겼다.

조는 아침 일찍 떠나야 했으므로 전날 밤에 모두와 작별 인사를 나누었다. 바에르 씨의 차례가 되자 조가 따뜻하게 말했다.

「선생님, 우리 동네 쪽으로 오실 일이 있으면 잊지 말고 꼭 들러 주세요, 아시겠죠? 안 오시면 절대 용서하지 않을 거예요. 가족 모두에게 내 친구를 소개하고 싶거든요.」

「그래요? 갈까요?」 그가 열렬한 표정으로 내려다보며 물었지만 조는 그 표정을 보지 못했다.

「네. 다음 달에 오세요. 그때 로리가 졸업하는데, 졸업식을 보시면 새롭고 좋을 거예요.」

「전에 얘기했던 제일 친한 친구 말이군요?」 바에르가 달라진 말투로 물었다.

「네, 제 친구 테디 말이에요. 저는 테디가 정말 자랑스러워요. 당신을 소개해 주고 싶어요.」

조는 두 사람을 서로에게 소개할 생각에 마냥 기뻐하면서 아무 생각 없이 고개를 들었다. 그러나 바에르 씨의 표정을 보니, 자신이 로리를 〈제일 친한 친구〉 이상으로 생각한다고 볼지도 모른다는 사실이 갑자기 떠올랐다. 절대 무슨 일이 있는 것처럼 보이고 싶지 않다고 생각하자, 자기도 모르게 얼굴이 빨개졌다. 그러지 않으려고 할수록 얼굴은 더욱 빨개졌다. 조의 무릎에 티나가 없었다면 어떻게 되었을지 몰랐다. 다행히 아이가 몸을 움직여서 그녀를 끌어안았기 때문에 조는 얼굴을 숨길 수 있었고, 바에르 교수가 보지 못했기만을 바랐다. 하지만 그는 보았다. 잠깐 괴로운 표정을 지었던 그 역시 평소와 같은 표정으로 돌아가서 진심으로 말했다.

「그때는 못 갈 것 같지만 그 친구가 꼭 성공하기를, 그리고 당신이 정말 행복하기를 바라겠습니다. 신의 축복이 함께하기를 빕니다!」 바에르 교수는 이렇게 말하고 따뜻한 악수를 나눈 다음 어깨에 티나를 얹고 가버렸다.

그러나 조카들이 잠자리에 든 후 그는 지친 표정으로 난롯가에 오래도록 앉아 있었다. 〈하임베〉, 즉 향수병이 마음을 묵직하게 짓눌렀다. 아이를 무릎에 앉히고 새삼 온화한 표정을 짓던 조가 떠오르자 그는 양손에 머리를 파묻었고, 그런 다음 찾을 수 없는 무언가를 찾는 사람처럼 방을 서성거렸다.

「나는 자격이 없어. 지금 내가 그런 걸 바랄 수는 없어.」 바에르 교수가 신음에 가까운 한숨을 쉬며 혼자 중얼거렸다. 그런 다음 억누를 수 없는 갈망을 느끼는 자신을 질책하듯이 침대로 가서 두 아이의 헝클어진 머리에 입맞춤을 한 후, 잘 쓰지 않는 해포석 파이프를 꺼낸 다음 플라톤의 책을 펼쳤다.

그는 남자답게 최선을 다했지만 자유분방한 조카 둘과 담뱃대, 심지어 신성한 플라톤조차도 아내와 아이와 가정을 만족스럽게 대체하지는 못했다.

다음 날 아침, 이른 시간이었지만 그는 조를 역까지 배웅했다. 덕분에 조는 작별의 미소를 짓는 익숙한 얼굴을 즐겁게 떠올리면서, 길동무가 되어 줄 제비꽃 한 다발을 안고 혼자만의 여행을 시작할 수 있었다. 무엇보다도 행복한 것은 이런 생각이었다.

〈음, 겨울은 끝났고 나는 책을 쓰지도, 큰돈을 벌지도 못했어. 하지만 정말 좋은 친구를 얻었으니까 평생 잃지 않도록 노력해야겠다.〉

# 35장
# 상심

동기야 무엇이었든 로리는 그해에 공부를 무척 열심히 했다. 우등 졸업생이 되어 필립스[57]처럼 우아하고 데모스테네[58]스처럼 유창하게 라틴어 연설을 했으니 말이다. 친구들의 말에 따르면 그랬다. 다들 졸업식에 참석했다. 너무나도 자랑스러워하던 할아버지, 마치 부부, 존과 메그, 조와 베스 모두 로리를 위해 뛸 듯이 기뻐하고 진심으로 감탄했다. 그 나이대의 청년들은 그런 감탄을 가벼이 여기지만, 나중에 어떤 성공을 거두어도 세간으로부터 그 정도의 감탄을 받지 못하는 법이다.

「오늘은 재미도 없는 만찬 때문에 남아야 되지만, 내일 일찍 들어갈 거야. 평소처럼 나 만나러 올 거지, 둘 다?」 그날의 기쁨이 끝나고 로리가 두 자매를 마차에 태우며 말했다. 〈둘 다〉라고 했지만, 오랜 관습을 지키는 사람은 조밖에 없었으

57 Wendell Pillips(1811~1884). 미국의 사회 개혁가. 멋진 연설로 유명하며 노예 제도 폐지론을 주장했다.

58 Demosthenes(?~B.C.322). 고대 그리스의 정치가. 연설가로 유명하다.

므로 사실은 조라는 뜻이었다. 조는 성공을 거둔 멋진 친구의 말이라면 아무것도 거절할 수 없었기 때문에 따스하게 대답했다.

「비가 오든 해가 뜨든 꼭 갈게, 테디. 구금(口琴)으로 〈만세, 승전 용사가 돌아왔네〉를 연주하면서 네 앞에서 행진을 할 거야.」

로리가 고맙다고 인사했다. 그 표정을 보고 조가 덜컥 겁에 질려 생각했다. 〈아, 이런! 무슨 말을 하려는 게 분명해. 그럼 난 어떻게 하지?〉

저녁 명상과 아침 작업이 조의 두려움을 가라앉혀 주었다. 조는 자기가 뭐라고 대답할지 뻔하게 티를 내놓고서 청혼할 거라고 생각하다니, 허영심을 갖지 말자고 결심하고 자신이 테디의 가여운 감정에 상처를 주는 상황이 생기지 않기만을 바라며 약속 시간에 맞춰 출발했다. 조는 메그의 집에 잠시 들러서 데이지와 데미존의 아기 냄새를 실컷 맡으며 더욱 단단히 대결을 준비했지만, 저 멀리 건장한 형체가 보이자 돌아서서 도망치고만 싶었다.

「구금은 어디 있어, 조?」 말소리가 들릴 정도로 가까워지자 로리가 외쳤다.

「잊어버렸어.」 별로 연인 같지 않은 인사였기 때문에 조는 다시 힘을 얻었다.

이럴 때면 조가 항상 로리의 팔짱을 꼈지만 지금은 끼지 않았는데, 로리는 불평하지 않았다. 나쁜 신호였다. 로리는 온갖 아득한 주제에 대해서 빠르게 지껄였고, 두 사람은 큰 길에서 집으로 이어지는 덤불 사이 오솔길로 접어들었다. 점점 로리가 걸음을 늦추었고, 유창하게 흘러나오던 말이 갑자기 흐름을 잃었으며, 가끔 끔찍한 침묵이 흘렀다. 조가 자꾸 침묵의 우물로 빠지는 대화를 구하려고 얼른 말했다.

「이제 길고 멋진 휴가를 보내겠네!」

「그럴 생각이야.」

로리의 단호한 말투 때문에 조가 얼른 고개를 들었다. 그녀를 내려다보는 로리의 표정을 보니 두려워하던 순간이 왔음이 분명했다. 조가 손을 뻗으며 애원했다.

「안 돼, 테디…… 제발 하지 마!」

「할 거야, 그리고 넌 내 말을 들어야 해. 소용없어, 조. 우린 결판을 지어야 돼. 빠를수록 두 사람에게 더 좋아.」 그가 갑자기 얼굴을 붉히고 흥분하며 대답했다.

「그럼 하고 싶은 말을 해. 들을게.」 조가 인내심을 발휘하며 절망적으로 말했다.

로리는 사랑에 빠진 남자였지만 진지했고, 죽는 한이 있어도 〈결판을 지을〉 생각이었다. 그래서 급한 성격답게 바로 본론으로 들어갔다. 로리는 남자답게 목소리를 떨지 않으려고 노력했지만 가끔 목이 메었다.

「너를 처음 알게 된 순간부터 줄곧 사랑했어, 조. 어쩔 수 없었어, 나한테 너무 잘해 줬잖아. 내 마음을 보여 주고 싶었지만 넌 기회를 주지 않았어. 이제 내 말을 듣고 대답하게 만들 거야. 더 이상은 이렇게 살 수 없어.」

「네가 이러지 않기를 바랐는데. 너도 안다고 생각했어…….」

조가 말했다. 생각보다 훨씬 더 힘들었다.

「네가 그랬다는 거 알아. 하지만 여자들은 너무 이상해서 진심이 뭔지 알 수가 없잖아. 〈아니〉라고 말하지만 사실은 〈네〉라는 뜻이고, 순전히 재미로 남자를 미치게 만들지.」 로리가 부인할 수 없는 사실 뒤에 참호를 파고 앉아서 대답했다.

「난 안 그래. 네가 날 사랑하게 만들 생각은 없었어. 할 수만 있으면 막으려고 멀리 떠났던 거야.」

「그럴 줄 알았어. 너다운 행동이지만 소용없었어. 난 오히려 널 더욱 사랑하게 됐고, 널 기쁘게 하려고 열심히 노력했어. 당구랑 네가 싫어하는 건 전부 포기했고, 불평도 하지 않고 기다렸어. 네가 날 사랑하기를 바랐기 때문이야. 난 그런 사랑을 받을 가치가 없지만……」 바로 이때 목이 메어 와서 어떻게 할 수 없었기 때문에 로리는 〈빌어먹을 목〉을 가다듬으며 미나리아재비를 똑똑 꺾었다.

「넌 충분해. 아니, 나한테 너무 과분해. 너한테 정말 고맙고, 네가 정말 자랑스럽고 널 정말 좋아해. 하지만 왜 네가 바라는 것처럼 사랑할 수 없는지 나도 모르겠어. 노력해 봤지만 감정을 바꿀 수는 없어. 사랑하지 않으면서 사랑한다고 말하는 건 거짓말이잖아.」

「정말로 진심이야, 조?」

로리가 말을 멈추더니 조의 양손을 잡고 그녀가 쉽게 잊지 못할 표정으로 물었다.

「정말로 진심이야, 테디.」

두 사람은 목책 계단 근처 덤불에 도착했다. 조의 입에서 마지못해 마지막 말이 떨어지자, 로리는 그녀의 손을 놓고 그냥 가려는 것처럼 돌아섰다. 그러나 평생 처음으로 목책이 너무 높았다. 로리가 이끼 낀 기둥에 머리를 기대고 서서 꼼짝도 하지 않았기 때문에 조는 겁에 질렸다.

「오, 테디. 미안해, 정말로 미안해. 도움이 된다면 내 목숨이라도 끊을 수 있어! 너무 힘들게 받아들이지 않았으면 좋겠어. 나도 어쩔 수가 없어. 사랑하지 않으면서 억지로 사랑할 수는 없잖아.」 조는 우아하지 않지만 가슴 아프게 외쳤다. 그러면서 아주 오래전 로리가 그녀를 위로해 주었을 때를 떠올리고 로리의 어깨를 토닥였다.

「가끔은 그럴 수도 있어.」 기둥 쪽에서 숨죽인 목소리가 흘러나왔다.

「그건 올바른 사랑이 아니야, 난 그러지 않을 거야.」 단호한 대답이 돌아왔다.

긴 침묵이 흘렀다. 강가의 버드나무에서 지빠귀가 행복하게 노래하고 키 큰 풀들이 바람에 바스락거렸다. 곧 조가 목책 계단에 앉아서 아주 침착하게 말했다.

「로리, 할 말이 있어.」

로리가 총에 맞은 것처럼 깜짝 놀라 고개를 들고 열렬한 말투로 외쳤다.

「말하지 마, 조. 지금은 견딜 수가 없어!」

「무슨 말?」 조가 격렬한 반응에 놀라서 물었다.

「그 늙은이를 사랑한다고 말이야.」

「무슨 늙은이?」 조는 로리가 자기 할아버지를 말한다고 생각하며 물었다.

「네가 편지에서 항상 얘기하던 그 악마 같은 교수 말이야. 그 사람을 사랑한다고 말하면 난 정말 끔찍한 짓을 저지를지도 몰라.」 로리는 정말 자신의 말을 지킬 듯한 표정이었고, 분노로 눈을 반짝이며 양손을 꽉 쥐었다.

조는 웃음이 날 것 같았지만 그녀 역시 이 모든 일에 동요했기 때문에 꾹 참고 따스하게 말했다.

「욕하지 마, 테디! 그 사람은 늙은이도 아니고 나쁜 사람도 아니야. 착하고 친절하고, 내가 지금까지 사귄 사람들 중에서 최고의 친구야. 너 다음으로 말이야. 제발 격정에 휩쓸리지 마. 난 너를 다정하게 대하고 싶지만, 네가 교수님을 욕하면 화날 것 같아. 난 그 사람이든 누구든 절대 사랑할 생각 없어.」

「하지만 조금 있으면 그렇게 될 거야. 그럼 난 어떻게 되는 거지?」

「너도 분별 있는 남자답게 다른 여자를 사랑할 거고, 이런 일은 전부 다 잊을 거야.」

「난 다른 여자를 사랑할 수 없어. 널 잊지 않을 거야, 조. 절대로! 절대로!」 로리가 발을 구르며 열정적인 말을 강조했다.

〈얘를 어쩌면 좋지?〉 로리의 감정이 생각했던 것보다 더 통제하기 어렵다는 것을 깨닫고 조가 한숨을 쉬었다. 「내가 하고 싶은 말 아직 못 들었잖아. 앉아서 들어 봐. 난 정말 옳은 일을 하고 싶고, 널 행복하게 만들어 주고 싶단 말이야.」

조가 약간의 논리로 로리를 진정시킬 수 있기를 바라며 말했다. 이것만 봐도 조가 사랑에 대해 아무것도 모른다는 사실을 알 수 있었다.

로리는 마지막 말에서 한 줄기 희망의 빛을 보고 조의 발치에 털썩 주저앉은 다음, 낮은 목책 계단에 팔을 걸치고 기대에 찬 표정으로 그녀를 올려다보았다. 이 자세는 조가 침착하게 말하는 데에도, 또렷하게 생각하는 데에도 도움이 되지 않았다. 친구가 사랑과 갈망이 가득한 눈으로 바라보고 있고, 그녀의 무정한 마음 때문에 흘린 쓰디쓴 눈물 몇 방울이 아직도 속눈썹에 맺혀 있는데 어떻게 가혹한 말을 할 수 있을까? 조는 로리가 자신을 위해서 기른 — 정말 얼마나 감동적인지! — 곱슬머리를 쓰다듬으면서 그의 머리를 반대편으로 부드럽게 돌리며 말했다.

「엄마는 너랑 내가 안 맞는다고 생각하시는데, 내 생각도 같아. 둘 다 성질도 급하고 고집도 세서 아주 불행해질 거야. 만약 우리가 정말 바보같이…….」 조가 마지막 말을 하려다 망설였지만 로리가 미칠 듯이 기뻐하는 목소리로 대신 그 말을 했다.

「결혼한다면 말이지. 아니, 안 그럴 거야! 조, 네가 날 사랑하면 난 완벽한 성자가 될 거야. 넌 날 원하는 대로 만들 수 있어.」

「아니, 난 못 해. 노력해 봤지만 실패했어. 난 그런 위험한 실험으로 우리의 행복을 위험에 빠뜨리지 않을 거야. 우린 생각이 다르고, 앞으로도 그럴 거야. 그러니까 평생 좋은 친구로 지내자. 경솔하게 굴지 말고.」

「아니, 기회만 있으면 생각이 같아질 거야.」 로리가 반항적으로 말했다.

「제발 이성적으로 굴어. 분별 있게 생각해 봐.」 조가 어쩔 줄 몰라 하며 애원했다.

「이성적으로 굴지 않을 거야. 난 네 말처럼 〈분별 있게 생각〉하고 싶지 않아. 그래 봤자 나한테 도움이 안 돼, 더 힘들어지기만 할 거야. 넌 정말 심장이 없는 것 같아.」

「없었으면 좋겠어.」

조의 목소리가 약간 떨리자 로리는 이것을 좋은 징조로 받아들였다. 그가 고개를 돌리고 모든 설득력을 그러모으더니 전에 없이 위험할 정도로 구슬리며 말했다.

「우리를 실망시키지 마, 조! 다들 이걸 기대하고 있어. 할아버지는 마음을 정하셨고 너희 가족들도 좋아해. 난 너 없이는 안 돼. 그러겠다고 말해, 그리고 행복해지자. 제발 그렇게 해줘!」

조는 친구를 사랑하지 않는다고, 절대 사랑할 수 없다고 정했을 때의 그 결심을 지킬 마음의 힘을 어떻게 그러모을 수 있었는지 몇 달이 지나도록 알 수 없었다. 정말 힘든 일이었지만 미루어 봐야 소용없고 잔인하기만 하다는 것을 알기 때문에 해냈다.

「난 진심으로 〈좋아〉라고 말할 수 없어. 그러니까 하지 않을 거야. 너도 곧 내 말이 옳다는 걸 깨닫고 고마워하게 될 거야…….」 조가 진지하게 말을 시작했다.

「내가 정말 그러면 목을 매겠어!」 로리는 그 생각만 해도 분노가 타올라 풀밭에서 벌떡 일어났다.

「아니야, 고마워할 거야!」 조가 우겼다. 「넌 조금만 지나면 오늘 일을 다 잊고서 사랑스럽고 성숙한 여자를 찾을 거고, 그 여자는 널 깊이 사랑하고 멋진 집의 세련된 여주인이 될 거야. 난 안 돼. 난 못생기고 서툴고 기괴하고 나이도 많아. 넌 날 부끄럽게 생각할 거고, 우리는 싸울 거야. 보다시피 지금도 싸우고 있잖아. 나는 네가 좋아하는 우아한 사교계를 좋아하지 않을 거고, 넌 내가 글 쓰는 걸 싫어할 텐데 난 글을 쓰지 않고는 살 수 없어. 우린 불행해질 거고, 결혼하지 말걸 그랬다고 생각하게 될 거야. 모든 게 정말 끔찍해질 거야!」

「더 없어?」 터져 나오는 예언을 더 이상 참고 들을 수 없었던 로리가 물었다.

「더 없어. 다만, 나는 앞으로도 결혼할 것 같지 않아. 난 지금 이대로 행복하고 자유를 너무 사랑하기 때문에 어떤 남자를 위해서든 그걸 서둘러 포기할 생각은 없어.」

「난 그렇게 멍청하지 않아!」 로리가 끼어들었다. 「지금은 그렇게 생각하겠지만 누군가를 사랑할 때가 올 거고, 넌 그 남자를 엄청나게 사랑해서 그 사람을 위해 살고 그 남자를 위해 죽겠지. 난 알아, 넌 그럴 거야. 그게 네 방식이야. 난 곁에서 그 모습을 보고 있겠지.」 그런 다음 절망에 빠진 로리는 모자를 땅바닥에 내려놓았다. 로리의 표정이 그렇게 슬프지 않았다면 너무나 우스웠을 몸짓이었다.

「그래, 그 사람이 와서 내 의지와 다르게 그를 사랑하게 만든다면 난 그 사람을 위해서 살고 죽을 거야. 너도 최선을 다해야 할걸!」 조가 불쌍한 테디에 대한 인내심을 잃고 외쳤다.
「난 최선을 다했지만 넌 이성적으로 생각하려고 하질 않잖아. 내가 줄 수 없는 걸 계속 조르다니, 넌 너무 이기적이야. 난 항상 널 좋아할 거야, 친구로서 정말 좋아할 거야. 하지만 절대 결혼은 하지 않을 거야. 네가 그 사실을 빨리 받아들일수록 우리 두 사람에게 좋아…… 그러니까 지금 받아들여!」

이 말은 화약과도 같았다. 로리는 어쩔 줄 모르겠다는 듯이 조를 잠시 쳐다보더니, 휙 돌아서며 아주 절박한 투로 말했다.

「언젠가 후회할 거야, 조.」

「아, 어디 가려고?」 조가 외쳤다. 로리의 표정이 너무 무서웠다.

「악마한테!」 마음이 놓이는 대답이었다.

로리가 강둑에서 강을 향해 뛰어내리자 조는 순간 가슴이 철렁했다. 그러나 청년이 난폭한 죽음을 맞이하는 것은 어리석거나 죄를 지었거나 비참할 때밖에 없다. 로리는 한 번의 실패에 절망하는 나약한 청년이 아니었다. 그는 멜로드라마처럼 물에 뛰어들 생각은 없었지만, 맹목적인 본능 때문에 배에 모자와 외투를 던져 넣고 온 힘을 다해 노를 저었다. 그 어떤 경주에서보다 빠른 속도였다. 조는 숨을 깊이 들이마시고 꽉 맞잡았던 손을 푼 다음, 불쌍한 로리가 마음속에 품고 다니던 고뇌를 극복하려 애쓰는 모습을 지켜보았다.

「저러고 나면 괜찮아질 거야. 후회하면서 다정한 모습으로 돌아올 거야. 하지만 난 테디를 보지 못하겠지.」 조는 천천히 집으로 가면서 이렇게 말했다. 순수한 존재를 죽여서 나뭇잎 아래 묻은 기분이었다.

「로런스 할아버지에게 가서 내 불쌍한 친구한테 다정하게 대해 달라고 말씀드려야겠어. 로리가 베스를 사랑하면 얼마나 좋을까. 언젠가는 그럴지도 몰라. 하지만 내가 베스를 오해한 것 같다는 생각이 들긴 해. 세상에! 다른 여자들은 어떻게 연인을 사귀거나 거절할 수 있지? 정말 끔찍해.」

조는 자기보다 더 잘할 사람은 없다고 확신하며 곧장 로런스 씨를 찾아가서 힘든 이야기를 용감하게 끝까지 다 했다. 그런 다음 무너져 내려서 자기가 너무 무정했다며 너무나 괴롭게 울었기 때문에, 다정한 노신사는 크게 실망했지만 한마디의 비난도 하지 않았다. 그는 로리를 사랑하지 않는 아가씨가 있다니 이해하기 힘들었고, 조가 마음을 바꾸기를 바랐지만 사랑은 강요할 수 없다는 사실을 그녀보다 더 잘 알았다. 그래서 그는 슬픈 듯 고개를 저으며 손자를 지키겠다고 결심했다. 성급한 로리가 조에게 마지막으로 한 말이 말할 수 없을 만큼 걱정스러웠기 때문이다.

집으로 돌아온 로리는 죽을 만큼 피곤했지만 차분했고, 할아버지는 아무것도 모르는 척 손자를 맞이하더니 한두 시간 정도 그 상태를 아주 성공적으로 유지했다. 그러나 두 사람이 정말 좋아하는 황혼 속에서 같이 앉아 있으니 노신사는 평소처럼 아무 이야기나 주워섬기기가 힘들었고, 청년은 이제 사랑의 헛수고처럼 느껴지는 작년의 성취에 대한 칭찬을 듣기가 더욱 쉽지 않았다. 로리는 최대한 참다가 피아노 앞으로 가서 연주를 시작했다. 창문이 열려 있었다. 베스와 정원을 산책하던 조는 이번만큼은 음악을 동생보다 더 잘 이해할 수 있었다. 로리는 「비창 소나타」를 연주하고 있었는데, 한 번도 들어 본 적 없는 느낌이었다.

「정말 좋은 연주구나. 하지만 너무 슬퍼서 눈물이 날 것 같네. 더 즐거운 걸 쳐보렴.」 로런스 씨가 말했다. 그의 마음은 연민으로 가득했고, 그것을 보여 주고 싶었지만 방법을 알 수 없었다.

로리는 얼른 활기찬 곡을 연주했고, 폭풍처럼 험악하게 몇 번 치면서 용감하게 극복할 것만 같았다. 하지만 잠시 연주를 멈추었을 때 마치 부인의 목소리가 들렸다.

「조, 이리 오렴. 네가 필요해.」

의미는 다르지만 로리가 정말 하고 싶은 말이었다! 이 말을 듣는 순간 로리는 무너졌고, 화음이 엉망인 채 연주가 끝났다. 연주자는 어둠 속에 말없이 앉아 있었다.

「못 견디겠구나.」 노신사가 중얼거렸다. 그가 자리에서 일어나 피아노 앞으로 가더니 청년의 넓은 어깨에 손을 얹고 다정하게 말했다.

「나도 다 안다, 로리. 알아.」

잠시 아무 대답도 없었지만 곧 로리가 날카롭게 물었다.

「누가 말했어요?」

「조가 직접 했다.」

「그럼 됐네요!」 로리는 참을 수 없다는 듯이 할아버지의 손을 떨쳐 냈다. 연민은 고마웠지만 남자의 자존심 때문에 동정은 견딜 수 없었다.

「아니다. 한 가지 말할 게 있으니 그것만 하고 끝내자.」 로런스 씨가 평소와 달리 온화하게 대답했다. 「집에 있고 싶지 않지?」

「여자 때문에 도망갈 생각은 없어요. 조는 내가 자기를 보는 걸 막을 수 없고, 난 원하는 만큼 오래 여기 남을 거예요.」 로리가 반항적인 말투로 끼어들었다.

「네가 내 생각처럼 신사라면 그러지 않을 거다. 나도 실망했지만 그 애도 어쩔 수가 없어. 이제 네가 할 일은 잠시 집을 떠나서 지내는 것뿐이야. 어디로 갈 테냐?」

「어디든지요. 전 어떻게 되든 상관없어요.」 로리가 무모하게 웃으며 일어섰고, 그 소리가 로런스 씨의 귀에 무척 거슬렸다.

「남자답게 받아들여라. 그리고 무슨 일이든 제발 서두르지 말고. 계획했던 대로 외국으로 가서 다 잊는 게 어떠냐?」

「그럴 수는 없어요.」

「하지만 가고 싶어 했지 않느냐. 대학을 마치면 보내 주겠다고 내가 약속도 했고.」

「아, 하지만 혼자 갈 생각은 아니었어요!」 로리가 이렇게 말하고 얼른 방을 가로질렀다. 그의 표정을 할아버지가 보지 못한 것이 다행이었다.

「혼자 가라는 게 아니다. 너랑 같이 갈 준비도 되어 있고, 세상 어디든 기꺼이 갈 사람이 있어.」

「누군데요?」 로리가 걸음을 멈추고 귀를 기울였다.

「나다.」

로리가 갈 때처럼 재빨리 돌아와서 손을 내밀며 쉰 목소리로 말했다. 「저는 정말 이기적인 놈이에요. 하지만…… 아시잖아요…… 할아버지…….」

「그래, 나도 안다. 예전에 다 겪어 봤으니까. 내가 젊을 때도, 네 아빠 때도 겪었지. 로리, 가만히 앉아서 내 계획을 들어 봐라. 다 준비되어 있고, 즉시 실행할 수 있어.」 로런스 씨는 로리가 자기 아버지처럼 박차고 나갈까 봐 두려운 듯이 청년을 꽉 잡고서 말했다.

「음, 뭔데요?」 로리가 자리에 앉았지만 얼굴에도 목소리에도 흥미로운 기색은 전혀 없었다.

「런던의 사업을 좀 살펴봐야 해. 너한테 맡길 생각이지만 내가 하면 더 낫지. 여기 일은 브룩이 맡고 있으니 잘 될 거고. 일은 거의 다 동업자들이 하고, 나는 네가 내 뒤를 이을 때까지 자리를 지키는 것뿐이다. 언제든 그만둘 수 있어.」

「하지만 여행을 싫어하시잖아요. 나이도 많으신데 같이 가 달라고 할 수는 없어요.」 로리가 입을 열었다. 할아버지의 희생이 고맙긴 했지만 간다면 혼자 가는 게 훨씬 좋았다.

노신사는 그 사실을 아주 잘 알고 있었고, 특히 그것만은 막고 싶었다. 손자의 지금 상태를 봤을 때 혼자 알아서 하게 두는 것은 현명하지 않았기 때문이다. 그래서 그 역시 편안한 집을 두고 떠나는 것이 당연히 유감스러웠지만, 그 마음을 억누르고 완강하게 말했다.

「로리, 나 아직 그 정도로 늙지는 않았다. 그 생각이 꽤 마음에 들어. 나한테도 좋을 거고, 요즘 여행은 의자에 가만히 앉아 있는 것만큼 편해졌으니 이 늙은 몸이 괴롭지도 않을 거다.」

초조하게 움직이는 로리를 보니, 자기 의자가 썩 편하지 않거나 그의 계획이 마음에 들지 않는 듯했다. 그래서 노인이 얼른 덧붙였다.

「네 계획을 망치거나 짐이 될 생각은 없다. 내가 따라가는 건 혼자 남아 있는 것보다 그게 너한테 좋을 것 같아서야. 너랑 같이 돌아다닐 생각도 없고, 넌 어디든 마음대로 다녀도 된다. 나는 내 나름대로 즐기면 돼. 런던과 파리에 친구들도 있고, 만나고 싶구나. 그동안 너는 이탈리아든 독일이든 스위스든 가고 싶은 곳에 가서 그림도 보고, 음악도 듣고, 경치도 즐기고, 실컷 모험을 해라.」

로리는 심장이 산산조각 났고 세상이 쓸쓸한 황무지 같았다. 그러나 노신사가 마지막 문장에 솜씨 좋게 끼워 넣은 몇 가지 단어를 듣자 조각난 심장이 예상치 못하게 뛰었고, 갑자기 쓸쓸한 황무지에 푸르른 오아시스가 나타났다. 그가 한숨을 쉬며 기운 없이 말했다.

「원하는 대로 하세요. 전 어딜 가든, 뭘 하든 상관없어요.」

「나한테는 상관이 있어. 잊지 마라. 너에게 온전한 자유를 주마. 하지만 정직하게 쓸 거라고 믿는다. 그것만 약속해라, 로리.」

「뭐든 원하시는 대로 할게요.」

〈좋아.〉 노신사는 생각했다. 〈지금은 전혀 신경 쓰지 않겠지만, 언젠가 이 약속이 너를 곤경에서 구할 때가 있을 거다. 그렇지 않다면 내가 크게 오해한 거겠지.〉

활기 넘치는 로런스 씨는 쇠뿔도 단김에 뺐고, 상처 입은 손자가 반항할 기운을 회복하기도 전에 두 사람은 여행을 떠났다. 준비하는 동안 로리는 젊은 신사 대부분이 그런 상황에서 하는 행동을 했다. 울적했다가 과민했다가 생각에 빠졌고, 식욕을 잃었으며, 옷차림은 신경도 쓰지 않고 격렬한 피아노 연주에 많은 시간을 할애했다. 그리고 조를 피해 다녔지만 창가에서 슬픈 얼굴로 조를 보며 마음을 달랬다. 그 슬픈 얼굴은 밤이면 조의 꿈에 나타났고, 낮이면 무거운 죄책감을 안겨 주었다. 실연에 괴로워하는 일부 사람들과 달리 로리는 보답받지 못한 자신의 열정에 대해서 절대 이야기하지 않았고, 누구에게도, 마치 부인에게도 위로나 동정을 허락하지 않았다. 어떤 면에서는 오히려 그의 친구들에게 다행이었지만, 로리가 떠나기 전 몇 주의 시간이 무척 불편해졌다. 다들 〈사랑스럽고 불쌍한 로리가 괴로움을 잊고 행복한 모습으로 돌아오려고 멀리 떠난다〉며 기뻐했다. 물론 로리는 친구들의 잘못된 생각에 음울한 미소를 지었지만 자신의 사랑도, 조만을 생각하는 마음도 변할 수 없음을 알았기 때문에 슬픈 우월감을 느끼며 그냥 넘어갔다.

이별이 다가오자 로리는 기분이 좋은 척 애를 쓰면서 자꾸 튀어나오려는 불편한 감정을 감추었다. 아무도 그의 겉모습에 속지 않았지만 로리를 위해서 속아 주는 척했고, 로리는 잘해 냈다. 마치 부인이 그에게 입을 맞추고 어머니처럼 걱정하는 마음을 속삭이기 전까지는 말이다. 마치 부인의 말을 듣는 순간 로리는 빨리 가야겠다고 생각하고, 슬퍼하는 해나를 포함해 모두와 포옹한 다음, 목숨이 달린 일처럼 아래층으로 달려 내려갔다. 잠시 후 조는 만약 로리가 돌아볼 경우 손을 흔들어 주려고 따라 내려갔다. 로리가 뒤를 돌아보더니 다시 돌아와서 계단에 서 있는 조를 끌어안았다. 그가 짤막한 말을 호소력 있고 측은하게 만들어 줄 표정을 지으며 그녀를 올려다보았다.

「아아, 조. 정말 안 되겠어?」

「테디, 나도 그럴 수 있으면 좋겠어!」

짧은 침묵만 흐를 뿐, 그것으로 끝이었다. 로리는 몸을 꼿꼿이 세우고 〈괜찮아, 신경 쓰지 마〉라고 말한 다음 떠났다. 아, 하지만 전혀 괜찮지 않았고, 조는 신경이 쓰였다. 조가 힘들게 대답한 다음 곱슬곱슬한 머리가 그녀의 팔에 잠시 얹혔을 때, 조는 가장 사랑하는 친구를 칼로 찌른 기분이었다. 그가 뒤도 한 번 돌아보지 않고 떠날 때 조는 예전의 로리가 두 번 다시 돌아오지 않을 것임을 깨달았다.

# 36장
# 베스의 비밀

그해 봄, 집으로 돌아온 조는 베스의 변한 모습을 보고 깜짝 놀랐다. 그러나 아무도 그런 말을 하지 않았고 알아차리지도 못한 것 같았다. 변화는 너무나 천천히 찾아왔기 때문에 매일 보는 사람을 흠칫 놀라게 하지는 못했다. 그러나 자리를 비운 탓에 날카로워진 눈에는 아주 명백하게 보였고, 조는 여동생의 얼굴을 보면 가슴이 묵직해졌다. 가을보다 더 창백해지지는 않았지만 약간 갸름해졌고, 왠지 이상하고 투명한 느낌이 들었다. 마치 필멸의 존재는 서서히 정제되어 사라지고 불멸의 존재가 연약한 육신을 뚫고 형언할 수 없을 만큼 가슴 아픈 아름다움을 빛내는 것 같았다. 조는 그것을 보고 느꼈지만 당장은 아무 말도 하지 않았고, 첫인상은 곧 힘을 잃었다. 베스는 행복해 보였고, 다들 베스가 건강해졌다고 한 치의 의심도 없이 믿는 듯했다. 조는 당장 신경 쓸 일들이 많았기 때문에 이 두려움에 대해 생각할 시간이 없었다.

그러나 로리가 떠나고 평화가 다시 찾아오자 어렴풋한 걱정이 되살아나 조를 괴롭혔다. 조는 죄를 고백하고 용서를 받았다. 그러나 그동안 모은 돈을 보여 주면서 산으로 여행을 가자고 제안했더니 베스는 진심으로 고마워하면서도 집에서 그렇게 멀리 떠나지는 말자고 애원했다. 베스에게는 바닷가에 잠시 다녀오는 것이 더 나았고, 어머니는 손주들을 두고 떠나지 않으려 했기 때문에 조 혼자서 베스를 데리고 떠났다. 그곳에서 베스는 바깥 공기를 실컷 즐길 수 있었고, 창백한 뺨에 홍조를 약간 더해 줄 신선한 바닷바람도 쐴 수 있었다.

고급스러운 곳은 아니었지만 두 사람은 유쾌한 사람들 사이에서 지내면서도 단둘이 어울리며 친구를 거의 사귀지 않았다. 베스는 사교 생활을 즐기기에는 부끄러움이 너무 많았고, 조는 베스를 돌보는 일에 푹 빠져서 다른 사람에게 신경 쓸 여력이 없었다. 그래서 두 사람은 거의 단둘이 시간을 보냈고, 자기들이 오가면서 주변 사람들의 흥미를 얼마나 자극하는지도 몰랐다. 사람들은 기나긴 이별이 그리 멀지 않았음을 본능적으로 느끼는 것처럼 항상 같이 다니는 강인한 언니와 약한 동생을 동정 어린 눈빛으로 바라보았다.

두 사람은 멀지 않은 이별을 실제로 느꼈지만 입 밖에 내지 않았다. 가장 가깝고 사랑하는 사람 사이에는 넘어서기 힘든 조심스러움이 존재할 때가 많기 때문이다. 조는 자기 마음과 베스의 마음 사이에 베일이 드리워진 듯한 느낌이 들었지만, 그것을 걷으려고 손을 내밀 때면 그 침묵에 뭔가 신성한 것이 있는 듯 느껴졌다. 그래서 베스가 말해 주기를 기다렸다. 조는 자신이 본 것을 부모님은 보지 못한 것 같아서 의아했지만, 한편으로 다행이라고 생각했다. 조용한 몇 주 동안 그림자가 너무나 또렷해졌다. 그러나 조는 베스가 전혀 나아지지 않은 모습으로 돌아가면 저절로 알게 되겠지 싶어서 집에 있는 가족들에게는 아무 말도 하지 않았다. 조는 동생이 정말로 이 힘든 진실을 짐작하고 있는지, 조의 무릎을 베고 따뜻한 바위에 누워서 건강에 좋은 바람이 그녀를 어루만지고 발치에서 바다가 음악을 연주하는 기나긴 시간 동안 무슨 생각을 하는지 궁금했다.

어느 날 베스가 조에게 말했다. 조는 베스가 너무나 고요하게 누워 있었기 때문에 잠든 줄 알았다. 그래서 책을 내려놓고 안타까운 눈빛으로 베스를 바라보며 창백한 베스의 뺨에서 희망의 징조를 찾으려 애썼다. 그러나 별로 찾을 수 없었다. 뺨은 너무나 야위고 손은 두 사람이 모으던 작은 장밋빛 조개껍데기도 못 집을 만큼 힘이 없어 보였다. 베스가 서서히 떠나고 있다는 생각이 그 어느 때보다도 더욱 비통하게 느껴졌고, 조는 가장 소중한 보물을 본능적으로 꽉 끌어안았다. 잠시 눈이 흐릿해서 잘 보이지 않다가 다시 맑아지자 베스가 너무나 다정하게 조를 올려다보고 있었기 때문에 말할 필요조차 없었다.

「언니가 알게 되어서 다행이야. 말하려고 했는데 할 수가 없었어.」

조는 베스의 뺨에 자신의 뺨을 갖다 댔을 뿐, 아무 대답도 없고 눈물조차 흘리지 않았다. 조는 마음이 흔들릴수록 울지 않았다. 지금만큼은 조가 더 약했기 때문에 베스가 언니를 위로하고 지탱하려 애쓰며 조를 끌어안고 귓가에 이렇게 속삭이며 달랬다.

「언니, 난 이미 한참 전부터 알고 있었어. 이제 익숙해져서 생각하거나 견디는 것도 힘들지 않아. 언니도 그렇게 생각하도록 노력해 줘. 나 때문에 괴로워하지 마. 이게 최선이야, 진짜야.」

「그래서 지난가을에 그렇게 힘들었던 거니, 베스? 그때는 확실하지가 않아서 그렇게 오랫동안 혼자만 간직했던 거구나, 그렇지?」 조가 말했다. 그녀는 이것이 최선이라고 이해하고 싶지도, 말하고 싶지도 않았다. 그러나 베스의 고민이 로리와 상관없다는 사실을 알게 되어서 다행이었다.

「응, 그때는 희망을 포기했지만 인정하고 싶지 않았어. 그래서 말도 안 되는 공상이라고 생각하려 애썼고, 아무에게도 걱정을 끼치지 않으려고 했어. 하지만 너무나 건강하고 강한 언니들과 에이미가 행복한 계획을 잔뜩 세우는 걸 보면서 난 절대 그렇게 될 수 없다고 생각하니까 너무 힘들었어, 조 언니.」

「아, 베스. 그러면서 나한테 말도 안 하고, 널 위로하고 돕게 해주지도 않은 거야? 어떻게 날 밀어내고 혼자서 전부 견딜 수가 있었니?」

조의 목소리에 다정한 비난이 가득했다. 조는 베스가 건강과 사랑, 삶에 작별을 고하고 자신의 십자가를 그토록 씩씩하게 짊어지는 법을 배울 때까지 혼자 어떤 고난을 겪었을까 생각하니 가슴이 아팠다.

「내가 잘못한 걸지도 모르지만, 난 옳은 일을 하고 싶었어. 나도 확신이 없고 아무도 별말 하지 않았으니까 내 착각이기를 바랐어. 모두에게 겁을 주는 건 너무 이기적인 행동이잖아. 엄마는 메그 언니 때문에 걱정이 많고, 에이미도 멀리 떠났고, 언니는 로리 오빠랑 그렇게 행복했으니까…… 적어도 그때 난 그런 줄 알았어.」

「난 네가 로리를 사랑하는 줄 알았어, 베스. 난 로리를 사랑할 수 없어서 떠났던 거야.」 조가 외쳤다. 진실을 다 털어놓을 수 있어서 정말 다행이었다.

베스가 조의 말에 너무 깜짝 놀란 표정을 지었기 때문에 조는 가슴이 아픈데도 미소를 짓지 않을 수 없었고, 부드럽게 덧붙였다.

「그게 아니었구나? 난 그럴까 봐 걱정하면서 네가 가엾게도 실연으로 마음 아파한다고 생각했어.」

「아니, 조 언니, 내가 어떻게 그럴 수 있겠어? 로리 오빠가 언니를 그렇게 좋아하는데 말이야.」 베스가 어린아이처럼 순진하게 물었다. 「물론 나도 로리 오빠를 사랑해. 나한테 그렇게 잘해 주는데 어떻게 사랑하지 않을 수 있겠어? 하지만 나에게 로리 오빠는 절대로 오빠 이상이 아니야. 언젠가 로리 오빠가 진짜 가족이 되면 좋겠어.」

「나를 통해서는 안 돼.」 조가 단호하게 말했다. 「에이미가 남아 있잖아. 두 사람은 정말 잘 어울려. 하지만 난 지금은 그런 일에 마음을 쓸 수가 없어. 너 말고 다른 사람은 어떻게 되든 상관없어, 베스. 넌 꼭 나아야 해.」

「나도 그러고 싶어…… 아, 정말이야! 나도 노력하지만 매일 조금씩 약해지고 있어. 두 번 다시 건강을 되찾지 못할 거라는 확신이 들어. 썰물이나 마찬가지야, 조 언니. 물때가 바뀌면 서서히 빠지지만 절대 멈출 수 없어.」

「멈춰야만 해. 썰물이 이렇게 빨리 찾아오면 안 돼. 열아홉 살은 너무 어린 나이잖아, 베스. 난 너 못 보내. 열심히 노력하고, 기도하고, 맞서 싸울 거야. 무슨 일이 있어도 널 지킬 거야. 분명 방법이 있을 거야, 너무 늦었을 리 없어. 널 나에게서 빼앗아 가다니, 신께서 그렇게 잔인하시지는 않을 거야.」 불쌍한 조가 반항적으로 외쳤다. 조의 영혼은 베스의 영혼만큼 독실하고 순종적이지 않았다.

단순하고 진실한 사람이 자신의 독실함에 대해서 이야기하는 경우는 거의 없다. 독실함은 말이 아닌 행동에서 자연스럽게 드러나며, 설교나 확언보다 영향력이 더 크다. 베스는 삶을 포기하고 씩씩하게 죽음을 기다릴 용기와 인내심을 준 믿음을 논리적으로 설명할 수 없었다. 쉽게 믿는 아이처럼 베스는 아무것도 묻지 않고 모든 것을 신과 자연에, 우리 모두의 아버지와 어머니에게 맡겼고 그 둘이, 그 둘만이 지금의 삶과 다음 삶을 위해 마음과 영혼을 강하게 만들어 주고 가르쳐 줄 수 있다고 확신했다. 베스는 성자 같은 말로 조에게 훈계를 늘어놓지 않았고, 열정적인 애정 때문에 조를 더욱 사랑하게 되었으며, 그 소중한 인간적인 사랑에 더욱 매달렸다. 하느님 아버지는 절대 우리가 그런 인간적인 사랑을 멀리하도록 뜻하지 않으셨고, 오히려 그런 사랑을 통해서 우리를 자신에게 더욱 가까이 끌어당긴다. 베스는 삶이 무척 소중했기 때문에 〈가게 되어서 기뻐〉라고 말할 수 없었다. 이 엄청난 슬픔이 두 사람을 덮칠 때 그저 조를 꽉 끌어안고 〈기꺼이 떠나려고 노력하는 중이야〉라고 흐느낄 수밖에 없었다.

잠시 후 베스가 평온을 되찾고 이렇게 말했다. 「집에 가면 언니가 말해 줄 거지?」

「말하지 않아도 알아보실 것 같아.」 조가 한숨을 쉬며 말했다. 이제 조가 보기에 베스는 하루하루 달라지는 것 같았다.

「아닐지도 몰라. 이런 일은 가장 사랑하는 사람들이 제일 알아보지 못할 때가 많다고 들었어. 만약 가족들이 못 알아보면 나를 위해서 언니가 말해 줘. 난 비밀을 만들고 싶지 않아. 준비할 시간을 주는 게 더 친절한 거야. 메그 언니한테는 위로해 줄 존과 아이들이 있지만, 아버지랑 엄마 곁에는 언니가 꼭 있어 줘야 해, 알았지?」

「할 수 있으면 그럴게. 하지만 베스, 난 아직 포기하지 않았어. 난 말도 안 되는 공상이라고 믿을래. 네가 진짜라고 믿게 두지 않을 거야.」 조가 애써 씩씩하게 말했다.

베스가 가만히 누운 채 잠시 생각하더니 특유의 조용한 말투로 얘기했다. 「내 생각을 어떻게 표현해야 할지 모르겠지만, 언니가 아니면 아무한테도 말하지 못할 거야. 우리 조 언니 말고 내가 누구한테 말하겠어. 그냥 난 처음부터 오래 살 운명이 아니었다는 느낌이 들어. 난 언니들이나 에이미랑 다르잖아. 나는 자라서 뭘 할지 계획한 적이 한 번도 없어. 다들 결혼에 대해서 생각할 때 난 결혼에 대해서 생각한 적도 없어. 난 집 안을 바쁘게 돌아다니고, 집이 아니면 어디에서도 쓸모가 없는 작고 어리석은 베스가 아닌 내 모습은 상상이 안 돼. 멀리 떠나고 싶었던 적도 없고, 지금 제일 힘든 건 가족들을 떠나는 거야. 무섭지는 않지만 천국에서도 가족이 그리울 것 같아.」

조는 아무 말도 할 수 없었다. 한참 동안 바람의 한숨 소리와 철썩거리는 파도 소리밖에 들리지 않았다. 날개가 하얀 갈매기가 햇살에 은빛 가슴을 반짝이며 날아갔다. 베스는 갈매기가 사라질 때까지 지켜보았고, 눈에는 슬픔이 가득했다. 회색 옷을 입은 작은 모래새가 혼자 조용히 삐약삐약 해변을 뛰어다녔다. 새가 베스에게 아주 가까이 다가오더니, 다정한 눈빛으로 베스를 보면서 따뜻한 돌 위에 앉아 편안하게 젖은 깃털을 단장했다. 이 작은 새가 조그마한 우정을 건네면서 아직 재미있는 세상을 즐길 수 있다고 일깨워 주는 것 같아서 베스는 미소를 지으며 위안을 느꼈다.

「귀여운 새야! 저것 좀 봐, 조 언니. 정말 유순해. 난 작은 새가 갈매기보다 더 좋아. 작은 새는 멋지거나 야성적이지 않지만 행복해 보이고, 작은 비밀들을 털어놓는 것 같아. 지난여름에 내가 이런 새를 보면서 내 새라고 했더니, 엄마는 이런 새를 보면 내가 생각난다고 하셨어…… 항상 바닷가에서 지내며 자기만의 만족스러운 노래를 지저귀는 분주한 퀘이커 교도 색깔의 새라고 말이야. 조 언니, 언니는 갈매기야. 강하고 야성적이고, 폭풍과 바람을 좋아하고, 저 멀리 바다를 향해 날아가고, 혼자 있어도 행복하지. 메그 언니는 비둘기이고, 에이미는 자기가 편지에 썼던 대로 종달새 같아. 구름 위로 높이 솟아오르려고 하지만 항상 자기 둥지로 돌아오잖아. 귀여운 에이미! 에이미는 야심이 정말 크지만, 마음이 착하고 다정해서 아무리 높이 날아올라도 절대 집을 잊지 않아. 에이미를 다시 보고 싶지만 너무 멀리 있는 것 같아.」

「봄이 되면 돌아와. 넌 에이미를 만나서 즐길 준비가 되어 있을 거야. 내가 그렇게 할 거야. 그때까지 널 건강하고 생기 있게 만들 거야.」 조가 말을 시작했다. 조는 베스의 모든 변화들 중에서 말이 많아진 것이 제일 좋다고 생각했다. 이제 말하는 것이 별로 힘들어 보이지 않았고, 부끄럼 많은 베스답지 않게 자기 생각을 소리 내어 말했다.

「조 언니, 더 이상 바라지 마. 그래서 좋을 게 없어. 난 그렇게 믿어. 기다리는 동안 비참하게 지내지 말고 우리가 함께 하는 시간을 즐기자. 행복한 시간을 보내자. 난 그렇게 아프지도 않고, 언니가 도와주면 썰물이 수월하게 빠질 것 같아.」

조가 몸을 숙여 평온한 얼굴에 입을 맞추었다. 그녀는 이 말 없는 입맞춤으로 자신의 영혼과 육신을 베스에게 바쳤다.

조의 생각이 옳았다. 두 사람이 집으로 돌아왔을 때 아버지와 어머니는 그동안 보지 않게 해달라고 기도해 왔던 것을 뚜렷하게 보았다. 그래서 아무 말도 필요 없었다. 짧은 여행에 지친 베스는 집으로 돌아와서 기쁘다며 바로 잠자리에 들었다. 아래층으로 내려간 조는 베스의 비밀을 알리는 힘든 일을 하지 않아도 된다는 사실을 깨달았다. 아버지는 벽난로 선반에 머리를 기대고서 조가 들어와도 고개를 돌리지 않았지만, 어머니는 도움을 청하듯이 양팔을 뻗었다. 조는 아무 말 없이 다가가서 어머니를 위로했다.

37장

# 새로운 인상

오후 3시에 아주 매력적인 프롬나드 데 장글레[59]에 가면 니스의 상류 사회를 전부 볼 수 있다. 야자수와 꽃, 열대 관목이 늘어선 넓은 산책로의 한쪽 옆은 바다, 한쪽 옆은 호텔과 빌라가 늘어선 웅장한 도로였고, 그 너머로 오렌지 과수원과 산들이 있었다. 수많은 국적의 사람들이 있었고, 다양한 언어가 들렸으며, 온갖 종류의 의상이 보였다. 햇살이 좋은 날이면 카니발처럼 멋지고 신나는 광경이 펼쳐졌다. 오만한 영국인, 활기찬 프랑스인, 침착한 독일인, 잘생긴 스페인인, 추악한 러시아인, 온순한 유대인, 느긋한 미국인 등 모두가 마차를 타거나, 앉아 있거나, 어슬렁어슬렁 돌아다니면서 새로운 소식을 전하거나 최근에 도착한 유명 인사 — 이탈리아 배우 리스토리나 찰스 디킨스, 이탈리아의 왕 비토리오 에마누엘레 2세, 샌드위치 제도[60]의 여왕 — 에 대한 평을 쏟아 냈

59 Promenade des Anglais. 니스의 유명한 산책로의 이름으로, 〈영국인 산책로〉라는 뜻의 프랑스어.

60 하와이 제도의 옛 이름.

다. 사람들만큼이나 다양한 마차와 시종이 이목을 끌었는데, 그중에서도 특히 여성이 직접 모는 나지막한 4인승 사륜 포장마차들이 눈길을 끌었다. 조랑말 두 마리가 마차를 끌었고, 풍성한 치맛자락이 작은 마차에서 흘러내리지 않도록 화려한 그물망이 쳐져 있었으며, 어린 마부가 뒤쪽에 타고 있었다.

크리스마스 날, 젊고 키가 큰 청년이 뒷짐을 지고 어딘가 멍한 표정으로 산책로를 따라 천천히 걷고 있었다. 생김새는 이탈리아인, 옷차림은 영국인, 독립적인 분위기는 미국인 같았다. 이러한 조합 때문에 수많은 여성의 시선이 기분 좋은 듯 그를 좇았고, 검은색 벨벳 양복과 장밋빛 넥타이, 담황색 장갑 차림에 단춧구멍에는 오렌지 꽃을 꽂은 수많은 멋쟁이들이 어깨를 으쓱하면서 그의 키를 부러워했다. 산책로에는 감탄하며 바라볼 예쁜 얼굴이 많았지만 청년은 거의 눈여겨보지 않았고, 가끔 파란 옷을 입은 금발 머리 여자를 흘끔거릴 뿐이었다. 곧 그는 산책로에서 벗어나 교차로에 섰고, 자댕 퓌블리크에 가서 음악대의 연주를 들을지 해변을 따라 캐슬 힐까지 걸어갈지 망설이는 것 같았다. 그때 재빨리 다가오는 조랑말 소리에 그가 고개를 들자, 젊은 여성이 혼자 탄 작은 마차가 빠르게 달려오고 있었다. 금발 머리에 파란 옷을 입은 여자였다. 청년이 잠시 그녀를 보다가 생기 있는 표정을 떠올리더니 아이처럼 모자를 흔들며 서둘러 다가갔다.

「아, 로리 오빠. 정말 로리 오빠야? 안 오는 줄 알았어!」에이미가 고삐를 놓고 양손을 내밀며 외치자, 지나가던 프랑스인 엄마는 자기 딸이 저 〈정신 나간 영국인〉의 자유분방한 태도를 보고 타락할까 봐 얼른 딸의 걸음을 재촉했다.

「오는 길에 좀 지체되었지만, 크리스마스는 너랑 보내기로 약속했으니까 이렇게 왔지.」

「할아버지는 어떠셔? 언제 왔어? 어디서 지내?」

「아주 잘 지내셔. 어젯밤에. 쇼뱅 호텔에서. 너희 호텔로 찾아갔더니 외출하고 없다더라.」

「할 말이 너무 많아서 무슨 말부터 꺼내야 할지 모르겠어! 어서 타, 편하게 얘기하자. 드라이브를 가는 길이었는데, 동행이 간절하던 참이야. 플로는 오늘 밤을 위해서 쉬고 있거든.」

「오늘 밤에 뭐가 있는데? 무도회?」

「우리 호텔에서 크리스마스 파티가 열려. 미국인들이 많은데, 그 사람들이 크리스마스를 기념하는 파티를 연대. 당연히 같이 갈 거지? 고모님이 기뻐하실 거야.」

「고마워. 지금은 어디로 가는 거야?」 로리가 뒤로 기대어 앉아서 팔짱을 끼며 물었는데, 마차를 직접 몰기 좋아하는 에이미에게는 딱 맞는 행동이었다. 파라솔 채찍과 파란 고삐로 흰 조랑말을 몰면 무한한 만족감을 느낄 수 있었다.

「우선 은행에 갔다가 편지를 찾고 캐슬 힐로 갈 거야. 거기 풍경이 정말 아름답거든. 공작새한테 먹이도 주고 싶고. 가 본 적 있어?」

「예전에 자주 갔었지. 또 가도 괜찮아.」

「오빠 얘기도 좀 해봐. 마지막으로 들은 소식은 로런스 할

아버지가 보내신 편지에서, 오빠가 베를린에서 돌아오기를 기다리고 있다고 하신 거야.」

「맞아, 베를린에서 한 달 지낸 다음 겨울 동안 파리에 계시던 할아버지한테 갔지. 할아버지는 파리에 친구분들도 있어서 즐겁게 지내고 계시거든. 그래서 난 왔다 갔다 하고, 우린 아주 잘 지내고 있어.」

「그렇게 지내는 것도 괜찮네.」 에이미가 말했다. 로리의 태도가 왠지 이상했지만 그게 뭔지 콕 집어 말할 수는 없었다.

「음, 너도 알겠지만 할아버지는 여행을 싫어하시고 나는 가만히 있는 걸 싫어하니까 각자 하고 싶은 대로 하면 아무 문제 없어. 난 할아버지한테 자주 찾아가. 할아버지는 내 모험담을 좋아하시고, 나는 방황을 마치고 돌아왔을 때 누가 나를 반기는 게 좋아. 여긴 정말 지저분하네, 안 그래?」 두 사람이 구시가지의 나폴레옹 광장으로 이어지는 대로를 달릴 때 로리가 역겹다는 표정으로 덧붙였다.

「지저분하지만 그림 같아서 난 괜찮아. 강과 산이 정말 아름답잖아. 좁은 샛길을 슬쩍슬쩍 들여다보면 정말 좋아. 이제 행렬이 지나갈 때까지 기다려야겠다. 성 요한 성당으로 가는 행렬이네.」

로리가 차양을 쓴 성직자들과 흰 베일을 쓰고 촛불을 든 수녀들, 파란 옷을 입은 수사들이 찬송가를 부르며 걸어가는 모습을 초조하게 바라보는 동안, 에이미는 로리를 보면서 새삼스럽게 수줍음을 느꼈다. 로리는 변했고, 옆자리에 앉은 울적한 청년에게서 에이미가 마지막으로 보았던 명랑한 얼굴의 소년은 찾아볼 수 없었다. 에이미는 로리가 어느 때보다도 잘생겼고 아주 좋아졌다고 생각했다. 그러나 에이미를 만난 기쁨의 순간이 지나자 로리는 지치고 생기가 없어 보였다. 아파 보이거나 딱히 불행해 보이지는 않았지만, 1~2년 동안 풍족한 생활을 보낸 것에 비하면 나이 들고 심각해 보였다. 에이미는 이해할 수 없었지만 감히 물어볼 수도 없었다. 그래서 고개를 절레절레 저으며 조랑말을 건드렸다. 행렬은 팔리오니 다리의 아치를 건너 성당 안으로 사라졌다.

「크 팡세 부?」[61] 에이미가 프랑스어로 말했다. 해외로 나온 뒤 프랑스어 실력이 질적으로는 몰라도 양적으로는 많이 늘었다.

「마드무아젤이 시간을 잘 활용했구나. 그 결과가 무척 멋지네.」 로리가 감탄 어린 표정으로 가슴에 손을 얹고 고개 숙여 인사하며 말했다.

에이미는 기뻐서 얼굴을 붉혔지만, 이런 칭찬이 예전에 고향에서 들었던 솔직한 찬사만큼 흡족하지는 않았다. 예전에는 축제 같은 행사에서 로리가 에이미를 데리고 다니면서 진심 어린 미소를 짓고, 장하다는 듯 머리를 쓰다듬으며 〈정말 멋지다〉고 말했었다. 에이미는 로리의 새로운 말투가 마음에 들지 않았다. 심드렁하지는 않았지만 표정과 달리 왠지 무심하게 들렸다.

〈이런 게 어른이 되는 거라면 소년으로 남아 있으면 좋겠어.〉 에이미는 묘한 실망감과 불편함을 느끼면서 이렇게 생

61 Que pensez-vous? 〈무슨 생각 해요?〉라는 뜻의 프랑스어.

각했지만, 편안하고 즐거운 태도를 잃지 않으려고 애썼다.

에이미는 아비그도르에 들러 집에서 온 소중한 편지를 찾은 다음, 고삐를 로리에게 넘기고 기분 좋게 읽었다. 두 사람은 푸릇푸릇한 관목 사이의 그늘진 길을 달리고 있었고, 6월처럼 티로즈가 생생하게 피어 있었다.

「엄마가 그러시는데, 베스 언니의 건강이 별로 좋지 않대. 집으로 돌아가야 하는 게 아닐까 자주 생각하지만 다들 오지 말라고 하네. 이런 기회가 다시 없을 것 같아서 남아 있긴 해.」 에이미가 심각한 표정으로 편지를 보며 말했다.

「내 생각에도 그래. 네가 집에 가서 할 수 있는 일도 없잖아. 네가 건강하고 행복하고 즐겁게 지내고 있다고 생각하면 가족들도 마음이 놓일 거야, 에이미.」

로리가 조금 더 가까이 다가왔고, 이 말을 할 때는 예전과 비슷해 보였다. 그러자 가끔 에이미의 마음을 짓누르던 두려움이 가벼워졌다. 로리의 표정과 행동, 친오빠처럼 〈에이미〉라고 부르는 말투는 혹시 무슨 문제가 생겨도 에이미가 낯선 땅에서 혼자는 아니라고 안심시켜 주는 듯했다. 곧 에이미는 웃었고, 로리에게 집필복을 입은 조의 스케치를 보여 주었다. 모자의 리본이 비죽 서 있고 〈천재성이 불타오른다!〉라고 말하고 있었다.

로리가 미소를 지으며 그림을 받더니 〈바람에 날려 가지 않도록〉 조끼 주머니에 넣었고, 에이미가 읽어 주는 활기찬 편지에 흥미롭게 귀를 기울였다.

「나에겐 정말 즐거운 크리스마스가 될 거야. 아침에는 선물을 받았고, 오후에는 로리 오빠를 만난 데다가 편지도 왔지, 저녁에는 파티가 있으니 말이야.」 에이미가 말했다. 두 사람이 옛 성채의 폐허에 도착해 마차에서 내리자, 근사한 공작새 한 떼가 다가와서 얌전히 먹이를 기다렸다. 에이미가 둑에 올라서서 웃으며 멋진 새들에게 빵 부스러기를 던져 주는 동안, 로리는 아까 에이미가 그랬던 것처럼 집을 떠나 시간이 흐르는 동안 어떤 변화가 생겼는지 자연스러운 호기심을 안고 그녀를 쳐다보았다. 당황스럽거나 실망스러운 것은 하나도 없고, 감탄하고 인정할 만한 변화뿐이었다. 아주 약간의 허세만 눈감아 주면 에이미는 예전처럼 활기차고 우아했으며, 옷차림과 품행에 기품이라고 부를 만한, 말로 설명할 수 없는 무언가가 더해졌다. 항상 나이에 비해 성숙했던 에이미는 차분한 몸가짐과 말투 때문에 실제보다 세상 물정에 밝은 여자처럼 보였지만 가끔 예전처럼 토라졌고, 아직도 고집이 셌으며, 외국 생활을 하면서도 타고난 솔직함을 잃지 않았다.

로리는 공작새에게 먹이를 주는 에이미를 지켜보면서 이 모든 것을 읽어 내지는 못했지만 만족스럽고 흥미를 느낄 만큼 파악했고, 환한 표정의 소녀가 햇살을 받으며 서 있는 작고 예쁜 그림 한 장을 마음에 새겼다. 햇빛이 드레스의 연한 색조와 뺨의 생생한 혈색, 머리카락의 금빛 반짝임을 끌어내어 에이미를 멋진 풍경 속에서 눈에 띄는 인물로 만들어 주었다.

산꼭대기의 바위 고원에 올라가자 에이미는 자신이 제일

좋아하고 자주 오는 곳이라며 어서 오라는 듯이 손을 흔들었고, 이곳저곳을 가리키며 말했다.

「기억나? 대성당이랑 코르소, 만에서 그물을 끄는 어부들, 빌라 프랑카로 이어지는 멋진 길과 그 바로 아래의 슈베르트 탑. 그중에서도 최고는 저 멀리 사람들이 코르시카라고 부르는 점 같은 섬이야.」

「기억나. 별로 변하지 않았네.」 로리가 열의 없는 목소리로 말했다.

「조 언니는 저 유명한 점을 볼 수 있다면 뭐든 내놓을 텐데!」 에이미는 기분이 좋아져서 로리도 기분 좋아지기를 바라며 말했다.

「그러게.」 로리는 이렇게 말한 후, 고개를 돌려 눈을 가늘게 뜨고 나폴레옹보다 더 대단한 강탈자 때문에 흥미로워진 섬을 바라보았다.

「조 언니를 위해서 잘 봐둬. 그런 다음에 지금까지 어떻게 지냈는지 얘기해 줘.」 에이미가 실컷 이야기 나눌 준비를 하며 자리에 앉았다.

그러나 원하던 이야기는 듣지 못했다. 로리가 옆으로 와서 모든 질문에 솔직하게 대답했지만, 에이미는 그가 유럽 대륙을 돌아다녔고 그리스에 다녀왔다는 사실밖에 알아내지 못했다. 두 사람은 한 시간 정도 있다가 마차를 타고 돌아왔고, 로리는 캐럴 부인에게 인사한 다음 저녁에 다시 오겠다는 약속을 하고 떠났다.

에이미가 그날 밤 공들여 몸단장을 했다는 사실을 기록해야만 할 것이다. 만나지 못했던 시간은 두 젊은이에게 흔적을 남겼다. 에이미는 옛 친구를 〈우리 로리 오빠〉가 아니라 잘생기고 상냥한 남자로 새롭게 보게 되었고, 그에게 잘 보이고 싶다는 아주 자연스러운 바람을 의식했다. 에이미는 자신의 장점을 잘 알았고, 가난하지만 예쁜 여성에게 좋은 자산인 안목과 수완으로 그것을 가장 돋보이게 만들었다.

니스에서는 얇은 모슬린과 튈[62]이 저렴했기 때문에 이런 행사가 있을 때면 에이미는 그것들로 몸을 감쌌다. 그리고 젊은 여자는 단순한 드레스를 입는다는 합리적인 영국식 패션을 따르면서 싱그러운 꽃과 작은 액세서리를 몇 개, 비싸지는 않지만 효과가 좋은 온갖 우아한 것들로 단장했다. 솔직히 말하자면 에이미는 가끔 예술가적 감상을 발휘해서 고풍스러운 머리 장식을 하고, 조각상처럼 당당한 자세를 취하며 멋진 옷을 걸치기도 했다. 하지만 누구나 사소한 결점은 가지고 있으니 예쁜 모습으로 우리의 눈을 즐겁게 해주고, 순진한 허영심으로 우리의 마음을 즐겁게 해주는 아가씨들의 그런 모습은 쉽게 용서할 수 있다.

「로리 오빠가 나를 보고 예쁘다고 생각하고 집에 가서 가족들에게 그렇게 말해 주었으면 좋겠어.」 에이미는 이렇게 말하면서 플로의 낡은 흰색 실크 드레스를 입고 새로 산 구름 같은 일루전[63]을 걸쳤다. 드러난 흰 어깨와 금빛 머리카락이 더없이 예술적으로 보였다. 숱이 많은 곱슬머리를 모아서

62 베일 등에 쓰는 얇은 망사 모양의 비단.

63 얇고 투명한 튈.

헤베 여신처럼 땋아 올린 다음, 감각을 발휘해 머리카락에는 아무 장식도 달지 않았다.

「유행과는 다르지만 나한테 어울려. 꼴불견이 될 수는 없잖아.」 최신 유행에 맞게 머리를 곱슬곱슬하게 지지거나 부풀리거나 땋으라는 충고를 들으면 에이미는 이렇게 말하곤 했다.

에이미는 이렇게 중요한 행사에 어울리는 장신구가 없었기 때문에 풍성한 치마는 장밋빛 진달래로, 흰 어깨는 섬세한 녹색 덩굴로 장식했다. 그런 다음 예전에 직접 물감을 칠했던 신발을 떠올리며 흰색 새틴 슬리퍼를 만족스럽게 바라보고, 귀족적인 발에 혼자 감탄하면서 방 안을 미끄러지듯 걸어다녔다.

「새로 산 부채는 꽃이랑 어울리고, 장갑은 팔찌의 장식과 딱이야. 진짜 레이스가 달린 고모님의 무슈아 때문에 드레스의 전체적인 분위기가 살아나고 말이야. 코랑 입만 고전적이면 정말 완벽하게 행복할 텐데.」 에이미가 양손에 초를 하나씩 들고 비판적인 시선으로 자신의 모습을 살피며 말했다.

이러한 고뇌에도 불구하고 미끄러지듯 걸어가는 에이미는 유난히 기분 좋고 우아해 보였다. 에이미는 거의 달리지 않았다. 뛰는 것은 자기 스타일에 어울리지 않는다고 생각했기 때문이다. 키가 큰 에이미는 활동적이거나 발랄한 것보다는 당당하고 기품 있는 것이 더 잘 어울렸다. 에이미는 길쭉한 홀을 서성이며 로리를 기다리다가 머리 모양을 돋보이게 해주는 샹들리에 밑에 자리를 잡았다. 그러다가 처음 딱 봤을 때 예뻐 보이고 싶다는 소녀 같은 생각이 부끄러워졌는지 생각을 바꿔 홀 제일 안쪽 끝으로 갔다. 알고 보니 오히려 제일 좋은 선택이었다. 로리가 너무 조용히 들어왔기 때문에 에이미는 그 소리를 듣지 못했다. 저 안쪽 창가에서 고개를 반쯤 돌린 채 한 손으로 드레스를 모아 쥔 날씬하고 흰 형체는 빨간 커튼과 대조를 이루어 적당한 자리에 놓아둔 조각상처럼 효과적이었다.

「안녕, 디아나 여신님.」 로리가 말했다. 에이미에게 내려앉은 시선에 만족스러운 빛이 어려서 에이미는 기분이 좋았다.

「안녕, 아폴로님.」 로리 역시 유난히 서글서글해 보였기 때문에 에이미가 미소를 돌려주며 대답했다. 이렇게 매력적인 남자와 팔짱을 끼고 무도회장에 들어간다고 생각하자, 에이미는 평범하게 생긴 네 명의 데이비스 양에게 진심으로 연민이 생겼다.

「꽃을 가져왔어! 해나가 〈파는 꽃다발〉이라고 부르는 건 네가 좋아하지 않았던 게 기억나서 내가 직접 만들었지.」 로리가 에이미에게 섬세한 꽃다발을 내밀었는데, 에이미가 오래전부터 카딜리아의 진열창을 통해 매일 보면서 탐내던 꽃다발 받침대[64]에 꽂혀 있었다.

「고마워, 정말 친절하구나!」 에이미가 고마워하며 외쳤다. 「오늘 오는 줄 알았으면 나도 뭔가 준비했을 텐데. 이것만큼 예쁜 건 아니었겠지만 말이야.」

64 이 당시에는 작은 꽃다발을 은이나 금 등으로 만든 받침대에 꽂아서 머리나 손목을 장식하거나 손에 들고 다녔다.

「고마워. 별것도 아닌데 네가 드니까 더 예쁘다.」 에이미가 받침대에 연결된 은팔찌를 찰칵 채울 때 로리가 덧붙였다.

「그런 말 하지 마!」

「이런 말 좋아하는 줄 알았는데!」

「로리 오빠한테 듣고 싶진 않아. 자연스럽게 들리지도 않고. 난 예전처럼 솔직한 게 더 좋아.」

「그렇다면 다행이네!」 로리가 안도한 표정으로 이렇게 말하고 에이미의 장갑 단추를 채워 주더니, 넥타이가 비뚤어지지 않았느냐고 물었다. 고향에서 함께 파티에 다닐 때 같았다.

그날 저녁 길쭉한 살라망제[65]에 모인 사람들은 오직 유럽 대륙에서만 볼 수 있는 이들이었다. 후한 미국인들이 니스의 아는 사람을 전부 초대했고, 작위에 대한 편견이 없었기 때문에 크리스마스 파티를 빛내 줄 귀족도 몇 명 불렀다.

러시아 대공이 한쪽 구석에 친히 앉아서 햄릿의 어머니처럼 검은색 벨벳 드레스에 진주 목걸이를 착용한 몸집이 큰 부인과 한 시간 동안 이야기를 나누었다. 열여덟 살의 폴란드 백작은 그를 〈매력적인 아이〉라고 부르는 여자들에게 푹 빠졌고, 독일의 거룩하신 어쩌고라는 귀족은 혼자 식사를 하러 와서 멍하니 먹을 것을 찾아 돌아다녔다. 로스차일드 남작의 개인 비서인 코가 크고 딱 맞는 신발을 신은 유대인은 주인의 이름이 금빛 후광이라도 비춰 주는 것처럼 세상을 향해 온화하게 얼굴을 빛냈다. 황제와 아는 사이인 건장한 프

65 salle à manger. 〈식당〉이라는 뜻의 프랑스어.

랑스인은 춤에 대한 열정을 즐기러 왔고, 영국 부인 레이디 드 존스는 여덟 명의 가족을 데리고 와서 파티를 빛냈다. 물론 발걸음이 가볍고 목소리가 높은 미국 아가씨들과 예쁘지만 생기 없는 영국 아가씨들도 많았고, 평범하지만 활기찬 프랑스인 마드무아젤도 몇몇 있었으며, 어딜 가나 빠지지 않는 여행 중인 젊은 신사들도 있었다. 청년들은 흥겹게 즐겼고, 온갖 국적의 엄마들은 벽 앞에 늘어서서 자기 딸들과 춤을 추는 청년들을 보며 인자하게 미소를 지었다.

그날 밤 에이미가 로리의 팔에 기대어 〈무대를 장악했을〉 때 어떤 기분이었을지, 젊은 아가씨라면 누구나 상상할 수 있을 것이다. 에이미는 자신이 예쁘다는 사실을 알았고, 춤을 무척 좋아했으며, 무도회장에 오면 고향에 온 것처럼 발이 날아갈 듯 움직였다. 아가씨들이 아름다움과 젊음, 여성스러움이라는 미덕으로 지배하도록 타고난 새롭고 멋진 왕국을 처음 발견할 때 그렇듯이, 에이미는 자신에게 힘이 있다는 기분 좋은 느낌을 즐겼다. 데이비스가(家)의 평범하고 서툰 딸들은 엄격한 아버지와 더 엄격한 노처녀 고모들을 빼면 에스코트해 줄 사람도 없었기 때문에, 에이미는 그들이 진심으로 가여워서 그들 앞을 지날 때 더없이 친근하게 고개를 숙여 인사했다. 데이비스가의 딸들이 에이미의 드레스를 자세히 보고 그 옆의 눈에 띄는 남자는 누구일까 호기심을 불태울 수 있었으므로 참 잘한 셈이었다. 악단이 연주를 시작하자 에이미는 얼굴을 붉히며 눈을 빛내기 시작했고, 그녀의 발이 초조하게 바닥을 두드렸다. 에이미는 춤을 잘 추었고, 로리에게 그 사실을 알려 주고 싶었다. 그러므로 로리가 더없이 차분한 목소리로 이렇게 말했을 때 에이미가 얼마나 놀랐을지 설명하는 것보다는 상상에 맡기는 것이 좋겠다.

「춤추고 싶어?」

「보통 무도회에서는 누구나 그렇지!」

에이미의 놀란 표정과 재빨리 튀어나온 대답 때문에 로리는 최대한 빨리 실수를 바로잡았다.

「첫 춤 말이야. 내가 그 영광을 누려도 될까?」

「백작님을 기다리게 해도 되면 그럴 수 있을 텐데. 백작님은 춤을 정말 잘 추시거든. 하지만 로리 오빠는 오랜 친구니까 백작님도 이해해 주실 거야.」 에이미는 백작이라는 말이 효과를 발휘해 그녀가 만만치 않은 상대임을 로리가 깨닫길 바라며 이렇게 말했다.

「괜찮은 소년이긴 하지. 하지만 키 작은 폴란드인이 〈더없이 키가 크고 더없이 아름다운 신들의 딸〉[66] 한테 맞출 수 있을지 모르겠네.」

에이미는 이 답변으로 만족해야 했다.

두 사람은 어느새 영국인들 사이에 서 있었고, 에이미는 템포가 빠른 타란텔라를 멋들어지게 출 수 있을 것 같은 기분이었지만 얌전한 코티용을 출 수밖에 없었다. 로리는 에이미를 〈괜찮은 소년〉에게 양보하고 플로에게 의무를 다하러 가면서, 에이미에게 조금 있다가 춤을 추자고 약속하지도 않았다. 앞을 내다보지 못한 이 괘씸한 행동은 그에 어울리는

66 앨프리드 테니슨의 시 「아름다운 여인들의 꿈」의 한 구절.

벌을 받았다. 에이미는 로리가 조금이라도 뉘우치는 기색이 있으면 용서해 줄 생각으로 저녁 식사가 시작될 때까지 다른 사람들과 바쁘게 어울렸다. 다음 춤은 폴카 레도바였는데, 로리가 춤을 청하려고 서둘러 달려오기는커녕 느릿느릿 걸어오자 에이미는 살짝 만족스러운 기분으로 가득 찬 무도회 노트[67]를 보여 주었다. 로리는 예의상 아쉬운 척했지만 에이미는 속지 않았다. 에이미가 백작과 함께 폴짝폴짝 뛰어가면서 슬쩍 봤더니, 로리는 무척 안도한 표정으로 고모 옆에 앉아 있었다.

도저히 용서할 수 없는 일이었기 때문에 에이미는 한참 동안 로리를 모른 척했다. 춤이 잠깐 멈춘 사이 보호자인 고모 곁에 와서 핀을 찾거나 잠시 쉴 때 가끔 한두 마디 나눌 뿐이었다. 에이미의 분노는 효과가 좋았다. 에이미는 미소 띤 얼굴 밑에 분노를 숨겼고, 유난히 명랑하고 즐거워 보였다. 그녀는 과하게 뛰지도 너무 느리게 걷지도 않았고, 우아하고 멋지게 춤을 추었기 때문에, 로리는 즐거운 마음으로 에이미를 지켜보았다. 춤은 원래 즐거운 오락이어야 했는데, 에이미의 춤은 정말 그래 보였다. 로리는 자연스럽게 새로운 눈으로 에이미를 찬찬히 살펴보았고, 파티가 반도 채 지나기 전에 〈꼬맹이 에이미가 곧 정말 멋진 여자가 되겠구나〉라고 결론을 내렸다.

정말 활기찬 광경이었다. 곧 크리스마스 분위기가 모두를

67 무도회에서 여자들은 연주될 곡이 적힌 작은 공책을 손목에 끼우고 다니면서 남자가 춤을 청하면 그 사람의 이름을 적는다.

사로잡았다. 다들 크리스마스의 즐거움으로 얼굴을 반짝이고, 마음 가득 행복을 느꼈으며, 가벼운 발걸음으로 춤을 추었다. 악사들이 즐거운 듯 악기를 켜고, 불고, 치며 연주했다. 춤출 줄 아는 사람들은 모두 춤을 추었고, 못 추는 사람들은 더없이 따스한 눈빛으로 그들을 보며 감탄했다. 데이비스가의 분위기는 암울했고, 존스가의 아이들은 한 떼의 새끼 기린처럼 까불며 돌아다녔다. 금빛 후광에 감싸인 비서는 분홍색 새틴 드레스를 카펫처럼 질질 끌고 다니는 프랑스 여인과 함께 별똥별처럼 이리저리 돌아다녔다. 거룩하신 독일인은 식탁을 찾아서 행복해졌고, 모든 메뉴를 쉬지 않고 먹어서 시중들던 사람을 당황하게 만들었다. 그러나 황제의 친구는 아는 춤이든 모르는 춤이든 전부 추면서 영예를 누렸고, 모르는 동작이 나와서 당황하면 즉석에서 발끝으로 빙글 돌았다. 그 건장한 남자가 소년처럼 자유분방하게 춤을 추는 광경은 정말 매력적이었다. 그는 〈제법 무게가 나갔지만〉 고무공처럼 춤을 추었다. 달리고 날아오르고 깡충깡충 뛰었고, 얼굴이 번득이고 대머리가 번쩍였으며, 뒷자락이 미친 듯이 흔들리고 펌프스가 말 그대로 허공에서 반짝였다. 음악이 멈추면 그는 눈썹의 땀을 닦고 안경을 벗은 후 프랑스인 픽윅 씨처럼 동료 남성들을 보며 얼굴을 빛냈다.

에이미와 폴란드 백작도 뒤지지 않는 열정과 더욱 우아한 민첩함으로 두각을 나타냈다. 두 사람이 날개라도 달린 것처럼 지칠 줄 모르고 날아다닐 때 로리는 율동적으로 오르락내리락하는 흰 슬리퍼를 보면서 자기도 모르게 박자를 맞추고 있었다. 마침내 블라디미르가 〈이렇게 일찍 가야 해서 정말 슬프다〉고 거듭 말하며 에이미를 놓아주었다. 이제 에이미는 잠깐 쉬면서 그녀의 비겁한 기사가 어떤 벌을 받았는지 확인할 준비가 되어 있었다.

작전은 성공적이었다. 스물세 살에는 친한 친구들 사이에서 실연의 상처를 달래는 법이고, 아름다움과 빛, 음악, 움직임의 마법에 빠지면 청년의 신경이 전율하고 피가 춤을 추고 건강한 정신이 끓어오르는 법이다. 로리는 잠이 번쩍 깬 얼굴로 일어나 에이미에게 자리를 내주었다. 그가 에이미에게 식사를 가져다주려고 서둘러 가자, 에이미는 만족스러운 미소를 지으며 혼잣말을 했다.

「아, 이럴 줄 알았다니까!」

「발자크의 〈팜 팽트 파르 엘 멤〉[68] 같아.」 로리가 한 손으로 부채질을 해주고 다른 손으로는 커피 잔을 들어 주며 말했다.

「내 볼연지는 지워지지 않는 거야.」 에이미가 반짝이는 뺨을 문지른 다음 아무것도 묻지 않은 흰 장갑을 보여 주자, 그 침착하고 단순한 모습에 로리가 웃음을 터뜨렸다.

「이건 뭐라고 해?」 로리가 자기 무릎 위로 펼쳐진 그녀의 드레스를 만지며 물었다.

「일루전.」

「어울리는 이름이네.[69] 아주 예뻐…… 새로 나온 건가 봐?」

68 Femme peinte par elle-même. 〈직접 화장하는 여자〉라는 뜻의 프랑스어. 발자크의 단편 「우아한 여자」를 말한다.

69 여기서 일루전illusion은 얇은 튈을 가리키지만 원래는 〈환상〉이라는 뜻이다.

「진짜 오래된 거야. 이걸 걸친 여자를 수십 명은 봤을 텐데, 지금까지 예쁜지도 몰랐다니…… 바보!」

「네가 입은 건 처음 봤으니까 그럴 만도 하잖아.」

「그런 말 하지 마, 금지야. 지금은 칭찬보다 커피가 더 좋아. 기대지 마, 신경 쓰여.」

로리는 똑바로 앉아서 에이미의 빈 접시를 얌전히 받으며 〈꼬맹이 에이미〉의 명령을 받는 것에 기묘한 즐거움을 느꼈다. 이제 에이미는 더 이상 부끄럽지 않았고, 만물의 영장 남자가 복종할 징조를 보이면 여자들이 기뻐하며 그러듯, 로리를 함부로 대하고 싶은 거부할 수 없는 욕망이 생겼다.

「이런 건 다 어디서 배웠어?」 로리가 미심쩍은 표정으로 물었다.

「〈이런 거〉라니 표현이 좀 모호한데, 친절하게 설명해 줄래?」 에이미는 무슨 뜻인지 완벽하게 알아들었지만 짓궂게도 로리가 설명할 수 없는 것을 설명하려 애쓰게 만들었다.

「음…… 전체적인 분위기, 스타일, 침착함, 그…… 그…… 일루전 말이야.」 로리가 웃음을 터뜨리면서 새로 배운 단어로 곤경에서 빠져나왔다.

에이미는 흐뭇했지만 물론 티를 내지 않고 조심스럽게 대답했다.

「외국 생활을 하다 보면 자기도 모르게 세련되어지잖아. 나는 놀기만 하는 게 아니라 공부도 하고, 그리고 이건…….」

그녀가 자기 드레스를 살짝 가리키며 말했다. 「음, 튈은 저렴해. 꽃은 무료로 얻을 수 있고. 난 내 보잘것없는 물건들을 최대한 활용하는 데 익숙해.」

에이미는 마지막 말은 하지 말걸 그랬다고 후회하면서 품위 없어 보일까 봐 걱정했다. 하지만 로리는 그래서 에이미가 더 좋아졌고, 기회를 최대한 활용하는 용감한 인내심과 꽃으로 가난을 가리는 명랑한 정신을 어느새 감탄하며 존경하게 되었다. 에이미는 로리가 자기를 왜 그렇게 다정하게 바라보는지, 왜 무도회 노트에 그의 이름을 가득 채웠는지, 왜 파티가 끝날 때까지 더없이 기분 좋은 태도로 에이미의 시중을 들었는지 알지 못했다. 그러나 이 호의적인 변화를 끌어낸 충동은 두 사람 모두가 무의식중에 주고받은 새로운 인상 때문에 생긴 것이었다.

38장

# 선반 위에서[70]

프랑스에서 아가씨들은 결혼할 때까지 지루한 시간을 보내지만, 막상 결혼을 하면 〈비브 라 리베르테!〉[71]가 그들의 모토가 된다. 미국에서는 모두 알고 있듯이 여자들이 일찍부터 독립 선언서에 서명을 하고 공화국 시민다운 열정으로 자유를 즐기지만, 젊은 기혼 부인들은 보통 첫 번째 후계자가 태어나면 왕위에서 물러나 프랑스 수녀원만큼 조용하지는 않지만 그만큼 갑갑한 은둔 생활에 들어간다. 좋든 싫든 결혼식의 흥분이 끝나자마자 여자들은 사실상 선반에 올려 둔 물건처럼 버려지고, 그들 대부분은 얼마 전 무척 아름다운 여성이 그랬던 것처럼 이렇게 외친다. 「난 예전과 마찬가지로 예쁘지만, 결혼했다는 이유만으로 아무도 알아봐 주지 않는구나.」

대단한 미녀도 상류층 귀부인도 아닌 메그는 아이들이 한 살이 될 때까지 이런 괴로움을 알지 못했다. 그녀의 작은 세

70 〈선반 위에서on the shelf〉라는 표현은 〈버림받은〉이라는 뜻도 된다.
71 Vive la liberté! 〈자유 만세〉라는 뜻의 프랑스어.

상에는 케케묵은 관습이 널리 퍼져 있어서 메그는 그 어느 때보다 사랑과 찬사를 받고 있었다.

메그는 여성스럽고 모성애가 무척 강했으며, 아이들에게 완전히 푹 빠져서 다른 누구도, 그 어떤 것도 배제했다. 그녀는 밤이고 낮이고 지칠 줄 모르는 헌신과 걱정으로 아이들을 보살피면서 존은 가정부에게 맡겨 버렸다. 이제 아일랜드 여자가 부엌일을 전적으로 담당하고 있었다. 가정적인 남자인 존은 익숙하게 받아 왔던 아내의 관심이 무척 그리웠다. 그러나 아이들을 정말 사랑했기 때문에 남자들 특유의 무지함을 발휘하여 곧 평화를 되찾을 수 있겠지 생각하며, 당분간은 자신의 편안함을 기분 좋게 포기했다. 그러나 3개월이 지나도 평온함은 돌아오지 않았다. 메그는 지치고 신경이 곤두서 보였고, 아기들이 메그의 시간을 모조리 빼앗았다. 집은 방치되었고, 인생을 태평하게 사는 요리사 키티는 존의 식사를 대충 차렸다. 존은 아침에 일어나면 포로가 된 아기 엄마의 소소한 요구에 당황했고, 밤이 되어 가족들을 끌어안을 생각에 기쁘게 집으로 돌아오면 〈쉿! 종일 보채다가 이제 막 잠들었어요〉라는 말에 풀이 죽었다. 그가 집에서 소소하고 재미있는 일이라도 하자고 제안하면 〈안 돼요, 애들이 불안해할 거예요〉라는 대답이 돌아왔다. 강연이나 연주회라는 말이라도 꺼내면 나무라는 표정과 함께 〈애들을 버리고 놀러 가다니, 절대 안 돼요〉라는 단호한 대답이 날아왔다. 존은 아이들이 우는 소리와 밤새 아이들을 돌보느라 소리 없이 서성이는 유령 같은 형체 때문에 잠을 설쳤다. 식사 시간에도 위층 둥지에서 작게 지저귀는 소리가 들리면 남편을 대충 챙기던 아내가 그를 버리고 자꾸 달아났기 때문에 흐름이 뚝뚝 끊겼다. 석간을 읽고 있으면 선적 목록에 데미의 배앓이가 들어왔고, 데이지의 추락이 주가에 영향을 끼쳤다. 브룩 부인은 국내 소식[72]에만 관심이 있었기 때문이다.

불쌍한 존은 무척 불편했다. 아이들이 그에게서 아내를 빼앗아 갔고, 집 전체가 아이방이었으며, 끝없는 〈쉿〉 소리 때문에 신성한 아기 왕국에 들어갈 때마다 야만적인 침입자가 된 기분이었다. 그는 6개월 동안 인내심을 발휘하며 참았지만, 바뀔 기미가 없자 추방당한 다른 아빠들과 똑같은 행동을 했다. 즉 다른 곳에서 작은 위안을 얻으려 한 것이다. 마침 스콧이 결혼을 해서 멀지 않은 곳에 가정을 꾸렸기 때문에 존은 응접실이 텅 비고 아내가 끝나지 않는 자장가를 부르는 저녁이면 한두 시간 정도 그 집에 가는 버릇이 생겼다. 스콧 부인은 활기차고 예쁜 여자였고, 한없이 싹싹했으며, 자신의 사명을 아주 성공적으로 완수했다. 응접실은 항상 밝고 매력적이며, 체스판이 준비되어 있고, 피아노도 조율이 되어 있었다. 즐거운 잡담이 넘쳐났고, 멋진 식사가 먹음직스럽게 차려져 나왔다.

존은 그렇게 외롭지만 않았다면 자기 집 난롯가를 더 좋아했을 것이다. 그러나 외로웠으므로 그다음으로 좋은 것을 기꺼이 택하여 이웃과의 교류를 즐겼다.

72 〈국내 소식domestic news〉의 domestic은 〈가정의〉라는 뜻이기도 하다.

처음에 메그는 새로운 방식을 호의적으로 받아들였고, 존이 응접실에서 꾸벅꾸벅 졸거나 집 안에서 쿵쾅쿵쾅 돌아다니며 아이들을 깨우는 대신 좋은 시간을 보내서 마음이 놓였다. 그러나 곧 젖니가 나느라 칭얼대는 시기가 끝나고 우상들이 제시간에 잠들어서 엄마에게 쉴 시간을 주자 메그는 존이 그리워졌다. 낡은 실내복을 입고 맞은편에 앉아서 난로망에 슬리퍼를 그을리는 남편이 없으니, 반짇고리는 재미없는 친구처럼 느껴졌다. 메그는 존에게 집에 있어 달라고 하지는 않았지만, 말을 하지 않는다고 자신이 뭘 원하는지 몰라주는 남편 때문에 상처를 받았다. 그가 그녀를 헛되이 기다렸던 수많은 저녁은 까맣게 잊고서 말이다. 메그는 아이들을 지켜보고 걱정하느라 초조하고 지쳤으며, 최고의 엄마들이 집안일에 치일 때 가끔 경험하는 비이성적인 마음 상태였다. 즉 운동 부족으로 명랑함이 사라지고 미국 여성의 우상 — 찻주전자 — 에게 지나치게 헌신하다 보니, 스스로 근육은 하나도 없고 신경만 곤두선 존재처럼 느껴지는 것이다.

「그래.」 메그가 거울을 보며 말했다. 「난 나이 들고 못생겨지는 중이야. 존은 이제 나한테 흥미가 사라져서 시들어 가는 아내를 내버려 두고 자식이 없는 예쁜 이웃을 보러 가는 거야. 음, 아이들은 날 사랑해. 내가 마르고 창백해도, 머리를 곱슬곱슬하게 말 시간이 없어도 신경 안 써. 아이들이 내 위안이야. 언젠가 존은 내가 아이들을 위해 기쁘게 희생했음을 알아줄 거야. 그렇지, 애들아?」

이 가슴 아픈 호소에 데이지는 킥킥거리고 데미는 까르르

거리면서 대답했고, 메그는 한탄을 잠시 내려 두고 어머니로서의 기쁨을 즐기며 잠시나마 외로움을 달랬다. 그러나 존이 정치에 빠지면서 고통은 더욱 커졌다. 존은 메그가 자신을 그리워한다는 사실을 까맣게 모른 채 흥미로운 문제에 대해서 이야기를 나누러 늘 스콧을 찾아갔다. 그러나 메그는 한마디도 하지 않았고, 결국 어느 날 마치 부인이 울고 있는 메그를 발견하고 무슨 일인지 알아야겠다며 고집했다. 메그가 점점 힘이 없어지는 것을 놓치지 않았던 것이다.

「엄마가 아니면 아무한테도 얘기하지 않겠지만, 정말로 조언이 필요해요. 존이 계속 이런 식으로 나오면 저는 과부나 다름없어요.」 브룩 부인이 상처받은 듯 데이지의 턱받이로 눈물을 닦으며 대답했다.

「이런 식이라니 무슨 뜻이니, 메그?」 어머니가 걱정스럽게 물었다.

「존은 낮이고 밤이고 집에 없어요. 밤에는 존을 보고 싶지만, 존은 항상 스콧 부부 집에 가요. 제일 힘든 일은 제가 다 하고 즐거운 일은 하나도 없다니, 불공평해요. 남자는 너무 이기적이에요, 제일 훌륭한 남자도 똑같아요.」

「여자도 마찬가지야. 존을 탓하기 전에 네가 뭘 잘못했는지 생각해 봐.」

「하지만 절 방치하는 건 잘못이잖아요.」

「네가 존을 방치하지는 않았고?」

「왜 그러세요, 엄마. 제 편을 들어 주실 줄 알았는데!」

「물론 너를 동정하지. 하지만 잘못한 사람은 너 같구나,

메그.」

「뭘 잘못했다는 건지 전 모르겠어요.」

「내가 가르쳐 줄게. 존의 유일한 여가 시간인 저녁때 네가 항상 남편과 함께 시간을 보냈는데도 존이 네 말처럼 널 방치하는 거니?」

「아뇨. 돌봐야 할 애가 둘이나 있으니 이제 그렇게는 못 해요.」

「메그, 넌 할 수 있고 해야만 해. 솔직하게 말할 테니까, 엄마란 딸을 불쌍하게 여기기도 하지만 혼내기도 해야 한다는 걸 이해해 줄래?」

「그럴게요! 어린 메그라고 생각하고 말씀해 주세요. 아이들이 저만 바라보고 있으니까, 이제 그 어느 때보다도 가르침이 필요하다는 생각이 많이 들어요.」

메그가 낮은 의자를 어머니 쪽으로 당겨 앉았고, 두 여자는 각자 무릎에 자그마한 방해꾼을 앉힌 채 몸을 흔들면서 다정하게 이야기를 나누었다. 모성이라는 끈이 두 사람을 그 어느 때보다도 단단히 묶어 주는 느낌이었다.

「넌 대부분의 젊은 아내들이 하는 실수를 저지른 것뿐이야…… 아이들을 향한 사랑 때문에 남편에 대한 의무를 깜빡하는 거 말이야. 아주 자연스럽고 용서받을 수 있는 실수란다, 메그. 하지만 더 어긋나기 전에 조치를 취하는 게 좋아. 애들이 너희 두 사람을 그 어느 때보다도 가깝게 만들어야지, 멀어지게 하면 안 돼. 애들은 너 혼자 낳았고 존은 부양만 할 뿐 아무 관계도 없는 것처럼 말이야. 몇 주 동안 그런 모습이 눈에 띄었지만, 시간이 지나면 괜찮아지겠지 싶어서 아무 말도 하지 않았단다.」

「괜찮아질 것 같지 않아요. 제가 가지 말라고 하면 존은 질투한다고 생각할 텐데, 전 그런 생각으로 존을 모욕하고 싶지 않아요. 존은 저한테 자기가 필요하다는 걸 모르고, 전 말없이 알려 줄 방법을 모르겠어요.」

「존이 나가고 싶지 않을 만큼 즐겁게 해주렴. 메그, 존은 자기 집을 간절히 원하지만 네가 없으면 집이 아니야. 넌 항상 아이방에 있잖니.」

「그래야 하는 거 아니에요?」

「항상 그래야 하는 건 아니야. 너무 갇혀 지내면 초조해지고, 그러면 아무것도 못 하게 돼. 게다가 넌 애들뿐만 아니라 존에 대한 의무도 있어. 애들 때문에 남편을 무시하지 말고, 아이방에서 남편을 내쫓지도 말고, 존에게 돕는 방법을 가르치렴. 네 자리만이 아니라 존의 자리도 그곳이야. 아이들에게는 존이 필요해. 존이 자기 역할도 있다고 느끼게 해주렴. 그러면 존은 충실하게 제 역할을 할 거고, 너희 모두에게 좋을 거야.」

「정말 그렇게 생각하세요, 엄마?」

「난 알아, 메그. 나도 겪었거든. 그리고 난 효과가 증명되지 않은 충고는 잘 하지 않는단다. 너랑 조가 어렸을 때 나도 너처럼 그랬어. 너희들한테 완전히 헌신하지 않으면 내 의무를 다하지 않는 것 같았지. 가엾은 아버지는 내가 모든 도움을 거절하자 책에 빠졌고, 나 혼자 애쓰도록 내버려 뒀어. 나는 최선을 다해 노력했지만 조를 감당할 수 없었지. 지나치게 응석을 받아 줘서 조를 망칠 뻔했어. 또 네가 몸이 너무 약해서 걱정을 하다가 결국 내가 쓰러졌고. 그러자 아버지가 와서 날 구해 줬단다. 아버지가 말없이 모든 일을 했는데, 너무나 큰 도움이 되었기 때문에 나도 내 실수를 깨달았지. 그 뒤로는 네 아버지 없이 아무것도 할 수가 없었어. 그게 우리 집안이 행복한 비결이야. 아버지는 우리 모두에게 영향을 끼치는 사소한 보살핌과 의무를 절대 일 때문에 게을리하지 않고, 나는 집안일을 걱정하느라 아버지의 일에 대한 관심을 놓치지 않으려고 노력하지. 우리는 각자 많은 일을 따로 하지만 집에서는 항상 함께한단다.」

「정말 그래요, 엄마. 저의 가장 큰 소원은 제 남편과 아이들한테 엄마 같은 아내이자 엄마가 되는 거예요. 방법을 가르쳐 주세요, 뭐든 시키는 대로 할게요.」

「넌 항상 말 잘 듣는 딸이었지. 음, 내가 너라면 데미를 존에게 더 많이 맡길 거야. 데미는 훈육이 필요한데, 빠를수록 좋으니까 말이야. 그리고 내가 너한테 자주 제안했던 것처럼 해나를 불러서 도움을 받을 거야. 해나는 아이를 정말 잘 보거든. 그러니까 애들은 해나한테 맡기고 넌 집안일을 더 하렴. 넌 운동이 필요하고 해나는 조금 쉴 수 있으니까 좋을 거고, 존은 자기 아내를 되찾을 거야. 좀 더 자주 나가고, 바쁘게만 지내지 말고 명랑하게 지내렴. 네가 가족의 햇살이야, 네가 우울하면 집안 날씨가 흐려지는 거야. 그리고 나라면 존이 좋아하는 것에 흥미를 가져 볼 거야…… 존이랑 이야기를 나누고, 존한테 책이나 신문을 읽어 달라고 하고, 생각을 나누고, 그런 식으로 서로 돕는 거지. 여자라고 해서 상자 안에 갇혀 있지만 말고 세상이 어떻게 돌아가는지 이해하고, 혼자 공부해서 이 세상에서도 한몫을 하렴. 그게 다 너와 네 가족에게 영향을 주니까 말이야.」

「존은 너무 똑똑해서 제가 정치나 뭐 그런 것들에 대해서 물어보면 멍청하다고 생각할까 봐 걱정돼요.」

「그러지 않을 거야. 사랑은 수많은 잘못을 덮어 주잖니. 네가 남편 말고 누구한테 마음 편하게 물어볼 수 있겠니? 한번 해봐. 존이 스콧 부인이 차려 주는 식사보다 너랑 함께 보내는 시간을 더 좋아하는지 아닌지 한번 보렴.」

「그럴게요. 불쌍한 존! 제가 존을 너무 방치했나 봐요. 하지만 제가 옳은 줄 알았고, 존은 아무 말도 하지 않았어요.」

「존은 이기적으로 굴지 않으려고 노력했지만 좀 쓸쓸하다고 생각했을 거야. 메그, 지금이 바로 젊은 부부가 멀어지기 쉬운 때야. 이런 때야말로 그 어느 때보다도 함께해야 한단다. 신혼의 다정함은 조심스럽게 지키지 않으면 금방 사라지거든. 부모에게 아기를 가르치는 처음 몇 년만큼 아름답고 소중한 시간은 없단다. 존과 아이들을 멀어지게 만들지 말렴. 시련과 유혹이 가득한 이 세상에서 존을 안전하고 행복하게 지켜 주는 것은 무엇보다도 아이들이야. 그리고 너희는 아이들을 통해서 서로를 이해하고 사랑하는 법을 배우게 될 거야. 자, 메그. 이제 그만 가보마. 내 말 잘 생각해 보고 괜찮다 싶으면 그렇게 해. 너희 모두에게 하느님의 축복이 함께하시길

빌게!」

메그는 어머니의 충고를 곰곰이 생각해 보며 괜찮다고 느꼈고, 그래서 실천에 옮겼다. 하지만 첫 시도가 정확히 계획대로 진행되지는 않았다. 물론 아이들은 큰 소리로 울고 발로 차면 원하는 것을 뭐든 얻을 수 있다는 사실을 깨닫자마자 독재자처럼 굴면서 온 집안을 지배했다. 엄마는 아이들 변덕의 가련한 노예였지만 아빠는 그렇게 쉽게 지배당하지 않았고, 가끔 아버지로서 사납게 날뛰는 아들을 훈육하려 해서 마음 약한 아내를 힘들게 만들었다. 데미는 아빠의 완고한 성격 — 고집이라고 하지는 말자 — 을 약간 물려받았으므로, 그 작은 마음으로 뭔가를 갖고 싶다거나 하고 싶다고 결정하면 왕의 모든 부하와 모든 말이 와도 그 끈덕진 마음을 돌릴 수 없었다. 엄마는 그 편향된 생각을 고치도록 가르치기에는 사랑스러운 아들이 너무 어리다고 생각했지만, 아빠는 순종을 빨리 배울수록 좋다고 믿었다. 그래서 데미 도련님은 아빠와 씨름을 하면 항상 최악의 결과가 생긴다는 사실을 일찍이 깨달았다. 그러나 영국인답게 자신을 꺾은 남자를 존경하고 사랑했고, 아빠의 근엄한 〈안 돼, 안 돼〉라는 말에서 엄마의 사랑 넘치는 손길보다 더 큰 인상을 받았다.

메그는 어머니와 이야기를 나누고 나서 며칠 후, 존과 친밀한 저녁 시간을 보내기로 마음먹었다. 그래서 요리사에게 맛있는 식사를 주문하고, 응접실을 정리하고, 예쁘게 차려입은 다음, 그 무엇도 이 실험을 방해하지 못하도록 아이들을 일찍 재우려고 했다. 그러나 불행히도 데미의 가장 꺾기 힘든 고집은 잠자리에 들지 않으려는 것이었고, 그날 밤 데미는 난동을 부리기로 작정했다. 그래서 불쌍한 메그는 아이를 안고 흔들면서 노래도 부르고 이야기도 해주며, 아이를 재울 온갖 방법을 생각나는 대로 시도해 보았지만 다 소용없었다. 커다란 눈은 절대 감기지 않았다. 데이지가 통통하고 순한 아이답게 조용해진 다음에도 말을 듣지 않는 데미는 불빛을 물끄러미 바라보며 누워 있었고, 정말 기운 빠지게도 말똥말똥한 표정이었다.

「데미야, 엄마가 내려가서 가여운 아빠한테 차를 드리는 동안 착하게 얌전히 누워 있을 거지?」 복도 문이 살살 닫히고 발꿈치를 든 익숙한 발소리가 식당으로 향하자 메그가 물었다.

「나도 차!」 데미가 즐거운 자리에 낄 준비를 하며 말했다.

「안 돼. 대신 케이크를 조금 챙겨 놨다가 아침에 줄게. 데이지처럼 얌전히 자면 말이야. 그렇게 할 거지, 아가?」

「네!」 데미가 이렇게 말한 다음, 얼른 잠들어서 간절히 바라는 내일을 앞당기려는 듯이 눈을 꼭 감았다.

메그는 얼른 살그머니 빠져나가 존이 특히 좋아하는 파란 리본을 머리에 달고 미소 띤 얼굴로 남편을 맞이했다. 존이 한눈에 리본을 알아보고 놀라며 기뻐했다.

「이런, 아기 엄마가 오늘 밤은 기분이 좋으시군요. 손님이라도 오시나요?」

「당신밖에 없어요.」

「생일이나 기념일이었어요?」

「아뇨, 초라하게 지내는 게 지겨워서 기분 전환 삼아 차려입었어요. 당신은 아무리 피곤해도 단정하게 차려입고 식탁에 앉잖아요. 그러니 나도 시간이 있을 땐 그렇게 해야 하지 않겠어요?」

「난 당신을 존중해서 그러는 거예요.」 구식인 존이 말했다.

「나도 똑같아요, 브룩 씨.」 이렇게 웃으며 찻주전자 너머로 존을 향해 고개를 끄덕이는 메그는 다시 젊고 예뻐 보였다.

「음, 정말 즐겁군요. 예전 같아요. 이것도 맛있군. 당신 건강을 위해 마실게요.」 존은 느긋하고 즐겁게 차를 마셨다. 그러나 그 분위기는 오래가지 않았다. 그가 찻잔을 내려놓자 웬일인지 문손잡이가 덜걱거리더니 안달하는 작은 목소리가 들렸기 때문이다.

「문 열어 주세요. 나 왔어요!」

「말썽꾸러기가 왔네요. 혼자 자라고 했더니 여기까지 내려왔어요. 캔버스 잠옷을 입고 돌아다니다가는 지독한 감기에 걸릴 텐데.」 메그가 문을 열어 주며 말했다.

「아침이에요.」 데미가 신이 나서 이렇게 말하며 긴 잠옷을 팔에 우아하게 걸치고 식당으로 들어왔다. 아이가 식탁 주변을 뛰어다니며 사랑스럽다는 듯 케이크를 바라보자, 고수머리가 흥겹게 흔들렸다.

「아니야, 아직 아침 아니야. 불쌍한 엄마 괴롭히지 말고 가서 자. 그래야 설탕 뿌린 케이크를 먹을 수 있어.」

「아빠 사랑해요.」 약삭빠른 아이가 이렇게 말하며 아빠의 무릎에 올라가서 금지된 즐거움을 누릴 준비를 했다. 그러나 존이 고개를 저으며 메그에게 말했다.

「방에서 혼자 자라고 말했으면 그렇게 하게 만들어야죠. 아니면 절대 당신 말을 듣지 않을 거예요.」

「네, 물론이죠. 가자, 데미.」 메그는 꼬마 훼방꾼의 엉덩이를 때려 주고 싶은 마음을 억누르며 아들을 데리고 나갔다. 아이는 아기방에 가자마자 뇌물을 손에 넣을 수 있을 거라는 착각에 빠져 폴짝폴짝 뛰며 열심히 따라왔다.

데미는 실망하지 않았다. 생각이 짧은 메그가 설탕 한 덩이를 주고 침대에 눕힌 다음, 이제 아침까지 돌아다니지 말라고 말했기 때문이다.

「네!」 데미는 거짓말로 대답하고 행복에 겨워 설탕을 빨아 먹으며 첫 번째 시도가 엄청난 성공을 거두었다고 생각했다.

메그가 자리로 돌아와서 즐거운 저녁 식사를 계속하고 있는데, 꼬마 유령이 다시 걸어 나와서 뻔뻔하게 요구하는 바람에 엄마의 범죄가 폭로되었다.

「설탕 더 주세요, 엄마.」

「이래선 안 되겠어요.」 존이 붙임성 있는 꼬마 죄인을 보고 단단히 마음을 먹으며 말했다. 「데미가 정해진 시간에 자러 가는 것을 배울 때까지 우리는 평화를 찾지 못할 거예요. 노예 노릇은 그만하면 오래 했잖아요. 따끔하게 가르치면 더 이상 이런 일은 없을 거예요. 침대에 눕히고 와요, 메그.」

「가만히 있지 않을 거예요. 내가 옆에 앉아 있지 않으면 꼭 이래요.」

「내가 가르칠게요. 데미, 엄마가 시키신 대로 위층으로 올라가서 침대에 누워.」

「싫어요!」 꼬마 반항아가 이렇게 대답하고는 탐내던 케이크로 다가가 아주 침착하고 대담하게도 그것을 먹기 시작했다.

「아빠한테 그렇게 말하면 안 되지. 네가 안 가면 아빠가 끌고 간다.」

「저리 가요, 아빠 싫어.」 데미가 엄마의 치마 뒤로 피했다.

그러나 이 피난처는 아무 소용 없었다. 데미는 〈너무 무섭게 하지는 말아요, 존〉이라는 말과 함께 적의 손에 넘겨졌기 때문이다. 이 말에 범인은 무척 당황했다. 엄마에게 버림받는다는 것은 곧 최후 심판의 날이 온다는 뜻이었다. 불쌍한 데미는 케이크를 빼앗기고 장난을 제지당한 채 우악스러운 손에 이끌려 그토록 싫어하는 침대로 끌려갔다. 아이는 화를 주체하지 못하고 아빠에게 대놓고 반항하면서 위층으로 끌려가는 내내 발로 차고 힘차게 소리를 질렀다. 데미는 침대에 눕혀지자마자 반대쪽으로 몸을 굴려 문을 향해 달려갔지만, 굴욕적이게도 작은 토가 같은 잠옷 뒷자락을 붙잡혀서 침대에 다시 눕혀졌다. 이 떠들썩한 소동이 계속되다가 마침내 힘이 다 빠진 꼬맹이가 한껏 목소리를 높여 울부짖었다. 보통 이렇게 소리 높여 울면 메그는 두 손을 들었다. 그러나 존은 귀가 안 들리는 기둥처럼 꼼짝도 하지 않고 앉아 있었다. 구슬림도, 설탕도, 자장가도, 이야기도 없었다. 심지어 불까지 꺼져서 불그스름한 난롯불만이 〈커다란 어둠〉을 생기 넘치게 만들었고, 데미는 공포심보다 호기심에 빠져 그것을 바라보았다. 데미는 새로운 질서가 정말 마음에 들지 않았다. 불같은 화가 가라앉고 다정한 노예의 기억이 떠오르자, 붙잡힌 독재자는 〈엄마〉를 부르며 불쌍하게 울부짖었다. 격렬한 고함 소리 다음으로 애처로운 울부짖음이 들려오자 마음이 약해진 메그는 위층으로 달려 올라가 애원했다.

「내가 옆에 있을게요. 이제 데미도 착하게 굴 거예요, 존.」

「안 돼요. 당신이 시킨 대로 자야 한다고 내가 말했으니까, 내가 밤새 자리를 지키는 한이 있어도 데미가 말을 들어야 해요.」

「하지만 저렇게 울다가는 병이 날 거예요.」 메그가 아들을 버린 자신을 나무라며 간청했다.

「병 안 나요. 지쳐서 금방 곯아떨어질 거고, 그러면 된 거예요. 시키는 대로 해야 한다는 걸 데미도 배울 테니까요. 끼어들지 말아요, 내가 알아서 할 테니까.」

「데미는 내 아들이에요. 이렇게 엄하게 혼나고 마음 상하게 만들 수는 없어요.」

「데미는 내 아들이기도 해요. 응석을 받아 줘서 성격을 망치게 할 수는 없어요. 메그, 애는 나한테 맡기고 내려가요.」

존이 엄한 말투로 얘기하면 메그는 항상 따랐고, 자신의 온순함을 한 번도 후회한 적 없었다.

「그럼 한 번만 입 맞추게 해줘요, 존.」

「그래요. 데미, 엄마한테 안녕히 주무시라고 인사드려. 종일 너희를 보살피느라 아주 피곤하시니까, 이제 그만 가서 쉬게 해드려야지.」

메그는 입맞춤이 승리를 가져다준다며 항상 그렇게 하기를 고집했다. 과연 입맞춤을 하고 나자 데미는 더 작은 소리로 흐느끼며 침대 발치에 조용히 누워서 슬프게 꼼지락거렸다.

〈불쌍한 녀석! 졸린데 울기까지 해서 지쳐 버렸군. 이불을 덮어 주고 가서 메그를 안심시켜야지.〉 이렇게 생각한 존은 반항적인 후계자가 잠들어 있기를 바라며 침대 옆으로 다가갔다.

그러나 아이는 아직 잠들지 않았다. 아빠가 들여다보는 순간 데미가 눈을 반짝 뜨더니, 작은 턱을 떨면서 양팔을 벌리고 참회의 딸꾹질을 했다. 「이제 안 그럴게요.」

문밖 계단에 앉아 있던 메그는 소동 뒤에 긴 침묵이 이어지자 의아했다. 그래서 온갖 말도 안 되는 상상을 하다가 그만 걱정을 덜려고 방으로 살그머니 들어갔다. 데미는 깊이 잠들어 있었다. 평소처럼 대자로 뻗은 자세가 아니라 아빠의 품에 안겨 몸을 작게 웅크리고 아빠의 손가락을 붙잡고 있었다. 꼭 자비로운 마음 덕분에 처벌이 약해졌음을 아는 것 같았고, 더 슬프지만 더 현명한 아이가 되어서 잠들었다. 존은 아이를 안고서 그의 손가락을 붙잡은 작은 손에서 힘이 빠질 때까지 여자처럼 참을성 있게 기다렸다. 그러다가 하루 일과보다 아들과의 싸움에 더 지쳐서 잠이 들었다.

메그는 베개 위의 두 얼굴을 바라보며 서서 혼자 미소를 짓다가, 살그머니 빠져나가며 만족스러운 듯 혼잣말을 했다.

「존이 애들한테 너무 엄하게 할까 봐 걱정할 필요 없었네.

존은 애들을 어떻게 다뤄야 하는지 잘 알아. 나한테 데미가 너무 버거워지고 있으니까 존이 정말 큰 도움이 될 거야.」

마침내 존이 수심에 잠기거나 화가 난 아내를 예상하며 내려왔다가 차분하게 보닛을 손질하는 메그를 발견하고 놀랐지만 기분은 좋았다. 게다가 메그는 존에게 너무 피곤한 게 아니라면 선거에 대한 기사를 읽어 달라고 했다. 존은 곧 어떤 종류의 혁명이 일어나고 있음을 깨달았지만, 현명하게 아무것도 묻지 않았다. 메그는 정말 투명한 사람이라서 절대 비밀을 간직하지 못하므로, 곧 단서가 나타나리란 사실을 알고 있었기 때문이다. 존은 아주 기꺼이 기나긴 논쟁을 읽어 준 다음 더없이 쉽게 설명해 주었고, 메그는 무척 관심 있는 표정으로 재치 있는 질문을 하며 국가의 상황에서 보닛의 상황으로 생각이 흘러가지 않게끔 애를 썼다. 그러나 메그는 정치가 수학만큼이나 재미없다고, 정치가들의 사명은 서로를 욕하는 건가 보다, 라고 속으로 생각했다. 그러나 이런 여자다운 생각들은 혼자만 간직한 채, 존이 잠시 말을 멈추자 고개를 저으며 최대한 외교적인 모호함을 담아서 말했다.

「음, 어떻게 될지 정말 모르겠네요.」

존은 웃음을 터뜨리며 메그를 잠시 바라보았다. 그녀는 모자에 달 레이스와 꽃을 들고서 존의 열변도 일깨우지 못한 진정한 관심을 가지고 그것들을 보고 있었다.

〈메그가 나를 위해서 정치에 관심을 가지려고 애쓰고 있으니, 나도 메그를 위해서 모자에 관심을 가지려고 애써야겠군. 그래야 공평하지.〉 존이 이렇게 생각하며 소리 내어 덧붙였다.

「정말 예쁘네요. 그게 브랙퍼스트 캡[73]이라는 건가요?」

「세상에, 이건 보닛이에요! 내가 연주회나 극장 갈 때 쓰는 제일 좋은 모자 말이에요.」

「미안해요, 너무 작아서 당연히 당신이 가끔 집에서 쓰는 모자인 줄 알았어요. 어떻게 고정하죠?」

「여기 이 레이스를 장미 봉오리랑 같이 턱 밑에다 묶는 거예요, 이렇게요.」 메그가 보닛을 쓰고 자기도 모르게 차분하고 만족스러운 분위기를 풍기며 그를 쳐다보았다.

「정말 예쁜 보닛이네요. 하지만 난 그 안의 얼굴이 더 마음에 들어요. 다시 젊고 행복해 보이니까요.」 그런 다음 존은 미소 짓는 얼굴에 입맞춤을 했고, 그 바람에 턱 밑의 장미 봉오리가 못쓰게 되었다.

「마음에 든다니 다행이에요. 이번에 열리는 연주회에 당신이 데려가 줬으면 좋겠다고 생각하던 중이었거든요. 기분을 가다듬어 줄 음악이 간절해요. 그렇게 해줄래요?」

「당연하죠. 기꺼이, 당신이 원하는 곳이라면 어디든 가요. 당신은 너무 오래 갇혀 지냈으니까 당신에게는 한없이 좋을 거고, 나도 즐거울 거예요. 어떻게 그런 생각을 다 했어요?」

「음, 저번에 엄마랑 이야기를 하다가 너무 초조하고 화가 나고 기분이 언짢다고 말씀드렸더니, 애들 돌보는 시간을 줄이고 기분 전환을 해야 한다고 하셨어요. 그래서 해나가 애들 보는 걸 도와주고 나는 집안일에 좀 더 신경을 쓰면서 가

73 기혼 여성이 아침 식사 때 쓰는 작고 수수한 모자.

끔 즐기기로 했어요. 너무 빨리 안절부절못하는 이상하고 나이 많은 여자가 되지 않도록 말이에요. 그냥 실험해 보는 거예요, 존. 나를 위해서만이 아니라 당신을 위해서도 노력해 보고 싶어요. 부끄럽게도 최근에 내가 당신을 너무 방치했잖아요. 가능하면 예전 같은 집을 만들 거예요. 반대하지 않을 거죠?」

존이 뭐라고 했는지, 어쩌다가 작은 보닛이 완전히 망가질 뻔했는지는 신경 쓰지 말도록 하자. 우리가 알아야 할 것은 이 집과 그곳에 사는 사람들에게 서서히 일어난 변화를 볼 때 존이 반대하지 않은 것 같다는 사실이다. 천국이라고 할 수는 없지만 분업 덕분에 다들 나아졌다. 아이들은 아버지의 지배하에 무럭무럭 자랐다. 꼼꼼하고 흔들림 없는 존은 아기 왕국에 질서와 순종을 가져왔다. 메그는 건강에 좋은 운동을 하거나 가끔 즐거운 시간을 보냈고, 현명한 남편과 허물없이 대화를 나누면서 기운을 되찾고 신경을 가라앉혔다. 집은 다시 집다워졌고, 존은 메그와 함께가 아니라면 집을 떠나고 싶어 하지 않았다. 이제 스콧 부부가 브룩 부부의 집으로 놀러 왔고, 이 작은 집이 행복과 만족, 가족애로 가득한 기분 좋은 곳임을 모두 느꼈다. 샐리 모펏마저도 이 집에 놀러 오는 것을 좋아했다. 「여긴 항상 너무 조용하고 기분 좋아. 정말 좋은 것 같아, 메그.」 그녀는 마치 그 마법을 찾아내어 커다란 자기 집에서도 쓰고 싶다는 듯 부러운 눈빛으로 주변을 둘러보며 말하곤 했다. 샐리의 집에는 햇살 같은 얼굴의 소란스러운 아이들도 없고, 네드가 살고 있는 자기만의 세계에 그녀를 위한 자리도 없었기 때문이다.

이러한 가정의 행복이 한꺼번에 찾아온 것은 아니었지만, 존과 메그는 그 열쇠를 찾아냈다. 결혼 생활은 한 해 한 해 지나면서 그 열쇠를 이용해서 진정한 가족애와 서로 돕는 마음이 가득한 보물 창고 여는 법을 가르쳐 주었다. 가장 가난한 사람이 가지고 있을지도 모르고, 가장 부유한 사람도 돈으로는 살 수 없는 보물 창고였다. 젊은 아내이자 어머니는 불안과 초조함과 세상의 열기로부터 안전한 선반에 기꺼이 올라간다. 그녀는 매달리는 아들딸들에게서 충성스러운 연인을 발견하고, 슬픔이나 가난이나 나이에도 굴하지 않는다. 그녀는 고대 색슨어의 〈집을 묶어 주는 끈〉[74]인 진정한 친구와 함께 궂은 날이든 맑은 날이든 나란히 걸어가고, 메그가 배웠듯이 여자의 가장 행복한 왕국은 가정이며, 가장 드높은 명예는 여왕이 아닌 현명한 아내이자 어머니로서 그곳을 지배하는 기술임을 배운다.

74 영어로 〈남편husband〉은 〈집을 묶어 주는 금속 끈house band〉을 뜻하는 앵글로색슨어에서 왔다는 설이 있다.

## 39장

# 게으름뱅이 로런스

로리는 일주일 예정으로 니스에 갔지만 한 달 동안 머물렀다. 그는 혼자 돌아다니는 것이 지겨웠고, 에이미라는 익숙한 존재가 외국 풍경의 일부면서도 고향 같은 따스함을 더해 주는 것 같았다. 로리는 예전처럼 〈칭찬〉을 받는 것이 그리웠고, 그 맛을 다시 즐기고 있었다. 모르는 사람의 칭찬은 아무리 과찬이라도 누이 같은 고향의 네 자매에게서 받았던 찬사의 반만큼도 기분이 좋지 않았다. 에이미는 절대 언니들처럼 로리를 칭찬하지는 않았지만 로리를 만나서 무척 반가웠고, 스스로 인정하는 것보다 더 그리워하고 있던 사랑하는 가족을 로리가 대표하는 것 같아서 그와 붙어 다녔다. 두 사람은 자연스럽게 함께 있으면서 위안을 얻었고, 승마를 하거나 산책을 하거나 춤을 추거나 어슬렁거리면서 많은 시간을 보냈다. 즐거운 계절의 니스에서는 아무도 부지런하게 지낼 수 없었다. 두 사람은 겉으로는 아주 스스럼없이 어울리는 것 같았지만, 반쯤은 의식적으로 서로를 새로 발견하며 상대방에 대한 평가를 만들어 나가고 있었다. 에이미의 점수는 매일 올라갔지만 로리의 점수는 매일 낮아졌고, 두 사람은 말은 하지 않았지만 그 사실을 느꼈다. 에이미는 로리를 기쁘게 해주려 노력했고, 성공을 거두었다. 에이미는 로리가 주는 수많은 즐거움이 고마웠기에 소소한 도움으로 되갚았다. 여자다운 여자는 그런 작은 행동에 말로 설명할 수 없는 매력을 담을 줄 안다. 로리는 어떤 노력도 하지 않고 최대한 편안하게 이리저리 떠다니며 잊으려 애썼고, 한 여자가 자신을 차갑게 대했으니 모든 여자가 자신에게 친절한 말을 빚지고 있다고 생각했다. 로리는 별로 노력하지 않아도 인심 좋게 굴 수 있었고, 에이미가 받아 주기만 했다면 니스에 있는 작은 장신구를 전부 사주었을 것이다. 하지만 동시에 로리는 에이미가 자신에 대해서 만들어 가고 있는 평가를 바꿀 수 없다는 느낌이 들었고, 깜짝 놀라서 슬픔과 질책이 반쯤 섞인 채 그를 지켜보는 날카롭고 푸른 눈이 무서웠다.

「오늘 다른 사람들은 전부 모나코에 갔어. 나는 여기서 편지를 쓰는 게 더 좋아서 남았고. 이제 다 썼으니까 발로즈[75]에 가서 스케치를 할 거야. 같이 갈래?」 어느 멋진 날 정오 즈음, 로리가 평소처럼 빈둥거리고 있을 때 에이미가 와서 말했다.

「음, 그래. 하지만 그렇게 오래 걷기에는 좀 덥지 않아?」 바깥의 눈부신 햇살을 쬐고 났더니 그늘진 객실이 더 솔깃해 보여서 로리가 느릿느릿 대답했다.

75 니스 북부에 위치한 지역으로, 〈발로즈Valrose〉는 프랑스어로 〈장미 계곡〉이라는 뜻이다.

「작은 마차를 타고 갈 거야. 바티스트가 몰면 되니까 로리 오빠는 양산만 들면 돼, 장갑이 상하면 안 되잖아.」 에이미가 로리의 약점인 티 하나 없는 새끼 염소 가죽 장갑을 비꼬듯 흘깃 쳐다보며 대답했다.

「그러면 기꺼이 갈게.」 로리가 이렇게 말하며 스케치북을 받아 들려고 손을 내밀었다. 그러나 에이미가 겨드랑이에 스케치북을 끼고 날카롭게 말했다.

「그럴 필요 없어. 나한테는 별로 무겁지 않지만 로리 오빠한테는 안 그런 것 같으니까.」

로리는 눈썹을 치켜올리더니 아래층으로 달려 내려가는 에이미를 느긋하게 따라갔다. 그러나 마차에 오르자 로리가 직접 고삐를 잡았기 때문에 꼬마 바티스트는 할 일이 없어서 자기 자리에 앉아 팔짱을 끼고 잠이 들었다.

두 사람은 절대 말다툼을 하지 않았다. 그러기에는 에이미가 가정 교육을 너무 잘 받았고, 로리는 너무 게을렀다. 그래서 잠시 후 로리가 괜찮냐는 듯 에이미의 모자 챙 아래를 들여다보자 에이미는 미소로 대답했고, 두 사람은 더없이 우호적인 분위기로 같이 마차를 타고 갔다.

멋진 드라이브였다. 두 사람이 달리는 구불구불한 길에는 아름다움을 사랑하는 사람의 눈을 즐겁게 해주는 그림 같은 풍경이 가득했다. 오래된 수도원에서 수도사들이 부르는 장엄한 성가가 흘러나와 두 사람에게까지 들렸다. 맨발에 나막신을 신고 뾰족한 모자를 쓰고 한쪽 어깨에 거친 재킷을 걸친 목동이 바위에 앉아서 파이프 담배를 피웠고, 염소들은 바위

틈을 뛰어다니거나 그의 발치에 누워 있었다. 온순한 쥐색 당나귀들이 갓 벤 풀로 가득한 바구니를 지고 지나갔는데, 푸른 풀 더미 사이에는 챙 넓은 모자를 쓴 예쁜 소녀나 물레로 실을 잣는 노파가 앉아 있었다. 까무잡잡하고 눈매가 부드러운 아이들이 옛날식 돌집에서 달려 나와 꽃다발이나 오렌지 꽃이 매달린 가지를 내밀었다. 울퉁불퉁한 올리브나무가 짙은 색 나뭇잎으로 산을 뒤덮었고, 과수원에는 황금빛 열매가 매달려 있었으며, 커다란 진홍색 아네모네가 길가를 장식했다. 그 너머로는 초록색 산비탈과 울퉁불퉁한 산꼭대기, 푸른 이탈리아 하늘 위로 뾰족하고 하얗게 솟은 마리팀 알프스[76]가 보였다.

발로즈는 이름과 어울리는 곳이었다. 항상 여름 같은 기후 때문에 사방에 장미가 피어 있었다. 장미는 아치 길에 매달리거나 커다란 문의 창살 사이로 몸을 내밀고 지나가는 사람들에게 달콤한 환영 인사를 건넸고, 대로를 따라 레몬 나무와 깃털 같은 야자수 사이에 늘어서서 언덕 위의 빌라까지 쭉 이어졌다. 앉아서 쉬라고 유혹하는 의자가 놓인 그늘진 구석마다 장미가 흐드러지게 피어 있었고, 시원한 동굴마다 꽃 베일 뒤에서 대리석 님프가 미소를 지었으며, 분수마다 심홍색과 흰색, 연분홍색 장미가 몸을 내밀고 자신의 아름다움에 미소 짓는 모습이 비쳤다. 장미꽃은 주택 벽을 뒤덮고 처마 장식을 따라 드리워지며 기둥을 타고 올랐고, 햇빛 찬란한 지중해와 해안가의 하얀 성벽 도시가 내려다보이는 넓

76 프랑스와 이탈리아의 국경을 따라 뻗은 알프스 산맥의 서쪽 부분.

은 테라스 난간 위로 만발했다.

「정말 신혼여행에 딱 맞는 천국이네, 안 그래? 이런 장미 본 적 있어?」 에이미가 테라스에서 잠깐 멈춰 풍경과 호화로운 향기를 즐기며 물었다.

「아니, 이런 가시도 처음이야.」 로리가 손이 닿지 않는 곳에 핀 진홍색 장미 한 송이를 꺾으려다가 실패한 다음, 엄지를 입에 가져다 대며 대답했다.

「더 아래쪽에 핀 꽃을 노려봐, 가시가 없는 꽃으로 말이야.」 에이미가 자기 뒤 벽을 별처럼 장식하는 작은 크림색 장미 세 송이를 모으며 말했다. 에이미가 화해의 선물로 로리의 단춧구멍에 꽃을 꽂아 주자, 그는 기묘한 표정으로 꽃을 내려다보며 잠시 서 있었다. 그는 이탈리아인 기질 때문에 미신을 믿는 편이었는데, 바로 그때 반쯤은 기분 좋고 반쯤은 괴로운 우울함에 빠져 있었다. 그럴 때 상상력이 풍부한 청년은 사소한 것에서 중대한 의미를, 모든 곳에서 로맨스의 먹이를 찾는 법이다. 로리는 가시가 돋친 빨간 장미를 향해 손을 뻗다가 조를 떠올린 참이었다. 강렬한 꽃이 조에게 어울리기도 했고, 그녀가 온실에서 키운 빨간 장미를 종종 옷에 달았기 때문이다. 이탈리아에서 에이미가 준 것처럼 옅은 색 장미는 죽은 사람의 손에 놓아 주지 절대 신부의 화관에는 꽂지 않았다. 그래서 로리는 순간적으로 이것이 조에 대한 징조일까, 자신에 대한 징조일까를 생각했다. 그러나 곧 미국인다운 상식이 감상을 이겼고, 로리는 웃음을 터뜨렸다. 에이미는 그가 여기 온 후 이렇게 진심으로 웃는 소리를 처음 들었다.

「좋은 조언이잖아. 손가락을 다치고 싶지 않으면 내 말을 듣는 게 좋을 거야.」 에이미는 로리가 자기 말 때문에 웃은 줄 알고 이렇게 말했다.

「고마워, 그럴게.」 로리가 장난스럽게 말했다. 하지만 몇 달 후 로리는 진심으로 그렇게 하게 된다.

「로리 오빠, 할아버지한테는 언제 갈 거야?」 에이미가 통나무 의자에 앉으며 물었다.

「곧.」

「지난 3주 동안 열두 번이나 그렇게 말했잖아.」

「감히 말하지만, 짧은 대답이 수고를 덜어 주지.」

「할아버지가 기다리시잖아, 진짜 가야 돼.」

「참 친절하기도 하지! 나도 알아.」

「그런데 왜 안 가?」

「타고나길 못돼서 그런가 봐.」

「타고나길 게을러서라는 뜻이겠지. 정말 형편없어!」 에이미가 엄격한 표정을 지었다.

「생각만큼 나쁜 건 아니야. 내가 가봤자 할아버지를 괴롭히기만 할 테니, 여기 좀 더 남아서 널 괴롭히는 게 낫지. 네가 더 잘 견디니까. 사실 네 적성에 참 잘 맞는 일 같아.」 로리가 넓게 튀어나온 난간에 비스듬히 앉았다.

에이미는 못 말린다는 듯 고개를 저으며 스케치북을 펼쳤지만, 곧 〈저 소년〉에게 한마디 해야겠다고 마음먹고 다시 입을 열었다.

「지금 뭐 하고 있어?」

「도마뱀 보고 있어.」

「아니, 아니. 뭘 하고 싶고 뭘 할 생각이냐고.」

「담배 피우고 싶어, 네가 허락만 하면.」

「정말 짜증 나게 구네! 난 시가가 싫지만 그림 그리게 해주면 허락할게. 모델이 필요해.」

「기꺼이. 어떻게 그릴 거야? 전신? 4분의 3? 물구나무를 설까, 똑바로 설까? 누운 자세를 정중하게 제안합니다. 그런 다음 너도 그림에 넣고 〈돌체 파르 니엔테〉[77]라고 제목을 붙이는 거야.」

「그대로 가만히 있어. 자고 싶으면 자도 돼. 난 열심히 그림을 그릴 테니까.」 에이미가 더없이 힘차게 말했다.

「정말 멋진 열의야!」 로리가 아주 만족스럽다는 듯 길쭉한 항아리에 몸을 기댔다.

「조 언니가 지금의 로리 오빠를 보면 뭐라고 할까?」 에이미는 훨씬 더 활동적인 언니를 들먹이면 로리를 뒤흔들 수 있지 않을까 싶어서 약간 짜증을 내며 말했다.

「늘 그렇듯이 〈저리 가, 테디. 나 바빠!〉라고 하겠지.」 로리가 이렇게 말하며 웃었지만, 자연스럽지 않았고 얼굴에 얼핏 그림자가 스쳤다. 익숙한 이름에 대한 언급이 아직 아물지 않은 상처를 건드렸기 때문이다. 들어 본 적 있는 말투와 본 적 있는 어두운 표정이었기 때문에 에이미도 알아차렸다. 그리고 에이미가 고개를 들었을 때, 마침 로리의 얼굴에 새로

77 Dolce far niente. 〈무위의 달콤함〉이라는 뜻의 이탈리아어.

운 표정이 스쳤다…… 고통와 불만, 후회로 가득한 아주 씁쓸한 표정이었다. 하지만 에이미가 자세히 살펴보기 전에 사라져 버리고 무심한 표정이 다시 돌아왔다. 에이미는 잠시 화가로서 로리를 바라보았다. 모자도 쓰지 않고 남부의 공상이 가득한 눈빛으로 햇볕을 쬐며 누워 있는 모습이 정말 이탈리아인 같았다. 로리는 에이미를 잊고 공상에 빠져든 듯했다.

「자기 무덤에서 잠든 젊은 기사의 조각상 같아.」 에이미가 어두운 돌을 배경으로 윤곽이 뚜렷한 옆모습을 조심스럽게 따라 그리며 말했다.

「그랬으면 좋겠네!」

「바보 같은 소리. 인생을 망친 것도 아니잖아. 오빠가 너무 많이 변해서 가끔 그런 생각이 들어…….」 에이미는 잠시 말을 멈추고 반쯤 자신 없고 반쯤 말하고 싶은 듯한 표정을 지었다. 끝내지 못한 말보다 더 의미심장한 표정이었다.

로리는 그 표정을 보고 말하다가 만 에이미의 애정 어린 걱정을 이해했다. 그가 에이미의 눈을 똑바로 바라보면서 그녀의 어머니에게 늘 그랬던 것처럼 말했다.

「전 괜찮습니다, 부인.」

그러자 에이미는 만족했고, 최근 그녀를 걱정시키기 시작한 의심을 내려놓았다. 게다가 무척 감동했기 때문에 진심 어린 투로 이렇게 말하며 그 감동을 드러냈다.

「그렇다니 다행이야! 난 로리 오빠가 아주 나쁜 사람이라고 생각하지는 않지만 그 끔찍한 바덴바덴에서 돈을 잃었거나, 남편이 있는 어느 매력적인 프랑스 여자에게 마음을 빼앗겼거나, 청년들이 외국 여행의 필수적인 부분이라고 생각하는 어떤 곤경에 처한 게 아닐까 생각했어. 거기 햇볕에 계속 누워 있지 말고 여기 풀밭에 와서 누워. 소파 구석에 모여 앉아서 비밀 이야기를 나눌 때 조 언니가 말했던 것처럼 〈친해지자.〉」

로리는 순순히 풀밭에 몸을 던지고 거기에 놓여 있던 에이미의 모자 리본에 데이지 꽃을 꽂았다.

「비밀 이야기 들을 준비됐어.」 로리가 무척 흥미로운 눈빛으로 시선을 들며 말했다.

「난 비밀 없어. 오빠부터 시작해 봐.」

「나도 전혀 없는데. 너희 집에서 무슨 소식이라도 왔나 했지.」

「최근 소식은 오빠도 다 들었잖아. 소식을 자주 전해 듣는 거 아니야? 조 언니가 편지를 엄청나게 많이 보내는 줄 알았는데.」

「조는 아주 바빠. 그리고 난 여기저기 돌아다니니까 규칙적으로 소식을 주고받을 수가 없잖아. 위대한 예술 작품은 언제 시작할 거야, 라파엘라?」 잠시 침묵이 흐르는 사이 로리는 에이미가 자신의 비밀을 알고 있을지 궁금해졌고, 그 이야기를 하고 싶었지만 갑자기 화제를 바꿨다.

「안 해.」 에이미가 절망적이면서도 단호하게 대답했다. 「로마에 갔다 온 다음부터 허영심이 전부 사라졌어. 거기서 놀라운 작품들을 많이 보고 났더니 난 너무 하찮아서 살 가치도 없다는 생각이 들었거든. 그래서 절망에 빠져서 바보 같은 희망은 전부 포기했어.」

「열정도 재능도 그렇게 많은데, 왜 포기를 해?」

「그래서야. 재능은 천재성이 아니고, 열정이 아무리 많아도 재능을 천재성으로 만들어 주지 못하니까. 난 정말 위대해지든지, 그게 아니면 아무것도 아닌 사람이 되고 싶어. 흔해 빠진 화가가 되지는 않을 거야. 그래서 이제 노력은 그만두려고.」

「그럼 이제 뭐 할 건데?」

「다른 재능을 갈고닦아서 사교계에 광채를 더하는 사람이 되어야지. 기회가 있으면 말이야.」

에이미다운 말이었고, 무모하게 들렸지만 젊은 사람들에게는 뻔뻔함이 어울린다. 그리고 에이미의 야망에는 굳건한 기반이 있었다. 로리는 미소를 지었지만, 오랫동안 품었던 목표가 사라지자 한탄하느라 시간을 낭비하지 않고 새로운 목표를 세우는 정신이 마음에 들었다.

「그렇지! 이제 여기서 프레드 본이 등장하겠군.」

에이미는 신중하게 침묵을 지켰지만, 아래를 내려다보는 얼굴에 뭔가 의식하는 표정이 떠올랐기 때문에 로리가 똑바로 일어나 앉아서 진지하게 말했다.

「친오빠처럼 몇 가지 물어보고 싶은데, 그래도 돼?」

「반드시 대답한다는 약속은 못 해.」

「네 입은 대답하지 않아도 네 얼굴이 대답할 거야. 넌 감정을 능숙하게 숨길 만큼 세상 물정에 익숙한 여자가 아니니까. 작년에 프레드와 너에 대한 소문을 들었는데, 내 개인적인 생각으로는 프레드가 그렇게 급하게 집으로 불려가서 오래 붙들려 있지 않았다면 뭔가 결론이 내려졌을 것 같아. 맞아?」

「그건 내가 할 이야기가 아니야.」 에이미가 단호하게 대답했지만 입술이 미소를 지었고 눈이 배신하듯 반짝였기 때문에, 그녀가 자기 힘을 알고 그것을 즐기고 있음이 탄로 났다.

「설마, 약혼한 건 아니겠지?」 로리가 갑자기 친오빠라도 된 듯 진지한 표정을 지었다.

「아니야.」

「하지만 프레드가 돌아와서 정식으로 무릎을 꿇으면 그렇게 되겠지, 안 그래?」

「그럴 가능성이 높지.」

「프레드를 좋아해?」

「노력하면 좋아할 수 있어.」

「하지만 적절할 때가 되기 전에는 노력하지 않겠다는 거야? 세상에, 정말 오싹할 정도로 신중하네! 에이미, 프레드는 좋은 녀석이지만 네가 좋아할 것 같은 남자는 아닌데.」

「그는 부자고, 신사고, 예의도 아주 발라.」 에이미는 침착하고 당당하게 말하려 했지만, 순수한 의도에도 불구하고 약간 부끄러운 느낌이 들었다.

「알겠다. 사교계의 여왕은 돈이 없으면 안 되니까 괜찮은 남자랑 결혼해서 시작하시겠다? 세간의 눈으로 보면 아주 합당하고 적절한 선택이지만, 너희 어머니 같은 분의 딸 입에서 그런 말이 나오니까 좀 이상하네.」

「하지만 맞잖아!」

짤막한 말이었지만 조용하고 단호한 분위기가 그 말을 한 젊은 아가씨와는 이상하게도 대조적이었다. 로리는 본능적으로 그것을 느끼고 설명할 수 없는 실망감과 함께 다시 자리에 누웠다. 에이미는 그의 표정과 침묵, 그리고 왠지 자신을 못마땅해하는 느낌 때문에 심란했다. 그래서 잔소리를 지체 없이 마저 하기로 결심했다.

「부탁인데, 정신을 좀 차리면 좋겠어.」 에이미가 날카롭게 말했다.

「네가 그렇게 해주든지.」

「마음만 먹으면 할 수 있어.」 에이미는 더없이 짧게 끝내고 싶다는 표정이었다.

「그럼 해봐. 허락할게.」 남을 놀리기 좋아하는 로리는 오랜만에 놀릴 대상이 생겨서 즐거워하며 대답했다.

「5분도 안 돼서 화낼 텐데.」

「난 너한테 절대 화 안 내. 부싯돌도 두 개가 부딪쳐야 불이 붙지. 넌 눈처럼 차갑고 부드럽잖아.」

「내가 뭘 할 수 있는지 로리 오빠는 몰라. 제대로만 하면 눈[雪]도 빛을 낼 수 있고, 따끔하게 만들 수도 있어. 오빠의 무심함은 반쯤은 척이야. 제대로 자극받으면 드러나겠지만.」

「자극해 봐. 나한테 해될 것도 없고, 넌 재미있을지도 모르잖아. 덩치 큰 남자가 자그마한 아내한테 맞으면서 말했던 것처럼 말이야. 나를 남편이나 카펫이라고 생각하고 지칠 때까지 때려 봐. 그런 게 너한테 맞는다면.」

에이미는 무척 짜증이 나서 로리를 이렇게까지 바꿔 놓은 무심함을 뒤흔들고 싶다는 생각에 혀와 연필을 날카롭게 다듬으며 입을 열었다.

「플로랑 내가 오빠한테 새 별명을 붙여 줬어. 〈게으름뱅이 로런스〉야. 마음에 들어?」

에이미는 로리가 짜증을 낼 거라고 생각했지만, 그는 팔을 베고 차분하게 말할 뿐이었다. 「나쁘지 않네. 고마워, 두 분.」

「내가 오빠를 솔직히 어떻게 생각하는지 알고 싶어?」

「궁금해 죽겠어.」

「경멸해.」

에이미가 샐쭉하고 새침하게 〈싫어해〉라고 말했으면 로리는 웃음을 터뜨렸을 것이고, 그 대답이 마음에 들었을 것이다. 그러나 이 말을 하는 에이미의 억양이 진지하고 거의 슬픈 듯했기 때문에 로리가 눈을 번쩍 뜨고 얼른 물었다.

「이유를 물어봐도 돼?」

「얼마든지 착하고, 부지런하고, 행복하게 지낼 수 있는데도 나쁘고, 게으르고, 불행하게 지내니까.」

「말이 좀 심하네요, 마드무아젤.」

「괜찮으면 계속할게.」

「부탁해. 꽤 재미있네.」

「그렇게 생각할 줄 알았어. 이기적인 사람들은 항상 자기 이야기하는 걸 좋아하니까.」

「내가 이기적이라고?」 자기도 모르게 깜짝 놀란 말투로 질문이 튀어나왔다. 로리가 자부하는 단 하나의 장점이 바로 후한 인심이었기 때문이다.

「그래, 정말 이기적이야.」 에이미가 말했다. 침착하고 냉정한 목소리가 화난 목소리보다 두 배로 효과적이었다. 「어째서 그런지 말해 줄게. 우리가 장난스럽게 어울리는 동안 오빠를 유심히 관찰했는데, 전혀 마음에 들지 않았으니까. 오빠는 지금 거의 6개월 동안 외국에서 지내며 시간과 돈을 낭비하고, 친구들을 실망시키는 것 말고는 아무것도 안 했어.」

「4년 동안 죽도록 고생했으니 좀 즐겨도 되는 거 아닌가?」

「별로 즐기는 것 같지 않아. 어쨌든 내가 보기에는 즐긴다고 해서 더 좋아진 것 같지도 않고. 처음 만났을 때 더 좋아졌다고 말했었지? 그 말 취소할래. 지금의 오빠는 미국에서 마지막으로 헤어질 때의 반만큼도 좋지 않으니까. 엄청나게 게을러졌고, 소문이나 좋아하고, 하찮은 일에 시간을 낭비하고, 현명한 사람의 사랑과 존경을 받는 대신 어리석은 사람들의 칭찬과 동경을 받으면서 만족하고 있잖아. 돈과 재능, 지위, 건강, 아름다움 — 아, 좋은가 봐! 하지만 그게 사실이니까 그렇게 말할 수밖에 없어 — 이 멋진 것들을 다 가지고 있으면서 그걸 이용하고 즐기는 게 아니라 빈둥대기만 하지. 어른스러운 남자가 되어야 하는데…….」 에이미는 고통과 연민이 담긴 표정으로 여기서 말을 멈췄다.

「석쇠 위의 성 라우렌티우스[78]가 되어서 너한테 들들 볶이고 있지.」 로리가 이렇게 덧붙이며 무뚝뚝하게 문장을 끝맺었다. 그러나 잔소리가 효과를 발휘하기 시작했다. 이제 로

78 St. Laurentius(225~258). 로마의 수호 성인. 석쇠 위에서 불에 타 순교했다고 전해진다.

리의 눈이 말똥말똥하게 깨어 반짝였고, 무관심한 표정 대신 반쯤 화나고 반쯤 상처받은 표정이 떠올랐기 때문이다.

「그렇게 받아들일 줄 알았어. 남자들은 우리를 천사라고 부르면서 자기들을 마음대로 바꿀 수 있다고 하지. 하지만 자기들 잘되라고 진지하게 충고를 하면 비웃으면서 들으려고 하지 않아. 남자들이 하는 듣기 좋은 말의 가치도 딱 그 정도인 거야.」 에이미가 씁쓸하게 말한 다음, 발치에 누운 짜증나는 순교자에게서 등을 돌렸다.

순식간에 스케치북으로 손이 내려와서 에이미는 그림을 그릴 수 없었다. 로리가 뉘우치는 아이의 목소리를 장난스럽게 흉내 내며 말했다.

「착하게 굴게요. 진짜 착하게 굴게요!」

그러나 에이미는 진지했기 때문에 웃지 않았고, 쫙 펼쳐진 손을 연필로 톡톡 치면서 차분하게 말했다.

「이런 손이 부끄럽지 않아? 여자 손처럼 희고 부드러워. 주뱅[79]의 최고급 장갑을 끼고 여자들한테 꽃을 꺾어 주는 것 말고는 아무것도 하지 않는 손 같아. 정말 다행히도 멋 부리는 사람은 아니라서 다이아몬드나 커다란 봉인 반지 같은 건 없고, 조 언니가 예전에 준 낡은 반지만 끼고 있네. 정말이지, 조 언니가 여기 있어서 날 도와주면 얼마나 좋을까!」

「나도 그렇게 생각해!」

손은 나타날 때와 마찬가지로 갑자기 사라졌고, 에이미가 원하는 것을 자신도 원한다고 말하는 목소리는 에이미의 마

79 Xavier Jouvin(1801~1844). 최고급 장갑을 만든 프랑스 장인이다.

음에 들 정도로 기운이 넘쳤다. 에이미는 문득 어떤 생각이 떠올라서 로리를 내려다보았다. 그러나 로리는 그늘을 만들려는 듯 모자로 얼굴을 반쯤 가리고 있었고, 턱수염이 입을 가렸다. 에이미에게는 로리가 한숨을 쉬느라 오르락내리락 하는 가슴밖에 보이지 않았고, 반지를 낀 손은 너무나 소중하거나 예민해서 차마 말로 할 수 없는 뭔가를 감추듯 풀밭에 놓여 있었다. 에이미의 머릿속에서 수많은 힌트와 사소한 일들이 순식간에 형태와 의미를 갖추더니, 언니가 절대 털어놓지 않은 사실을 말해 주었다. 에이미는 로리가 자발적으로 조 이야기를 꺼낸 적이 없다는 사실을 기억해 냈고, 조금 전 그의 얼굴에 비친 그림자, 변한 성격, 그리고 예쁜 손에 어울리지 않는 낡은 반지를 떠올렸다. 여자는 그런 징조를 읽고 그 뜻을 알아차리는 눈치가 빠르다. 에이미는 로리가 변한 근본적인 원인이 사랑의 괴로움일지도 모른다고 생각했었고, 이제는 그렇다고 확신했다. 에이미의 날카로운 눈에 눈물이 차올랐고, 다시 입을 열자 정말 아름다울 정도로 부드럽고 친절한 목소리가 흘러나왔다. 에이미는 본인이 원하면 그런 목소리를 낼 수 있었다.

「내가 이런 식으로 말할 권리가 없다는 거 알아, 로리 오빠. 오빠가 세상에서 제일 착한 사람이 아니었다면 나한테 크게 화를 냈을 거야. 하지만 우리 모두 오빠를 좋아하고 자랑스럽게 생각해. 우리 가족들이 내가 그런 것처럼 오빠한테 실망한다고 생각하면 견딜 수 없어. 하지만 어쩌면 우리 가족은 오빠의 변화를 나보다 더 잘 이해할지도 몰라.」

「그럴 것 같아.」 모자 밑에서 무너진 목소리만큼이나 마음을 울리는 차가운 목소리가 들려왔다.

「가족들이 나한테 미리 말해 줬으면 오빠한테 뭐라고 하는 대신 그 어느 때보다 친절하고 참을성 있게 대했을 거야. 난 랜들 양을 원래 좋아하지 않았지만 이젠 정말 싫어!」 눈치 빠른 에이미가 이번에는 자기 말이 맞기를 바라며 말했다.

「랜들 양이 뭐 어쨌다고!」 로리가 모자를 치우고 그 아가씨에 대한 감정을 분명히 드러내는 표정으로 말했다.

「미안해, 난 그냥…….」 에이미는 눈치 빠르게도 여기서 말을 멈췄다.

「아냐, 너도 잘 알잖아. 내가 조 외에는 아무도 진심으로 좋아하지 않았다는 거.」 로리가 특유의 경솔한 태도로 말한 다음 고개를 돌렸다.

「그렇게 생각은 했어. 하지만 다들 얘기해 주지 않았고, 오빠가 떠났길래 내가 착각한 줄 알았어. 그리고 조 언니가 오빠한테는 다정하지 않았어? 난 조 언니가 오빠를 무척 사랑하는 줄 알았어.」

「조는 물론 다정했지만 다른 의미였어. 내가 네 생각처럼 쓸모없는 놈이라면 조가 날 사랑하지 않아서 다행이네. 하지만 조가 잘못했어, 네가 그렇게 전해 줘.」

이렇게 말하는 로리의 표정이 다시 딱딱하고 씁쓸해졌기 때문에 에이미는 무슨 약을 발라 줘야 할지 몰라서 괴로웠다.

「내가 잘못했어, 몰랐어. 화내서 미안해. 하지만 좀 더 잘 견뎌 냈으면 좋겠어, 테디 오빠.」

「그렇게 부르지 마, 그건 조가 날 부르는 이름이야!」 로리가 재빨리 손을 들어 조가 반쯤은 다정하고 반쯤은 혼내는 말투로 부르던 이름을 막았다. 「너도 한번 겪어 봐.」 로리가 풀을 한 움큼 뜯으며 낮은 목소리로 말했다.

「나라면 남자답게 받아들이고 사랑받지 못할 바에는 존경이라도 받을 거야.」 에이미가 아무것도 모르는 사람답게 단호한 투로 말했다.

로리는 신음하지 않고, 연민도 요구하지 않고, 고민도 혼자 삭이며 놀랄 정도로 잘 견뎌 냈다고 자랑스러워했었다. 그러나 에이미의 잔소리를 들으니 이제 새로운 관점에서 보게 되었다. 첫 번째 실연 때문에 상심해서 우울하고 무심하게 구는 것이 약하고 이기적이라는 생각이 처음으로 떠올랐다. 로리는 갑자기 애달픈 꿈에서 깨어나 두 번 다시 잠들지 못하게 된 느낌이었다. 곧 로리가 자리에서 일어나 느릿하게 물었다.

「조도 너처럼 나를 경멸할까?」

「지금 오빠의 모습을 보면 그럴 거야. 조 언니는 게으른 사람을 싫어해. 뭔가 멋진 일을 해서 조 언니가 사랑하게 만드는 건 어때?」

「최선을 다했지만 소용없었어.」

「우등생으로 졸업한 것 말이야? 그건 할아버지를 위해서 그럴 수밖에 없었잖아. 오빠가 잘할 수 있다는 건 우리 모두 알아, 그렇게 많은 시간과 돈을 써놓고 실패했다면 창피했을 거야.」

「네가 뭐라고 하든 난 실패했어. 조가 날 사랑하지 않으니까.」 로리가 절망적으로 손에 머리를 기대며 말했다.

「아니, 그렇지 않아. 결국은 그렇지 않다고 말할 거야. 오빠한테 좋은 일이 됐잖아. 노력하면 해낼 수 있다고 증명했잖아. 다른 일을 하면 금방 활발하고 행복한 모습을 되찾고 괴로움도 잊을 수 있을 거야.」

「불가능해!」

「한번 해봐. 그렇게 어깨만 으쓱하면서 〈애가 뭘 알겠어〉라고 생각하지 말고. 나는 현명한 척하지는 않지만 열심히 관찰하고, 오빠가 생각하는 것보다 훨씬 많은 걸 봐. 난 다른 사람들의 경험과 모순에 관심이 많아. 설명은 못 하겠지만 그런 것들을 기억해 놨다가 나한테 유리하게 이용해. 오빠가 원한다면 조 언니를 평생 사랑해도 되지만, 그것 때문에 인생을 망치지는 마. 원하는 것 하나를 갖지 못한다고 너무나 많은 재능을 버리는 건 나쁜 짓이야. 이제 잔소리는 그만할게. 난 알아, 오빠는 결국 눈을 뜨고 무정한 조 언니와 상관없이 남자답게 이겨 낼 거야.」

두 사람 다 몇 분 동안 말이 없었다. 로리는 자리에 앉아서 손가락에 낀 반지를 빙글빙글 돌렸고, 에이미는 말하는 내내 서둘러 그리던 스케치를 마무리했다. 곧 에이미가 스케치북을 로리의 무릎에 올려놓고 짧게 말했다.

「어때?」

로리가 그림을 보고 미소를 지었다. 정말 잘 그렸기 때문에 그러지 않을 수가 없었다. 게으르게 풀밭에 누운 기다란 형체, 무심한 얼굴, 반쯤 감긴 눈, 한 손에 든 시가에서 소용돌이치며 피어올라 몽상가의 머리를 감싸는 연기.

「정말 잘 그렸다!」 로리가 에이미의 솜씨에 진심으로 놀라고 기뻐하며 말하더니, 반쯤 웃으며 덧붙였다.

「그래, 정말 나네.」

「지금 그대로야. 이건 예전 모습이고.」 에이미가 이렇게 말하며 로리가 들고 있던 스케치 옆에 또 다른 그림을 내려놓았다.

방금 그린 그림만큼 잘 그리지는 않았지만 수많은 결점을 보완하는 생기와 영혼이 담겨 있었다. 과거를 너무나 생생하게 불러왔기 때문에 갑작스런 변화가 그림을 바라보는 청년의 얼굴을 스치고 지나갔다. 말을 길들이는 로리를 대충 그린 스케치였다. 모자와 외투는 벗어 두었고, 활동적인 형체, 단호한 얼굴, 당당한 태도를 이루는 모든 선에 에너지와 의미가 가득했다. 잘생긴 말은 팽팽하게 당겨 잡은 고삐 밑에서 이제 막 순해져서 고개를 숙이고 서 있고, 한 발은 초조하게 땅을 차면서 귀는 자신을 길들인 목소리에 귀를 기울이는 것처럼 쫑긋 세웠다. 곤두선 갈기와 말에 탄 사람의 휘날리는 머리카락, 똑바로 앉은 태도를 보니 달리다가 갑자기 멈춘 모습을 포착한 듯했다. 〈돌체 파르 니엔테〉 스케치의 나른한 무기력함과 날카로운 대조를 이루는 힘과 용기, 젊은 쾌활함이 느껴졌다. 로리는 아무 말도 하지 않았다. 그러나 시선이 두 그림을 오갈 때 에이미는 로리가 그녀의 설교를 읽어 내고 받아들인 것처럼 얼굴을 붉히며 입술을 꾹 다무는 것을 보았다. 만족한 에이미는 로리의 말을 기다리지도 않고 활기차게 말했다.

「사람을 무서워하던 퍽을 처음 길들였던 날 기억나? 우리가 다들 지켜보고 있었잖아. 메그 언니랑 베스 언니는 겁에 질렸지만 조 언니는 박수를 치면서 팔짝팔짝 뛰었고, 나는 울타리에 앉아서 로리 오빠를 그렸어. 저번에 화첩에서 발견해서 손을 좀 본 다음 오빠한테 보여 주려고 가지고 있었어.」

「정말 고마워. 이때보다 실력이 정말 많이 늘었구나, 축하해. 〈신혼여행의 천국〉에서 이런 말을 하기는 아쉽지만, 너희 호텔 저녁 식사 시간이 5시였지?」

로리가 이렇게 말하며 자리에서 일어났다. 그는 미소를 짓고 고개 숙여 인사하며 그림을 돌려주었고, 도덕적인 설교도 끝이 있어야 한다는 사실을 상기시켜 주듯이 손목시계를 보았다. 로리는 아까처럼 편안하고 무심한 태도를 취하려고 했지만, 이제는 그런 척하는 것밖에 되지 않았다. 에이미의 자극이 그가 인정하고 싶은 것보다 더 효과가 있었기 때문이다. 에이미는 로리의 태도에서 차가움을 느끼고 속으로 생각했다.

〈나 때문에 기분이 상했구나. 뭐, 오빠한테 도움이 된다면 다행이지. 그것 때문에 나를 싫어하게 된다면 유감스럽겠지만, 그게 사실이니까 한마디도 무를 수는 없어.〉

두 사람은 웃고 잡담을 나누며 돌아왔고, 뒷자리에 앉아 있던 바티스트는 무슈와 마드무아젤이 기분이 좋은가 보다, 라고 생각했다. 그러나 두 사람 모두 불편한 기분이었다. 친근하고 솔직한 분위기가 흔들렸고, 햇살에 그림자가 드리워졌다. 겉으로는 기분 좋아 보였지만 두 사람의 마음에는 남모를 불만이 숨어 있었다.

「오늘 저녁에 올 거야, 〈몽 프레르〉?[80]」 고모의 방 앞에서 헤어질 때 에이미가 물었다.

「아쉽지만 약속이 있어. 〈오 르부아르, 마드무아젤.〉[81]」 로리가 이렇게 말하고는 외국식으로 에이미의 손에 입을 맞추려고 했는데, 이 행동이 그 어떤 남자보다도 잘 어울렸다. 하지만 로리의 표정 때문에 에이미가 재빠르게, 하지만 상냥하게 말했다.

「아냐. 나는 평소처럼, 예전처럼 대해 줘. 감상적인 프랑스식 인사보다 진심 어린 영국식 악수가 더 좋아.」

「안녕, 에이미.」 로리는 에이미가 좋아하는 말투로 이렇게 말하고 고통스러울 정도로 상냥하게 악수를 한 다음 떠났다.

다음 날 아침, 로리는 평소와 달리 에이미를 찾아오지 않고 쪽지를 보냈다. 에이미는 그것을 읽으면서 처음에는 미소를 지었고, 마지막에는 한숨을 쉬었다.

친애하는 스승님,

고모님께 인사를 전해 주고, 넌 기뻐하렴. 〈게으름뱅이 로런스〉가 정말 착하게도 할아버지에게 돌아가게 되었거든. 즐거운 겨울 보내고, 발로즈에서 더없이 행복한 신혼여행을 즐기기 바라! 너의 자극이 프레드에게도 분명 도움

80 mon frère. 〈오빠〉라는 뜻의 프랑스어.

81 Au revoir, mademoiselle. 〈안녕, 아가씨〉라는 뜻의 프랑스어.

이 될 거야. 프레드한테 그렇게 말해 주고, 축하 인사도 전해 줘.

고마운 마음을 담아, 텔레마코스[82]

「착하기도 하지! 떠나서 정말 다행이야.」 에이미가 만족스러운 미소를 지으며 말했다. 그런 다음 텅 빈 방을 둘러보며 슬픈 표정을 짓더니, 자기도 모르게 한숨을 쉬며 덧붙였다.

「그래, 기뻐. 하지만 오빠가 보고 싶을 거야.」

82 그리스 신화에 나오는 오디세우스와 페넬로페의 아들. 아버지를 찾아서 긴 여행을 떠나는데, 아버지를 찾지는 못하지만 강하게 성장한다.

40장

# 어둠의 골짜기

맨 처음의 씁쓸함이 지나가자 가족들은 불가피함을 받아들이고 씩씩하게 견디려고 애쓰며 더욱 커진 애정으로 서로를 도왔다. 이러한 애정은 힘든 시기에 가족을 더욱 단단히 묶어 주었다. 그들은 슬픔을 제쳐 두고 마지막 해를 행복하게 만들기 위해서 각자의 역할을 다했다.

집에서 제일 좋은 방을 베스에게 주고, 그곳에 베스가 가장 좋아하는 것 — 꽃, 그림, 베스의 피아노, 작은 재봉틀, 사랑하는 고양이들 — 을 전부 모아 놓았다. 아버지의 제일 좋은 책들, 어머니의 안락의자, 조의 책상, 에이미의 가장 뛰어난 스케치들도 그 방으로 옮겨졌다. 메그는 베스 이모의 얼굴을 햇살처럼 환하게 밝혀 주려고 아이들을 데리고 사랑의 순례를 했다. 존은 말없이 돈을 따로 모아서 병자에게 그녀가 사랑하고 원하는 과일을 선물하는 즐거움을 누렸다. 해나는 까다로운 입맛을 돋우기 위해 눈물을 흘리면서도 절대 지치는 법 없이 맛있는 음식을 만들었고, 바다 건너에서 날아오는 작은 선물과 유쾌한 편지는 겨울을 모르는 땅의 온기와 향기를 전해 주는 듯했다.

신전에 자리 잡은 집안의 성자처럼 사랑받는 베스가 여기에 앉아 있었지만, 언제나처럼 차분하면서도 바빴다. 그 무엇도 사랑스럽고 이기심 없는 천성을 바꾸지 못했기 때문이다. 베스는 삶을 떠날 준비를 할 때에도 뒤에 남아야 하는 이들을 행복하게 만들어 주려고 노력했다. 힘없는 손가락은 절대 쉬는 법이 없었다. 베스의 즐거움 중 하나는 매일 오고 가는 학생들을 위해서 작은 것들을 만들어 주는 것이었다. 손이 파랗게 언 아이들에게는 장갑을, 수많은 인형을 보살피는 꼬마 엄마들에게는 바늘꽂이를, 꼬불꼬불 힘들게 글씨를 쓰는 아이들에게는 펜 닦개를, 그림을 사랑하는 아이들에게는 스크랩북을, 그리고 온갖 기분 좋은 물건을 나누어 주었다. 마지못해 배움의 사다리를 오르던 아이들은 자기들이 가는 길에 꽃이 뿌려져 있음을 깨달았고, 이 아낌없이 주는 사람을 저 높은 곳에 앉아서 기적처럼 자기들이 좋아하고 필요로 하는 선물을 뿌려 주는 요정 대모님처럼 생각하게 되었다. 베스가 보답을 바랐다면 늘 그녀의 창가를 올려다보며 고개를 끄덕이고 미소를 짓는 환한 얼굴들과, 감사의 마음과 잉크 얼룩으로 가득한 우스운 편지들에서 그것을 찾을 수 있었다.

처음 몇 달은 무척 행복했다. 햇살이 가득한 베스의 방에 다 같이 앉아 있을 때면 베스는 종종 주변을 둘러보며 〈정말 아름다워!〉라고 말하곤 했다. 조카들은 바닥에서 발길질을 하며 까르르 웃었고, 어머니와 언니들은 근처에서 일을 했으며, 아버지는 듣기 좋은 목소리로 지혜롭고 오래된 책을 읽어 주었다. 책에는 몇 세기 전 처음 쓰였을 때나 지금이나 똑같이 적용할 수 있는 편안하고 좋은 말이 가득했다. 책을 읽어 주는 시간은 목사인 아버지가 그의 신도인 가족들에게 모두가 배워야 하는 힘든 교훈을 가르쳐 주는 작은 예배 시간이었다. 아버지는 희망이 사랑을 위로할 수 있고 믿음이 있으면 포기할 줄도 알게 된다는 것을 보여 주려고 애썼다. 듣는 이들의 영혼에 직접 와닿는 단순한 설교였다. 목사의 신앙 속에 아버지의 마음이 있었기 때문이다. 종종 떨리는 목소리 때문에 아버지가 읽는 구절이나 하는 말이 두 배로 풍성해졌다.

앞으로 다가올 슬픈 시간에 대비해서 이렇게 평화로운 시간을 보낸 것은 모두에게 잘된 일이었다. 곧 베스가 바늘이 〈너무 무겁다〉면서 영영 내려놓았기 때문이다. 대화도 너무 힘들고 표정을 짓는 것도 괴로웠으며, 통증만이 베스를 지배했다. 슬프게도 그녀의 연약한 육신을 괴롭히는 병은 고요한 정신마저 뒤흔들었다. 아아! 그토록 괴로운 날들, 그토록 길고 긴 밤들, 그토록 아픈 마음과 간절한 기도들. 베스를 사랑하는 이들은 애원하듯 내민 가녀린 손을 봐야 했고, 〈도와줘요, 도와주세요!〉라는 가슴 아픈 외침을 들어야 했으며, 도와줄 방법이 없음을 절감해야 했다. 차분한 영혼의 슬픈 소멸, 죽음과 힘겹게 싸우는 어린 생명. 그러나 자비롭게도 그 과정은 무척 짧았다. 자연스러운 저항이 끝나자 예전보다 더 아름다운 평화가 찾아왔다. 베스의 연약한 육신은 망가졌지만 영혼은 강해졌고, 말을 거의 하지 않았지만 주변에 모여든 사람들은 베스가 준비되었음을 느꼈다. 그들은 제일 먼저 불려가는 순례자가 가장 가치 있는 자임을 느꼈고, 베스와 함께 강가에서 기다리며 그녀가 강을 건널 때 맞이하러 오는 빛나는 이들을 보려고 애썼다.

베스가 〈언니가 옆에 있으면 내가 더 강해지는 것 같아〉라고 말한 이후, 조는 베스의 곁을 잠시도 떠나지 않았다. 조는 베스의 방 소파에서 자다가 자주 일어나서 불을 다시 피우고, 음식을 먹이고, 몸을 일으켜 주고, 〈수고를 끼치지 않으려고 애쓰며〉 거의 아무것도 요청하지 않는 참을성 많은 베스의 시중을 들었다. 조는 종일 방에서 서성이며 다른 사람이 베스를 돌보면 질투했고, 베스를 돌봐 줄 사람으로 선택된 것을 평생 그 어떤 일보다 큰 영광으로 여겼다. 필요한 가르침을 받았으므로 조에게는 무척 소중하고 도움이 되는 시간이었다. 끈질긴 가르침이 너무나 감미로웠기 때문에 조는 배우지 않을 수 없었다. 모두에 대한 자비, 매정함을 용서하고 진심으로 잊을 수 있는 사랑이 넘치는 마음, 가장 힘든 일도 쉽게 만들어 주는 의무에 대한 충실함, 아무것도 두려워하지 않고 의심 없이 믿는 진정한 믿음도 배웠다.

조가 잠에서 깨면 베스는 닳고 닳은 책을 읽고 있을 때가 많았고, 잠 못 이루는 밤을 보내려고 나직하게 노래하거나 손에 얼굴을 파묻고 투명한 손가락 사이로 천천히 눈물을 흘리기도 했다. 조는 가만히 누워서 눈물도 흐르지 않을 정도로 깊은 생각에 빠져 동생을 보았고, 베스가 특유의 단순하고 이타적인 방식으로, 성스러운 위로의 말씀과 조용한 기도와 그토록 사랑하는 음악을 통해 소중한 삶에서 벗어나 다음 생으로 나아가려 애쓰는 것을 느꼈다.

이러한 모습은 가장 현명한 설교나 가장 성스러운 찬송가, 가장 열렬한 기도보다 더 많은 것을 조에게 가르쳐 주었다. 그녀는 수없이 많은 눈물을 흘려 맑아진 눈과 더없이 감미로운 슬픔 때문에 말랑말랑해진 마음으로 동생의 삶이 얼마나 아름다운지 알아볼 수 있었다. 베스의 인생은 이렇다 할 사건도 없고 야망도 없었지만, 〈달콤한 향기를 풍기며 먼지 속에서 꽃을 피우는〉 진정한 미덕으로 가득했다. 그것은 바로 이 땅에서 가장 겸허한 이를 천국에서 가장 먼저 기억하게 만드는 무사 무욕(無私無慾)이었고, 누구나 거둘 수 있는 진정한 성공이었다.

어느 날 밤, 베스는 통증만큼이나 견디기 힘든 지루함을 잊게 해줄 것을 찾아서 탁자 위에 놓인 책을 뒤적이다가, 제일 좋아하는 『천로 역정』 사이에서 조가 휘갈겨 쓴 작은 쪽지를 발견했다. 그 이름을 보자 눈이 흐릿해졌다. 번진 글씨는 눈물을 흘린 자국이 분명했다.

〈불쌍한 조 언니! 지금은 잠들었으니까 깨워서 허락을 구하진 말아야지. 자기 건 뭐든지 나한테 보여 주니까 내가 이걸 봐도 신경 쓰지 않을 거야.〉 베스는 언니를 흘깃 보며 이렇게 생각했다. 조는 장작이 다 타서 내려앉자마자 일어나려고 부젓가락을 옆에 둔 채 깔개에 누워 잠들어 있었다.

나의 베스

축복의 빛이 다가올 때까지
그림자 속에 인내하며 앉아서
힘든 우리 가정에 축복을 내리는
평화롭고 성스러운 존재여.
그녀가 지금 기꺼이 서 있는
깊고 신성한 강가에서
이 세상의 기쁨과 희망, 슬픔이
파문처럼 부서지네.

오, 인간의 근심과 다툼에서 벗어나
나를 떠나가는 자매여,
너의 삶을 아름답게 만들어 준
그 미덕들을 나에게 선물로 남겨 주렴.
이 고통의 감옥에서도
불평하지 않고 씩씩한 마음을 유지하는
그 위대한 인내심을 내게 주렴.

기꺼이 걸어가는 너의 발밑에서
의무의 길마저 푸르게 만들어 주는
그 현명하고 감미로운 용기를 주렴.
나에게는 그것이 너무나 필요하단다.
거룩한 자비심으로

사랑을 위해 잘못을 용서하는
그 이기심 모르는 천성을 내게 주렴.
온순한 자매여, 나를 용서해 주렴!

그리하여 우리의 헤어짐은
쓰라린 고통에서 매일 벗어나리,
이 힘겨운 교훈을 내게 가르쳐 주니
나의 가장 큰 상실은 가장 큰 이익이 되리.
슬픔의 손길이 닿음으로써
내 거친 천성은 차분해지고
삶에 새로운 동경이 생기고
보이지 않는 것을 새로이 믿게 되리.

이제 나는 영원히 보리라,
강 건너 안전한 곳에서
나를 기다리는
사랑하는 가족의 영혼을.
내 슬픔에서 태어난 희망과 믿음은
수호천사가 되고
나보다 앞서간 자매는
그들의 손을 잡고 나를 집으로 이끌어 주리.

군데군데 얼룩지고 흐릿하게 번진 데다가 불완전하고 부족한 시였지만, 이것을 읽은 베스의 얼굴은 이루 말할 수 없을 만큼 평안해졌다. 베스의 단 한 가지 후회는 무엇도 이루지 못했다는 것이었는데, 이 시는 베스에게 그녀의 삶이 무용하지 않았다고, 그녀의 죽음이 그녀가 두려워하는 절망을 가져오지 않을 것이라는 확신을 주었다. 베스가 쪽지를 접어서 손에 들고 앉아 있을 때 다 타버린 장작이 무너졌다. 깜짝 놀라 잠에서 깬 조가 불씨를 되살리고 베스가 깨지 않았기를 바라며 침대 옆으로 다가갔다.

「잠은 못 잤지만 너무 행복해, 조 언니. 있잖아, 이걸 발견해서 읽어 봤어. 언니가 신경 쓰지 않을 걸 아니까. 내가 언니한테 정말 이랬어?」 베스가 간절하고 겸손하면서도 진지하게 물었다.

「아, 베스. 당연하지, 그렇고말고!」 조가 베스의 베개를 나란히 벴다.

「그러면 인생을 낭비했다고 생각하지 않아도 되겠다. 난 언니가 쓴 것만큼 대단하지는 않지만 올바르게 살려고 노력했어. 이제 너무 늦어서 더 잘할 수는 없지만, 누군가 나를 이렇게나 사랑하고 나에게 도움을 받았다고 생각하다니 무척 위로가 돼.」

「난 세상 누구보다 널 사랑하고 너에게 도움을 받았어, 베스. 널 보내지 못할 것 같다고 생각했었지만 이제는 너를 잃는 게 아니라고, 네가 내게 더 큰 존재가 될 거라고, 겉으로 어떻게 보이든 죽음은 절대 우리를 갈라놓을 수는 없다고 생각하는 법을 배우고 있어.」

「난 알아, 죽음은 우릴 갈라놓을 수 없어. 난 이제 죽음이 두렵지 않아. 난 여전히 언니의 베스일 거고, 그 어느 때보다 언니를 사랑하고 도울 거니까. 조 언니, 내가 떠나고 나면 언니가 나를 대신해서 부모님에게 모든 것이 되어 드려야 해. 부모님은 언니한테 의지하실 테니까 실망시키면 안 돼. 혼자서 너무 힘들면 내가 언니를 잊지 않는다는 걸, 부모님께 의지가 되는 것이 멋진 책을 쓰거나 전 세계를 다니는 것보다 더 행복하다는 걸 기억해. 우리가 이 세상을 떠날 때 가지고 갈 수 있는 건 사랑밖에 없고, 사랑이 마지막을 더 쉽게 만들어 주거든.」

「노력할게, 베스.」 조는 바로 그 자리에서 오랜 야망을 포기했고, 다른 욕망의 보잘것없음을 인정하며 불멸의 사랑에 대한 믿음이 얼마나 위로가 되는지 느끼면서 새롭고 더 나은 야망을 이루기로 맹세했다.

그렇게 봄날이 왔다가 물러갔다. 하늘은 더 맑아지고, 땅은 더 푸르러지고, 꽃들은 일찍 피었으며, 새들은 베스에게 작별 인사를 하러 때맞춰 돌아왔다. 베스는 어둠의 골짜기에서 아버지와 어머니의 다정한 인도를 받으며, 지쳤지만 믿어 의심치 않는 어린아이처럼 평생 자신을 이끌어 준 손에 매달려 하느님께 자신을 맡겼다.

책 속이 아니고서는 죽어 가는 사람이 기억할 만한 말을 하거나, 환영을 보거나, 더없이 행복한 얼굴로 떠나는 일은 드물다. 수많은 사람을 떠나보낸 자들은 마지막 순간이 대부분 잠드는 것처럼 자연스럽고 단순하게 다가온다는 사실을 잘 안다. 베스가 바랐던 대로 〈썰물은 수월하게 빠져나갔고〉,

그녀는 새벽이 오기 전 깜깜한 시간에 자신이 첫 숨을 내쉬었던 바로 그 품에서 사랑 가득한 눈빛을 한 번 보내고 작은 한숨을 한 번 내쉰 뒤 작별 인사도 없이 조용히 마지막 숨을 거두었다.

어머니와 자매들은 눈물을 흘리고, 기도를 드리고, 다정하게 쓰다듬으며 베스가 두 번 다시 고통으로 얼룩지지 않는 긴 잠에 들게 해주었다. 그리고 너무나 오랫동안 그들의 가슴을 아프게 했던 가련한 인내심이 사라지고 아름다운 평온이 떠오르는 것을 감사하는 눈으로 바라보았다. 그들은 사랑하는 베스에게 죽음은 두려움 가득한 유령이 아니라 자비로운 천사임을 깨닫고 경건한 기쁨을 느꼈다.

아침이 오자 몇 개월 만에 처음으로 불이 꺼지고, 조의 자리가 비고, 방이 아주 고요해졌다. 그러나 새싹이 움트는 가까운 가지에서 새 한 마리가 쾌활하게 노래했고, 창가에 스노드롭 꽃이 갓 피어났으며, 봄 햇살이 베개를 베고 누운 평온한 얼굴을 축복처럼 내리쬐었다. 그 얼굴에는 고통 없는 평화가 가득했기에, 그 얼굴을 가장 사랑하던 이들은 눈물을 흘리며 미소를 지었고, 마침내 베스가 아픔에서 벗어난 것을 하느님께 감사드렸다.

41장

# 잊는 법을 배우며

에이미의 설교는 로리에게 큰 도움이 되었지만, 물론 로리는 한참이 지난 후에야 그 사실을 인정했다. 남자들은 대부분 그렇다. 여자가 충고를 하면 만물의 영장인 남자는 원래 그렇게 할 생각이었다고 스스로 납득한 다음에야 그 충고를 받아들인다. 그런 다음 그 충고를 따라서 성공을 거두면 더 연약한 그릇[83]에게는 공을 반만 돌리고, 실패하면 너그럽게도 모든 탓을 여자에게 돌린다. 로리는 할아버지에게 돌아갔고, 몇 주 동안 너무나 충실하게 헌신했기 때문에 노신사는 니스의 기후 덕분에 로리가 놀랄 만큼 좋아졌다며 니스에 다시 다녀오는 게 좋겠다고 말했다. 젊은 신사 역시 무엇보다도 그렇게 하고 싶었지만, 코끼리가 와도 크게 혼이 났던 곳으로 그를 끌고 갈 수는 없었다. 자존심이 허락하지 않았다. 로리는 니스로 돌아가고 싶은 마음이 커질 때마다 인상 깊었던 말 — 〈경멸해〉와 〈뭔가 멋진 일을 해서 조 언니가 사랑하

83 신약 성경 「베드로의 첫째 편지」 3장 7절에 나오는 표현으로, 여자를 뜻하는 말이다.

게 만들어 봐〉— 을 되풀이하며 결의를 다졌다.

로리는 머릿속으로 그 일을 어찌나 곱씹었던지, 곧 자신이 이기적이고 게을렀다고 인정하게 되었다. 그러나 남자가 크나큰 슬픔을 겪고 나면 그것을 잊고 살아갈 때까지 온갖 엉뚱한 일을 거쳐야 한다. 로리는 상처 입은 사랑이 이제 죽었다고 생각했고, 언제까지나 충실하게 애도하겠지만 절대 보란 듯이 상복을 입지는 않을 생각이었다. 조는 그를 사랑하지 않겠지만, 한 여자의 거절이 그의 인생을 망치지 않았음을 증명하면 로리를 존경하고 존중할 것이다. 로리는 항상 무언가를 할 생각이었고, 에이미의 충고는 필요하지 않았다. 앞서 말한 상처 입은 사랑을 깔끔하게 장례 치를 때까지 기다려야 했을 뿐이었다. 이제 장례가 끝났으니 로리는 〈다친 마음을 숨기고 계속 열심히 살아갈〉 준비가 되었다.

괴테가 즐거울 때나 슬플 때 시를 썼듯이 로리는 음악으로 사랑의 슬픔을 치료해야겠다고 결심하고, 조의 영혼을 사로잡고 모든 사람들의 마음을 녹일 진혼곡을 작곡하기로 했다. 그러므로 노신사가 다시 불안정하고 시무룩해진 로리를 보고 떠나라고 하자, 그는 음악가 친구들이 살고 있는 빈으로 갔다. 로리는 뛰어난 작품을 만들어 내겠다고 굳게 결심했고 열심히 노력했다. 그러나 음악에 담기에는 슬픔이 너무나 컸는지, 아니면 인간의 고통을 덜기에는 음악이 너무 가벼웠는지, 로리는 진혼곡을 만드는 것이 자신의 역량을 넘어서는 과업임을 금방 깨달았다. 그는 아직 열심히 일할 마음 상태가 아니었고, 생각도 맑게 정화해야 했다. 한창 애처로운 선율에 빠져 있다가도 어느새 니스의 크리스마스 무도회가 — 특히 그 건장한 프랑스 남자가 — 생생하게 떠오르는 무도회곡을 흥얼거리는 바람에 슬픈 곡이 뚝 끊겼다.

처음에는 무엇이든 가능할 것 같았기 때문에 그다음으로는 오페라에 도전해 보았다. 그러나 여기서도 예상치 못한 어려움이 그를 괴롭혔다. 로리는 조를 여주인공으로 삼고 싶었기 때문에 기억에 의존하여 자기 사랑의 감미로운 추억과 낭만적인 모습을 떠올리려 했다. 그러나 기억은 배신자였다. 기억은 조의 비뚤어진 영혼이 씌기라도 했는지 그녀의 괴상함과 잘못, 변덕만을 보여 주었고, 로리는 가장 감상적이지 않은 모습 — 머리에 스카프를 두르고 매트를 때리거나, 소파 쿠션으로 바리케이드를 치거나, 거미지 부인처럼 그의 열정에 찬물을 끼얹는 모습 — 만 생각나서 참지 못하고 웃음을 터뜨리는 바람에 열심히 그리려 애쓰던 구슬픈 그림을 망쳐 버렸다. 무슨 수를 써도 조를 오페라에 넣을 수가 없었다. 그래서 로리는 정신을 집중하지 못하는 작곡가답게 머리카락을 움켜쥐고서 〈세상에, 조는 정말 골칫덩어리라니까!〉라고 외치며 포기할 수밖에 없었다.

로리가 음악 속 불멸의 존재에 어울리는 조금 더 유순한 아가씨를 찾아 주변을 둘러보자, 가장 어울리는 사람이 떠올랐다. 그 유령은 수많은 얼굴을 가지고 있었지만 항상 금발이었고, 한없이 얇은 구름에 싸여 있었으며, 장미와 공작새, 흰 조랑말, 파란 리본의 기분 좋은 소용돌이 속에서 그의 마음속을 경쾌하게 떠다녔다. 로리는 이 기분 좋은 생령에게 어떤 이름도 붙이지 않았지만 그녀를 여주인공으로 삼았고, 점점 더 좋아하게 되었다. 로리가 그녀에게 태양 아래 존재하는 모든 재능과 우아함을 주고 다른 여자라면 죽고 말았을 시련을 헤쳐 나가도록 상처 하나 없이 호위했으므로 그럴 수밖에 없었다.

이 영감 덕분에 당분간 작업이 순조로웠지만 점차 흥미가 떨어지기 시작했다. 로리는 작곡하는 것도 잊고서 펜을 들고 앉아 생각에 잠기거나, 새로운 아이디어를 얻고 기운을 내기 위해 즐거운 도시 빈을 돌아다녔지만, 그해 겨울에는 이 도시가 왠지 불안정하게 느껴졌다. 로리는 빈둥거리면서 생각을 많이 했고, 자기도 모르게 일어나는 변화를 의식하고 있었다. 「천재성이 끓어오르는 건지도 몰라. 부글부글 끓게 놔두고 어떻게 되는지 봐야겠다.」 그는 이렇게 말했지만, 천재성이 아니라 훨씬 더 흔한 것일지도 모른다는 의구심을 몰래 품고 있었다. 그것이 무엇이었든 멋지게 부글부글 끓어올랐다. 로리는 무질서한 삶이 점점 불만스러웠고, 영혼과 육신을 바쳐 열심히 노력할 만한 현실적이고 진지한 일을 간절히 바라기 시작했으며, 결국 음악을 사랑하는 사람이 모두 작곡가는 아니라는 현명한 결론에 도달했다. 그는 왕립 극장에서 모차르트의 오페라를 멋진 연주로 감상하고 돌아와서 자기 작품을 보고, 제일 괜찮은 부분을 몇 군데 연주해 보며, 자리에 앉아서 멘델스존과 베토벤, 바흐의 흉상을 멍하니 바라보았다. 흉상들 역시 인자하게 그를 바라보았다. 마침내 로리가 갑자기 악보를 하나씩 하나씩 찢었고, 마지막 장이 팔랑 팔랑 떨어지자 냉정하게 혼잣말을 했다.

「에이미의 말이 맞았어! 재능은 천재성이 아니고, 천재성이 될 수도 없어. 로마가 에이미의 허영심을 깨뜨렸듯이 저 음악이 내 허영심을 깨뜨렸어. 난 더 이상 가짜 음악가가 아니야. 이제 뭘 하지?」

이것은 대답하기 힘든 질문 같았고, 로리는 매일 생활비를 벌어야 하는 처지라면 좋겠다고 생각하기 시작했다. 로리는 언젠가 〈악마에게 간다〉고 말한 적이 있었는데, 만약 정말 그렇다면 돈은 많고 할 일은 하나도 없는 지금이 제일 위험할지도 몰랐다. 속담에 따르면 사탄은 부유하고 게으른 사람에게 일을 맡기기 좋아한다고 하지 않는가. 불쌍한 로리는 안팎으로 많은 유혹을 받았지만 꽤 잘 버텼다. 그는 자유를 중요하게 여겼고 믿음과 신의는 더욱 중요하게 여겼다. 그러므로 할아버지에게 한 약속과 자신을 사랑하는 여자들의 눈을 정직하게 바라보며 〈다 괜찮아요〉라고 진실하게 말하고 싶다는 욕망이 그를 안전하고 든든하게 지켜 주었다.

세상 사람들은 〈못 믿겠어, 남자가 다 그렇지 뭐. 젊은 남자는 방탕하게 살아야 하는 거야. 여자는 기적을 기대하면 안 돼〉라고 말할 것이다. 하지만 세상 사람들은 못 믿을지라도 나는 그것이 사실이라고 감히 말하고 싶다. 여자는 수많은 기적을 일으킨다. 나는 여자들이 이런 말에 따르기를 거부함으로써 남자의 수준을 끌어올리는 기적도 행할 수 있다고 굳게 믿는다. 남자가 다 그렇다면 그대로 내버려 두자 — 오래 둘수록 더 좋다 — 그리고 꼭 그래야 한다면 젊은 남자는 방탕하게 살게 두자. 그러나 어머니와 자매, 친구는 남자가 미덕 — 착한 여자가 볼 때에는 이런 미덕이야말로 가장 남자답다 — 에 충실할 가능성을 믿고 그 믿음을 보여 줌으로써 방탕함을 최소한으로 줄이고 가라지[84]가 수확을 망치지 않도록 도와줄 수 있다. 이것이 여자의 착각이라면 이 착각을 즐기도록 내버려 두기 바란다. 그런 착각조차 없다면 인생의 아름다움과 낭만이 절반은 사라질 것이고, 아직 어머니를 자기보다 더 사랑하고 그 사실을 부끄러움 없이 인정하는 용감하고 다정한 남자아이들에 대한 우리의 모든 희망을 슬픈 예감이 망칠 테니 말이다.

로리는 조에 대한 사랑을 잊으려면 몇 년 동안 온 힘을 쏟아야 할 것이라고 생각했다. 그러나 정말 놀랍게도 매일 쉬워지고 있음을 깨달았다. 처음에는 믿으려 하지 않았고, 자신에게 화가 났으며, 이해할 수가 없었다. 그러나 우리의 마음은 원래 이상하고 모순적이며, 시간과 자연은 우리와 상관없이 자신의 의지대로 흘러간다. 로리의 마음은 더 이상 아프지 않았다. 상처는 로리도 깜짝 놀랄 만한 속도로 아물었고, 그는 잊으려 애쓰는 대신 어느새 기억하려 애쓰고 있었다. 로리는 이렇게 될 줄 상상도 하지 못했고 준비도 되어 있지 않았다. 그는 자신에게 구역질이 났고, 스스로의 변덕에 깜짝 놀랐으며, 그토록 엄청난 타격으로부터 이렇게 빨리 회복할 수 있다는 사실에 실망과 위안이 뒤섞인 묘한 감정을

84 신약 성경에서 밀 농사를 망치는 해로운 잡초로 언급된다(「마태오의 복음서」 13장 참고).

느꼈다. 로리는 잃어버린 사랑의 불씨를 조심스럽게 휘저었지만, 불씨는 불길로 타오르려 하지 않았다. 그를 열병에 빠뜨리는 것이 아니라 따뜻하게 데워 주는 편안한 불빛밖에 없었다. 로리는 소년다운 열정이 더욱 차분한 감정으로 서서히 가라앉고 있음을 마지못해 인정할 수밖에 없었다. 그 감정은 무척 감미로웠고 아직 슬픔과 분노가 약간 섞여 있었지만, 시간이 흐르면 이 역시 지나가고 마지막까지 깨지지 않을 친남매 같은 애정만 남을 것이 분명했다.

〈친남매 같다〉는 단어가 머리를 스치자 로리는 미소를 지으며 눈앞에 걸린 모차르트의 그림을 흘끔거렸다.

〈음, 모차르트는 위대한 남자였어. 언니를 갖지 못하자 동생과 결혼해서 행복하게 살았지.〉

로리는 이 말을 입 밖에 내지는 않았지만 속으로는 떠올렸다. 그런 다음 곧장 예전부터 끼고 다니던 반지에 입을 맞추고 혼잣말을 했다

「아니, 난 그러지 않을 거야! 난 잊지 않았고, 절대 잊을 수 없어. 다시 시도해 보고 또 실패하면 그땐…….」

로리는 문장을 끝맺지 못한 채 펜과 종이를 들고 조에게 편지를 썼다. 그는 조가 마음을 바꿀 희망이 조금이라도 있다면 자신은 어떤 결정도 내릴 수 없다고 적었다. 마음을 바꿔서 로리가 집으로 돌아가 행복하게 살게 해주지 않겠냐고, 그럴 수는 없겠냐고 물었다. 로리는 답장을 기다리는 동안 아무것도 하지 않았지만, 너무나 초조해서 애가 탔다. 마침내 답장이 왔고, 어떤 면에서는 로리의 마음을 효과적으로

가라앉혀 주었다. 조가 그러지 않겠다고, 그럴 수 없다고 단호하게 말했기 때문이다. 조는 베스 때문에 정신이 없다고, 〈사랑〉이라는 말을 두 번 다시 듣고 싶지 않다고 했다. 그런 다음 로리에게 다른 사람과 함께 행복해지라고, 하지만 마음 한구석에는 사랑하는 누이 조를 위한 자리를 늘 간직해 달라고 간청했다. 그녀는 추신을 덧붙여 에이미에게 베스의 상태가 악화되었다는 말은 하지 말아 달라고, 에이미가 봄에 돌아올 예정인데 남은 여행을 슬픔으로 얼룩지게 만들 필요는 없다고 적었다. 그리고 하느님이 보살펴 주신다면 그때까지 시간이 충분하겠지만 에이미에게 자주 편지를 보내라고, 에이미가 외로워하지 않도록, 집을 그리워하거나 걱정하지 않도록 보살펴 달라고 했다.

「그럼 당장 그렇게 해야지. 불쌍한 에이미, 슬픈 귀향이 되겠어.」 로리는 에이미에게 편지를 쓰는 것이 몇 주 전에 끝내지 못했던 문장의 적절한 끝맺음이라도 되는 것처럼 책상을 열었다.

하지만 로리는 그날 편지를 쓰지 않았다. 제일 좋은 종이를 찾아서 뒤적이다가 무언가를 발견하고 생각을 바꾸었기 때문이다. 책상 한구석에서 고지서와 여권, 사업과 관련된 각종 서류 사이로 조의 편지가 여러 통 굴러다니고 있었다. 또 다른 칸에는 말린 장미 꽃잎을 안에 넣었는지 달콤한 향기가 살짝 나고 파란 리본으로 조심스럽게 묶인 에이미의 편지 세 통이 있었다. 로리는 후회와 즐거움이 뒤섞인 표정으로 조의 편지를 모아 잘 펴서 접은 후 작은 서랍에 깔끔하게 넣었다. 그런 다음 잠시 서서 생각에 잠겨 반지를 만지작거리다가 그것을 빼서 편지와 함께 넣고, 서랍을 잠그고, 슈테판 대성당에 가서 대미사에 참석했다. 장례식을 치른 기분이었다. 괴로움에 압도당하지는 않았지만, 그날을 마무리하는 방법으로는 매력적인 아가씨들에게 편지를 쓰는 것보다 미사에 참석하는 것이 더 적절할 것 같았다.

그러나 곧 편지를 보냈고, 금방 답장을 받았다. 에이미는 향수병에 걸렸고, 비밀을 털어놓듯이 그 사실을 로리에게 얘기했기 때문에 기분이 좋았다. 서신 왕래가 무척 활발해지고 이른 봄 내내 편지가 정기적으로 어김없이 오갔다. 로리는 흉상을 팔고 자신이 쓴 오페라를 갈가리 찢어 버린 다음, 곧 누군가가 도착하기를 바라며 파리로 돌아갔다. 니스에 가고 싶은 마음이 간절했지만 와달라고 할 때까지는 가지 않을 작정이었다. 에이미는 에이미대로 어떤 경험 때문에 〈우리 로리〉의 묻는 듯한 눈빛을 피하고 싶었으므로 그에게 와달라고 하지 않으려 했다.

프레드 본이 돌아와서 에이미가 한때 〈좋아요, 고마워요〉라고 대답하리라 결심했던 질문을 했지만, 에이미는 상냥하면서도 단호하게 〈고맙지만 안 되겠어요〉라고 말했다. 막상 현실로 닥치자 용기가 나지 않았고, 그녀의 마음을 감미로운 희망과 두려움으로 가득 채운 새로운 소망을 이루려면 돈과 지위 이상의 무언가가 필요하다는 사실을 깨달았기 때문이다. 〈프레드는 좋은 녀석이지만 네가 좋아할 것 같은 남자는 아닌데〉라는 말과 그 말을 하던 로리의 표정이 끈덕지게 떠올랐다. 그리고 그녀가 말이 아니라 표정으로 〈나는 돈을 보고 결혼할 거야〉라고 말했을 때의 자기 얼굴도 계속 떠올랐다. 지금 그때를 생각하니 너무나 괴롭고, 그 말을 주워 담고 싶었다. 너무나 여자답지 않게 들렸다. 에이미는 로리가 자신을 무정하고 속물적인 여자라고 생각하기를 바라지 않았다. 이제 에이미는 사교계의 여왕이 아니라 사랑받을 자격이 있는 여자가 되고 싶었다. 에이미는 자신이 지독한 잔소리를 했음에도 불구하고 그가 그녀를 싫어하지 않고 정말 아름답게 받아들여 주어서, 그 어느 때보다 상냥해져서 다행이라고 생각했다. 로리의 편지는 너무나 큰 위안이 되었다. 가족들의 편지는 무척 불규칙적이었고, 막상 와도 로리가 보낸 편지의 반만큼도 만족스럽지 않았다. 로리에게 답장을 쓰는 것은 즐거운 일일 뿐만 아니라 의무이기도 했다. 불쌍한 로리는 계속 무정하게 구는 조 언니 때문에 쓸쓸했고, 칭찬이 필요했기 때문이다. 조 언니는 로리를 사랑하려고 노력해야만 했다. 그렇게 어려울 리도 없었다. 그렇게 사랑스러운 남자가 자신을 좋아하면 대부분은 기쁘고 자랑스러워할 것이었다. 그러나 조 언니는 늘 다른 여자들과 달랐으므로, 에이미로서는 로리에게 상냥하게 굴면서 오빠처럼 대하는 수밖에 없었다.

세상 모든 오빠들이 이 당시의 로리처럼 대접받는다면 지금보다 훨씬 더 행복할 것이다. 에이미는 이제 절대 잔소리를 하지 않았다. 온갖 일에 대해 로리의 의견을 물었다. 에이미는 그가 하는 모든 일에 관심을 가졌고, 사소하지만 매력적인 선물을 만들어 주었으며, 생생한 잡담과 여동생이 할 법한 비밀 이야기, 주변의 사랑스러운 풍경을 그린 매혹적인 스케치로 가득한 편지를 일주일에 두 통씩 보냈다. 여동생이 자기 편지를 주머니에 넣고 다니면서 부지런히 읽고 또 읽고, 편지가 짧으면 울고, 길면 입맞춤을 하고, 보물처럼 소중히 간직한다는 것을 칭찬으로 받아들일 오빠는 거의 없을 테니 에이미가 그런 다정하고 바보 같은 행동을 했다는 말은 하지 말도록 하자. 그러나 그해 봄, 에이미는 확실히 약간 창백해지고 수심에 잠겼으며, 사교계에 대한 흥미를 많이 잃었고, 혼자 그림을 그리러 나갈 때가 많았다. 하지만 막상 돌아와서 보여 줄 그림은 별로 없었다. 에이미는 발로즈의 테라스에서 손을 포갠 채 앉아서 몇 시간이나 자연을 멍하니 바라보거나 떠오르는 생각을 그렸다. 무덤에 새겨진 건장한 기사, 모자로 눈을 가리고 풀밭에서 잠든 청년, 멋지게 차려입고서 키 큰 신사와 팔짱을 낀 채 무도회장을 누비는 소녀 같은 것들이었다. 최신 유행에 따라 두 사람의 얼굴 모두 흐릿한 채로 두었기에 안전했지만 전혀 만족스럽지는 않았다.

고모는 에이미가 프레드의 청혼을 거절한 것을 후회한다고 생각했다. 아니라고 항변해도 소용없고 설명도 할 수 없었던 에이미는 고모가 마음대로 생각하도록 내버려 둔 채 프레드가 이집트에 갔다는 소식을 일부러 로리에게 알렸다. 그렇게만 말해도 로리는 무슨 뜻인지 이해했고, 안도한 표정을 지으며 진중한 분위기로 혼잣말을 했다.

「에이미가 다시 생각할 줄 알았어. 불쌍한 프레드! 나도 다

겪어 봤으니 그 마음을 알겠군.」

로리는 이렇게 말하며 크게 한숨을 쉬었고, 이로써 과거에 대한 의무를 다했다는 듯이 소파에 발을 올리고 앉아서 에이미의 편지를 기분 좋게 즐겼다.

외국에서 이러한 변화가 일어나는 동안 집에는 고난이 찾아왔다. 그러나 베스가 위독하다는 편지는 에이미에게 닿지 못했고, 그다음 편지가 전해진 것은 이미 언니의 무덤에 풀이 푸릇푸릇 솟은 뒤였다. 슬픈 소식이 전해졌을 때 에이미는 브베에 머물고 있었다. 5월이 되어 날씨가 더워지자 에이미 일행은 니스를 떠나서 제노아와 이탈리아 호수를 거쳐 스위스로 천천히 이동했다. 에이미는 비보를 잘 견뎌 냈다. 그리고 베스에게 작별 인사를 하기에는 이미 늦었으니 여행을 일찍 끝내고 돌아올 필요는 없다고, 그곳에 머물며 슬픔을 달래는 것이 좋겠다는 가족의 지시에 조용히 따랐다. 그러나 에이미는 마음이 무척 무거웠고 집으로 돌아가고 싶었다. 그녀는 매일 호수 건너편을 애달프게 바라보며 로리가 와서 위로해 주기만을 기다렸다.

곧 로리가 찾아왔다. 두 사람 모두 같은 우편으로 편지를 받았지만, 로리는 독일에 있었기 때문에 며칠이 더 걸렸다. 로리는 편지를 읽자마자 짐을 꾸리고 동료 여행자들에게 작별 인사를 한 다음 기쁨과 슬픔, 희망과 불안이 가득한 마음을 안고 약속을 지키기 위해 출발했다.

로리는 브베를 무척 잘 알고 있었다. 그는 배가 작은 부두에 닿자마자 얼른 호숫가를 따라 캐럴 가족이 머물고 있던 라투르로 갔다. 호텔 직원은 안타깝다는 듯이 온 가족이 호수에 산책을 하러 갔다고 말하다가, 아니 금발의 마드무아젤은 성의 정원에 있을지도 모른다고 했다. 그는 무슈가 잠시 앉아서 기다려 주시면 순식간에 돌아올 거라고 말했다. 그러나 무슈는 〈순식간〉도 기다릴 수가 없었기에 대화를 끊고 직접 마드무아젤을 찾으러 갔다.

사랑스러운 호숫가에 자리 잡은 기분 좋고 오래된 정원이었다. 머리 위에서 밤나무가 부스럭거리고, 사방에서 담쟁이 덩굴이 기어올랐으며, 탑의 검은 그림자가 저 멀리 햇살이 부서지는 수면에 드리워져 있었다. 넓고 낮은 담 한구석에 의자가 하나 있었고, 에이미는 종종 그곳으로 가서 책을 읽거나 그림을 그리거나 주변의 아름다움을 감상하며 스스로를 위로했다. 그날도 에이미는 손에 머리를 기대고 그 자리에 앉아서 향수병에 시달리는 마음과 묵직한 눈으로 베스를 생각했고, 왜 로리가 오지 않을까 궁금해했다. 에이미는 로리가 안마당을 가로지르는 소리를 듣지 못했고, 지하 통로에서 정원으로 이어지는 아치 길에 멈춰 선 모습도 보지 못했다. 로리는 잠깐 서서 새로운 눈으로 에이미를 바라보며 예전에는 아무도 보지 못했던 것을, 에이미의 연약한 면을 보았다. 에이미 주변의 모든 것이 사랑과 슬픔을 말없이 드러내고 있었다. 무릎에 놓인 얼룩진 편지들, 머리카락을 묶은 검은 리본, 얼굴에 어린 여성스러운 고통과 인내, 목에 걸린 작은 흑단 십자가조차도 로리의 눈에는 애처로워 보였다. 에이미가 걸친 장신구는 로리가 준 그 목걸이밖에 없었다. 로리는 에이미가 자신을 어떻게 맞이할지 걱정했을지도 모르지만, 에이미가 고개를 들고 그를 보는 순간 걱정은 모두 사라졌다. 에이미가 모든 것을 내던지고 그를 향해 달려오면서 사랑과 그리움이 분명한 말투로 이렇게 외쳤기 때문이다.

「오, 로리, 로리 오빠! 올 줄 알았어!」

그 순간 모든 것이 정해졌고, 더 이상의 말은 필요 없었다. 두 사람은 잠시 말없이 서 있었다. 검은 머리가 금발 머리 위로 그녀를 지키려는 듯 숙여졌을 때, 에이미는 로리만큼 그녀를 위로하고 지탱해 주는 사람은 없다고 느꼈고 로리는 이 세상에서 조의 빈자리를 채우고 자신을 행복하게 만들어 줄 사람은 에이미밖에 없다고 결론을 내렸다. 로리가 에이미에게 그렇게 말한 것은 아니었다. 그러나 에이미는 실망하지 않았다. 두 사람 모두 진실을 느끼고 만족했으며, 나머지는 기꺼이 침묵에 맡겼다.

잠시 후 에이미는 자기 자리로 돌아갔다. 그녀가 눈물을 닦는 동안 로리가 흩어진 편지를 줍다가 닳고 닳은 여러 장의 편지와 좋은 징조를 보여 주는 그림을 발견했다. 로리가 옆에 앉자 에이미는 다시 수줍어져서 충동적이었던 환영 인사를 떠올리며 얼굴을 발갛게 물들였다.

「어쩔 수가 없었어. 너무 외롭고 슬픈 데다가 로리 오빠를 봐서 너무 반가웠단 말이야. 고개를 들었더니 오빠가 있어서 정말 깜짝 놀랐어. 안 올지도 모른다고 걱정하고 있었거든.」 에이미는 자연스럽게 얘기하려고 애썼지만 소용없었다.

「소식을 듣자마자 달려왔어. 사랑스러운 베스를 잃은 너에게 위로가 될 만한 말을 할 수 있으면 좋겠지만, 나는 그저…….」 로리 역시 갑자기 부끄러워져서 더 이상 말을 잇지 못했다. 무슨 말을 해야 할지 알 수 없었다. 로리는 어깨에 에이미의 머리를 기대게 하고 실컷 울라고 말하고 싶었지만 감히 그렇게 할 수 없었다. 그 대신 에이미의 손을 잡고 다 안다는 듯 꽉 쥐었는데, 그것이 말보다 나았다.

「아무 말 안 해도 돼, 이거면 충분히 위로가 돼.」 에이미가 살며시 말했다. 「베스 언니는 이제 건강하고 행복할 거고, 난 베스 언니가 돌아오기를 바라면 안 돼. 하지만 가족들이 보고 싶으면서도 집에 가기가 겁나. 말을 하면 울 것 같으니까 그 얘기는 하지 말자. 난 오빠가 여기 머무는 동안 즐겁게 지내면 좋겠어. 바로 돌아가야 하는 건 아니지?」

「네가 원하면 가지 않을게, 에이미.」

「응, 절대 가지 마. 고모와 플로는 정말 친절하지만 오빠는 가족과 마찬가지니까, 한동안 오빠가 있으면 나도 마음이 편할 거야.」

이렇게 말하는 에이미가 향수병에 걸려서 마음이 그리움으로 가득 찬 어린아이처럼 보였기 때문에 로리는 금방 부끄러움을 잊고 에이미가 원하는 대로 해주었다. 즉 예전처럼 머리를 쓰다듬으며 지금의 에이미에게 꼭 필요한 유쾌한 대화를 나누었다.

「불쌍한 에이미, 너무 슬퍼서 병이 났나 봐! 내가 보살펴 줄 테니까 이제 울지 마. 나랑 좀 걸어다니자. 바람이 너무 차서 가만히 앉아 있으면 안 되겠어.」 로리는 에이미가 좋아하는, 반쯤은 위로하고 반쯤은 명령하는 어조로 말했다. 그런 다음 모자를 씌워서 묶어 주고 팔짱을 끼더니, 새 잎이 돋아난 밤나무 아래 햇살이 비치는 길을 왔다 갔다 걷기 시작했다. 로리는 걷고 있으니 마음이 더 편안해졌다. 에이미는 강인한 팔에 기대어 자신을 보며 미소 짓는 익숙한 얼굴을 보고, 자신만을 위해 즐겁게 이야기하는 상냥한 목소리를 들으니 기분이 좋아졌다.

고풍스러운 정원은 수많은 연인들의 쉼터였고, 딱 그들을 위해 만들어진 것 같았다. 그들을 내려다보는 것은 탑밖에 없었고, 저 밑에서 물결치는 넓은 호수가 그들의 목소리를 삼켰다. 한 시간 동안 이 새로운 커플은 걸으면서 이야기를 나누었고, 담장에 앉아 쉬면서 시간과 장소를 너무나 매력적으로 만드는 달콤한 느낌을 즐겼다. 식사 시간을 알리는 종이 울려 낭만을 깨뜨렸을 때 에이미는 외로움과 슬픔이라는 짐을 그 정원에 두고 온 기분이었다.

캐럴 부인은 에이미의 얼굴이 달라진 것을 보고 새로운 깨달음을 얻었고, 혼자서 속으로 이렇게 외쳤다. 〈이제야 알겠군…… 로런스 청년을 그리워하고 있었구나. 세상에, 그건 생각도 못 했네!〉

이 선량한 부인은 칭찬받아 마땅한 신중함을 발휘하여 아무 말도 하지 않았고, 눈치를 챘다는 티도 내지 않았다. 그저 로리에게 좀 더 머물라고 진심으로 말했고, 에이미에게는 혼자 있는 것보다 훨씬 나을 테니 로리와 함께 시간을 보내라고 했다. 에이미는 말을 잘 듣는 조카였다. 고모는 플로와 함께 보내는 시간이 많았기 때문에 에이미가 친구를 상대해야 했고, 손님 접대를 평소보다 훨씬 더 잘 해냈다.

니스에서 에이미는 로리가 빈둥거리고 있다며 꾸짖었다. 브베에서 로리는 절대 게으름을 피우는 법 없이 항상 산책을 하거나, 말을 타거나, 배를 타거나, 더 열심히 공부했다. 에이미는 로리가 무엇을 하든 감탄하며 로리를 최대한 많이, 최대한 빨리 따라 했다. 로리는 자기가 변한 것은 날씨 덕분이라고 말했고, 에이미도 반박하지 않았다. 그녀도 건강과 생기를 되찾은 것에 대해 같은 핑계를 댈 수 있었기 때문에 다행이라고 생각했다.

기운을 북돋워 주는 공기가 두 사람 모두에게 효과를 발휘했고, 몸을 많이 움직이자 몸뿐만 아니라 마음에도 좋은 변화가 일어났다. 두 사람은 영원불변한 산속에서 지내다 보니 삶과 의무를 더욱 뚜렷하게 보게 된 것 같았다. 상쾌한 바람이 실망스러운 의심, 기만적인 공상, 침울한 안개를 날려 버렸다. 따뜻한 봄 햇살은 온갖 포부와 감미로운 희망, 행복한 생각을 불러왔다. 호수가 과거의 괴로움을 씻어 가고, 거대하고 오래된 산이 두 사람을 인자하게 내려다보며 이렇게 말하는 것 같았다. 〈귀여운 아이들아, 서로 사랑하려무나.〉

새로운 슬픔에도 불구하고 무척 행복한 시간이었다. 어찌나 행복했는지 로리는 말로 그 행복을 방해하는 것을 견딜 수 없었다. 로리는 그의 첫사랑이자 마지막이며 유일한 사랑이라고 굳게 믿었던 것이 너무나도 빨리 치유되어 깜짝 놀랐고, 그 충격에서 회복하기까지 시간이 조금 걸렸다. 로리는 조를 배신한 기분이 들었지만 조의 동생은 조나 마찬가지라고, 에이미가 아닌 다른 여자였다면 이렇게 빨리, 이렇게 깊이 사랑하지 못했을 거라고 생각하며 자신을 위로했다. 그의 첫 번째 구애는 폭풍 같았고, 이제는 긴 세월을 지난 후에 회상하는 것처럼 측은함과 후회가 뒤섞인 감정으로 돌아보게 되었다. 로리는 첫 구애가 부끄럽지 않았지만 고통이 끝나면 고맙게 여길 수 있는 달곰씁쓸한 인생 경험으로 치워 두었다. 그리고 두 번째 구애는 최대한 차분하고 단순하게 하겠다고 결심했다. 소동을 벌일 필요도 없고, 에이미에게 사랑한다고 말할 필요도 없었다. 말하지 않아도 에이미는 알고 있었고, 이미 오래전에 대답을 해주었다. 너무나 자연스럽게 이루어졌기 때문에 아무도 불평할 수 없었고, 로리는 모두가 — 심지어는 조까지도 — 기뻐하리란 사실을 알았다. 하지만 첫 번째 열정이 뭉개지면 두 번째를 시도할 때 조심스럽고 느려지는 법이다. 그래서 로리는 매시간을 즐기며 하루하루를 흘려보냈고, 새로운 로맨스의 가장 달콤한 첫 부분을 끝낼 말을 입 밖에 내는 것은 우연에 맡겼다.

로리는 달밤의 성 정원에서 더없이 우아하고 품위 있게 그 대단원의 막을 내리게 되리라 상상했지만, 실제로는 정반대였다. 그 일은 정오의 호수에서 무뚝뚝한 말 몇 마디로 결정되었다. 두 사람은 어두컴컴한 생쟁골프에서 햇빛이 찬란한 몽트뢰까지 오전 내내 배를 타고 떠다녔다. 한쪽에는 사보이 알프스가, 반대쪽에는 몽생베르나르와 당뒤미디가 솟아 있고 골짜기에는 예쁜 브베가, 저 산 너머에는 로잔이 있었다.

머리 위에는 구름 한 점 없는 파란 하늘이, 아래에는 더욱 파란 호수가 있고, 흰 날개를 가진 갈매기처럼 멋진 배들이 드문드문 떠다녔다.

두 사람은 시용성을 지나면서 보니바르[85]에 대해서 이야기했고, 루소가 『신 엘로이즈』를 썼던 클라랑스[86]를 올려다보면서 루소에 대해 이야기했다. 두 사람 모두 그 책을 읽지는 않았지만 사랑 이야기라는 것은 알았고, 그 책이 과연 자기들 이야기의 반만큼이라도 재미있을까 각자 생각하고 있었다. 잠시 침묵이 내려앉아서 에이미가 물속에 손을 넣고 참방거리다가 고개를 들어 보니 로리가 노에 몸을 기대고 있었다. 그 눈에 떠오른 표정 때문에 에이미는 무슨 말이라도 해야 할 것 같아서 얼른 이렇게 말했다.

「많이 피곤하겠다. 조금 쉬어, 내가 노를 저을게. 난 오빠가 온 이후로 계속 게으르고 호사스럽게 지냈으니까 나한테도 좋을 거야.」

「피곤하지 않아. 하지만 네가 원하면 노를 저어도 돼. 공간도 충분하니까. 배가 흔들리지 않도록 내가 거의 가운데 앉아 있겠지만.」 에이미의 생각이 마음에 든다는 듯 로리가 대답했다.

에이미는 이래서야 로리가 더 편할 것도 없겠다고 생각하며 시키는 대로 좌석의 3분의 1을 차지하고 앉은 다음, 고개

85 François Bonnivard(1493~1570). 제네바의 애국자. 사보이 공작 샤를 3세 정권에 저항했으며, 시용성에 6년간 투옥되었다.

86 브베와 클라랑스는 『신 엘로이즈』의 주요 배경이지만 루소가 실제로 이 소설을 집필한 곳은 파리였다.

를 흔들어 머리카락을 떼어 내고 노를 받아 들었다. 잘하는 일이 많은 에이미는 노 젓는 것도 잘했다. 그녀는 양손으로 노를 저었지만 로리는 한 손으로만 저었고, 두 개의 노가 박자를 맞추면서 배가 물 위를 매끄럽게 나아갔다.

「우리 참 잘한다, 그렇지?」 침묵이 싫었던 에이미가 말했다.

「정말 잘 맞네. 늘 같은 배를 타고 같이 노를 저으면 좋겠다. 그렇게 할래, 에이미?」 로리가 무척 다정하게 말했다.

「좋아, 로리 오빠.」 에이미가 아주 낮은 목소리로 말했다.

그런 다음 두 사람 모두 노를 멈추었고, 호수에 어른거리는 풍경에 인간의 사랑과 행복을 잘 보여 주는 작고 예쁜 그림을 자기들도 모르게 덧붙였다.

## 42장
# 외톨이

다른 사람에게 푹 빠져서 그 사랑스러운 본보기가 마음과 영혼을 정화시킬 때에는 자기희생을 약속하기가 쉬웠다. 그러나 도움을 주는 목소리가 잠잠해지고, 매일매일 깨닫던 교훈이 사라지고, 사랑하는 존재가 떠나고, 외로움과 슬픔밖에 남지 않자 조는 약속을 지키기가 무척 힘들었다. 동생을 향한 멈추지 않는 그리움 때문에 마음이 미어지는데 어떻게 〈아버지와 어머니를 위로〉할 수 있을까? 베스가 옛집을 떠나 새집으로 가면서 모든 빛과 온기와 아름다움도 사라져 버린 것 같은데 어떻게 〈집 안을 활기차게 만들〉 수 있을까? 그 자체가 보상이었던 사랑 넘치는 돌봄을 대신할 〈유용하고 행복한 일〉을 이 세상 어디에서 찾을 수 있을까? 조는 의무를 다하기 위해 절박하고 맹목적으로 애를 쓰면서도 그 모든 것에 남몰래 저항했다. 애를 쓰면 쓸수록 얼마 안 되는 즐거움이 줄어들고, 짐이 더 무거워지고, 삶이 점점 더 힘들어지다니 너무 불공평하게 느껴졌다. 어떤 사람들은 햇볕만 쬐는데 어떤 사람들은 어둠 속에만 머무는 것 같았다. 조는 착해지려고 에이미보다 더 열심히 노력했는데, 아무런 보상도 받지 못한 채 실망만 하고 괴로움과 힘든 일만 겪어야 한다니, 공평하지 않았다.

불쌍한 조! 이때가 그녀의 암울한 시기였다. 평생 이 조용한 집에서 살며 단조로운 일을 하고, 얼마 되지도 않는 작은 기쁨만 누리면서 결코 쉬워지지 않는 의무를 다해야 한다고 생각하면 절망 비슷한 것이 조를 덮쳤다. 「난 못 해. 난 이렇게 살 생각이 아니었어. 누가 와서 도와주지 않으면 나는 어디론가 도망쳐서 심한 짓을 하고 말 거야.」 첫 번째 노력이 실패하자 조는 강한 의지가 피치 못할 사정에 꺾일 때 종종 찾아오는 우울하고 비참한 마음 상태에 빠져서 이렇게 혼잣말을 했다.

그런데 정말로 누가 와서 조를 도와주었다. 하지만 조가 착한 천사들을 단번에 알아본 것은 아니었다. 천사는 가련한 인간에게 제일 잘 맞는 단순한 마법을 사용하고 익숙한 형태를 취하기 때문이다. 조는 밤에 베스가 부르는 줄 알고 깜짝 놀라 잠에서 깰 때가 많았지만, 작고 텅 빈 침대를 보면 억누를 수 없는 슬픔이 솟아 비통하게 울며 소리쳤다. 「오, 베스! 돌아와! 돌아와 줘!」 조가 애타는 팔을 뻗은 것은 헛되지 않았다. 그녀가 동생의 희미한 속삭임을 단번에 들었던 것처럼 어머니가 조의 흐느낌을 단번에 듣고 와서 위로해 주었기 때문이다. 어머니는 말뿐만이 아니라 끈질기게 어루만지고 달래는 애정 어린 손길로, 조의 슬픔보다 더 큰 슬픔을 말없이 상기시키는 눈물로, 기도보다 더 많은 것을 말해 주는 띄엄

띠엄한 속삭임으로 위로해 주었다. 자연스러운 슬픔에는 희망 가득한 체념이 뒤따르기 때문이다. 신성한 순간이었다! 밤의 침묵 속에서 마음과 마음이 대화를 나누자 고통이 축복으로 바뀌었고, 슬픔이 가라앉고 사랑은 더 강해졌다. 그러자 조는 짐을 지기가 더 쉬워진 것 같았고, 의무는 더 달콤해졌으며, 어머니의 품이라는 안전한 피난처에서 보면 삶이 좀 더 견딜 만해 보였다.

아픈 마음이 약간 위로받자 괴로운 정신도 도움을 찾아냈다. 어느 날 조가 서재로 가서 차분한 미소로 그녀를 반기는 희끗희끗한 머리 위로 몸을 숙이며 겸허하게 말했다.

「아버지, 베스한테 하셨던 것처럼 저한테도 말씀을 해주세요. 저는 완전히 엉망이에요, 베스보다 더욱 아버지의 말씀이 필요해요.」

「조, 나에게 이보다 더 큰 위안은 없구나.」 아버지가 떨리는 목소리로 이렇게 대답했고, 그 역시 도움이 필요하며 그것을 청하는 것이 두렵지 않다는 듯 조를 끌어안았다.

그런 다음 조는 아버지 곁에 놓인 베스의 작은 의자에 앉아서 자신의 괴로움과 베스를 잃었다는 분노 가득한 슬픔, 자꾸 기운을 꺾는 헛된 노력들, 삶을 너무 캄캄하게 만드는 믿음의 부족, 우리가 절망이라고 부르는 슬픈 당혹감을 모두 털어놓았다. 조는 아버지를 온전히 믿었고, 아버지는 조에게 필요한 도움을 주었다. 그렇게 함으로써 두 사람 모두 위안을 얻었다. 이제 두 사람은 아버지와 딸로서만이 아니라 남자와 여자로서 이야기를 나눌 수 있게 되었고, 서로에 대한 사랑만이 아니라 서로에 대한 연민을 안고 도움을 줄 수 있었으며, 그럴 수 있어서 기뻤다. 조는 〈한 사람을 위한 교회〉라고 부르던 바로 그 서재에서 행복하고 사려 깊은 시간을 보냈고, 씩씩함을 되찾아 새로운 용기를 가지고 더욱 유순해진 모습으로 나왔다. 한 아이에게 두려움 없이 죽음을 맞이하라고 가르쳤던 부모님은 또 다른 아이에게 실망이나 불신 없이 삶을 받아들이라고, 감사하는 마음으로 그 아름다운 기회를 힘차게 이용하라고 가르치려 애쓰는 중이었다.

겸허하고 건전한 의무와 즐거움도 조를 도왔다. 의무와 즐거움이 조에게 도움이 된 것은 부인할 수 없는 사실이었고, 조는 그 가치를 서서히 깨닫는 중이었다. 빗자루와 행주도 베스가 주로 쓰던 것이었기 때문에 이제는 예전만큼 싫지 않았고, 작은 대걸레와 낡은 솔 주변에도 주부 같던 베스의 영혼이 맴도는 것 같아서 절대 버리지 못했다. 조는 이런 도구들을 쓰면서 어느새 베스가 흥얼거리던 곡을 흥얼거렸고, 질서 정연한 베스의 방식을 흉내 냈으며, 이곳저곳 조금씩 손봐서 전부 상쾌하고 아늑하게 만들었다. 이것이 바로 행복한 집을 만드는 첫걸음이었지만, 조는 해나가 잘했다는 듯 손을 꼭 잡아 주며 이렇게 말할 때까지 그 사실을 깨닫지 못했다.

「정말 생각이 깊기도 하지. 최대한 그 사랑스러운 어린 양을 대신하려고 결심했구나. 다들 말은 별로 없지만 다 알아. 하느님도 축복을 내려 주실 거야, 두고 봐.」

조는 메그와 함께 앉아 바느질을 하면서 언니가 얼마나 많이 좋아졌는지, 말을 얼마나 잘하게 되었는지, 선하고 여성스러운 마음과 생각, 감정에 대해서 얼마나 잘 아는지, 남편과 아이들이 있어 얼마나 행복한지, 그들이 서로를 위해 얼마나 많은 일을 하는지 알게 되었다.

「어쨌든 결혼은 정말 좋은 거야. 내가 결혼하면 언니의 반만큼이라도 해낼 수 있을까? 결혼을 할 수 있다면 말이야.」 조가 어지러운 아이방에서 데미에게 줄 연을 만들며 말했다.

「조, 네 본성 중에서 연약하고 여성스러운 면을 끌어내면 돼. 넌 밤송이 같아서 겉에는 가시가 많지만 안은 실크처럼 부드럽고 달콤한 열매가 들어 있지. 누가 꺼낼 수만 있다면 말이야. 언젠가 사랑이 네 마음을 너에게 보여 줄 거고, 그러면 거친 밤껍질은 떨어져 나갈 거야.」

「밤송이를 여는 건 서리인데요, 부인. 그리고 밤송이를 떨어뜨리려면 세게 흔들어야 되잖아. 밤을 주우러 가는 건 남자애들인데, 난 그 애들 손으로 자루에 담기고 싶지 않아.」 조가 연을 풀로 붙이며 대꾸했다. 데이지가 추 대신 자신을 매달았기 때문에 어떤 바람도 날리지 못할 연이었다.

조의 예전 모습이 잠시 나오자 메그가 기뻐하며 웃었다. 그러나 힘이 닿는 한 모든 논리를 동원해서 자기 생각을 관철시키는 것이 자신의 의무라고 생각했다. 메그의 가장 효과적인 두 가지 근거는 바로 조가 너무나 사랑하는 아이들이었기 때문에 자매들끼리의 잡담은 헛되지 않았다. 슬픔은 어떤 사람들의 마음을 여는 가장 좋은 열쇠인데, 조의 마음은 자루에 담길 준비가 거의 다 되어 있었다. 햇살이 조금 더 내리쬐어 밤송이가 익은 다음, 소년이 성급하게 나무를 흔드는 것이 아니라 남자가 손을 뻗어 밤송이에서 밤을 꺼내면 단단하고 달콤한 열매를 발견할 것이다. 조가 이런 생각을 했다면 문을 더욱 굳게 닫고 그 어느 때보다도 가시를 곤두세웠겠지만, 다행히도 조는 자신에 대해서 생각하지 않았기 때문에 때가 되자 밑으로 떨어졌다.

만약 조가 도덕적인 이야기책의 주인공이었다면, 인생의 이 시기쯤 되면 거의 성자 같은 사람이 되어 세상을 버리고 수수한 보닛을 쓰고 주머니에 전도용 소책자를 넣고 돌아다니며 선행을 베풀었을 것이다. 그러나 여러분도 알겠지만 조는 주인공이 아니라 다른 수백 명의 사람들과 마찬가지로 애를 쓰며 살아가는 여자일 뿐이었다. 조는 기분에 따라서 슬퍼하거나, 화를 내거나, 게으름을 피우거나, 활기차게 일하며 본성에 따라서 행동했다. 훌륭하게 살겠다고 말하는 것은 무척 고결한 일이지만 단번에 그렇게 될 수는 없다. 우리들 중 몇몇은 올바른 길에 발을 들여놓기까지 오랫동안, 힘차게, 다 같이 노력을 해야 한다. 조는 올바른 길에 도달했고, 의무를 다하는 법을 배웠으며, 의무를 다하지 못하면 불행했다. 아아, 그러나 씩씩하게 의무를 다하는 것은 또 다른 문제였다! 조는 아무리 힘들어도 멋진 일을 하고 싶다고 종종 말했는데, 이제 그 소망을 이루었다. 아버지와 어머니에게 일생을 바치며 부모님이 해주셨던 것처럼 자신도 부모님께 행복한 집을 만들어 드리려고 노력하는 것보다 더 아름다운 일이 어디 있을까? 노력을 더욱 빛나게 만들기 위해 고난이 반드시 필요하다면, 야망이 크고 잠시도 가만히 있지 못하는 여인이 자신의 소망과 계획, 바람을 모두 포기하고 남을 위해 씩씩하게 사는 것보다 더 힘든 고난이 어디 있을까?

신께서는 조의 말을 있는 그대로 받아들였다. 여기에 과업이 있었고, 조가 바라던 것은 아니었지만 자아가 끼어들 자리가 없었기 때문에 오히려 괜찮았다. 자, 조는 어떻게 그것을 해낼까? 조는 노력하기로 결심했고, 첫 번째 시도에서 내가 언급했던 도움을 발견했다. 또 다른 도움이 주어지자 조는 그것을 보상이 아니라 위안으로 받아들였다. 크리스천이 고난이라는 산을 오르다가 작은 나무 그늘에서 잠시 쉬며 원기를 회복했던 것처럼 말이다.

「글을 써보지 그러니? 글을 쓰면 항상 행복했었잖아.」 언젠가 조에게 낙담의 그림자가 드리워졌을 때 어머니가 이렇게 말했다.

「쓰고 싶지 않아요. 그리고 혹시 쓰고 싶어도 내 글을 좋아하는 사람은 아무도 없어요.」

「우리가 좋아하잖니. 세상은 신경 쓰지 말고 우리를 위해서 뭔가를 쓰렴. 한번 해봐, 조. 분명 너한테도 좋을 거고 우리도 무척 기쁠 거야.」

「할 수 있을 것 같지가 않아요.」 그러나 조는 책상을 꺼내고 반쯤 쓰다 만 원고들을 살피기 시작했다.

한 시간 후 어머니가 슬쩍 들여다보자 조가 검은색 앞치마를 입고 잔뜩 몰입한 표정으로 글을 쓰고 있었다. 마치 부인은 미소를 짓고 자기 제안이 성공한 것에 기뻐하며 물러났다. 조는 어떻게 된 일인지 전혀 알 수 없었지만, 그녀의 소설에는 읽는 사람의 마음에 직접 와닿는 무언가가 생겼다. 가족들이 조의 글을 읽으면서 울고 웃자, 조의 반대에도 불구하고 아버지가 소설 한 편을 인기 잡지사에 보냈고, 원고료뿐만 아니라 다른 원고 요청까지 들어와서 조는 깜짝 놀랐다. 짧은 소설이 발표되자 칭찬을 받는 것만으로도 영예인 사람들로부터 편지가 왔고, 신문사들에 그 소설이 다시 실렸으며, 친구들뿐만 아니라 모르는 사람들도 감탄했다. 짧은 소설로서는 엄청난 성공이었고, 조는 소설이 칭찬과 비난을 동시에 받았을 때보다 더욱 깜짝 놀랐다.

「이해가 안 돼요. 이렇게 단순한 이야기에 사람들이 그토록 칭찬할 만한 게 뭐가 있을까요?」 당황한 조가 말했다.

「진실이 있잖아, 조. 그게 비결이야. 유머와 비애 덕분에 이야기가 생생하기도 하고. 드디어 네 스타일을 찾은 거야. 명예와 돈 같은 건 생각하지 않고 마음을 담아서 썼잖니. 쓴맛이 지나가고 단맛이 온 거지. 최선을 다하고 이 성공에 기뻐하렴. 우리도 네가 성공해서 기쁘단다.」

「제가 쓴 글에 진실하거나 훌륭한 부분이 있다면 그건 제게 아니에요. 전부 아버지와 엄마, 베스 덕분이에요.」 조가 아버지의 말에 세상의 그 어떤 찬사를 들은 것보다 크게 감동받으며 말했다.

이렇게 사랑과 슬픔의 가르침을 받은 조는 짤막한 이야기들을 써서 멀리 떠나보냈다. 조의 이야기들은 스스로 친구를 사귀고 조에게도 친구를 만들어 주었고, 따뜻하게 환영을 받으면서 이토록 보잘것없는 방랑자들에게 세상이 무척 자비롭다는 사실을 깨닫게 했으며, 행운을 만난 효심 깊은 아이들처럼 고향의 어머니에게 넉넉한 돈을 보내 주었다.

에이미와 로리가 약혼 소식을 전하자 마치 부인은 조가 기뻐하기 힘들어할까 봐 걱정했지만, 금방 안심할 수 있었다. 조는 처음에는 심각한 표정을 지었지만 아주 조용히 받아들였고, 편지를 두 번째로 읽기도 전부터 〈아이들〉에 대한 온갖 소망과 계획을 꿈꾸었다. 두 사람의 편지는 각자 연인답게 서로를 찬양하는 글로 쓴 2중창이었고, 읽으면 무척 즐겁고 생각하면 무척 만족스러웠다. 아무도 반대하지 않았다.

「마음에 드세요, 엄마?」 두 사람이 친밀한 편지를 내려놓고 마주 보았을 때 조가 물었다.

「그래. 에이미가 프레드의 청혼을 거절했다고 편지를 보내왔을 때부터 이렇게 되기를 바라고 있었단다. 에이미의 마음속에 네가 〈속물근성〉이라고 부르는 것보다 나은 무언가가 생겼다고 확신했거든. 그리고 에이미의 편지 여기저기에 사랑과 로리가 승리를 거두지 않을까 싶은 징조가 있었어.」

「정말 날카로우시네요, 엄마. 입도 무겁고요! 저한테는 한마디도 안 하셨잖아요.」

「보살필 딸들을 가진 엄마에게는 예리한 눈과 신중한 혀가 필요한 법이지. 네가 알면 확실한 결정이 나기도 전에 축하 편지라도 보낼까 봐 걱정이 되기도 했고.」

「저도 이제 예전 같은 덜렁이가 아니에요. 절 믿으셔도 돼요. 이제 누군가의 비밀을 들어도 될 만큼 침착하고 현명해졌어요.」

「정말 그렇구나, 조. 너한테 내 비밀을 털어놓을 걸 그랬어. 하지만 테디가 다른 사람을 사랑한다는 사실을 알면 네가 힘들어할지도 모른다고 생각했단다.」

「엄마, 최고는 아닐지 몰라도 가장 활기찼던 테디의 사랑을 거절해 놓고서 제가 그렇게 어리석고 이기적으로 굴 수 있다고 진심으로 생각하신 거예요?」

「조, 네가 그때 진심이었다는 건 알아. 하지만 최근에 나는 만약 로리가 돌아와서 다시 청혼하면 네가 다른 대답을 하고 싶을지도 모른다고 생각했어. 날 용서하렴. 하지만 네가 너무 외롭다는 걸 알아차리지 않을 수가 없었단다. 가끔 네 눈빛에 비치는 갈망이 너무 가슴 아파. 그래서 지금은 너의 로리가 노력하면 그 빈자리를 채울 수 있을지도 모른다고 생각했어.」

「아니에요, 엄마. 지금 이대로가 좋아요. 에이미가 로리를 사랑하는 법을 배워서 다행이에요. 하지만 엄마 말씀 중 하나는 맞아요. 전 정말 외롭고, 만약 테디가 다시 물었다면 〈좋아〉라고 대답했을지도 몰라요. 테디를 예전보다 더 사랑해서가 아니라 테디가 떠났을 때보다 사랑받고 싶은 마음이 더 커졌기 때문에요.」

「그 말을 들으니 기쁘구나, 조. 네가 점점 발전한다는 뜻이니까. 널 사랑하는 사람은 아주 많아, 그러니까 최고의 연인이 와서 너에게 보답할 때까지는 아버지와 어머니, 형제자매들, 친구와 조카들로 만족하도록 노력하렴.」

「어머니라는 존재는 이 세상 최고의 연인이죠. 하지만 엄마한테는 털어놓을 수 있어요. 저는 전부 다 시도해 보고 싶어요. 참 이상한 일이지만, 전 온갖 종류의 자연스러운 사랑으로 만족하려고 노력할수록 더 많이 원하는 것 같아요. 마음이 이렇게 많은 사랑을 받아들일 수 있는지 몰랐어요. 제 마음은 탄력이 너무 좋아서 아무리 해도 채워지지 않는 것 같아요. 예전에는 가족만으로 만족했었는데. 정말 모르겠어요.」

「난 알겠는데.」 마치 부인이 현명한 미소를 지었고, 조는 편지를 뒤집어서 에이미가 로리에 대해서 쓴 내용을 읽었다.

로리 오빠의 사랑을 받는다는 것은 너무나 아름다워요. 로리 오빠는 감상적이지도 않고 사랑에 대해서 많은 말을 하지도 않지만, 그의 말과 행동에서 사랑을 보고 느낄 수 있어요. 그러면 전 너무나도 행복하고 겸손해져서 예전의 제가 아닌 것 같아요. 로리 오빠가 얼마나 착하고 너그럽고 다정한지 이제야 알게 되었어요. 로리 오빠가 자기 마음을 읽게 해줬거든요. 로리 오빠의 마음은 고귀한 충동과 희망과 목표로 가득해요, 그 마음이 제 것이라서 너무 자랑스러워요. 로리 오빠는 〈이제 나와 짝이 되어 한 배에 탔으니 사랑이라는 짐으로 균형을 맞추면서 순조로운 여행을 할 수 있을〉 듯한 기분이래요. 저도 그러기를 바라고, 로리 오빠가 생각하는 내가 되려고 노력하고 있어요. 저는 온 마음과 영혼과 힘을 다해 저의 용맹한 선장을 사랑하거든요. 하느님께서 우리가 함께하도록 허락하시는 한 저는 절대 로리 오빠를 버리지 않을 거예요. 아, 엄마. 저는 두 사람이 서로를 사랑하고 서로를 위해서 살면 이 세상이 천국과 얼마나 비슷해질 수 있는지 전혀 몰랐어요!

「이게 우리의 침착하고 조심스럽고 세속적인 에이미라니! 정말이지 사랑은 기적을 일으키나 봐요. 두 사람은 정말 행복할 거예요!」 조가 부스럭거리는 편지지를 조심스럽게 내려놓았다. 마치 끝까지 독자를 사로잡는 사랑스러운 로맨스 소설을 덮고 단조로운 세상에 다시 혼자가 된 자신을 발견한 사람 같았다.

비가 와서 산책을 할 수 없었기 때문에 잠시 후 조는 위층으로 올라갔다. 그녀는 초조한 기분에 사로잡혔고, 예전과 같은 감정이 되살아났다. 예전만큼 씁쓸하지는 않았지만, 왜 자매들 중 한 명은 바라던 것을 모두 손에 넣는데 한 명은 아무것도 손에 넣지 못할까, 하는 슬픈 의아함이 끈질기게 맴돌았다. 하지만 조는 사실은 그렇지 않다는 것을 알고 있었고, 그런 생각을 떨치려 애썼다. 하지만 사랑에 대한 자연스러운 갈망이 너무나 강렬했고, 에이미의 행복을 보니 〈마음과 영혼을 다해 사랑하고 하느님께서 함께하도록 허락하시는 한 딱 달라붙어 있을〉 누군가에 대한 갈망이 깨어났다.

조의 초조한 방황은 다락에서 끝났다. 한 줄로 늘어선 작은 나무장 네 개에 주인의 이름이 각각 적혀 있고, 이제 끝나버린 어린 시절과 소녀 시절의 유물이 가득했다. 조가 나무장 안을 들여다보았고, 자신의 장 앞에 서자 모서리에 턱을 괴고 난잡한 물건들을 멍하니 바라보았다. 그때, 낡은 연습장 꾸러미가 눈에 띄었다. 조는 그것을 꺼내 넘겨 보면서 친절한 커크 부인 댁에서 보낸 그 즐거웠던 겨울을 다시 경험했다. 처음에는 미소를 짓던 조가 생각에 잠긴 표정이더니 다시 슬픈 표정을 지었고, 바에르 교수가 쓴 짧은 메시지를 보자 입술이 떨리기 시작하더니 공책이 무릎에서 미끄러져 떨어졌다. 조가 가만히 앉아서 다정한 말을 바라보고 있으려니 그 말들이 새로운 의미로 다가왔고, 조의 마음속 약한 부분을 건드렸다.

기다려 줘요, 내 친구. 조금 늦을지도 모르지만 반드시 갈 테니까요.

「아, 와주기만 하면 얼마나 좋을까! 정말 친절하고, 착하고, 항상 나를 참을성 있게 대해 주던 친애하는 프리츠. 그가 곁에 있을 때는 소중함을 절반도 몰랐지만 지금은 정말 보고 싶어. 다들 멀리 떠나고 나만 외톨이니까.」

조는 작은 종이쪽지가 아직 지켜지지 않은 약속이라도 되는 것처럼 꼭 쥐고서, 편안한 넝마 주머니에 고개를 묻고 지붕을 때리는 빗소리와 경쟁하듯 울었다.

단순히 자기 연민과 외로움, 저조한 기분 때문이었을까? 아니면 그것을 일깨운 사람처럼 끈질기게 때를 기다리던 감정이 깨어난 것이었을까? 누가 알 수 있을까?

43장

# 놀라운 일들

조는 황혼 속에서 낡은 소파에 혼자 누워 난롯불을 바라보며 생각하고 있었다. 그녀는 해 질 녘을 이렇게 보내는 것이 제일 좋았다. 아무 방해도 받지 않고, 베스의 작고 빨간 베개를 베고 누워서 이야기를 만들거나, 꿈을 꾸거나, 절대 멀리 가지 않은 듯한 동생을 다정하게 떠올렸다. 조의 얼굴은 지치고, 심각하고, 약간 슬퍼 보였다. 내일이 생일이었기 때문이다. 조는 세월이 얼마나 빨리 흘렀는지, 자기가 얼마나 나이 들었는지, 자신이 이룬 것이 얼마나 적은지 생각하고 있었다. 이제 곧 스물다섯 살이었지만 그 세월을 보여 줄 만한 것은 하나도 없었다. 사실 이것은 조의 착각이었고, 곧 본인도 그 사실을 깨닫고 감사히 여기게 된다.

「노처녀, 내가 바로 노처녀야. 남편 대신 펜, 자식 대신 소설이 가족인 글 쓰는 노처녀. 어쩌면 20년 뒤에 눈곱만한 명성을 얻을지도 모르지. 가련한 새뮤얼 존슨처럼 너무 늙어서 그것을 즐길 수도 없을 때 말이야. 혼자라서 나눌 사람도 없고, 독립적이지만 그럴 필요도 없겠지. 뭐, 난 심술궂은 성자도, 이기적인 죄인도 될 필요 없어. 감히 말하지만 익숙해지면 노처녀인 것도 아주 편해, 하지만…….」 여기서 조는 그 생각이 썩 달갑지 않은 듯 한숨을 쉬었다.

처음부터 그런 생각이 달가운 사람은 거의 없고, 스물다섯 살이 보면 서른 살은 모든 것의 종말처럼 느껴진다. 그러나 그 나이가 보기만큼 나쁘지는 않고, 자신을 든든하게 받쳐 줄 내면의 지주만 있으면 행복하게 살아갈 수 있다. 여자는 스물다섯 살이 되면 노처녀가 되니 마니 얘기하지만, 마음속으로는 절대 노처녀가 되지 않겠다고 결심한다. 서른 살이 되면 노처녀에 대해서 아무 말도 하지 않지만, 조용히 그 사실을 받아들인다. 현명한 사람이라면 유용하고 행복한 세월이 앞으로도 20년은 남아 있으므로 우아하게 나이 드는 법을 배울 수 있다고 생각하며 스스로를 위로한다. 소녀들이여, 노처녀를 비웃지 말자. 수수한 옷 밑에서 너무나 조용히 뛰는 가슴에 무척 감미롭고 비극적인 로맨스가 숨어 있는 경우가 많고, 젊음과 건강, 야망, 사랑을 말없이 희생했으므로 하느님이 보시기에는 시든 얼굴이 아름답다. 한심하고 심술궂은 자매들조차 인생의 가장 달콤한 부분을 놓쳤다는 이유만으로도 다정하게 대해야 한다. 한창 피어나는 아가씨들은 경멸이 아니라 연민 어린 눈으로 그들을 보면서 자기도 한창때를 놓칠 수 있음을 기억해야 한다. 장밋빛 뺨은 영원하지 않고, 예쁜 갈색 머리에 은빛 실이 생길 것이며, 언젠가 친절과 존경이 사랑과 찬사만큼이나 달콤해진다는 사실을 기억하자.

신사들, 즉 청년들이여, 아무리 가난하고 못생기고 새침할지라도 노처녀를 정중하게 대하자. 신분이나 나이, 피부색과 상관없이 기꺼이 노인을 공경하고 약자를 보호하며 여성에게 봉사하는 기사도야말로 지킬 가치가 있다. 잔소리를 하고 야단을 칠 뿐만 아니라 여러분을 간호하고 칭찬했던 착한 친척 아주머니들을 기억하자. 고맙다는 인사를 듣지 못할 때도 많다. 당신이 곤경에서 빠져나오도록 도와주고, 가진 것도 얼마 없으면서 용돈을 주고, 늙었지만 부지런한 손가락으로 바느질을 해주고, 늙은 발을 기꺼이 움직여 찾아와 주었던 그들을 기억하고 고마운 마음으로 나이 많은 여자들에게 작은 관심을 기울이자. 여자들은 살아 있는 한 그런 관심을 좋아하는 법이다. 순진한 아가씨들은 그러한 태도를 금방 알아보고 당신을 더 좋아할 것이다. 어머니와 아들을 갈라놓는 유일한 힘인 죽음이 어머니를 빼앗아 가면 〈이 세상 최고의 조카〉를 위해 늙고 외로운 마음 한구석에 가장 따뜻한 자리를 마련해 둔 친척 아주머니가 반드시 당신을 상냥하게 환영하고 어머니처럼 사랑해 준다.

조는 잠든 것이 분명했다(감히 말하지만 이 짧은 훈계 도중 독자도 분명 그랬으리라). 문득 로리의 유령이 바로 앞에 서 있는 듯했기 때문이다. 진짜 같고 실물과 똑같은 유령이 조의 위로 몸을 숙이고 마음속의 수많은 감정을 드러내고 싶지 않을 때 짓던 바로 그 표정으로 내려다보고 있었다. 하지만 발라드에 등장하는 제니처럼……

그녀는 그것이 그라고 생각할 수 없었네.[87]

조는 깜짝 놀라 말없이 그를 올려다보았고, 결국 로리가 몸을 굽히고 그녀에게 입을 맞추었다. 그제야 조는 로리임을 깨닫고 벌떡 일어나 기뻐하며 외쳤다.

「아, 우리 테디! 아, 우리 테디구나!」

「조, 날 만나서 기뻐?」

「당연하지! 내 소중한 친구잖아, 내가 얼마나 기쁜지 말로는 설명할 수가 없어. 에이미는 어디 있어?」

「어머니가 메그의 집에서 에이미를 붙잡고 계셔. 오는 길에 들렀는데 두 사람 손아귀에서 내 아내를 빼낼 수가 없었어.」

「너의 뭐라고?」 조가 외쳤다…… 로리가 이 두 단어를 말할 때 자부심과 만족감을 무의식적으로 드러냈고, 그래서 결혼했다는 사실을 들켜 버렸다.

「아, 세상에! 그래, 해버렸어.」 그런 다음 로리가 너무 죄책감 어린 표정을 지었기 때문에 조는 번개처럼 비난했다.

「결혼을 했다고?」

「응, 이제 다시는 안 그럴게.」 로리가 무릎을 꿇고 회개하는 것처럼 양손을 맞잡았지만 얼굴에는 장난기와 기쁨, 승리감이 가득했다.

「진짜로 결혼한 거야?」

「그래, 고마워.」

「세상에. 다음에는 얼마나 끔찍한 짓을 저지를 생각이야?」 조가 숨을 헉 들이마시며 자리에 털썩 앉았다.

87 스코틀랜드 시인 레이디 앤 린지가 쓴 발라드의 한 구절.

「너다운 말이지만 정확히 말해서 축하 인사라고 하긴 힘들군.」 로리가 여전히 굴욕적인 태도로, 그러나 만족감으로 얼굴을 빛내며 대꾸했다.

「강도처럼 몰래 들어와서 숨이 멎을 정도로 놀라게 하고, 게다가 이런 식으로 사실을 밝혀 놓고 뭘 기대했어? 일어나, 이 웃긴 녀석. 어서 다 얘기해 줘.」

「한마디도 안 할 거야. 내가 예전에 앉던 자리를 내주고 바리케이드를 치지 않는다고 약속하지 않으면.」

이 말에 조가 아주 오랜만에 웃음을 터뜨렸고, 초대하듯 소파를 톡톡 두드리며 진심 어린 목소리로 말했다.

「옛날 쿠션은 다락방에 있어. 이제 우리한테 그건 필요 없어. 이제 다 털어놔, 테디.」

「네가 〈테디〉라고 부르니까 얼마나 좋은지 몰라! 너 말고는 아무도 날 그렇게 부르지 않거든.」 로리가 아주 만족스러운 태도로 자리에 앉았다.

「에이미는 널 뭐라고 불러?」

「남편.」

「에이미답네…… 음, 너한테도 어울리고.」 조의 눈빛은 그녀가 친구를 그 어느 때보다 대견하게 바라보고 있음을 그대로 드러냈다.

쿠션은 없었지만 그들 사이에는 바리케이드가, 시간과 부재와 마음의 변화가 만든 자연스러운 바리케이드가 있었다. 두 사람 다 그것을 느꼈고, 눈에 보이지 않는 그 장애물이 그들에게 작은 그림자를 드리우는 것처럼 서로를 잠시 바라보았다. 그러나 로리가 짐짓 위엄 있는 척하며 이렇게 말하자마자 장애물은 곧장 사라졌다.

「이제 나도 기혼남이자 한 가정의 가장처럼 보이지 않아?」

「전혀. 넌 절대 그렇게 보이지 않을 거야. 더 크고 건강해졌지만 넌 언제나처럼 한량이야.」

「정말이지 조, 넌 나를 좀 더 존중해야 돼.」 로리가 무척 즐거워하며 말을 시작했다.

「네가 결혼하고 정착한다는 생각만 해도 참을 수 없이 웃겨서 진지해지지가 않는데 어떻게 그래!」 조가 얼굴 가득 미소를 띠며 대답했다. 그 미소의 전염성이 너무 강해서 두 사람은 다시 한번 웃을 수밖에 없었고, 그런 다음 예전처럼 편안하게 이야기를 나누려고 자리를 잡았다.

「추우니까 에이미를 데리러 갈 필요는 없어. 곧 다 같이 올 거야. 난 기다릴 수가 없었어. 이 놀라운 소식을 내가 직접 너한테 말하고 싶었거든. 우리가 크림을 두고 싸울 때 그랬던 것처럼 〈맨 위의 크림〉을 먹고 싶었지.」

「어련하시겠어. 끝에서부터 시작하면 이야기가 엉망이 되잖아. 자, 처음부터 제대로 시작해 봐. 어떻게 된 일인지 전부 얘기해 줘. 궁금해 죽겠어.」

「음, 에이미를 기쁘게 해주려고 결혼한 거야.」 로리가 눈을 빛내며 말을 시작하자 조가 소리쳤다.

「첫 번째 거짓말. 에이미가 널 기쁘게 해주려고 했겠지. 계속해, 가능하다면 진실을 말해 주시죠, 선생님.」

「이젠 날 선생님이라고 하네. 조한테 이런 말을 듣다니, 진짜 재미있지 않아?」 로리가 난롯불을 향해서 말하자 난롯불이 동의한다는 듯 빛을 내며 불꽃을 튀겼다. 「그게 그거야, 알겠지만 에이미랑 나는 하나니까. 우린 한 달쯤 전에 캐럴 고모님 가족과 함께 돌아올 계획이었어. 그런데 캐럴 고모님 가족이 갑자기 생각을 바꿔서 파리에서 겨울을 한 번 더 보낸다는 거야. 하지만 할아버지는 집으로 돌아오고 싶어 하셨지. 할아버지는 나 때문에 여행을 간 거라서 난 할아버지를 혼자 돌려보낼 수도 없고, 에이미를 두고 올 수도 없었어. 그리고 캐럴 고모님은 보호자니 뭐니 영국식 사고방식을 가지고 계셔서 에이미를 우리랑 같이 보내려 하지 않으시더라고. 그래서 내가 한마디로 문제를 해결했어. 〈결혼하자, 그런 다음에 우리 하고 싶은 대로 하자.〉」

「물론 그랬겠지. 넌 항상 너에게 맞는 방법을 찾아냈으니까.」

「항상은 아니지.」 이렇게 말하는 로리의 목소리에서 무언가 느껴져서 조가 얼른 물었다.

「고모님 허락은 어떻게 받아 냈어?」

「힘들었지. 하지만 우리가 고모님께 잘 말씀드렸어. 그럴싸한 이유는 얼마든지 많았으니까. 편지를 통해서 허락받을 시간은 없었지만, 너희 가족도 모두 좋아하고, 금방 찬성할 거라고 생각했어……. 내 아내의 말처럼 〈시간을 잡아챈〉 것뿐이야.」

「〈내 아내〉라는 말이 정말 자랑스럽지 않아? 우리도 그 말 참 마음에 들지?」 이번에는 조가 난롯불을 향해 말했다. 마지막으로 보았을 때 너무나 슬프고 우울했던 눈에 난롯불이 행복의 불을 붙인 것 같아서 기쁘게 바라보았다.

「약간 그럴지도. 에이미는 너무 매혹적이라서 자랑스러워하지 않을 수가 없어. 음, 예의범절 때문에 고모님 부부가 항상 곁에 계셔야 했고, 우리는 서로한테 너무 푹 빠져서 따로 떨어지면 아무것도 못 했지. 결혼을 하면 모든 문제가 해결되잖아. 그래서 그렇게 했어.」

「언제, 어디서, 어떻게?」 조가 자기도 모르게 여자다운 흥미와 호기심에 들떠서 물었다.

「6주 전에 파리의 미국 영사관에서 했고, 물론 아주 조용한 결혼식이었어. 우린 행복한 상황에서도 사랑스러운 베스를 잊지 않았으니까.」

로리가 이렇게 말할 때 조가 그의 손에 자기 손을 포갰고, 로리는 너무나도 또렷하게 기억하는 작고 빨간 베개를 부드럽게 쓰다듬었다.

「그 후에는 왜 알리지 않았어?」 잠시 말없이 앉아 있다가 조가 더 조용한 목소리로 물었다.

「가족들을 놀래 주고 싶었거든. 처음엔 바로 돌아오려고 했지만, 결혼식을 올린 직후에 할아버지가 돌아올 준비를 하는 데 최소 한 달은 걸린다고 하시는 거야. 그러니까 우리가 원하는 곳으로 신혼여행을 가라고 하셨어. 에이미가 예전에 발로즈에 갔을 때 멋진 신혼여행지라고 했었거든. 그래서 우린 그곳에 가서 평생 다시없을 행복한 시간을 보냈어. 정말이지, 장미꽃 사이에서 피어난 사랑이었지!」

로리는 잠시 조를 잊은 듯했고, 조는 그래서 기뻤다. 로리가 조에게 이런 이야기를 이토록 자유롭고 자연스럽게 한다는 것은 로리가 예전 일을 용서하고 잊었다는 뜻이기 때문이다. 조가 손을 빼려고 했다. 그러나 로리는 조가 왜 마지못해 손을 빼려고 하는지 짐작한 것처럼 손을 꽉 잡고, 처음 보는 남자답고 진지한 모습으로 말했다.

「조, 하고 싶은 말이 있어. 그런 다음에는 영원히 묻어 버리자. 에이미가 나한테 너무 잘해 준다고 썼던 편지에서 내가 말했잖아. 난 너에 대한 사랑을 절대 멈추지 않을 거야. 하지만 그 사랑의 형태는 변했고, 나는 지금이 더 좋다는 사실을 깨달았어. 내 마음속에서 에이미랑 너의 자리가 바뀌었을 뿐이야. 이렇게 될 운명이었어. 네가 시키는 대로 기다렸으면 자연스럽게 그렇게 됐을 거야. 하지만 난 인내심이 없었고, 그래서 상심을 겪었지. 그때 난 아직 소년이었어…… 고집 세고 난폭했어. 내가 실수를 깨달으려면 힘든 시련이 필요했어. 네 말이 맞았는데, 난 바보짓을 한 다음에야 깨달았어. 분명히 말하지만 한때는 마음이 너무 뒤죽박죽이어서 내가 너와 에이미 중에서 누굴 더 사랑하는지 몰랐고, 그래서 너희 둘을 똑같이 사랑하려고 노력했어. 하지만 그럴 수 없었어. 스위스에서 에이미를 만났을 때 모든 것이 맑아지는 것 같더라. 너희 둘 다 맞는 자리를 찾아갔어. 옛사랑을 잘 정리하고 새로운 사랑을 잘 시작해야 된다고 생각했지. 내가 자매인 조와 아내인 에이미 사이에서 내 마음을 나눌 수 있고, 둘 다 진심으로 사랑할 수 있다고 말이야. 그걸 믿고 우리가 처음 서로 알게 되었던 행복한 옛 시절로 돌아가 줄래?」

「진심으로 믿어. 하지만 테디, 우린 절대 소년 소녀로 돌아갈 수 없어. 행복했던 옛 시절은 돌아올 수 없고, 그러길 기대해선 안 돼. 우리는 이제 성인 남자와 여자이고, 해야 할 일이 있어. 놀던 시절은 이제 끝났으니까 우린 장난을 그만둬야 해. 너도 분명히 느끼고 있을 거야. 네가 변한 게 보여, 너도 내가 변한 게 보이겠지. 난 소년 로리가 그립겠지만 어른 남자가 된 로리도 그만큼 사랑할 거고, 더 존경할 거야. 넌 내가 바라던 사람이 되려 하고 있으니까. 우린 이제 어렸을 때처럼 장난을 치던 친구가 될 수는 없지만 가족이 될 거고, 평생 서로 사랑하고 도울 거야. 그렇지, 로리?」

로리는 한마디도 하지 않았지만 조가 내민 손을 잡고서 잠시 얼굴을 가져다 댔고, 소년다운 열정의 무덤에서 두 사람 모두를 축복할 아름답고 강렬한 우정이 피어났음을 느꼈다. 조는 슬픈 귀향이 되기를 바라지 않았기 때문에 곧 경쾌하게 말했다.

「너희처럼 아직 어린 아이들이 진짜 결혼해서 가정을 꾸린다니 믿을 수가 없다. 이런, 내가 에이미의 앞치마 단추를 채워 주고 네가 날 놀리면 머리카락을 잡아당기던 게 겨우 엊그제 같은데. 세상에, 시간이 정말 빠르네!」

「그 애들 중 한 명은 너보다 나이가 많으니까 그렇게 할머니처럼 얘기할 필요는 없어. 난 페고티[88]가 데이비드한테 말

88 찰스 디킨스의 『데이비드 코퍼필드』에 등장하는 인물로, 주인공 데이비드와 친구에게 〈두 신사 — 다 큰 신사〉라고 말한다.

한 것처럼 〈다 큰 신사〉가 됐다고 생각해. 그리고 에이미를 보면 조숙한 갓난아기 같을 거야.」 로리가 조의 엄마 같은 태도가 재미있다는 듯이 말했다.

「나이는 네가 약간 더 많을지 모르지만 기분상으로는 내가 훨씬 나이가 많아, 테디. 여자는 원래 그래. 그리고 작년 한 해를 특히 힘들게 보냈더니 마흔 살은 된 것 같아.」

「불쌍한 조! 우린 재미있게 놀러 다니면서 너 혼자 견디도록 내버려 뒀구나. 진짜 더 늙었네. 여기도 주름이 있고 저기도 있고. 웃지 않으면 눈이 슬퍼 보여. 그리고 방금 내가 쿠션을 만졌는데 눈물이 한 방울 있더라. 넌 정말 많은 걸 견뎌 냈어, 그것도 혼자 견뎌 내야 했지. 난 정말 이기적인 놈이었어!」 로리가 뉘우치는 표정으로 머리카락을 잡아당겼다.

하지만 조는 자신을 배신한 쿠션을 뒤집고 더 경쾌한 목소리를 내려고 애쓰며 이렇게 대답했다.

「아니, 도와줄 부모님도 계셨고, 날 위로해 줄 귀여운 조카들도 있었어. 너랑 에이미가 안전하고 행복하다고 생각하니 여기서의 고생도 견디기 쉬웠고. 가끔 외로운 건 사실이지만 나한테 도움이 될 거야. 그리고…….」

「두 번 다시 그럴 일 없을 거야.」 로리가 말을 끊으며 인간사의 모든 우환을 막으려는 듯이 조를 끌어안았다. 「에이미랑 난 너 없이 안 돼. 그러니까 네가 와서 아직 어린애인 우리가 가정을 꾸려 나갈 수 있게 가르쳐 주고, 예전에 그랬던 것처럼 모든 걸 반으로 나누고, 우리가 널 돌보도록 허락해 줘. 다 같이 행복하고 다정하게 지내는 거야.」

「내가 방해하는 게 아니라면 그것도 정말 재미있겠다. 벌써 젊어진 기분이야. 왠지 모르지만 네가 왔을 때 걱정이 전부 날아간 것 같았거든. 넌 항상 위로가 돼, 테디.」 그런 다음 조는 여러 해 전 베스가 아플 때, 로리가 자기를 잡으라고 말했을 때 그랬던 것처럼 그의 어깨에 머리를 기댔다.

로리가 조를 내려다보면서 그때를 기억하는 걸까 생각했지만, 조는 사실 로리가 오자 문제가 전부 사라진 것처럼 미소를 짓고 있었다.

「넌 아직도 똑같은 조야. 한순간 눈물을 흘리다가 다음 순간에는 웃고 있잖아. 이제 보니 좀 사악해 보이는데. 무슨 일이에요, 할머니?」

「너랑 에이미가 어떻게 지낼까 생각하고 있었지.」

「천사처럼 지내지!」

「그래, 처음엔 물론 그렇겠지…… 하지만 누가 대장이야?」

「에이미가 대장이라고 해도 이제 아무렇지 않아. 적어도 난 에이미가 그렇게 생각하게 내버려 둬…… 알겠지만 그러면 에이미가 좋아하거든. 머지않아 번갈아 가면서 하겠지. 결혼은 권리를 반으로 나누고 의무를 두 배로 늘린다고들 하니까.」

「처음이랑 똑같을 거야. 에이미가 네 평생 매일 널 지배하게 될걸.」

「음, 만약 그래도 에이미는 아주 세심하게 지배하니까 난 별로 신경 쓰지 않을 것 같아. 에이미는 지배하는 방법을 아는 여자야. 사실, 난 그게 좋아. 에이미는 사람을 실크 타래처럼 아주 부드럽고 예쁘게 자기 손가락에 감아서 자기가 호의를 베푸는 것처럼 느끼게 만들거든.」

「네가 공처가가 돼서 그걸 즐기는 모습을 내가 살아서 목격하다니!」 조가 양손을 들고 외쳤다.

로리가 어깨를 펴고 미소를 지으며 이 짓궂은 말을 남자답게 비웃었고, 조는 그 모습을 보니 좋았다. 그가 특유의 〈잘난 척하는〉 태도로 대답했다.

「그러기에는 에이미가 가정 교육을 너무 잘 받았고, 난 그런 걸 감수하는 남자가 아니야. 아내와 나는 본인과 서로를 너무 존중하기 때문에 폭군처럼 굴거나 말다툼을 하지 않아.」

조는 이 말이 마음에 들었고, 처음 보는 위엄 있는 모습이 무척 어울린다고 생각했다. 그러나 소년이 너무 빨리 남자가 되는 것 같아서 기쁜 마음에 아쉬움이 약간 섞였다.

「그건 확실하지. 에이미랑 네가 예전의 우리처럼 말다툼하는 일은 절대 없을 거야. 에이미는 우화에 나오는 태양이고 나는 바람이니까. 기억하겠지만 태양이 사람을 제일 잘 다루잖아.」

「에이미는 사람한테 햇살을 비출 수도 있지만 바람을 몰아칠 수도 있어.」 로리가 웃었다. 「니스에서 얼마나 잔소리를 들었는지! 분명히 말하지만 너한테 혼나는 것보다 훨씬 더 심했어. 아주 무서워. 언젠가 다 얘기해 줄게. 에이미는 아마 절대 얘기하지 않을 거야. 나한테 경멸한다고, 내가 부끄럽다고 해놓고 그 비열한 놈한테 마음을 빼앗겨서 아무짝에도 쓸모없는 놈이랑 결혼까지 했으니까.」

「너무하네! 에이미가 뭐라고 하면 나한테 와. 내가 막아 줄게!」

「내가 그런 게 필요해 보이나 봐, 응?」로리가 자리에서 일어나 으쓱거리다가 갑자기 뛸 듯이 기뻐했다. 에이미의 목소리가 들렸기 때문이었다.

「어디 있어? 조 언니는 어디 있어?」

온 가족이 떼 지어 들어와서 전부 포옹과 입맞춤을 나누었고, 여러 번의 시도 끝에 세 명의 방랑자를 겨우 자리에 앉힌 다음 기뻐하며 바라보았다. 언제나처럼 정정하고 마음 따뜻한 로런스 씨는 외국 여행으로 다른 사람들만큼이나 좋아진 듯했다. 무뚝뚝함이 거의 사라지고 옛날식 예절은 더욱 다듬어져서 어느 때보다 다정했기 때문이다. 그가 젊은 부부를 〈우리 아이들〉이라고 부르며 얼굴을 빛내는 모습이 보기 좋았다. 에이미가 로런스 씨에게 딸처럼 의무를 다하고 애정을 드러내 그의 마음을 완전히 빼앗는 모습은 더욱 보기 좋았다. 그리고 무엇보다도 보기 좋은 것은 에이미와 로런스 씨가 그리는 예쁜 그림이 전혀 싫증나지 않는다는 듯이 로리가 두 사람의 주변을 맴도는 모습이었다.

메그는 에이미를 보는 순간 자기 옷이 파리 분위기가 아니라는 사실이 의식되었다. 젊은 로런스 부인이 젊은 모펏 부인을 완전히 압도할 것 같았고, 마치가의 〈숙녀〉는 정말 더없이 우아하고 고상해 보였다. 조가 부부를 보며 생각했다. 〈둘이 정말 잘 어울린다! 내 말이 맞았어. 로리는 서툰 조보다 훨씬 더 좋은 가정을 만들어 줄 아름답고 교양 있는 여자를 찾았잖아. 고문이 아니라 자부심이 되어 줄 아내야.〉 마치 부인과 남편은 미소를 지으며 행복한 얼굴로 고개를 끄덕였다. 막내딸이 세속적인 풍요로움뿐 아니라 사랑과 믿음, 행복이라는 더 나은 풍요로움까지 얻었기 때문이다.

에이미의 차분한 얼굴은 평화로운 마음을 그대로 드러냈고, 목소리에도 새로운 다정함이 깃들었다. 신중하고 새침한 몸가짐은 여성스러우면서도 매력적인 위엄으로 바뀌었다. 허세도 사라졌고, 진심 어리고 다정한 태도는 새로운 아름다움이나 원래부터 있던 우아함보다 더욱 매력적이었다. 그것은 에이미가 되고 싶어 하던 진정한 숙녀가 되었다는 분명한 표시였기 때문이다.

「사랑이 우리의 막내딸을 정말 많이 바꾸어 놓았네요.」 어머니가 부드럽게 말했다.

「평생 눈앞에 좋은 본보기가 있었잖아요, 여보.」 마치 씨가 사랑이 가득한 표정으로 지친 얼굴과 희끗희끗한 머리를 향해 속삭였다.

데이지는 〈예쁜 이모〉에게서 눈을 떼지 못했고, 기분 좋은 매력이 가득한 대저택 안주인의 무릎에 강아지처럼 안겨 있었다. 데미는 새로운 관계에 대해서 잠시 생각하다가 베른에서 사가지고 온 나무로 만든 곰 가족이라는 유혹적인 뇌물을 성급히 받아들여 체면을 구겼다. 그런 다음 측면 공격을 하려다가 무조건적으로 항복하고 말았다. 로리가 데미의 움직임을 꿰뚫어 보고 있었기 때문이다.

「꼬마 친구, 내가 널 처음 만나는 영광을 누렸던 날 내 얼굴을 때렸겠다. 이제 신사 대 신사로 결투를 요청하겠어.」 그런 다음 키 큰 이모부가 작은 조카를 던지고 머리카락을 헝클어뜨리자, 데미의 철학자다운 위엄은 손상되었지만 소년답게 무척 즐거워했다.

「머리부터 발끝까지 비단을 두르고 있네. 저렇게 예쁘게 앉아 있는 걸 보고 사람들이 〈로런스 부인〉이라고 부르는 걸 들으니 정말 기분 좋지 뭐야!」 해나가 중얼거렸다. 그녀는 식탁을 차리면서 정말 다양한 방법으로 자주 〈훔쳐보지〉 않을 수 없었다.

세상에, 그들이 얼마나 많은 이야기를 나누었는지! 처음에는 한 사람이, 그다음에는 다른 사람이, 결국에는 모두가 한꺼번에 이야기를 쏟아 내면서 3년 동안의 이야기를 30분 만에 해치우려 했다. 잠깐 쉬면서 기운을 나게 해줄 차가 준비되어 있어 다행이었다. 이야기를 더 했다면 목이 다 쉬고 기절했을 테니 말이다. 작은 식당으로 얼마나 행복한 행렬이 이어졌는지! 마치 씨는 자랑스럽게 로런스 부인을 에스코트했고, 마치 부인은 〈우리 아들〉의 팔에 자랑스럽게 기댔다. 노신사가 조를 안내하며 〈이제 네가 내 아이구나〉라고 속삭이며 난롯가의 빈 구석 자리를 흘끔거리자, 조가 〈최선을 다해서 베스의 자리를 대신할게요〉라고 대답했다.

그 뒤에서는 쌍둥이가 황금 같은 시간이 다가오는 것을 느끼며 팔짝팔짝 뛰었다. 다들 새로 온 가족을 상대하느라 너무 바빠서 아이들이 마음대로 하게 내버려 두었기 때문이다.

두 아이는 이 기회를 최대한 활용해서 몰래 차를 마시고, 진저브레드를 실컷 챙기고, 뜨거운 비스킷을 하나씩 가졌고, 마지막으로 작고 황홀한 타르트를 작은 주머니에 얼른 넣었다. 타르트는 두 사람을 배신하여 끈적하게 달라붙고 부서지면서 인간 본성의 연약함과 패스트리의 연약함을 모두 가르쳐 주었다. 훔친 타르트 때문에 양심이 찔리고 도도 이모[89]의 날카로운 눈이 전리품을 숨긴 얇은 캠브릭과 메리노를 꿰뚫어 볼까 봐 두려웠던 두 꼬마 죄인은 안경을 쓰지 않은 할아버지에게 딱 달라붙었다. 간식처럼 모두에게 공평하게 나누어졌던 에이미는 로런스 씨의 팔짱을 끼고 응접실로 돌아갔다. 다른 사람들은 원래대로 짝을 지었고, 조는 짝이 없었다. 하지만 조는 해나의 열띤 질문에 대답하느라 잠시 뒤처졌기 때문에 신경 쓰지 않았다.

「에이미 양이 쿠페 마차도 타고 저쪽 집에 보관된 사랑스러운 은 식기를 쓸까?」

「에이미가 백마 여섯 마리가 끄는 마차를 타고, 금 접시에 음식을 먹고, 매일 다이아몬드와 레이스를 휘감고 다녀도 이상할 게 없죠. 테디는 에이미한테 아까운 게 없다고 생각하니까요.」 조가 무한한 만족감을 느끼며 대답했다.

「없고말고! 아침 식사로 해시 요리를 준비할까, 피시볼을 준비할까?」 시와 산문을 현명하게 섞는 해나가 물었다.

「전 상관없어요.」 조는 지금만큼은 음식에 대해서 이야기하고 싶지 않다고 생각하며 문을 닫았다. 그녀는 잠시 그 자

89 아이들이 조를 부르는 이름.

리에 서서 위층으로 사라지고 있는 일행을 보았다. 격자무늬 바지를 입은 데미의 짧은 다리가 마지막 계단을 힘겹게 올라가자, 문득 너무나 외로워서 기댈 것을 찾는 것처럼 흐릿한 눈으로 주변을 두리번거렸다. 테디조차 조를 두고 가버렸다. 어떤 생일 선물이 시시각각 다가오고 있는지 알았다면 조는 〈잠자리에 들면 조금 울어야겠어. 지금 우울해져서 좋을 게 없잖아〉라고 혼잣말을 하지 않았을 것이다. 조는 그런 다음 한 손으로 눈을 가렸다. 그녀의 남자애 같은 버릇 중 하나는 손수건이 어디 있는지 늘 모른다는 것이었다. 누가 현관문을 두드렸을 때 조는 겨우 미소를 지을 수 있었다.

손님을 맞이하려고 얼른 문을 연 조는 또 다른 유령이 불시에 찾아온 것처럼 깜짝 놀랐다. 키가 크고 수염을 기른 신사가 어둠 속에서 한밤중의 태양처럼 그녀를 향해 얼굴을 빛내며 서 있었기 때문이다.

「아, 바에르 씨. 너무 반가워요!」 그를 안으로 들이기 전에 밤이 집어삼킬까 봐 두려운 것처럼 조가 그를 붙잡으며 외쳤다.

「저도 반가워요, 마치 양. 하지만 아, 손님들이 와 있나 보군요.」 위층에서 목소리와 춤추는 발소리가 들려오자 교수가 말을 멈췄다.

「아뇨, 없어요. 가족들뿐이에요. 제 여동생과 친구들이 이제 막 돌아와서 다들 무척 행복해요. 들어오세요, 당신도 같이 어울려요.」

내 생각에 바에르 씨는 아주 사교적인 사람이지만 예의 바르게 물러났다가 다른 날 다시 찾아올 생각이었을 것이다. 하지만 조가 뒤에서 문을 닫고 그의 모자를 빼앗았으니, 어떻게 그럴 수 있겠는가? 어쩌면 조의 표정도 영향을 끼쳤을지 모른다. 바에르 씨를 만난 기쁨을 숨기지 못하고 솔직하게 드러냈기 때문이다. 바라던 것보다 훨씬 더 크게 환영받은 고독한 남자는 그 솔직함에 저항할 수 없었다.

「제가 방해가 되지 않는다면 기꺼이 모두에게 인사드리지요. 아팠나 보군요?」

조가 그의 외투를 걸 때 빛이 그녀의 얼굴을 비추자 바에르 씨가 변화를 알아차리고 불쑥 물었다.

「아프지는 않지만 피곤하고 슬퍼요. 당신과 작별 인사를 하고 나서 우리 집에 안 좋은 일이 생겼거든요.」

「아, 네. 압니다. 그 소식을 듣고 당신 때문에 가슴이 아팠어요.」 그런 다음 바에르 씨가 다시 악수를 했는데, 그의 표정에 연민이 가득했다. 그래서 조는 그 친절한 눈과 따뜻하게 꽉 쥐는 커다란 손이 무엇보다도 큰 위로가 된다고 느꼈다.

「아버지, 어머니, 이쪽은 제 친구 바에르 교수님이에요.」 조가 말했다. 그 표정과 목소리에 억누를 수 없는 자랑스러움과 기쁨이 담겨 있었기 때문에 트럼펫을 불면서 화려하게 문을 연 것이나 다름없었다.

만약 이 낯선 손님이 사람들의 반응에 대해 의구심을 품었다고 해도 따뜻한 환영을 받는 순간 말끔히 사라졌다. 모두 그를 친절하게 맞이했다. 처음에는 조를 위해서였지만, 곧

이들은 바에르 씨를 그 자체로 무척 좋아하게 되었다. 어쩔 수 없었다. 그는 모든 사람들의 마음을 여는 부적을 가지고 있었고, 이 단순한 사람들은 그가 가난하기 때문에 더욱 친근함을 느끼며 즉시 따뜻하게 대해 주었다. 가난은 그것을 초월하며 사는 사람들을 풍요롭게 만들 뿐만 아니라, 진정으로 호의적인 사람들에게 다가가는 확실한 통행권이다. 바에르 씨는 자리에 앉아서 낯선 사람의 문을 두드린 여행자처럼 주변을 둘러보았다. 그가 두드렸던 문이 열렸고, 그는 자기 집처럼 편안함을 느꼈다. 아이들은 꿀단지에 끌리는 꿀벌처럼 그에게 다가왔다. 그러더니 그의 양쪽 무릎에 나란히 앉아서 어린아이 특유의 대담함으로 그의 주머니를 뒤지고, 수염을 잡아당기고, 시계를 열심히 구경하면서 그를 사로잡았다. 여자들은 서로 마음에 든다는 신호를 주고받았고, 마치 씨는 그가 비슷한 영혼을 가지고 있음을 느끼고 손님을 위해 가장 좋은 것들을 내놓았다. 말없는 존은 이야기를 즐겁게 들었지만 한마디도 하지 않았고, 로런스 씨는 도저히 자러 갈 수 없음을 깨달았다.

조가 다른 일에 정신이 팔려 있지 않았다면 로리의 태도를 보고 무척 재미있어했을 것이다. 질투는 아니었지만 의심 비슷한 거북함이 느껴져서 로리는 무심한 태도를 취하면서 오빠처럼 새로 온 사람을 경계하며 관찰했다. 그러나 이런 태도는 오래가지 않았다. 로리는 자기도 모르게 그에게 흥미가 생겼고, 깨닫기도 전에 그에게 끌렸다. 다정한 분위기 속에서 바에르 씨가 말을 아주 잘했고 자신의 본모습을 그대로 보여 주었기 때문이다. 그는 로리에게 거의 말을 걸지 않았지만 자주 흘끔거렸고, 전성기의 청년을 보면서 잃어버린 젊음을 아쉬워하는 것처럼 그의 얼굴에 그림자가 스쳤다. 그런 다음 너무나 간절한 표정으로 조를 보았기 때문에, 조가 그 표정을 보았다면 분명 말 없는 질문에 대답했을 것이다. 그러나 조는 자기 눈에 감정이 고스란히 드러날까 조심하느라, 모범적인 노처녀 이모처럼 뜨고 있던 작은 양말만 신중하게 바라보았다.

조는 가끔 바에르 씨를 몰래 훔쳐보면 먼지 자욱한 길을 걷고 난 뒤에 시원한 물을 마신 것처럼 기운이 났다. 몇 가지 좋은 징조가 보였기 때문이다. 바에르 씨의 얼굴에서 멍한 표정이 사라지고, 지금 이 순간에 대한 흥미 때문에 아주 생생한 표정이 떠올랐다. 사실 조는 그가 젊고 잘생겨 보인다고 생각했고, 로리와 비교하는 것도 잊었다. 보통 조는 모르는 남자를 만나면 그 사람에게 아주 불리하게도 로리와 비교하곤 했다. 또 바에르 씨는 무척 창의적인 생각이 떠오른 것 같았다. 대화가 고대의 매장 풍습으로 흘러갔으므로 신나는 주제라고 할 수는 없었지만 말이다. 테디가 논쟁에서 지자 조는 승리감으로 얼굴을 빛냈고, 대화에 몰두한 아버지의 얼굴을 보면서 〈우리 교수님 같은 사람과 매일 대화를 할 수 있으면 아버지가 얼마나 좋아하실까!〉라고 생각했다. 마지막으로, 바에르 씨는 새로 산 듯한 검은색 정장 차림이었는데, 그래서 그 어느 때보다도 신사 같았다. 부스스한 머리카락을 자르고 매끈하게 빗었지만 깔끔한 상태가 오래가지는 못했다. 바에르 씨가 흥분할 때마다 예전처럼 우습게 머리카락을 헝클어뜨렸기 때문이다. 조는 착 달라붙은 머리카락보다 정신없이 일어선 머리카락이 좋았다. 그러면 멋진 이마가 드러나 얼굴이 로마의 신 유피테르 같아 보였기 때문이다. 불쌍한 조! 아주 조용하게 뜨개질을 하면서 이 평범한 남자를 얼마나 미화했는지! 조는 아무것도 놓치지 않았다. 바에르 씨가 흠잡을 데 없는 소매에 금빛 커프스 버튼까지 했다는 사실까지도 말이다.

「교수님도 참. 청혼을 하러 가도 저렇게 세심하게 차려입지는 못했을 거야.」 조가 혼잣말을 했다. 그러자 어떤 생각이 문득 떠오르는 바람에 얼굴이 끔찍할 만큼 빨개졌다. 그래서 얼굴을 숨기려고 털실 뭉치를 떨어뜨린 다음 주우러 갔다.

그러나 이 작전은 조의 예상만큼 성공적이지 못했다. 바에르 교수가 장례용 장작에 불을 붙이는 흉내를 내다가 비유적인 의미에서 횃불을 떨어뜨리는 바람에 작은 파란색 털 뭉치를 향해 뛰어들었기 때문이다. 당연히 두 사람은 머리를 세게 부딪쳐서 별이 보일 지경이었고, 둘 다 얼굴을 붉힌 채 하하 웃으며 일어나서 털실은 줍지도 않고 애초에 일어나지 말걸 그랬다며 각자의 자리에 앉았다.

그날 저녁이 어디로 향하는지 아무도 몰랐다. 해나는 일찌감치 장밋빛 양귀비꽃처럼 꾸벅꾸벅 조는 아이들을 솜씨 좋게 데려갔고, 로런스 씨는 그만 쉬려고 집으로 돌아갔다. 다른 사람들은 난롯가에 둘러앉아서 시간이 흐르는 것도 모른 채 이야기를 나누었고, 결국 메그가 움직였다. 데이지가 침대에서 굴러떨어지고 데미가 성냥의 구조를 연구하다가 잠옷에 불을 붙일지도 모른다는 엄마로서의 직감이 강하게 들었기 때문이다.

「다시 전부 모였으니까 예전처럼 노래하자.」 조가 말했다. 시원하게 소리를 지르면 기쁨에 넘치는 감정을 안전하고 기분 좋게 배출할 수 있을 것 같았다.

가족 전부가 모인 것은 아니었다. 그러나 아무도 조의 말이 거짓이라거나 경솔하다고 생각하지 않았다. 베스는 눈에 보이지 않는 모습으로 — 평화로운 존재로 — 아직 그들 사이에 존재하는 것 같았고, 그 어느 때보다도 사랑스러웠기 때문이다. 사랑이 하나로 묶어 둔 가족은 죽음도 떼어 놓지 못한다. 작은 합창단이 예전과 같은 자리에 섰다. 바늘이 너무 무거워졌을 때 베스가 마무리하지 못한 바느질감은 깔끔한 바구니에 담겨 익숙한 선반에 그대로 놓여 있었다. 이제 거의 아무도 만지지 않는, 베스가 사랑했던 악기도 그대로였다. 그 위에서 예전처럼 차분하게 미소를 짓는 베스의 얼굴이 그들을 내려다보며 이렇게 말하는 것 같았다. 〈슬퍼하지 마! 나 여기 있어.〉

「뭐든 연주해 봐, 에이미. 실력이 얼마나 늘었는지 가족들한테 들려줘.」 로리가 전도유망한 제자에 대한 억누를 수 없는 자부심을 드러내며 말했다.

그러나 에이미는 낡은 의자를 빙빙 돌리며 눈물이 가득 고인 눈으로 속삭였다.

「오늘 밤은 못 하겠어. 오늘은 자랑 못 해.」

하지만 에이미는 뛰어난 기량보다 더 나은 것을 보여 주었다. 그녀는 최고의 스승도 가르칠 수 없는 감미로운 힘이 담긴 목소리로 베스의 노래를 불렀고, 그 어떤 영감도 줄 수 없는 달콤한 힘으로 듣는 사람의 마음을 감동시켰다. 응접실은 아주 조용했고, 베스가 가장 좋아하는 찬송가의 마지막 부분에서 맑은 목소리가 뚝 끊겼다. 다음 가사를 노래하기가 힘들었다.

이 땅에 하늘이 치유할 수 없는 슬픔은 없네.

에이미는 뒤에 서 있던 남편에게 기대면서 베스의 입맞춤이 없으면 가족의 환영 인사가 완벽하지 않다고 생각했다.

「미뇽의 노래로 끝내자. 바에르 씨가 그 노래를 잘하시거든.」 침묵이 고통스러워지기 전에 조가 얼른 말했다. 바에르 씨가 만족스럽게 〈헴!〉 소리를 내며 목을 가다듬고 조가 서 있는 구석 자리로 가면서 말했다.

「같이 불러요. 우리는 아주 잘 맞으니까요.」

조는 음악에 대해서 메뚜기보다도 아는 것이 없었으므로 아주 재미있는 상상이었다. 그러나 조는 바에르 씨가 오페라 전곡을 부르자고 했어도 알겠다면서 박자도 곡조도 상관없이 즐겁게 노래했을 것이다. 그것은 별문제가 되지 않았다. 바에르 씨는 진정한 독일인답게 노래를 진심으로, 그리고 잘 불렀다. 조는 그녀만을 위해서 노래하는 듯한 깊은 목소리에 귀를 기울이려고 곧 소리를 낮춰 흥얼거렸다.

시트론 꽃이 피는 그 나라를 아시나요.

바에르 교수에게는 〈그 나라〉가 독일이라는 뜻이었기 때문에 그가 제일 좋아하는 부분이었다. 그러나 지금은 특별한 따스함과 선율을 담아 다음 가사를 음미하는 듯했다.

그곳으로, 오 그곳으로, 당신과 함께 가리,
내 사랑하는 이여.

노래를 감상하던 사람들 중 한 명은 이 다정한 초대에 너무나 가슴이 설레어 그 나라를 안다고, 그가 원한다면 언제든 기쁘게 떠나겠다고 대답하고 싶었다.

노래는 성공적이었고, 가수는 쏟아지는 칭송을 받으며 물러났다. 그러나 몇 분 뒤, 그는 예의를 깡그리 잊고서 보닛을 쓰는 에이미를 빤히 바라보았다. 에이미는 단순히 〈내 여동생〉이라고만 소개되었고, 바에르 씨가 온 뒤로 아무도 에이미를 새로운 이름으로 부르지 않았기 때문이다. 헤어질 때 로리가 더없이 정중한 태도로 이렇게 말하자, 바에르 씨는 자신을 완전히 잊었다.

「저와 아내는 교수님을 만나 정말 기쁩니다. 저쪽 집에서도 항상 당신을 환영하며 기다린다는 걸 꼭 기억해 주세요.」

그러자 바에르 교수가 너무나 진심으로 고맙다고 말하고 갑자기 얼굴을 만족스럽게 빛냈기 때문에, 로리는 자기가 만난 사람들 중에서 감정을 제일 솔직하게 드러내는 기분 좋은 사람이라고 생각했다.

「저도 가야겠군요. 하지만 부인, 허락해 주신다면 다시 오겠습니다. 이 동네에 작은 볼일이 있는데, 며칠 걸리거든요.」

그는 마치 부인을 향해서 말했지만 시선은 조를 향하고 있었다. 어머니의 목소리는 딸의 눈과 마찬가지로 상냥하게 승낙을 말했다. 모펏 부인의 생각과 달리 마치 부인은 자식들에게 무엇이 좋은지 잘 알았기 때문이다.

「현명한 남자 같구나.」 마지막 손님이 떠나자, 마치 씨가 난로 앞 깔개에 앉아 차분하고 만족스럽게 말했다.

「착한 사람이에요.」 마치 부인이 시계태엽을 감으며 무척 흡족하다는 듯 덧붙였다.

「두 분 다 좋아하실 줄 알았어요.」 조는 침실로 가면서 이렇게만 말했다.

그녀는 바에르 씨가 무슨 일 때문에 왔을까 생각하다가, 어딘가의 높은 자리에 임명되었는데 너무 겸손해서 말하지 않은 것이라고 결론을 내렸다. 자기 방으로 안전하게 돌아간 바에르 씨는 머리숱이 많고 수수하고 엄격한 젊은 여인이 미래를 음울하게 바라보는 듯한 사진을 꺼내서 보았다. 조가 사진을 바라보는 바에르 씨의 표정을 보았다면, 특히 그가 불을 끄고 어둠 속에서 사진에 입 맞추는 것을 보았다면 무슨 일인지 조금은 짐작할 수 있었을 것이다.

## 44장
# 부부

「제발요, 어머니. 제 아내를 30분만 빌려주시겠어요? 짐이 도착했는데 뭘 좀 찾다가 에이미가 파리에서 산 옷들을 뒤죽박죽으로 만들었어요.」 다음 날 로리가 와서 말했다. 로런스 부인을 찾으러 왔는데, 그녀는 다시 〈아기〉가 된 것처럼 어머니의 무릎에 앉아 있었다.

「물론이지. 가보렴, 에이미. 너한테 여기 말고도 집이 있다는 걸 깜빡했구나.」 마치 부인이 어머니로서의 욕심을 사과하듯 결혼반지를 낀 하얀 손을 꽉 잡았다.

「제가 알아서 할 수 있었으면 오지 않았을 거예요. 하지만 귀여운 아내가 없으면 아무것도 못 하겠네요, 꼭…….」

「바람이 없으면 아무것도 못 하는 풍향계처럼 말이지.」 로리가 미소를 짓느라 말을 잠시 멈추자 조가 끼어들어 말했다. 조는 테디가 집으로 돌아온 이후 활발한 모습을 많이 되찾았다.

「바로 그거야. 에이미는 거의 항상 내가 바라봐야 하는 서쪽을 향하게 만들거든. 아주 가끔 남쪽으로 돌릴 때도 있고,

결혼한 이후로 동쪽은 없었네. 북쪽에 대해서는 전혀 모르지만 아주 시원하고 온화한 바람만 불어. 자, 부인?」

「지금까지는 날씨가 아주 좋아. 얼마나 갈지는 모르겠지만, 태풍도 두렵지 않아. 내 배를 어떻게 몰아야 하는지 배우고 있거든. 집으로 가요, 여보. 부츠 신는 도구 찾아 줄게. 그것 때문에 내 짐을 뒤졌을 거야. 남자는 정말 아무것도 못 해요, 엄마.」 에이미가 기혼 여성 같은 태도로 말했고, 그래서 남편은 기분이 좋았다.

「자리를 잡은 다음에는 뭐 할 거야?」 조가 예전에 에이미의 앞치마 단추를 채워 주던 것처럼 외투 단추를 채워 주며 물었다.

「계획이 있어. 아직 결혼한 지 얼마 안 됐으니까 자세히 말하지는 않겠지만, 우리도 게으르게 지낼 생각은 없어. 나는 할아버지가 기뻐하시도록 일을 열심히 할 거고, 내가 제멋대로가 아니라는 걸 증명할 거야. 나를 안정적으로 지탱해 줄 것이 필요해. 빈둥거리는 것도 지겨워서 남자답게 일할 생각이야.」

「에이미는 뭐 할 거니?」 마치 부인이 로리의 결심과 그 열의에 기뻐하며 물었다.

「제일 좋은 보닛에 바람도 쐴 겸 주변에 인사를 마친 다음 우리 저택에서 우아한 환대를 베풀고, 멋진 사람들을 주변으로 끌어모으고, 전체적으로 이 세상에 끼칠 유익한 영향으로 여러분을 깜짝 놀래 주려고요. 그렇죠, 마담 레카미에?[90]」 로

90 Juliette Récamier(1777~1849). 사교계의 전설적 인물. 나폴레옹 시

리가 수수께끼 같은 표정으로 에이미를 보며 물었다.

「시간이 지나면 알게 될 거예요. 엉뚱한 말 그만하고 가요. 가족들 앞에서 나를 자꾸 이상한 이름으로 불러서 놀라게 하지 좀 말고.」 에이미가 사교계의 여왕으로 살롱을 운영하기 전에 좋은 아내가 있는 가정을 먼저 만들겠다고 결심하며 대답했다.

「저 둘이 같이 있으니 정말 행복해 보이는구나!」 젊은 부부가 나가자 아리스토텔레스의 책에 집중하기 힘들었던 마치 씨가 말했다.

「네, 계속 그럴 것 같아요.」 마치 부인이 배를 안전하게 항구로 끌고 온 조타수처럼 편안한 표정으로 덧붙였다.

「분명 그럴 거예요. 에이미는 좋겠다!」 조가 한숨을 쉬었다. 잠시 후 바에르 교수가 초조하게 대문을 열자 조가 환하게 미소를 지었다.

그날 저녁, 부츠 신는 도구를 찾아서 안심한 로리가 아내에게 불쑥 말했다.

「로런스 부인.」

「네, 여보!」

「그 남자가 우리 조와 결혼하려고 해.」

「난 그러면 좋겠어. 당신은 안 그래요?」

「음, 난 그 사람이 모든 의미에서 정말로 괜찮은 남자라고 생각하지만, 조금만 더 젊고 훨씬 더 부자였으면 좋겠는데.」

「이런, 로리. 그렇게 까다롭고 세속적으로 굴지 말아요. 서

대에 파리에서 가장 유명한 살롱을 운영했다.

로 사랑하면 나이가 얼마나 많은지, 얼마나 가난한지는 눈곱만큼도 중요하지 않아. 여자는 절대 돈 때문에 결혼하면 안 돼…….」 마지막 말이 나오는 순간 에이미가 뚝 멈추고 남편을 쳐다보았다. 남편은 심술궂게도 진지한 척 대답했다.

「절대 안 되지. 가끔 매력적인 아가씨들이 그렇게 하겠다고 말하긴 하지만 말이야. 내 기억이 맞는다면, 당신도 한때는 부자랑 결혼하는 게 당신 의무라고 생각했었지. 어쩌면 그래서 나처럼 아무짝에도 쓸모없는 놈이랑 결혼했을지도.」

「아, 로리. 제발, 제발 그런 말은 하지 말아요! 난 청혼을 승낙할 때 당신이 부자라는 것도 잊고 있었어. 당신이 한 푼도 없었어도 난 당신이랑 결혼했을 거야. 가끔은 당신이 가난하면 좋겠어. 내가 당신을 얼마나 사랑하는지 보여 줄 수 있게 말이야.」 사람들 앞에서는 무척 품위 있지만 단둘이 있을 때는 무척 다정한 에이미는 자기 말이 사실이라는 확실한 증거를 보여 주었다.

「한때 속물처럼 굴려고 노력한 적이 있었지만, 정말 내가 그런 사람이라고 생각하는 건 아니지? 당신이 호수에서 노를 저으며 생계를 꾸려야 했어도 내가 기꺼이 당신과 같은 배에 탔을 거라고 믿어 주지 않으면 난 정말 마음 아플 거야.」

「내가 그렇게 멍청하고 잔인할 것 같아? 어떻게 그렇게 생각할 수 있겠어? 당신이 나 때문에 훨씬 돈 많은 남자를 거절하고, 내가 지금 주고 싶은 것의 절반도 못 주게 하는데 말이야. 난 줄 권리가 있다고. 불쌍하게도 여자들은 늘 그래. 그것만이 구원이라고 생각하도록 가르침을 받지. 하지만 당신은 더 나은 교훈을 얻었잖아. 당신 때문에 걱정한 적은 있지만 실망한 적은 한 번도 없어. 딸은 어머니의 가르침을 진심으로 따랐으니까. 어제 당신 어머니에게 그렇게 말씀드렸더니, 내가 자선 사업에 쓰시라고 백만 달러짜리 수표라도 드린 것처럼 기뻐하고 고마워하시더라. 나의 도덕적인 말을 듣지 않고 있군요, 로런스 부인.」 에이미가 그의 얼굴을 물끄러미 보고 있었지만 눈빛이 멍했기 때문에 로리가 말을 멈추었다.

「듣고 있었어요. 들으면서 동시에 당신 턱의 보조개를 보고 감탄하고 있었어. 당신의 허영심을 부추기고 싶진 않지만, 내 남편의 돈보다 잘생긴 얼굴이 훨씬 더 자랑스럽다고 고백하지 않을 수가 없네요.」 에이미는 예술가로서 무척 만족스러워하며 잘생긴 이목구비를 부드럽게 어루만졌다.

로리는 평생 수많은 찬사를 받았지만 이보다 더 마음에 드는 찬사는 없었다. 그는 아내의 독특한 취향에 웃음을 터뜨리며 그런 자신의 마음을 드러냈다. 에이미가 느릿느릿 말했다.

「하나 물어봐도 돼요?」

「물론 되죠.」

「조 언니가 바에르 씨랑 결혼하면 당신, 신경 쓰일까?」

「아, 그게 문제였군? 난 당신이 보조개에서 마음에 안 드는 점이라도 발견했나 했지. 심술부리는 사람이 아니라 살아 있는 가장 행복한 남자로서 말하는데, 난 조의 결혼식에서 내 뒤꿈치만큼이나 가벼운 마음으로 춤을 출 수 있어. 못 믿어요, 〈몽 아미〉?[91]」

91 mon amie. 〈내 친구〉라는 뜻의 프랑스어.

에이미가 그를 올려다보았고 만족했다. 그녀의 질투 어린 두려움은 영원히 사라졌고, 에이미는 사랑과 믿음이 가득한 얼굴로 로리에게 고마워했다.

「그 훌륭한 교수님을 위해서 우리가 뭔가 할 수 있으면 좋을 텐데. 돈 많은 친척을 만들어 낼 수는 없을까? 마침 독일에서 돌아가시면서 교수님께 어느 정도의 재산을 남기는 거지.」 두 사람이 팔짱을 끼고 긴 응접실을 왔다 갔다 하기 시작할 때 로리가 말했다. 두 사람은 성의 정원을 추억하며 이렇게 서성이는 것을 좋아했다.

「조 언니가 결국 알아내서 다 망칠 거야. 조 언니는 바에르 교수님을 지금 이대로 무척 자랑스러워해. 어제도 가난은 정말 아름다운 것 같다고 말했어.」

「착하기도 하지! 하지만 문학에 빠진 남편이랑 부양해야 할 꼬마 교수님들이 열두 명쯤 되면 그렇게 생각하지 않을걸. 우리가 지금 끼어들 수는 없지만 기회를 봐서 두 사람이 원하지 않아도 뭔가를 해줘야겠어. 난 조 덕분에 열심히 공부했고, 조는 정직하게 빚을 갚아야 한다고 생각하니까 그렇게 설득할 거야.」

「다른 사람을 도울 수 있다는 건 정말 기분 좋은 일이야, 그렇죠? 마음껏 나눠 줄 힘을 갖는 게 늘 내 꿈이었는데, 당신 덕분에 그 꿈이 이뤄졌어.」

「아, 우린 좋은 일을 많이 할 거야, 그렇지? 가난한 사람들 중에서도 내가 특히 돕고 싶은 부류가 있어. 정말 가난한 거지는 돌봄을 받지만, 가난한 신사들은 요구하지도 않고 주변 사람들도 감히 자선을 베풀지 못하기 때문에 힘들게 지내잖아. 하지만 기분이 상하지 않도록 조심스럽게 다가가는 방법만 알면 그런 사람들을 도울 방법은 아주 많아. 난 비위를 맞추려 애쓰는 거지보다 쇠락한 신사를 돕고 싶어. 틀렸을지도 모르지만 난 그래. 그게 더 힘들지만 말이야.」

「본인이 신사여야지만 그렇게 할 수 있으니까요.」 가족 칭찬 협회의 또 다른 회원이 덧붙였다.

「고마워요, 난 그런 예쁜 칭찬을 받을 자격이 없는 것 같지만. 외국에서 빈둥거릴 때 재능 있는 젊은 친구들이 꿈을 이루려고 온갖 희생을 하고 진짜 고생하는 모습을 많이 봤어. 어떤 친구들은 정말 대단했지. 돈도 친구도 없지만 용기와 인내심, 야망이 넘쳐서 영웅처럼 열심히 노력하더라고. 그걸 보니까 나 자신이 부끄러워지고, 도움을 주고 싶었어. 그런 사람을 도우면 만족스럽지. 천재적인 재능이 있다면 연료가 부족해서 냄비가 끓지 못하거나 더디게 끓는 일이 없도록 그들을 위해 봉사할 수 있는 게 영광이니까. 천재적인 재능이 없다 해도 그 사실을 깨달았을 때 절망에서 구해 주고 위안을 주는 것은 기쁨이니까 말이야.」

「그래, 맞아요. 감히 요구하지도 못하고 말없이 고통받는 사람들이 또 있어. 나도 그런 사람들에 대해서 좀 알아. 옛날이야기에서 왕이 거지 소녀를 구해 준 것처럼 당신이 날 공주로 만들어 주기 전에는 나도 그런 사람이었으니까. 로리, 야심을 가진 소녀들은 힘든 시간을 겪으면서 젊음과 건강, 소중한 기회가 흘러가는 것을 그냥 보고만 있어야 할 때가 많아. 제때에 아주 작은 도움을 받지 못해서 말이야. 사람들은 나에게 무척 친절했어. 난 내가 그랬던 것처럼 힘들게 고생하는 여자애들을 보면 손을 내밀어서 도와주고 싶어. 내가 도움을 받은 것처럼 말이야.」

「그렇다면 당연히 그렇게 해야지. 당신은 천사니까!」 로리가 외쳤다. 그는 박애주의의 열정을 불태우면서 예술적 재능을 가진 젊은 여성만을 위한 기관을 만들어서 돈을 기부하겠다고 결심했다. 「부자들은 앉아서 자기들끼리 즐겁게 지내거나 재산을 축적해서 다른 사람들이 낭비하게 만들 권리가 없어. 죽을 때 유산을 남기는 것보다 살아 있을 때 돈을 현명하게 써서 같은 인간을 행복하게 만들어 주며 즐거워하는 게 훨씬 현명한 일이야. 우리도 즐거운 시간을 보내면서 다른 사람들에게 후하게 베풀어 즐거움을 더하자. 도르가[92]가 되어 줄래? 커다란 바구니를 들고 다니면서 안락함을 나눠 주고 빈 바구니에는 선행을 채우는 거야.」

「온 마음을 다해서 그렇게 할게. 당신이 용감한 생 마르탱[93]이 되어서 말을 타고 용맹하게 세상을 돌아다니다가 거지를 보고 당신 외투를 나누어 준다면.」

「좋아, 그렇게 하는 거야. 우린 정말 잘 해낼 거야!」

그렇게 해서 젊은 부부는 악수를 나누었고, 다른 사람들의 가정을 환하게 밝혀 주기를 원함으로써 두 사람의 즐거운 집

92 신약 성경에 등장하는 착한 일과 구제 사업을 많이 한 여신도 다비타를 말한다(「사도행전」 9장 36절).

93 St. Martin(316~397). 투르의 주교이자 기마병이었는데, 아미앵으로 가는 길에 헐벗은 거지를 보고 외투를 반으로 잘라 주었다고 한다.

이 더욱 집다워졌다고 생각하며 다시 행복하게 서성였다. 부부는 다른 사람의 거친 길을 부드럽게 만들어 주면 자기들 앞의 꽃길을 더 당당하게 걸을 수 있다고 믿었고, 자신들만큼 축복받지 못한 이들을 다정하게 기억하는 사랑이 두 사람의 마음을 더욱 가깝게 묶어 주었다고 느꼈다.

## 45장
# 데이지와 데미

마치가(家)의 가장 소중하고 중요한 두 사람에 관해 적어도 한 장을 할애하지 않으면 나는 마치 가족의 겸허한 기록자로서 내 의무를 다했다고 생각할 수 없을 것이다. 데이지와 데미는 이제 분별 있는 나이가 되었다. 아기들은 서너 살이 되면 자신의 권리를 주장하고, 더 나이 많은 아이들보다 그 권리를 더욱 잘 얻어 낸다. 어른들에게 지나치게 예쁨을 받아서 버릇이 완전히 나빠질 위험에 처한 쌍둥이가 있다면, 재잘대는 브룩 쌍둥이가 바로 그런 아이들이었다. 물론 둘은 지금까지 태어난 아이들 중 가장 놀라웠다. 두 아이는 8개월 만에 걸음마를 했고, 12개월 만에 유창하게 말했으며, 두 살이 되자 식탁에 자리를 차지하고 앉더니 아주 예의 바르게 행동해서 보는 사람들을 모두 매료시켰다. 세 살이 되자 데이지는 〈바늘〉을 달라고 했고, 실제 그걸로 네 땀을 떠서 주머니를 만들었다. 마찬가지로 찬장에 살림살이도 꾸리고 초소형 요리용 스토브도 가지고 놀았는데, 솜씨가 어찌나 뛰어난지 해나는 너무나 자랑스러워서 눈물을 흘렸다. 한편, 데미는 할아버지에게 글자를 배웠다. 할아버지는 팔다리로 알파벳을 만드는 새로운 교육법을 만들어 내서 머리 운동과 발꿈치 운동을 하나로 결합했다. 데미는 일찍부터 기계에 천재적 재능을 보여 아버지를 기쁘게 하고 어머니를 혼란에 빠뜨렸다. 기계를 볼 때마다 따라 만들려고 해서 데미의 〈재봉틀〉 때문에 아이방이 엉망이 되었기 때문이다. 데미의 〈재봉틀〉은 끈과 의자, 빨래집게, 〈빙글빙글〉 도는 바퀴 역할을 하는 실패로 만든 수수께끼 같은 구조물이었다. 또 의자 뒤에 바구니를 매달아서 자기를 지나치게 믿는 여동생을 태운 채 끌어올리려고 헛된 노력을 했는데, 데이지는 여자아이답게 오빠의 말을 충실히 따르며 엄마가 와서 구해 줄 때까지 작은 머리를 계속 부딪쳐도 항의하지 않았다. 엄마가 데이지를 구해 주자 어린 발명가는 화를 내며 이렇게 말했다. 「아니, 엄마, 그건 내 엘리베이터예요. 데이지를 끌어올려 주려고 그런 거예요.」

성격은 전혀 달랐지만 쌍둥이는 놀랄 만큼 사이가 좋았고, 하루에 세 번 넘게 싸우는 일이 드물었다. 물론 데미가 데이지를 지배했지만 다른 모든 공격자로부터 데이지를 지켰고, 데이지는 갤리선의 노예처럼 복종하면서 이 세상에서 완벽한 존재는 오빠밖에 없다는 듯이 우러러보았다. 장밋빛 뺨에 통통하고 햇살 같은 데이지는 모두의 마음에 파고들어 자리를 잡았다. 데이지는 모두에게 입맞춤을 받고 품에 안기기 위해서, 작은 여신처럼 꾸미고 사랑받으며 온갖 행사에서 모두의 감탄을 끌어내기 위해서 태어난 매혹적인 아이였다. 데이지의 귀여운 미덕들도 너무나 사랑스러웠기 때문에 이 아이를 인간적으로 만들어 주는 몇 가지 사소한 장난기가 아니었다면 천사 그 자체였을 것이다. 데이지의 세상은 항상 날씨가 좋았다. 아이는 매일 창가에 기어올라서 잠옷 차림으로 바깥을 내다보며 비가 오든 해가 나든 〈아, 좋은 날이네. 아, 좋은 날이야!〉라고 말했다. 데이지에게는 모든 사람이 친구였다. 아이는 모르는 사람에게도 거리낌 없이 입맞춤을 했기 때문에 가장 완고한 독신남도 마음이 녹아내렸고, 아기를 사랑하는 사람들은 충실한 숭배자가 되었다.

데이지가 한 손에 숟가락, 다른 손에 머그잔을 들고 온 세상을 끌어안아 품으려는 것처럼 두 팔을 벌리며 이렇게 말한 적도 있었다.「난 모두 다 사랑해요.」

데이지가 자라면서 아이의 어머니는 이 낡은 집을 가정으로 만드는 것을 도왔던, 데이지만큼이나 사랑이 넘치고 차분한 베스가 있었다면 비둘기 둥지가 더욱 축복을 받았으리라는 생각이 들기 시작했다. 최근의 슬픈 사건으로 가족들은 자기들도 모르게 천사와 함께 오랫동안 살았음을 깨달았고, 메그는 그런 상실을 더 이상 겪지 않게 해달라고 기도드렸다. 할아버지는 데이지를 종종 〈베스〉라고 불렀고 할머니는 자기 눈에만 보이는 과거의 실수에 대해 속죄하려는 것처럼 지치지도 않고 데이지를 지켜보았다.

데미는 진정한 미국인답게 궁금한 것이 많아서 모든 것을 알고 싶어 했고, 〈왜요?〉라는 끝없는 질문에 만족스러운 대답을 얻지 못해서 종종 짜증이 났다.

데미는 또 철학적인 면도 있어서 할아버지가 무척 좋아했다. 할아버지는 데미와 소크라테스식 대화를 나누곤 했는데, 조숙한 학생이 가끔 스승을 당황시키면 마치가의 여자들은 흡족한 마음을 숨기지 않았다.

「내 다리를 움직이는 건 뭐예요, 할아버지?」 어느 날 밤, 잠자리에 들면서 한바탕 장난을 친 다음 휴식을 취하던 어린 철학자가 깊은 생각에 잠겨 활동적인 자기 다리를 찬찬히 살펴보며 물었다.

「너의 작은 마음이란다, 데미.」 현자가 노란 머리를 가볍게 쓰다듬으며 대답했다.

「작은 마음이 뭐예요?」

「내가 시계를 보여 줬을 때 톱니바퀴를 움직이는 스프링이 있었지? 그것처럼 네 몸을 움직이는 거야.」

「날 열어 주세요. 움직이는 거 보고 싶어요.」

「네가 시계를 열지 못하는 것처럼 나도 널 열지는 못해. 하느님께서 널 멈추시기 전까지 너의 태엽을 감아서 움직이게 하신단다.」

「그래요?」 새로운 생각을 받아들이는 데미의 커다란 갈색 눈이 반짝거렸다. 「나도 시계처럼 태엽 감아요?」

「그래. 하지만 어떻게 감는지 내가 보여 줄 수는 없어. 우리가 보지 않을 때 감으시거든.」

데미가 시계태엽 장치 같은 것을 찾으려고 등을 만져 보더니 진지하게 말했다.

「내가 잘 때 하느님이 감으시나 봐요.」

신중한 설명이 뒤따랐고, 데미가 그 말에 어찌나 열심히 귀를 기울였는지 걱정된 할머니가 말했다.

「여보, 그 애한테 그런 말을 하는 게 현명한 일일까요? 그러다 머리가 커져서 절대 대답할 수 없는 질문을 하게 될 거예요.」

「질문을 할 만큼 나이가 들었다는 건 진실한 대답을 들을 만큼 컸다는 뜻이에요. 내가 아이의 머릿속에 생각을 집어넣는 게 아니라 이미 거기에 있는 생각이 펼쳐지도록 돕는 것뿐이라오. 아이들이 우리보다 더 현명해요. 이 애는 분명 내가 하는 말을 전부 이해하고 있을 거요. 자, 데미. 네 마음이 어디에 있는지 말해 보렴.」

아이가 소크라테스의 제자 알키비아데스처럼 〈세상에, 소크라테스 선생님. 저도 모르겠습니다〉라고 대답했다면 할아버지는 놀라지 않았을 것이다. 그러나 데미가 생각에 잠긴 어린 황새처럼 한 발로 서 있다가 차분하고 확신에 찬 말투로 〈제 작은 뱃속에요〉라고 대답하자, 노신사는 할머니와 함께 깔깔 웃으면서 형이상학 수업을 끝낼 수밖에 없었다.

데미가 꼬마 철학자일 뿐만 아니라 진짜 아이라는 확실한 증거를 보여 주지 않았다면 어머니로서는 걱정이 되었을지도 모른다. 종종 해나가 불길하게 고개를 끄덕거리며 〈저 아이는 이 세상에 오래 남아 있지 않을 거야〉라는 예언을 하게 만드는 토론이 끝난 뒤, 데미는 갑자기 태도를 바꾸어서 사랑스럽고 못됐고 장난기 넘치는 꼬마 악당들이 부모님을 깜짝 놀라게 하고 즐겁게 하는 그런 장난으로 해나의 두려움을 없애 주었다.

메그는 많은 규칙을 세우고 그것을 지키려고 노력했다. 그러나 자기들이 교활한 미꾸라지[94]임을 일찌감치 보여 주는 어른의 축소판 같은 아이들의 교묘한 책략과 천재적인 회피, 차분한 용맹함에 당할 엄마가 어디 있을까?

「이제 건포도 그만 먹어, 데미. 그러다가 병나.」 플럼푸딩을 만드는 날이면 꼬박꼬박 도와주겠다며 부엌으로 들어오는 아이에게 엄마가 말했다.

「병나는 거 좋아요.」

「여기는 너 필요 없으니까 나가서 데이지나 도와줘.」

데미는 마지못해 나갔지만 부당한 대우를 받았다는 생각이 머리에서 떠나지 않았다. 얼마 후 그것을 바로잡을 기회가 오자 데미는 교활한 흥정으로 엄마에게 한 수 가르쳤다.

「둘 다 착하게 굴었으니까 하고 싶은 거 뭐든지 하게 해줄게.」 푸딩이 솥에서 안전하게 익는 동안, 메그가 꼬마 보조 요리사들을 위층으로 데리고 가며 말했다.

「진짜로요, 엄마?」 쉴 새 없이 돌아가는 머리에 멋진 아이디어가 떠올라서 데미가 이렇게 물었다.

「그래, 진짜로. 뭐든 말만 해.」 생각이 짧은 엄마가 〈새끼 고양이 새 마리〉를 여섯 번쯤 부르거나 몸에 나쁘거나 말거나 〈1페니짜리 빵을 사러〉 다 같이 나갈 준비를 하며 대답했다. 그러나 데미는 침착한 대답으로 엄마를 궁지에 빠뜨렸다.

「그러면 우리 가서 건포도 다 먹어요.」

94 찰스 디킨스의 『올리버 트위스트』에 나오는 도둑 잭 도킨스의 별명.

도도 이모는 두 아이의 주요 놀이 상대이자 비밀을 털어놓을 수 있는 친구였고, 세 사람은 작은 집을 엉망으로 만들곤 했다. 에이미 이모는 아직 만난 지 얼마 되지 않았고 베스 이모는 흐릿한 기억 속으로 곧 사라졌지만, 도도 이모는 살아 있는 현실이었다. 아이들은 도도 이모를 최대한 이용했고, 이러한 찬사에 조 역시 무척 고마워했다. 그러나 바에르 씨가 오면 조는 놀이 친구들을 무시했고, 그러면 꼬맹이들은 실망하고 쓸쓸해졌다. 뽀뽀를 팔고 돌아다니는 것을 좋아하는 데이지는 최고의 고객을 잃고 파산했다. 어린애답게 날카로운 시선을 가진 데미는 곧 도도 이모가 자기보다 〈곰 아저씨〉와 노는 것을 더 좋아한다는 사실을 깨닫고 상처받았지만 괴로움을 감추었다. 연적은 조끼 주머니에 초콜릿 볼 광산뿐만 아니라 열렬한 숭배자들이 케이스에서 꺼내 마음껏 흔들어도 되는 시계까지 가지고 있었으므로 그를 모욕할 용기가 없었다.

어떤 사람들은 이렇게 버릇없는 행동을 허락해 주는 것이 뇌물이라고 생각할지 모르지만 데미는 그렇게 보지 않았고, 상냥하고 불쌍하게 여기는 마음으로 〈곰 아저씨〉를 계속 동정했다. 반면에 데이지는 그가 세 번째로 왔을 때부터 작은 애정을 듬뿍 쏟으면서 그의 어깨는 자신의 왕좌이고, 그의 팔은 피난처이며, 그의 선물은 가치를 따질 수 없는 보물이라고 여겼다.

신사들이 가끔 호의를 품고 있는 숙녀의 어린 친척들을 갑자기 예뻐할 때가 있다. 그러나 이처럼 아이를 좋아하는 척하는 겉치레는 삐걱거릴 수밖에 없고, 아무도 눈곱만큼도 속이지 못한다. 바에르 씨의 애정은 진실했지만 효과적이기도 했다. 법에서도 그렇지만 사랑에서도 정직이 최고의 정책이기 때문이다. 바에르 씨는 아이들을 편안하게 대하는 남자였고, 조그만 얼굴들이 그의 남자다운 얼굴과 기분 좋은 대조를 이룰 때면 특히 잘생겨 보였다. 뭔지 알 수 없는 볼일 때문에 그의 체류는 하루하루 길어졌지만 저녁이면 반드시 찾아왔다. 음, 그는 항상 마치 씨를 보러 왔다고 했으니, 아버지의 매력 때문이었나 보다. 훌륭한 아버지는 그렇다는 착각에 빠져서 비슷한 사람과 긴 대화를 나누며 즐겼지만, 관찰력이 더 좋은 손자의 우연한 말을 듣고 사실을 깨달았다.

어느 날 저녁, 바에르 씨가 찾아왔다가 눈앞에 펼쳐진 광경을 보고 깜짝 놀라 서재 입구에 멈춰 섰다. 점잖은 마치 씨가 다리를 허공에 번쩍 든 채 누워 있고, 그 옆에 데미가 똑같이 누워서 진홍색 양말을 신은 짧은 다리로 할아버지의 자세를 흉내 내려 애쓰고 있었다. 두 사람은 구경꾼의 존재도 모른 채 깊이 빠져 있었는데, 결국 바에르 씨가 듣기 좋은 웃음을 터뜨리고 조가 당황한 표정으로 외쳤다.

「아버지, 아버지! 교수님이 오셨어요!」

검은 다리가 내려가더니 희끗희끗한 머리가 올라왔고, 교사는 흔들림 없이 위엄 있는 말투로 이렇게 말했다.

「안녕하십니까, 바에르 씨. 잠시 실례하겠습니다. 수업을 끝내려던 참이었거든요. 자, 데미. 알파벳을 만들고 무슨 글자인지 말해 봐.」

「알았어요!」 몇 번 버둥거리며 애쓴 끝에 빨간 다리가 컴퍼스 같은 모양을 그렸고, 똑똑한 학생이 의기양양하게 외쳤다. 「〈위〉예요, 할아버지. 〈위〉요!」

「타고난 웰러[95] 군.」 조가 웃음을 터뜨렸다. 마치 부부가 데미를 일으키려 했지만, 조카는 수업이 끝난 기쁨을 표현하는 유일한 방법으로 물구나무를 서려고 애를 썼다.

「오늘은 뭘 했니, 〈뷔브헨〉?[96]」 바에르 씨가 체조선수를 번쩍 들어 올리며 물었다.

「메리 만나러 갔어요.」

「가서 뭐 했는데?」

「메리한테 뽀뽀했어요.」 데미가 꾸밈없이 솔직하게 말했다.

「하! 넌 참 빠르구나. 그랬더니 메리가 뭐라고 했니?」 바에르 씨가 물었다. 꼬마 죄인은 그의 무릎에 서서 조끼 주머니를 뒤지며 고백했다.

「아, 좋아했어요. 메리도 나한테 뽀뽀했는데, 나도 좋았어요. 작은 남자애는 작은 여자애를 좋아하는 거 아니에요?」 데미가 입 안을 가득 채우고 아주 만족스러워하며 물었다.

「요 조숙한 꼬맹이가! 누가 그런 걸 네 머릿속에 넣어 줬니?」 조가 이 순진한 고백을 바에르 교수만큼이나 즐기며 말했다.

95 『픽윅 클럽 여행기』에서 픽윅 씨의 하인 샘 웰러의 특징은 〈브이v〉를 〈더블유w〉로 발음하는 것이다.

96 Bübchen. 〈남자아이〉라는 뜻의 독일어.

「내 머리에 없어요. 내 입에 있어요.」 사실에 정확한 데미가 초콜릿이 묻은 혀를 내밀며 말했다. 조가 생각이 아니라 과자를 말하는 줄 알았던 것이다.

「꼬마 친구들을 위해서 좀 아껴 두렴. 달콤한 사람에게는 달콤한 걸 주는 거야.」 그러면서 바에르 씨가 조에게 초콜릿을 주었다. 그 표정을 보고 조는 초콜릿이 바로 신들이 마시는 넥타르가 아닐까 생각했다. 데미도 그 미소를 보고 큰 인상을 받아서 꾸밈없이 물었다.

「큰 남자애도 큰 여자애를 좋아해요, 교수님?」

어린 시절의 워싱턴처럼 바에르 씨는 〈거짓말을 할 수 없었고〉, 그래서 아마 가끔은 그럴 거라는 모호한 대답을 했다. 그 말투를 들은 마치 씨가 옷솔을 내려놓고 조의 수줍은 표정을 슬쩍 쳐다보았다. 그는 의자에 깊숙이 앉아서 〈조숙한 꼬맹이〉가 그의 머리에 달콤하고도 시큼한 생각을 집어넣은 듯한 표정을 지었다.

30분 뒤에 그릇을 넣어 두는 벽장에서 데미를 발견한 도도 이모가 왜 거기에 있냐고 다그치는 대신 그 조그마한 몸을 숨도 못 쉴 정도로 다정하게 꽉 껴안은 이유가 무엇인지, 이 신기한 행동을 한 다음 생각지도 못하게 커다란 빵 한 조각과 젤리를 준 이유가 무엇인지, 이 문제는 데미의 작은 머리를 괴롭히는 수수께끼로 남았고, 영원히 풀리지 않았다.

46장

# 우산 밑에서

로리와 에이미가 집을 정리하고 행복한 미래를 계획하며 부부로서 벨벳 카펫 위를 서성일 때 바에르 씨와 조는 진흙투성이 길과 푹 젖은 들판에서 다른 종류의 산책을 즐기고 있었다.

「나는 항상 저녁 무렵에 산책을 했잖아. 외출 중인 교수님을 우연히 만난다는 이유만으로 그걸 포기할 수는 없지.」 두세 번 정도 우연히 마주친 다음 조가 혼잣말을 했다. 메그의 집으로 가는 길은 두 개였지만, 어느 길을 택하든 갈 때나 올 때 반드시 바에르 씨를 마주쳤다. 그는 항상 빠르게 걸었고, 아주 가까워질 때까지 조를 절대 알아보지 못하는 듯했다. 바에르 씨는 코앞까지 온 다음에야 근시 때문에 다가오는 여성이 누군지 몰랐다는 표정을 지었다. 조가 메그의 집에 가는 길이면 그는 항상 아이들에게 줄 것이 있었다. 조의 얼굴이 집을 향하고 있으면 그는 그냥 강을 보러 나왔다가 돌아가는 길이라고, 자기가 너무 자주 방문해서 폐가 되지 않겠냐고 말했다.

이런 상황에서 조가 예의 바르게 그를 맞이해서 안으로 들어오라고 하는 것 외에 무엇을 할 수 있었을까? 조가 만약 그의 방문에 지쳤다 해도 그것을 완벽하게 숨겼고, 〈프리드리히 — 아니, 바에르 씨 — 는 차를 좋아하지 않으니까〉 저녁식사에 꼭 커피를 내왔다.

두 번째 주가 되자 무슨 일이 벌어지고 있는지 모두들 알아차렸지만, 조의 얼굴에 일어난 변화를 전혀 모르는 척하려고 애를 썼다. 조가 왜 일을 하면서 노래를 흥얼거리는지, 왜 하루에 세 번 머리를 매만지는지, 왜 저녁 산책을 할 때면 그렇게 얼굴이 환해지는지 절대 묻지 않았다. 그리고 바에르 교수가 아버지와 철학 이야기를 나누면서 그 딸에게는 사랑을 가르치고 있다고 모두 믿어 의심치 않았다.

조는 예의에 어긋나는 것이 아니라고 해도 절대 사랑에 빠질 수 없었다. 그녀는 자기감정을 꺼뜨리려고 무척 애를 썼지만, 실패해서 다소 불안정하게 지내고 있었다. 조는 그렇게 여러 번 열렬하게 독립을 선언해 놓고 굴복하여 비웃음을 사는 것이 너무나도 두려웠다. 특히 로리가 무서웠다. 그러나 새로운 관리자 덕분에 로리는 칭찬받아 마땅할 정도로 예의 바르게 행동했고, 사람들 앞에서는 바에르 씨를 〈대단한 노교수〉라고 절대 부르지 않았으며, 조가 예뻐졌다는 말은 아주 어렴풋하게라도 하지 않았고, 거의 매일 저녁 마치가의 테이블에 교수님의 모자가 보여도 전혀 놀란 티를 내지 않았다. 그러나 로리는 남몰래 무척 기뻐했고, 곰과 울퉁불퉁한 막대 문장(紋章)[97]이 그려진 접시를 조에게 건넬 수 있는 날

97 원래는 워릭 백작가의 문장인데 〈바에르Bhaer〉 씨와 〈곰bear〉의 발음

이 오기를 간절히 바랐다.

2주일 동안 교수는 연인처럼 규칙적으로 마치가를 다녀갔다. 그런 다음 흔적도 없이 사흘 내내 모습을 드러내지 않자 다들 진지한 표정을 지었다. 조는 처음에는 수심에 잠겼다가 나중에는 — 아아, 안타까운 로맨스 — 크게 화가 났다.

「여기가 싫어져서 올 때처럼 갑자기 돌아간 거야. 당연히 난 아무렇지도 않아. 하지만 신사답게 와서 우리에게 작별 인사를 할 줄 알았는데.」 어느 흐린 날 오후, 조가 평소처럼 산책을 가려고 준비하면서 절망한 표정으로 대문을 보며 혼잣말을 했다.

「작은 우산을 챙기렴, 조. 비가 올 것 같구나.」 어머니는 조가 새 보닛을 썼음을 알아차렸지만, 그에 대해서는 아무 말도 없이 이렇게 말했다.

「네, 엄마. 시내에 가는데 뭐 필요한 거 없어요? 저는 종이를 사야 하거든요.」 조가 거울을 본다는 핑계로 엄마의 얼굴을 피한 채 턱 밑으로 리본을 묶으며 대답했다.

「그럼 능직 실레지아 천이랑 9호 바늘 한 쌈, 얇은 연보라색 리본 두 마를 사다 주렴. 두꺼운 부츠도 신고 외투 안에도 따뜻하게 입었니?」

「그럴 거예요.」 조가 멍하니 대답했다.

「혹시 바에르 씨를 만나면 같이 차 한잔하게 모시고 오렴. 보고 싶구나.」 마치 부인이 덧붙였다.

조는 그 말을 들었지만 아무 대답도 없이 어머니에게 입을

이 비슷해서 로리가 장난을 치려 하고 있다.

맞춘 후 빠르게 걸어갔다. 가슴이 아팠지만 고마움에 얼굴을 붉히며 이렇게 생각했다.

〈엄마는 나한테 너무 잘해 주셔! 힘들 때 기댈 엄마가 없는 여자들은 어떻게 할까?〉

직물 상회는 남자들이 주로 모이는 회계 사무소, 은행, 도매 물품 보관소 근처가 아니었지만, 조는 심부름을 시작도 하지 않고 어느새 이곳으로 와서 누군가를 기다리는 것처럼 어슬렁거렸다. 그녀는 여성스러운 흥미와는 전혀 상관없이 어느 가게에서는 기계를, 또 다른 가게에서는 울 샘플을 살펴보았다. 그런 다음 맥주 통에 걸려 넘어지고, 내리던 짐짝에 깔릴 뻔하고, 바쁜 남자들에게 무례하고 난폭하게 떠밀렸다. 남자들은 〈저 여자가 도대체 왜 여기 있는지〉 이상하다는 표정이었다. 뺨에 빗방울이 하나 떨어지자 꺾인 희망부터 망가진 리본까지 온갖 생각이 떠올랐다. 빗방울이 계속 떨어지자 사랑에 빠진 사람만이 아니라 여자였던 조는 마음을 구하기에는 늦었지만 보닛을 구할 수는 있겠다고 생각했다. 이제야 급히 나오느라 잊고 온 작은 우산이 떠올랐다. 그러나 후회는 소용없었고, 우산을 하나 빌리든지 푹 젖는 수밖에 없었다. 조는 낮아지는 하늘을 올려다보고, 벌써 군데군데 까매진 심홍색 리본을 내려다보고, 앞쪽의 진흙탕 길을 보고, 문 위에 〈호프만 슈바르츠 상회〉라고 적힌 지저분한 상점을 한참 동안 망설이며 돌아본 다음, 스스로에게 나무라듯 말했다.

「난 이런 꼴을 당해도 싸! 교수님을 만날 수 있을지도 모른다는 생각에 제일 좋은 옷을 입고 여기서 서성거리다니 도대체 무슨 짓이야? 조, 부끄럽지도 않니! 아니, 저기 들어가서 우산 빌리지 마, 친구들한테 그가 어디 있는지 물어보지도 마. 그냥 비를 맞으며 걸어가서 심부름을 해. 감기에 걸리고 보닛이 다 망가져도 넌 당해도 싸. 얼른!」

조는 이렇게 중얼거리며 너무 성급하게 길을 건너다가 지나가는 손수레에 칠 뻔했고, 뚱뚱한 노신사의 품으로 쓰러질 뻔했다. 그는 〈실례했습니다, 부인〉이라고 말했지만 무척 기분 나쁜 표정이었다. 풀이 죽은 조는 자세를 똑바로 하고 손수건을 펼쳐서 아끼는 리본을 덮은 다음 유혹을 뒤로하고 걸음을 재촉했다. 발목이 점점 더 축축해지고 머리 위에서 우산들이 부딪쳤다. 낡은 파란색 우산이 무방비로 노출된 보닛 위에 멈춰 있는 것을 알아차리고, 조가 시선을 들어 보니 바에르 씨가 그녀를 내려다보고 있었다.

「수많은 말들의 코앞을 아주 용감하게 지나가고, 진흙길을 빠르게 건너는 과감한 여자가 왠지 아는 사람 같아서요. 여기서 뭘 하고 있어요?」

「물건을 좀 사려고요.」

바에르 씨는 피클 공장부터 가죽 도매상까지 쭉 보면서 미소를 지었지만, 예의 바르게 이렇게 말했다.

「우산이 없군요. 같이 가서 짐을 들어 드릴까요?」

「네, 고마워요.」

조의 뺨이 리본만큼이나 빨개졌다. 그녀는 바에르 씨가 자기를 어떻게 생각할까 싶었지만 상관없었다. 조는 그녀의 교수님과 팔짱을 끼고 걷고 있었다. 갑자기 태양이 너무나도 환하게 빛나고 세상이 다시 괜찮아진 느낌이 들었기 때문에, 더없이 행복한 여자가 되어 축축한 거리를 헤쳐 나갔다.

「가신 줄 알았어요.」 조가 얼른 말했다. 바에르 교수가 그녀를 내려다보고 있었다. 보닛은 그녀의 얼굴을 숨길 만큼 크지 않았고, 조는 자신의 얼굴에 드러난 기쁨을 보고 그가 아가씨답지 못하다고 생각할까 봐 걱정되었다.

「제가 그렇게 친절하게 대해 주신 분들에게 작별 인사도 없이 떠날 거라고 생각했습니까?」 바에르 씨가 비난하듯 물었기 때문에 조는 그를 모욕한 듯한 느낌이 들었고, 그래서 진심으로 대답했다.

「아뇨, 그렇게 생각하지 않았어요. 일 때문에 바쁘신 걸 아니까요. 하지만 우린 당신이 그리웠거든요…… 특히 아버지랑 어머니가 보고 싶어 하셨어요.」

「당신은요?」

「저야 당신을 보면 늘 반갑죠, 선생님.」

조는 침착한 목소리를 내려고 안달하다가 약간 차갑게 말해 버렸다. 바에르 교수는 싸늘한 마지막 단어 때문에 차갑게 식은 것 같았다. 미소가 사라지더니 그가 진지하게 말했다.

「감사합니다. 떠나기 전에 한 번 더 가죠.」

「그럼 정말 떠나시는군요?」

「이제 여기 볼일이 없어서요, 끝났습니다.」

「성공적이었겠죠?」 조가 이렇게 말했다. 그의 짧은 대답에 씁쓸한 실망이 담겨 있었기 때문이다.

「그렇다고 생각해야겠죠. 생계를 꾸리고 조카들을 도울 방법이 생겼으니까요.」

「말해 주세요! 전부 다 알고 싶어요…… 조카들 말이에요.」 조가 열심히 말했다.

「참 친절하시군요, 기꺼이 말씀드리죠. 친구가 대학교에 일자리를 마련해 주었습니다. 집에서처럼 가르치면서 프란츠와 에밀의 앞길을 순조롭게 만들어 줄 돈을 벌 수 있지요. 그러니 고마워해야겠지요, 그렇겠죠?」

「물론 그래야죠. 정말 멋져요! 당신은 좋아하는 일을 하고, 당신을 자주 볼 수도 있고, 게다가 조카들도요!」 조가 흡족한 마음을 억누르지 못하고 조카들의 핑계를 대며 외쳤다.

「아, 하지만 우리는 자주 못 만날 겁니다. 서부거든요.」

「너무 멀어요!」 조는 이제 옷도 본인도 어떻게 되든 상관없다는 듯이 치맛자락을 놓고 운명에 맡겼다.

바에르 씨는 여러 가지 언어를 알았지만 여자를 읽는 법은 아직 배우지 못했다. 그는 조를 아주 잘 안다고 생각했지만, 그날 그녀가 연달아 보여 준 목소리와 표정, 태도의 모순에 무척 놀랐다. 30분 동안 기분이 여섯 번은 바뀌었기 때문이다. 바에르 씨를 만났을 때는 놀란 표정이었지만, 그녀가 바에르 씨를 만나야겠다는 뚜렷한 목적을 가지고 왔다는 사실은 의심의 여지가 없었다. 바에르 씨가 팔을 내밀자 조는 그를 더없이 기쁘게 하는 표정으로 팔짱을 꼈지만, 그가 보고 싶었냐고 묻자 너무나 차갑고 형식적인 대답을 해서 그를 절망에 빠뜨렸다. 바에르 씨에게 좋은 일이 생겼다는 소식을 듣고 조는 박수를 칠 뻔했다. 오로지 조카들을 위해서 기뻐한 것이었을까? 그런 다음 그의 행선지를 듣자 조는 무척 절망한 말투로 〈너무 멀어요!〉라고 말해서 그의 희망은 절정에 다다랐다. 하지만 그 직후에 조는 볼일에 완전히 몰두한 사람처럼 이렇게 말해서 그를 다시 굴러 떨어뜨렸다.

「이 가게예요. 들어가실래요? 오래 걸리지는 않을 거예요.」

조는 물건을 사는 솜씨에 자부심이 있었고, 자신이 그 일을 얼마나 깔끔하고 신속하게 처리하는지 동행인에게 특별히 보여 주고 싶었다. 하지만 허둥대는 바람에 모든 것이 엉망이 되었다. 조는 바늘이 담긴 쟁반을 엎었고, 천을 이미 자른 후에야 〈능직〉 실레지아를 사야 한다는 사실을 기억해 냈으며, 잔돈을 잘못 냈고, 캘리코 판매대에서 연보라색 리본을 달라고 했다가 완전히 당황했다. 바에르 씨는 곁에 서서 조가 얼굴을 붉히고 실수하는 모습을 지켜보았다. 그러자 혼란스러운 마음이 가라앉았다. 어떤 경우에는 여자도 꿈속과 정반대임을 서서히 깨달았기 때문이다.

두 사람이 밖으로 나오자 바에르 씨는 더욱 쾌활하게 꾸러미를 겨드랑이에 끼었고, 전체적으로 재미있다는 듯이 웅덩이를 철벅거리며 걸었다.

「아이들에게 줄 것을 좀 사서 환송회를 해야 하지 않을까요? 제가 당신의 그 기분 좋은 집을 마지막으로 방문하려면 말입니다.」 바에르 씨가 과일과 꽃이 가득한 진열창 앞에서 걸음을 멈추고 물었다.

「뭘 사죠?」 조가 마지막 말을 못 들은 척 물었다. 안으로 들어가면서 그녀는 기분이 좋은 척 이것저것 섞인 냄새를 맡으며 킁킁거렸다.

「애들이 오렌지랑 무화과를 먹습니까?」 바에르 씨가 아버지 같은 태도로 물었다.

「있으면 먹죠.」

「견과류 좋아해요?」

「다람쥐처럼요.」

「함부르크 포도네요. 그래요, 저걸로 제 조국을 위해 건배할까요?」

조는 포도가 너무 비싸서 얼굴을 찌푸리며 대추 약간, 건포도 한 통, 아몬드 한 봉지만 사는 게 어떠냐고 물었다. 그러자 바에르 씨가 그녀의 지갑을 빼앗고 자기 지갑을 꺼내서 포도 몇 파운드, 장밋빛 데이지 화분 하나, 데미존[98]과 이름이 같다는 점에서 예쁜 꿀 한 병을 사고 쇼핑을 끝냈다. 그런 다음 울퉁불퉁한 꾸러미들을 주머니가 뒤틀릴 정도로 가득 넣고, 조에게 화분을 들린 다음 자기는 낡은 우산을 들었고, 두 사람은 가던 길을 계속 걸었다.

「마치 양, 아주 큰 부탁이 하나 있는데요.」 축축한 상태로 반 블록을 걸어간 다음 바에르 교수가 말을 꺼냈다.

「네, 선생님.」 조는 심장이 너무 두근거려서 그에게 들릴까 봐 걱정이었다.

「저에게 남은 시간이 너무 짧아서 비가 내리는데도 감히

98 데미존은 〈목이 가는 큰 병〉이라는 뜻이 있다.

이런 말씀을 드립니다.」

「네, 선생님.」 조는 작은 화분을 갑자기 꽉 쥐어서 거의 망가뜨릴 뻔했다.

「티나한테 원피스를 하나 사주고 싶은데, 혼자 가기에는 아는 게 너무 없습니다. 부디 가서 조언을 해주고 도와주시겠습니까?」

「네, 선생님.」 조는 갑자기 냉장고에 들어간 것처럼 차분하고 냉정해진 기분이었다.

「티나의 엄마를 위해서 숄도 하나 살까 합니다. 그녀는 너무 가난하고 몸도 좋지 않은데, 남편은 걱정만 끼치죠. 그래요, 그래. 그 어린 엄마에게 우정의 선물로 두껍고 따뜻한 숄이 제격이겠군요.」

「기꺼이 도와드릴게요, 바에르 씨.」

〈난 너무 빨라, 이 사람이 매 순간 더 좋아지고 있어.〉 조가 속으로 덧붙인 다음 정신을 차리고 보기 좋을 만큼 힘찬 모습으로 가게에 들어갔다.

바에르 씨가 그녀에게 전부 맡겼기 때문에 조는 티나를 위해서 예쁜 옷을 고른 다음, 숄을 보여 달라고 했다. 기혼 남성이었던 점원은 가족들을 위해 쇼핑을 하는 듯한 부부에게 관심을 보였다.

「부인께서는 이걸 더 좋아하실지도 모르겠군요. 아주 좋은 제품입니다. 인기 많은 색이고, 수수하면서 우아하죠.」 그가 이렇게 말하고 편안해 보이는 회색 숄을 털더니 조의 어깨에 둘러 주었다.

「마음에 드세요, 바에르 씨?」 조가 그에게 등을 돌리면서, 얼굴을 숨길 기회에 감사하며 물었다.

「아주 좋아요. 이걸로 하죠.」 바에르 교수가 이렇게 대답하고 혼자 미소를 지으며 돈을 지불했고, 그동안 조는 항상 싸구려 물건을 찾아다니는 사람처럼 카운터를 계속 뒤졌다.

「이제 집으로 갈까요?」 이 말이 무척 기분 좋다는 듯 그가 물었다.

「네, 늦었어요. 전 너무 피곤해요.」 조의 목소리는 그녀가 생각한 것보다 측은하게 들렸다. 이제 태양은 나올 때처럼 갑자기 들어가 버린 듯했고, 세상은 다시 비참하고 진흙투성이로 변했다. 조는 발이 차갑고, 머리가 아프고, 마음은 발보다 더 차갑고 머리보다 더 고통스럽다는 사실을 처음으로 깨달았다. 바에르 씨가 떠난다. 그는 조를 친구로서 좋아할 뿐이고 전부 오해였으니 빨리 끝날수록 좋다. 조가 이런 생각을 하면서 다가오는 승합 마차를 향해 너무 급하게 손짓을 하는 바람에 화분에서 데이지가 날아가 심하게 상했다.

「저건 우리가 탈 승합 마차가 아니에요.」 바에르 교수가 이렇게 말하고 사람들이 가득 탄 마차를 손짓해 보낸 다음, 걸음을 멈추고 불쌍한 꽃을 집어 들었다.

「죄송해요. 뭐라고 쓰여 있는지 제대로 못 봤어요. 신경 쓰지 마세요, 전 걸어갈 수 있어요. 진흙 속을 걸어가는 건 익숙해요.」 조가 눈을 열심히 깜빡이며 대답했다. 대놓고 눈물을 닦느니 죽는 게 나았다.

조가 고개를 돌렸지만 바에르 씨는 조의 뺨에 떨어진 눈물방울을 보았다. 그 광경에 무척 감동했는지, 그가 갑자기 몸을 숙이며 너무나 의미심장한 말투로 물었다.

「아니, 왜 울어요?」

자, 만약 조가 이런 일에 익숙했다면 우는 게 아니라고, 감기 기운이 있다거나, 아무튼 이런 상황에 맞는 여성스러운 거짓말을 했을 것이다. 그러나 이 품위 없는 인물은 그 대신 흐느낌을 억누르지 못하고 이렇게 말했다.

「당신이 멀리 떠나니까요.」

「아, 세상에. 너무 기분이 좋군요!」 바에르 씨가 우산과 꾸러미를 들고 있음에도 불구하고 어찌어찌 두 손을 맞잡으며 외쳤다. 「조, 난 당신한테 줄 게 사랑밖에 없어요. 난 당신이 내 사랑을 받아 줄지 알아보러 왔고, 내가 친구 이상인지 확인하려고 기다렸습니다. 그런가요? 당신 마음속에 프리츠를 위한 작은 자리를 만들어 줄 수 있어요?」 그가 단숨에 덧붙였다.

「오, 네!」 조가 말했고, 그는 무척 만족스러웠다. 조가 양손으로 팔을 붙잡고서, 그의 옆에 서서 인생을 나란히 걸어가면 얼마나 행복할지 솔직히 보여 주는 표정으로 그를 올려다보았기 때문이다. 그가 든 낡은 우산밖에 피난처가 없다고 해도 말이다.

확실히 난감한 청혼이었다. 바에르 씨는 무릎을 꿇고 싶어도 진흙 때문에 그럴 수가 없었다. 또 양손에 물건이 가득했기 때문에 비유적인 의미가 아니라면 조에게 손을 내밀 수도 없었다. 그럴 뻔하긴 했지만, 탁 트인 길거리에서 애정 표현을 할 수도 없었다. 그러므로 그가 뛰어오를 듯한 기쁨을 표현할 수 있는 유일한 방법은 그녀를 바라보면서 수염에서 반짝이는 물방울에 작은 무지개들이 뜬 것처럼 보일 정도로 아름다운 표정을 짓는 것뿐이었다. 내 생각에 만약 그가 조를 아주 많이 사랑하지 않았다면, 그 순간에는 사랑에 빠지지 못했을 것이다. 치마는 통탄할 만한 몰골이고, 고무장화는 발목까지 철벅거렸으며, 보닛은 다 망가져서 조는 사랑스러운 것과 거리가 아주 멀었다. 다행히도 바에르 씨는 조가 살아 있는 가장 아름다운 여인이라고 생각했고, 조는 그가 어느 때보다도 〈유피테르 같다〉고 생각했다. 모자챙은 축 늘어져서 어깨에 작은 시냇물이 흘러내리고 있고(우산을 전부 조에게 씌워 주고 있었다), 장갑은 열 손가락 모두 수선이 필요했지만 말이다.

지나가는 사람들은 아마 두 사람을 보고 정신이 좀 이상하지만 해가 될 것은 없는 한 쌍이라고 생각했을 것이다. 조와 바에르 씨가 승합 마차를 세우는 것도 완전히 잊고서, 황혼과 안개가 깊어지는 줄도 모르고 느긋하게 걸어다녔기 때문이다. 그들은 인생에 한 번밖에 오지 않는 행복한 시간을, 나이 많은 이에게 젊음을 주고, 평범한 이에게 아름다움을 주고, 가난한 이에게 부를 주고, 인간에게 천국을 미리 맛보여 주는 그런 마법 같은 순간을 보내고 있었으므로 누가 뭐라고 생각하든 신경 쓰지 않았다. 바에르 교수는 왕국이라도 정복한 듯한, 세상 그 무엇을 주어도 이보다 더 행복해질 수 없다는 듯한 표정이었다. 그의 옆에서 걷던 조는 자기 자리가 늘 여기였던 듯한 기분이었고, 어떻게 그녀가 다른 운명을 택할 수 있을까 생각했다. 물론 먼저 말을 꺼낸 사람은 조였다…… 물론 알아들을 수 있는 말이라는 뜻이다. 성급한 〈오, 네!〉 다음에 이어진 감정적인 말은 기록할 수 없는 횡설수설이었으니 말이다.

「프리드리히, 당신은…….」

「아, 세상에! 미나가 죽은 이후 아무도 불러 주지 않은 이름을 불러 주었어요!」 바에르 교수가 웅덩이에 멈춰 서서 고맙고 기쁜 마음으로 그녀를 보며 외쳤다.

「저 혼자서는 늘 그렇게 불러요…… 깜빡했어요, 싫으면 그렇게 부르지 않을게요.」

「싫으냐고요? 말할 수 없을 만큼 좋아요. 그리고 〈그대〉라고 해줘요. 그럼 당신들 언어도 제 언어만큼 아름답다고 할게요.」

「〈그대〉라니, 좀 감상적이지 않아요?」 조가 이렇게 물었지만, 속으로는 사랑스러운 단어라고 생각했다.

「감상적이라고요? 그렇죠. 세상에, 우리 독일인은 감상을 좋아하고, 그걸로 젊음을 유지하죠. 영어의 〈당신〉은 너무 차가워요. 〈그대〉라고 해봐요, 나한테는 아주 큰 의미가 있어요.」 바에르 씨가 진지한 교수라기보다는 낭만적인 학생처럼 간청했다.

「음, 그럼, 왜 그대는 이 모든 걸 더 빨리 말해 주지 않았어요?」 조가 부끄러워하며 물었다.

「이제 그대에게 내 마음을 전부 보여 줘야겠군요, 기꺼이 그렇게 할게요. 이제부터 내 마음은 그대의 것이니까. 자, 봐요. 나의 조 — 아, 정말 사랑스럽고 웃음이 나고 귀여운 이름이에요 — 뉴욕에서 우리가 작별 인사를 했던 날 하고 싶은 말이 있었지만, 그 잘생긴 친구가 그대와 약혼을 했다고 생각했어요. 그래서 말을 하지 않았지요. 그때 내가 청혼했다면 그대는 〈좋아요〉라고 대답했을까요?」

「모르겠어요. 아마 아닐 거예요. 그때는 그런 마음이 전혀 없었거든요.」

「하! 못 믿겠군요. 요정 왕자님이 숲을 헤치고 와서 깨울 때까지 잠들어 있었겠지요. 아, 〈디 에르스트 리베 이스트 디 베스테.〉 하지만 기대하지 말아야죠.」

「그래요, 첫사랑이 최고죠. 그러니까 기뻐하세요. 난 다른 사랑을 한 적이 없거든요. 테디는 그냥 소년이었고, 혼자만의 작은 공상을 금방 극복했어요.」 조가 바에르 교수의 착각을 바로잡고 싶어 안달하며 말했다.

「좋아요! 그러면 난 그대가 나에게 모든 것을 주었다고 확신하면서 행복하게 잠들 수 있겠군요. 난 너무 오래 기다리느라 욕심이 많아졌어요. 그대도 곧 알게 될 거예요, 〈프로페소린〉.[99]」

「마음에 드는데요.」 조가 새로운 호칭에 기뻐하며 말했다. 「이제 어떻게 해서 제가 당신을 제일 원할 때 딱 맞춰서 왔는지 말해 봐요.」

「이거요.」 바에르 씨가 조끼 주머니에서 작고 낡은 종잇조

99 Professorin. 〈교수 부인〉이라는 뜻의 독일어.

각을 꺼냈다.

조가 그것을 펼쳐 보더니 무척 부끄러운 표정을 지었다. 시를 실어 주는 잡지에 보낸 글이었다. 조는 가끔 여기에 시를 보내고 돈을 받곤 했다.

「어떻게 이걸 보고 온 거죠?」 조가 무슨 뜻인지 몰라서 물었다.

「우연히 발견했어요. 시에 나오는 이름들과 마지막 머리글자를 보고 당신이란 걸 알아차렸는데, 나를 부르는 듯한 짧은 구절이 있었어요. 읽으면서 찾아봐요. 난 그동안 당신이 젖지 않게 해줄게요.」

다락방에서

먼지가 뽀얗고 세월에 바랜
한 줄로 늘어선 작은 상자 네 개
이제 한창때가 된 어린아이들이
오래전에 꾸미고 채웠네
빛바랜 리본으로 묶어서
나란히 걸어 둔 작은 열쇠 네 개
오래전 비 오는 날 아이들이
묶었을 때는 멋지고 예뻤네
소년 같은 손이 파낸
뚜껑마다 새겨진 작은 이름 네 개
그 밑에 숨겨진 것은

행복한 아이들의 역사
한때 여기서 놀다가 자주 멈추고서
저 높은 지붕에서 들려왔다 멀어지는
달콤한 곡조를 들었네
쏟아지는 여름비 속에서

매끄럽고 예쁜 첫 뚜껑의 〈메그〉
나는 사랑 넘치는 눈으로 들여다보네
조심스러운 손으로 접어 둔 것은
아름다운 수집품들
평화로운 삶의 기록……
다정한 아이와 소녀에게 주는 선물
결혼 예복, 아내에게 주는 글
작은 신발, 아기의 머리카락
인형은 모두 어디론가 가고 없네
노년이 되었지만 다시 한번
또 다른 꼬마 메그와 함께
다시 놀이를 시작하러 갔다네
아, 행복한 어머니! 나는 안다네
그때 그 달콤한 곡조처럼
낮고 감미로운 자장가를 듣겠지
쏟아지는 여름비 속에서

긁히고 닳은 뚜껑에는 〈조〉

뒤죽박죽 뒤섞인 물건들
머리 없는 인형들, 찢어진 교과서
더 이상 말이 없는 새와 동물
어린 영혼만이 발을 들일 수 있는
요정의 땅에서 가져온 전리품들
미래의 꿈은 찾지 못했고
과거의 추억은 아직 달콤하네
쓰다 만 시들, 거친 이야기들
따뜻하고 차가운 4월의 편지들
고집 센 아이의 일기
일찍 나이 든 여자의 징조
집에서 혼자 외로운 여인
슬픈 곡조가 들려오네
〈사랑하라 사랑이 찾아오리라〉
쏟아지는 여름비 속에서

나의 〈베스!〉 너의 이름이 새겨진 뚜껑은
항상 먼지를 쓸어 두네
눈물과 사랑이 넘치는 눈으로
종종 찾아오는 조심스러운 손길로
죽음이 우리를 위해 성자를 만들었으니
신보다 더욱 성스러운 그녀
우리는 아직 슬피 애원하며
집 안의 신전에 유물을 넣어 두네

거의 울리지 않았던 은빛 종
마지막으로 썼던 작은 모자
그녀의 방문에 걸려 있던
천사들이 모시고 가는 카타리나 성녀
그녀가 감옥에서 — 고통의 집에서
한탄하지도 않고 불렀던 노래
영원히 달콤하게 녹아들리
쏟아지는 여름비 속에서

마지막 뚜껑의 반들거리는 바탕에는
아름답고 진실한 전설이 있네
용맹한 기사가 방패에 새긴 것은
금빛과 푸른빛이 섞인 〈에이미〉라는 글자
그 안에는 그녀의 머리를 묶던 머리띠
마지막 춤을 추었던 슬리퍼
조심스럽게 넣어 둔 시든 꽃
힘든 일은 과거가 되어 버린 부채
열정적인 불꽃 밸런타인 선물들
소녀다운 희망과 두려움과 부끄러움에
한몫씩 했던 작은 물건들
아가씨의 마음은 과거의 기록이 되고
이제 더 아름답고 진실한 주문을 배우네
명랑한 곡조처럼 들려오는
결혼식의 은빛 종소리

쏟아지는 여름비 속에서

먼지가 뽀얗고 세월에 바랜
한 줄로 늘어선 작은 상자 네 개
행복과 고통을 통해 네 명의 여인은
한창때에 일하고 사랑하는 법을 배웠네
네 자매는 잠시 떨어져 있지만
한 명이 앞서갔을 뿐, 잃지는 않았네
영원불멸한 사랑의 힘으로
가장 가깝고 사랑하는 존재로 남으리
오, 우리가 숨겨 둔 이 물건들이
우리 아버지의 눈앞에 펼쳐질 때
영광된 시간 속에서 더욱 풍성해지기를
빛을 받아 더욱 빛나는 선행과
용맹한 음악을 오래도록 울리는 삶
영혼을 뒤흔드는 선율처럼
기쁘게 솟구쳐 노래하는 영혼
비가 그친 뒤 기나긴 햇빛 속에서.

J. M.

「정말 엉망이죠, 하지만 이걸 쓸 땐 그런 기분이었어요. 정말 외로운 날이라서 넝마 주머니에 엎드려 실컷 울었죠. 이게 어딘가로 가서 내 얘기를 전할 줄은 생각도 못 했는데.」 조가 말했다. 그녀는 바에르 교수가 오랫동안 소중히 간직한 시를 찢었다.

「그래요, 그 시는 제 의무를 다했어요. 그녀가 작은 비밀을 전부 적어 두는 갈색 책을 다 읽으면 새로운 시를 찾을 수 있겠죠.」 바에르 씨가 바람에 실려 날아가는 조각들을 바라보고 미소를 지으며 말했다. 「그래요.」 그가 진지하게 덧붙였다. 「저 시를 읽고 생각했죠. 〈그녀가 슬프고 외로워, 진정한 사랑에서 위안을 찾을 수 있을 거야.〉 내 마음은 당신으로 가득했죠. 찾아가서 〈당신에게 줄 수 있는 것이 내가 받으려고 하는 것에 비해 너무 빈약하지 않다면 신의 이름으로 받아 주겠어요?〉라고 말하고 싶었어요.」

「그래서 왔다가 너무 빈약하지 않다는 걸, 나에게 필요한 단 하나의 소중한 것임을 깨달았군요.」 조가 속삭였다.

「처음에는 그런 생각을 말할 용기가 없었어요. 당신이 날 너무 친절하게 맞이해 줬으니까요. 하지만 곧 희망을 갖기 시작했고, 혼자 이렇게 말했어요. 〈죽는 한이 있어도 그녀를 가질 거야.〉 그래서 그렇게 됐죠!」 바에르 씨는 주변에서 몰려드는 안개의 벽이 그가 넘어야 하는, 또는 용맹하게 쓰러뜨려야 하는 장애물이라도 되는 것처럼 도전적으로 고개를 끄덕이며 외쳤다.

조는 멋지다고 생각했다. 그가 멋진 옷을 입고 군마를 타고 달려온 것은 아니지만, 그녀의 기사에게 어울리는 사람이 되겠다고 결심했다.

「왜 그렇게 오래 걸렸어요?」 조가 물었다. 내밀한 질문을 하고 기분 좋은 대답을 듣는 것이 너무 좋아서 가만히 있을 수가 없었다.

「쉽지 않았지요. 난 오랫동안 열심히 일해서 당신에게 행복한 가정을 만들어 줄 수 있다는 전망이 생기기 전에는 당신을 그렇게 행복한 가정에서 빼앗을 용기가 나지 않았어요. 약간의 학식 말고는 재산도 없는 가난하고 늙은 남자를 위해서 어떻게 그렇게 많은 것을 포기하라고 요구할 수 있겠어요?」

「난 당신이 가난해서 좋아요. 부자 남편은 참을 수가 없거든요!」 조가 단호하게 말한 다음 더욱 다정하게 덧붙였다. 「가난을 두려워하지 말아요. 난 가난을 오래전부터 알았기 때문에 두려움도 없고, 사랑하는 사람들을 위해서 행복하게 일할 수도 있어요. 그리고 늙었다고 하지 마세요, 마흔 살이면 인생의 전성기잖아요. 난 당신이 일흔 살이라도 사랑하지 않을 수 없어요!」

바에르 교수는 이 말에 무척 감동했기 때문에 손수건이 있어서 무척 다행이었다. 그것을 꺼낼 수만 있었다면 말이다. 대신 조가 그의 눈물을 닦아 주고, 짐 몇 개를 받은 다음 웃으며 말했다.

「내가 과감할지는 모르지만 아무도 주제넘다고 말하지는 못할 거예요. 여자의 특별 임무는 눈물을 닦아 주고 짐을 들어 주는 거니까요. 프리드리히, 내 몫의 짐은 내가 들고, 집을 구하는 것도 도울 거예요. 마음의 준비를 해요, 아니면 난 안 갈 테니까.」 그가 짐을 다시 빼앗으려 하자 조가 단호하게 덧붙였다.

「두고 봅시다. 오래 기다릴 수 있어요, 조? 난 멀리 가서 혼자 일해야 돼요. 그리고 조카들을 먼저 돌봐야 해요. 아무리 당신을 위해서라도 미나와의 약속은 깰 수 없어요. 그걸 이해해 주고, 희망을 가지고 행복하게 기다릴 수 있어요?」

「네, 난 할 수 있어요. 우린 서로 사랑하고, 그렇기 때문에 나머지는 쉽게 견딜 수 있으니까요. 나도 해야 할 의무가 있고 일이 있어요. 아무리 당신을 위해서라도 내 의무를 게을리하면 나 자신도 즐겁지 않아요. 그러니까 서두르거나 초조해할 필요 없어요. 당신은 서부에서 당신 몫을 해요, 난 여기서 내 몫을 할 테니. 둘 다 최고의 결과를 바라면서 행복하게 지내고, 미래는 신의 뜻에 맡기도록 해요.」

「아! 그대는 나에게 이렇게 희망과 용기를 주는데, 나는 사랑으로 가득한 마음과 이 빈손밖에 줄 게 없군요.」 감격한 바에르 교수가 외쳤다.

조는 절대 예의범절을 배우지 못할 것이다. 두 사람이 계단에 서 있고 바에르 씨가 이 말을 했을 때, 조는 그의 손에 자기 양손을 얹고 〈이제 빈손이 아니에요〉라고 다정하게 속삭인 다음, 우산 밑에서 머리를 숙여 그녀의 프리드리히에게 키스했다. 정말 엄청난 행동이었지만 조는 산울타리에 모여든 흙투성이 참새 떼가 인간이었어도 그렇게 했을 것이다. 그녀는 정말 황홀한 기분이었고, 자신의 행복 말고는 그 무엇도 상관없었기 때문이다. 아주 단순한 고백이었지만 두 사람의 삶에서 최고의 순간이었다. 밤과 폭풍과 외로움은 그들을 기다리는 가정의 빛과 따뜻함과 평화로 변했다. 조는 〈집에 오신 것을 환영합니다!〉라고 기쁘게 외치며 연인을 데리고 들어가서 문을 닫았다.

## 47장

# 수확의 계절

1년 동안 조와 바에르 교수는 열심히 일하며, 기다리고 소망하고 사랑하면서 가끔 만났다. 어찌나 긴 편지를 썼는지 로리는 두 사람 때문에 종이 값이 올랐다고 말했다. 두 번째 해는 다소 차분하게 시작되었다. 두 사람의 전망은 아직 밝지 않았고, 마치 대고모가 갑자기 돌아가셨기 때문이다. 그러나 처음의 슬픔이 가시자 — 마치 대고모는 혀가 날카로웠지만 마치 가족은 이 노부인을 무척 사랑했다 — 그들은 기뻐할 이유를 발견했다. 마치 대고모가 플럼필드를 조에게 유산으로 남겨서 온갖 기쁜 일들이 가능해졌던 것이다.

「아주 괜찮은 저택이야. 값이 상당히 나갈 거야. 당연히 팔 생각이지?」 몇 주 후 그 문제로 이야기를 나눌 때 로리가 말했다.

「아니, 안 팔아.」 조가 단호하게 대답했다. 그녀는 예전 주인을 존경하는 마음에서 입양한 뚱뚱한 푸들을 쓰다듬고 있었다.

「거기서 살 생각은 아니지?」

「살 생각이야.」

「하지만 조, 엄청나게 큰 집이야. 관리하려면 돈이 많이 들어. 정원이랑 과수원만 해도 남자가 두세 명은 필요한데, 바에르 씨도 농사는 잘 모르잖아.」

「내가 그러자고 하면 시도해 볼 거야.」

「거기서 나오는 수확물로 먹고살려고? 천국 같은 얘기긴 한데, 일이 정말 힘들 거야.」

「우리가 키우는 작물이 돈벌이가 될 거야.」 조가 웃었다.

「그 귀한 작물이 도대체 뭐죠, 부인?」

「남자애. 남자아이들을 위한 학교를 열고 싶어…… 훌륭하고, 행복하고, 진짜 집 같은 학교를 만들어서 내가 돌보고 프리츠가 가르칠 거야.」

「정말 조다운 계획이네! 진짜 조답지 않아요?」 로리가 본인만큼이나 놀란 표정의 가족들을 향해 외쳤다.

「난 마음에 들어.」 마치 부인이 단호하게 말했다.

「나도 그래요.」 그녀의 남편이 말했다. 그는 현대의 아이들에게 소크라테스식 교육법을 시도해 볼 기회를 환영했다.

「아이들을 돌보려면 조가 할 일이 무척 많을 거야.」 메그가 모든 신경을 빼앗는 아들의 머리를 어루만지며 말했다.

「조라면 할 수 있지. 그리고 거기서 행복할 거다. 정말 멋진 생각이구나. 우리한테 전부 말해 봐라.」 로런스 씨가 외쳤다. 그는 이 연인을 정말 돕고 싶었지만, 두 사람이 그의 도움을 거절하리란 사실을 알았다.

「할아버지는 제 편을 들어주실 줄 알았어요. 에이미도 마찬가지야…… 눈빛을 보면 알아. 신중하게 기다리면서 마음 속으로 곱씹어 본 다음에야 말하겠지만. 자, 여러분.」 조가 진지하게 말을 이었다. 「문득 떠오른 생각이 아니라 제가 오랫동안 간직했던 계획이라는 걸 알아주세요. 프리츠를 만나기 전에 저는 돈을 벌고 집에서도 제가 필요하지 않을 때가 되면 커다란 집을 빌려서 엄마가 없는 가난하고 외로운 남자 애들을 데려다가 돌봐야겠다고 생각했었어요. 너무 늦기 전에 즐거운 삶을 살게 해주겠다고 말이에요. 제때 도움을 받지 못해서 망가지는 아이들을 너무 많이 봤어요. 그 아이들에게 뭐든 해주고 싶어요. 저는 그 아이들의 결핍을 느끼고, 그 아이들의 고통에 공감하는 것 같아요. 아, 전 정말 그 아이들의 엄마가 되어 주고 싶어요!」

마치 부인이 손을 내밀자, 조가 그 손을 잡고 눈물을 글썽거리며 미소를 지었다. 그런 다음 가족 모두가 오랫동안 보지 못했던 열정적인 태도로 말을 이었다.

「프리츠한테 이 계획을 말한 적이 있는데, 자기도 바로 그런 일을 하고 싶다면서 우리가 부자가 되면 해보기로 했어요. 참 착하기도 하죠, 프리츠는 평생 그러고 있는데…… 불쌍한 남자. 애들을 돕는 거 말이에요, 부자가 되는 거 말고요. 프리츠는 절대 부자가 못 될 거예요. 돈이 불어날 만큼 오래 주머니에 붙어 있질 않거든요. 이제 저를 분에 넘치게 사랑해 주신 좋은 대고모님 덕분에 전 부자예요. 적어도 기분은 그래요. 학교를 성공적으로 운영하면 플럼필드에서 완벽하게 잘 살 수 있어요. 남자애들한테 딱 맞는 곳이에요…… 집도 크고,

가구는 튼튼하고 단순하잖아요. 수십 명이 들어갈 수 있는 방이 아주 많고, 밖에는 멋진 운동장도 있어요. 학생들이 텃밭이랑 과수원 일도 도울 수 있고요. 그런 일은 건강에 좋잖아요, 안 그래요? 프리츠가 자기 방식대로 아이들을 가르치고 아버지가 도우면 돼요. 저는 아이들을 먹이고, 간호하고, 칭찬하고, 꾸짖을 거고, 엄마가 제 보조 역할을 맡는 거죠. 전 항상 남자애들이 많은 게 좋았어요, 아무리 많아도 부족했죠. 이제 그 집 가득 애들을 채우고, 아이들과 실컷 즐겁게 지낼 수 있어요. 얼마나 큰 사치인지 생각해 보세요. 플럼필드가 내 소유고, 나랑 같이 그 집에서 신나게 놀 남자애들이 잔뜩 있다니 말이에요!」

조가 양손을 흔들며 황홀한 한숨을 내쉬자 가족들은 폭소를 터뜨렸고, 로런스 씨는 어찌나 심하게 웃었는지 뇌졸중이 아닌가 싶을 정도였다.

「전 뭐가 웃긴지 모르겠는데요.」 사람들이 웃음을 그치자 조가 진지하게 말했다. 「교수님이 학교를 여는 것보다 더 자연스럽고 적당한 일은 없어요. 전 제 저택에서 사는 게 더 좋다는 것도 마찬가지고요.」

「벌써 으스대는 것 좀 봐.」 로리가 말했다. 그는 이 아이디어를 대단한 농담쯤으로 생각하고 있었다. 「하지만 학교를 어떻게 유지할 생각인지 물어봐도 될까요? 학생이 전부 부랑아라면 세속적인 의미에서 썩 돈이 되는 작물은 아닐 것 같은데요, 바에르 부인.」

「흥 좀 깨지 마, 테디. 당연히 집에 돈이 많은 학생도 받을 거예요…… 어쩌면 아예 그런 학생들로 시작할 수도 있고요. 그런 다음 자리가 좀 잡히면 부랑아를 한두 명 시험 삼아 받는 거죠. 부잣집 애들도 가난한 집 애들만큼 돌봄과 위로가 필요할 때가 많아요. 불쌍한 애들을 하인에게 맡기거나 내성적인 아이들을 억지로 앞에 내세우는 것도 봤어요. 정말 잔인한 일이에요. 애들을 성향에 맞지 않게 가르치거나 방치해서 말썽을 부리는 경우도 있고, 엄마가 없는 애들도 있어요. 그리고 최고의 아이들도 힘든 시기를 겪을 수밖에 없는데, 인내심과 상냥함이 제일 필요한 시기가 그때예요. 사람들은 그런 애들을 비웃고, 이리저리 밀치고, 눈에 띄지 않게 치우려 하면서 갑자기 예쁜 어린이에서 멋진 청년으로 변하기를 기대하죠. 그런 아이들은 별로 불평하지 않지만 — 용감한 아이들이에요 — 다 느껴요. 저도 그런 걸 겪어 봐서 잘 알아요. 저는 그런 아이들한테 특히 관심이 있고, 팔다리는 서툴고 머릿속은 뒤죽박죽일지 몰라도 따뜻하고 착하고 선한 의도를 가진 그 아이들의 마음이 난 다 보인다고 알려 주고 싶어요. 그리고 저는 경험도 있어요. 제가 어떤 소년을 가족의 자부심이자 영광으로 만들지 않았나요?」

「노력했다는 건 내가 증언해 줄게.」 로리가 고마운 표정으로 말했다.

「그리고 내가 바랐던 것보다 더 크게 성공했지. 널 좀 봐. 안정적이고 분별 있는 사업가가 돼서 네가 가진 돈으로 선행을 베풀며 돈 대신 가난한 사람들의 축복을 잔뜩 쌓고 있잖아. 하지만 넌 그냥 사업가가 아니야. 넌 좋고 아름다운 것을 사랑하고 즐기면서, 예전에도 늘 그랬던 것처럼 다른 사람들도 반으로 나누게 하잖아. 난 네가 정말 자랑스러워, 테디. 넌 매년 더 훌륭해지고 있고, 모두 그걸 느껴. 네가 말을 못 하게 하지만 말이야. 그래, 내가 아이들을 맡게 되면 너를 가리키면서 말할 거야. 〈저기 너희들의 모범이 있어, 애들아.〉」

불쌍한 로리는 어딜 봐야 할지 몰랐다. 로리는 이제 어른이었지만, 조의 칭찬에 모두가 맞다는 표정으로 그를 보자 예전과 비슷한 수줍음이 밀려왔던 것이다.

「조, 그건 너무 과해.」 로리가 예전의 소년처럼 말을 시작했다. 「넌 나에게 너무나 많은 것을 해줘서 내가 아무리 고맙다고 해도 모자랄 정도야. 그래서 널 실망시키지 않으려고 최선을 다할 뿐이지. 요즘은 나에게 신경 쓰지 않지만 그래도 난 최고의 도움을 받고 있어. 내가 잘하고 있다면 전부 이 두 사람 덕분이야.」 그가 한 손을 할아버지의 머리에, 다른 손을 에이미의 금발 머리에 얹었다. 세 사람은 늘 이렇게 붙어 있었다.

「정말 가족은 세상에서 가장 아름다운 것 같아!」 유난히 기분이 좋았던 조가 소리쳤다. 「나도 가정을 꾸리면 내가 제일 잘 알고 사랑하는 세 가족만큼 행복하면 좋겠어. 존이랑 프리츠만 여기 있으면 자그마한 지상 낙원일 텐데 말이야.」 조가 목소리를 약간 낮춰서 덧붙였다. 그날 저녁 가족들과 의논하고, 소망을 이야기하고, 계획을 세우며 너무나 행복한 시간을 보낸 뒤 방으로 돌아갔을 때, 조는 행복으로 마음이 너무 벅차올랐다. 그래서 자기 침대와 멀지 않은 곳에 놓인 빈 침대 옆에 무릎을 꿇고 사랑스러운 베스를 생각하면서 마음을 가라앉힐 수밖에 없었다.

전체적으로 무척 놀라운 한 해였다. 모든 일이 유난히 빠르고 기분 좋게 진행되는 것 같았다. 조는 자신이 어디 있는지 깨닫기도 전에 결혼을 하고 플럼필드에 정착했다. 그런 다음 남자애 예닐곱 명이 버섯처럼 갑자기 나타나서 놀랄 정도로 잘 자랐다. 부자 아이들뿐 아니라 가난한 아이들도 있었다. 로런스 씨가 가슴 아픈 사연을 가진 가난한 아이들을 계속 찾아내서 바에르 부부에게 그 아이를 불쌍히 여겨 달라고, 비용은 기꺼이 아주 약간 내겠다고 간청했기 때문이다. 교묘한 노신사는 이런 방식으로 자존심 강한 조에게 도움을 주었고, 조가 가장 좋아하는 아이들을 데리고 왔다.

물론 처음에는 힘들었다. 조는 이상한 실수를 했지만 현명한 교수님이 그녀를 물결이 잔잔한 곳으로 안전하게 인도했고, 제일 난폭한 부랑아도 결국에는 굴복했다. 조가 〈수많은 남자애들〉을 얼마나 좋아했는지! 말끔하고 질서 정연한 플럼필드의 신성한 경내에 톰이니 딕이니 해리니 하는 남자애들이 득시글거리는 것을 불쌍한 마치 대고모가 봤다면 얼마나 한탄을 하셨을지! 노부인은 몇 킬로미터 반경 내에 사는 남자애들에게 공포의 대상이었으므로, 이러한 변화는 말하자면 시적인 정의 구현 비슷한 것이었다. 추방되었던 아이들은 이제 금지당한 자두를 실컷 먹고, 모독적인 신발로 자갈을 차도 혼나지 않았으며, 〈비틀어진 뿔이 달린 짜증 나는 암소〉가 경솔한 청년들을 초대해서 뿔로 마구 들이받던 넓은 들판에서는 크리켓 경기를 했다. 플럼필드는 남자아이들의 천국이 되었고, 로리는 선생님에게도 학생들에게도 딱 맞도록 〈바에르가르텐〉이라고 명명하자고 제안했다.

상류층 학교가 절대 아니었으므로, 교수님은 절대 재산을 모으지 못했다. 그러나 조가 의도했던 바로 그런 곳, 〈가르침과 돌봄, 친절함이 필요한 남자애들을 위한 행복한 집 같은 곳〉이었다. 곧 커다란 집의 모든 방이 다 찼다. 텃밭의 작은 구획마다 주인이 생겼다. 동물을 키우는 것이 허용되었기 때문에 헛간과 창고에 어엿한 동물원이 생겼고, 조는 하루에 세 번 길쭉한 식탁 상석에서 프리츠를 향해 미소 지었다. 식탁 양쪽에는 어리고 행복한 얼굴들이 줄지어 앉아서 애정 넘치는 눈으로 그녀를 바라보며 시시콜콜 이야기를 했고, 마음속에는 〈바에르 어머니〉를 향한 사랑과 고마움이 가득했다. 조는 이제 남자애들이 충분했다. 아이들은 결코 천사가 아니었고, 몇몇은 바에르 부부에게 크나큰 걱정과 고생을 안겨주었지만, 조는 전혀 지치지 않았다. 그러나 제일 못되고, 건방지고, 사람을 애태우는 꼬마 부랑아의 마음에도 좋은 면이 있다는 믿음 덕분에 조는 인내심과 수완을 얻을 수 있었고, 결국에는 성공을 거두었다. 태양처럼 인자하게 내리쬐는 바에르 아버지와 일곱 번씩 일흔 번 용서하는 바에르 어머니 앞에서 오래 버틸 수 있는 아이는 아무도 없었기 때문이다. 조에게는 아이들의 우정, 잘못을 저지른 뒤에 뉘우치는 훌쩍임과 속삭임, 우스꽝스럽거나 감동적인 배짱, 기분 좋은 열정, 희망, 계획이 소중했고, 심지어는 역경까지도 마찬가지였다. 역경을 겪으면 아이들이 더욱 소중해졌기 때문이다. 느린 아이, 수줍음 많은 아이, 허약한 아이, 반항적인 아이, 혀짤배기소리를 내는 아이, 말을 더듬는 아이, 다리를 저는 아이, 흑인의 피가 4분의 1 섞인 혼혈 아이도 있었다. 다른 곳에서는 받아 주지 않았고, 어떤 사람들은 그 아이를 받으면 학교가 망할 거라고 했지만 〈바에르가르텐〉에서는 환영이었다.

그렇다. 일은 힘들고, 걱정도 많고, 소란이 끊이지 않았지만 조는 그곳에서 행복했다. 그녀는 그곳에서 진심으로 즐거웠고, 아이들의 갈채가 세상 어떤 칭찬보다 더 만족스러웠다. 이제 조는 그녀를 열정적으로 믿고 숭배하는 아이들에게만 이야기를 들려주었다. 세월이 흐르면서 조의 아들도 둘이나 태어나자 그녀는 더욱 행복해졌다. 롭은 할아버지의 이름을 땄고, 테디는 아빠의 햇살 같은 성정과 엄마의 활기찬 정신을 물려받은 듯한 낙천적인 아기였다. 소용돌이 같은 남자애들의 틈바구니에서 두 아이가 어떻게 자라는지 할머니와 이모들에게는 수수께끼였다. 그러나 두 아이는 봄날의 민들레처럼 무럭무럭 자랐고, 거친 보모 형들은 두 아이를 사랑하고 잘 돌보았다.

플럼필드에는 수많은 휴일이 있었는데, 그중에서 가장 즐거운 날은 매년 사과를 따는 날이었다. 그날이면 마치가, 로런스가, 브룩가, 바에르가 사람들이 모두 모여서 즐거운 하루를 보냈다. 조가 결혼식을 올리고 5년 후, 결실로 가득한 축제가 열렸다. 푸근한 10월 어느 날이었고, 공기가 무척 산

뜻해서 다들 기분이 좋고 혈관 속에서 피가 건강하게 춤을 추었다. 오래된 과수원은 휴일을 맞이해 예쁘게 차려입었고, 골든로드와 애스터 꽃이 이끼 긴 벽을 따라 늘어서 있었다. 시든 풀숲에서 메뚜기들이 뛰어다녔고, 귀뚜라미가 연회에 참석한 피리 부는 요정처럼 노래했다. 다람쥐들도 수확을 하느라 바빴다. 새들은 길가의 오리나무에서 작별 인사를 했고, 사과나무들은 한번 흔들자마자 노랗고 빨간 사과를 비처럼 내릴 준비를 하고 서 있었다. 모두 참석했다. 다들 웃으며 노래하고, 나무를 오르락내리락했다. 다들 이렇게 완벽한 날도 즐거운 사람들도 없었다고 선언했고, 세상에 근심이나 슬픔 같은 것은 존재하지 않는다는 듯이 이 순간의 단순한 즐거움에 자신을 자유롭게 내맡겼다.

마치 씨는 평온하게 어슬렁거리며 로런스 씨에게 투서,[100] 카울리,[101] 콜루멜라[102]를 인용하면서,

순한 사과의 포도주 같은 과즙.

을 즐기고 있었다. 바에르 교수는 건장한 게르만족 기사처럼 막대인지 창인지를 들고서 나무 사이 푸릇푸릇한 통로를 바

100 Thomas Tusser(1524~1580). 영국의 시인. 시골 생활과 농사에 대한 시를 썼다.

101 Abraham Cowley(1618~1667). 영국의 시인이자 에세이스트. 정원 가꾸기와 전원에 대한 작품을 썼다.

102 Lucius Columella(?~?). 로마의 군인이자 농부. 정원 가꾸기와 농사에 대한 전문 서적을 썼다.

쁘게 오가며 아이들을 지휘했다. 아이들은 갈고리나 사다리와 짝을 지어서 땅에서도 나무 위에서도 재주넘기를 하며 놀라운 솜씨를 보여 주었다. 로리는 어린 아이들을 돌보았다. 그는 아직 어린 자기 딸을 바구니에 넣어 데리고 다니면서, 데이지를 새 둥지에 올려 주고 모험을 좋아하는 롭이 목을 부러뜨리지 않도록 지켜보았다. 마치 부인과 메그는 과실을 돌보는 님프 포모나처럼 사과 더미 한가운데에 앉아서 계속 쏟아져 들어오는 사과를 분류했고, 에이미는 어머니답고 아름다운 표정으로 앉아서 사람들을 그렸다. 그 곁에서 창백한 남자아이가 목발을 옆에 놓은 채 감탄하며 에이미를 바라보았다.

조는 물을 만난 물고기처럼 이리저리 뛰어다녔다. 옷은 핀으로 고정했고, 모자는 조의 머리 위만 빼고 자꾸 다른 데서 나타났다. 그녀는 아기를 겨드랑이에 끼고 신나는 모험이라면 어디든 뛰어들 태세를 갖추고 있었다. 꼬마 테디는 위험을 피해 다니는 불사신 같았다. 테디에게는 어떤 사고도 일어나지 않았다. 그래서 조는 테디가 어느 아이의 손에 이끌려 나무 위로 휙 올라가든, 다른 아이의 등에 매달려 뛰어다니든, 응석을 받아 주는 아빠가 새콤한 사과를 먹이든 아무 걱정도 하지 않았다. 바에르 씨는 아기가 양배추 절임부터 단추, 못, 자기 신발까지 뭐든 소화시킬 수 있다는 게르만족의 망상을 믿었다. 조는 시간이 지나면 꼬마 테드가 뺨을 장밋빛으로 물들인 채 안전하게, 더럽지만 평온하게 다시 나타나리란 것을 알았고, 아이를 받아 안을 때마다 진심으로 환영했다. 그녀는 자기 아이들을 너무나 사랑했다.

4시가 되자 잠시 잠잠해졌다. 바구니는 텅 비었고, 사과를 따던 아이들은 휴식을 취하면서 찢어진 옷과 멍든 상처를 서로 비교했다. 그때 조와 메그가 나이 많은 아이들 몇몇을 데리고 풀밭에 저녁 식사를 차렸다. 야외에서 마시는 차는 사과 따는 날의 가장 큰 즐거움이었다. 그럴 때면 땅에는 말 그대로 젖과 꿀이 흘렀다. 아이들은 자리에 앉지 않아도 괜찮았고, 자기들 마음대로 음식을 먹을 수 있었기 때문이다. 자유는 남자아이들이 가장 사랑하는 소스였고, 아이들은 이 드문 특권을 온전히 즐겼다. 물구나무를 서서 우유를 마시는 재미있는 실험을 하는 아이들도 있고, 등 짚고 넘기 게임을 하면서 멈출 때마다 파이를 먹으며 게임을 더욱 재미있게 즐기는 아이들도 있었다. 들판에 쿠키가 흩뿌려졌고, 사과 파이가 신종 새처럼 나무에 자리를 잡았다. 꼬마 여자애들은 자기들끼리 티파티를 즐겼고, 테드는 먹을 것 사이를 마음대로 기어다녔다.

모두 이제 더 이상 먹지 못할 정도로 배불리 먹고 나자, 바에르 교수가 이런 행사 때마다 반드시 하는 첫 건배를 제안했다. 「마치 대고모님을 위해 건배, 주님께서 고모님께 축복을 내리시기를!」 자신이 그녀에게 얼마나 큰 빚을 졌는지 절대 잊지 않는 착한 남자가 진심으로 건배사를 외쳤고, 그녀의 기억을 잊지 않도록 배운 아이들이 조용히 마셨다.

「자, 할머니의 예순 번째 생신이다! 오래 사세요! 만세 삼창 세 번!」

다들 정성껏 만세를 외쳤다. 여러분도 잘 알겠지만 일단 환호가 시작되면 멈추기가 힘들다. 일동은 특별 후원자나 다름없는 로런스 씨의 건강부터 어린 주인을 찾아서 나왔다가 길을 잃고 깜짝 놀란 기니피그까지 모두의 건강을 빌었다. 그런 다음 손자들 중 제일 나이가 많은 데미가 오늘의 여왕에게 각종 선물을 배달했다. 선물이 어찌나 많았는지 외바퀴 손수레로 날라야 할 정도였다. 재미있는 선물도 있었지만, 다른 사람들의 눈에는 결점으로 보이는 것도 할머니의 눈에는 장식으로 보였다. 아이들의 선물은 모두 독특했기 때문이다. 마치 부인이 보기에 데이지가 손수건의 단을 접어서 작은 손가락으로 열심히 꿰맨 바느질 자국은 자수보다 훌륭했다. 데미가 만든 신발 상자는 비록 뚜껑은 제대로 닫히지 않았지만 기계를 다루는 기술이 낳은 기적이었다. 롭이 선물한 발판은 다리 길이가 맞지 않아서 흔들거렸지만, 마치 부인은 무척 편하다고 선언했다. 그리고 에이미의 아이가 준 사치스러운 책에서는 삐뚤빼뚤한 글씨로 〈사랑하는 할머니께, 꼬마 베스로부터〉라고 적힌 페이지가 제일 예뻤다.

선물 증정식을 하는 동안 학생들이 수수께끼처럼 사라졌다. 마치 부인이 아이들에게 고맙다고 인사하다가 울음을 터뜨리자, 테디가 자기 앞치마로 그녀의 눈물을 닦아 주었고, 바에르 교수가 갑자기 노래를 부르기 시작했다. 그러자 그의 위에서 목소리가 하나씩 둘씩 겹쳐졌고, 이 나무에서 저 나무로 눈에 보이지 않는 합창단의 노랫소리가 울려 퍼졌다. 조가 가사를 쓰고, 로리가 곡을 붙이고, 바에르 교수가 최고의 효과를 내도록 연습시킨 노래를 아이들은 온 마음을 다해 불렀다. 정말 새로웠고, 매우 성공적이었다. 마치 부인은 너무나 깜짝 놀라서 키 큰 프란츠와 에밀부터 목소리가 가장 사랑스러웠던 꼬마 혼혈 아이에 이르기까지 깃털 없는 새들과 일일이 악수를 나누겠다고 고집했다.

노래가 끝난 뒤 아이들은 마지막으로 놀러 가고, 마치 부인은 축제의 나무 밑에 딸들과 함께 남았다.

「이제 나 자신을 〈운 나쁜 조〉라고 부를 일은 두 번 다시 없을 것 같아. 제일 큰 소원이 너무나 아름답게 이뤄졌으니까.」 바에르 부인이 신이 나서 우유를 젓고 있던 테디의 조그만 주먹을 우유 통에서 빼내며 말했다.

「하지만 언니의 삶은 아주 예전에 언니가 상상했던 것과 정말 달라. 허공의 성채 기억해?」 에이미가 아이들과 크리켓 경기를 하는 로리와 존을 보고 미소 짓다가 물었다.

「저 사람들도 참! 하루라도 일은 잊고 재밌게 노는 모습을 보니까 기분이 참 좋다.」 조가 모든 인류의 어머니라도 된 것처럼 말했다. 「응, 기억나. 하지만 지금 생각하면 그때 내가 원했던 삶은 이기적이고 외롭고 차가운 것 같아. 나는 좋은 책을 쓰고 싶다는 희망을 아직 버리지 않았지만 기다릴 수 있어. 이런 경험과 이런 광경 덕분에 분명히 더 좋은 책이 될 거야.」 조가 저 멀리서 신나게 노는 아이들, 바에르 교수의 부축을 받아 햇볕 속을 걸어다니며 두 사람 모두에게 무척 즐거운 대화에 깊이 빠진 아버지, 왕좌에 앉은 것처럼 딸들 사이에 앉아 있는 어머니를 가리켰다. 어머니의 무릎과 발치에는 손자들이 있었고, 다들 자기들의 눈에는 절대 늙지 않는 할머니의 얼굴에서 도움과 행복을 찾은 것 같았다.

「우리 성채들 중에서 내 성채는 거의 다 이루어졌어. 난 확실히 화려한 것들을 갖고 싶다고 했었지만 사실은 작은 집과 존, 이런 귀여운 아이들만 있으면 만족하리란 걸 마음속으로는 알고 있었거든. 하느님께 감사하게도 전부 가졌어. 난 세상에서 제일 행복한 여자야.」 메그가 다정하고 충실한 만족감이 가득한 얼굴로 키 큰 아들의 머리에 손을 얹었다.

「내 성채는 계획과 많이 다르지만 바꾸지 않을 거야. 하지만 조 언니가 그런 것처럼 화가로서의 희망을 전부 포기하지도 않을 거고, 다른 사람들이 아름다운 꿈을 이루도록 돕기만 하지도 않을 거야. 아기 조각상을 만들기 시작했는데, 로리 말로는 내가 지금까지 만든 것들 중에서 제일 좋대. 내 생각에도 그런 것 같아. 대리석으로 만들 거야. 그러면 혹시 무슨 일이 생기더라도 적어도 우리 천사의 조각상이라도 간직할 수 있겠지.」

에이미가 이렇게 말할 때 커다란 눈물방울이 그녀의 품에서 잠든 아이의 금발로 뚝 떨어졌다. 에이미가 사랑하는 외동딸은 몸이 약했다. 그래서 아이를 잃을지도 모른다는 두려움이 햇살 같은 에이미에게 그림자를 드리우고 있었다. 이 십자가는 아이의 아버지와 어머니 모두에게 큰 도움이 되었는데, 같은 사랑과 슬픔이 두 사람을 더욱 가까이 묶어 주었기 때문이다. 에이미의 성격은 더 다정하고, 심오하고, 온화해졌다. 로리는 더 진지하고, 강하고, 확고해졌고, 두 사람 모두 아름다움과 젊음, 재산, 심지어 사랑조차도 가장 소중한 사람의 근심과 고통, 상실과 슬픔을 덜어 주지 못한다는 사실을 배우고 있었다. 왜냐하면…….

어떤 삶이든 비는 약간 내리고
몇몇 날들은 어둡고 슬프고 쓸쓸해야 한다.[103]

「베스는 점점 좋아지고 있어, 확실해. 낙심하지 마, 에이미. 희망을 가지고 계속 행복하게 지내렴.」 마치 부인이 말했다. 마음씨 착한 데이지가 할머니의 무릎에서 몸을 숙여 꼬마 사촌의 창백한 뺨에 자기의 장밋빛 뺨을 가져다 댔다.

「낙심하지 않아요. 저에게 기운을 주는 엄마가 있고, 모든 짐을 반 이상 나눠 지는 로리가 있잖아요.」 에이미가 따스하게 대답했다. 「로리는 자기 걱정은 절대 저한테 보여 주지 않으면서 저한테는 너무 다정하고 잘 참아 주고, 베스에게도 무척 헌신적이에요. 항상 의지와 위로가 되어 줘서 저는 로리를 아무리 사랑해도 부족해요. 그러니까 저는 십자가를 하나 지고 있지만, 그래도 메그 언니랑 똑같이 말할 수 있어요. 〈하느님 감사합니다, 저는 행복한 여자예요.〉」

「내가 분에 넘치게 행복하다는 건 누구나 알 수 있을 테니까 말할 필요도 없겠지.」 조가 착한 남편과 바로 옆 풀밭에서 구르는 통통한 아이들을 흘깃 보며 덧붙였다. 「프리츠는 머리도 희끗희끗해지고 살이 찌고 있어. 나는 그림자처럼 비쩍

103 헨리 롱펠로의 시 「비 오는 날」의 마지막 구절이다.

마르는 중이고, 서른 살이야. 우린 절대 부자가 못 될 거고, 플럼필드는 언제 불이 나도 이상하지 않아. 구제 불능인 토미 뱅스가 벌써 세 번이나 자기 몸에 불을 붙일 뻔했지만, 또 이부자리 안에서 스위트펀[104] 담배를 피울 테니까. 하지만 그래도 난 불평할 게 없고, 신이 나서 미칠 것 같아. 아, 거친 표현 미안해. 남자애들이랑 지내다 보니까 가끔 애들 같은 표현을 쓰지 않을 수가 없어.」

「그래, 조. 넌 좋은 수확을 거둘 거야.」 마치 부인이 말했다. 그녀는 크고 까만 귀뚜라미가 당황해서 테디를 빤히 보고 있자 겁을 주어 쫓았다.

「하지만 엄마의 수확에 비하면 반도 안 돼요. 여기 보세요. 엄마가 참을성 있게 씨를 뿌리고 거두어 주셨으니까, 우리는 아무리 감사를 드려도 모자라요.」 조가 성급하게 외쳤다. 아무리 나이가 들어도 조의 성급함은 변하지 않았다.

「매년 밀은 늘고 가라지는 줄어들면 좋겠어요.」 에이미가 온화하게 말했다.

「아주 큰 다발이 되겠죠? 하지만 엄마의 마음에 항상 그 정도 공간은 있다는 거 알아요, 엄마.」 메그도 다정하게 말했다.

마음 깊이 감동한 마치 부인이 아이들과 손자들을 불러 모으듯 양팔을 벌리더니 어머니의 사랑과 감사, 겸허함이 가득한 표정과 목소리로 말했다.

「아, 애들아. 너희가 아무리 오래 살아도 나는 너희가 지금보다 더 행복해지기를 바랄 수 없구나!」

104 북미에서 자생하는 소귀나뭇과 식물.

**역자 해설**

# 모든 여성들의 고민과 희망, 성장을 담은 소설

『작은 아씨들』은 소녀들을 위한 소설을 써달라는 출판사의 의뢰를 받고 루이자 메이 올컷이 1868년에 발표한 작품이다. 1권은 출판되자마자 상업적인 면에서도 비평적인 면에서도 큰 성공을 거두었고, 다음 해 발표된 2권 역시 마찬가지였다. 『작은 아씨들』은 미국에서 할머니가 어머니에게, 어머니가 딸에게 물려주는 고전이 되었을 뿐만 아니라, 수많은 언어로 번역되어 150여 년이 지난 지금까지도 널리 읽히고 있다.

네 자매의 성장을 다룬 이 소설은 이미 잘 알려져 있듯이 작가 본인의 가족을 바탕으로 한 작품이다. 물론 많은 부분이 미화되었지만 실제 작가가 겪은 가족생활의 상당 부분이 담겨 있기 때문에 전기적 소설에 가깝다. 아마 이 작품이 시대와 국가를 초월하여 널리 읽히는 여러 가지 이유 중 하나는 루이자 메이 올컷이 자신의 실제 자매들을 바탕으로 만들어 낸 개성 있는 네 자매의 모습이 널리 공감을 얻었기 때문일 것이다. 그러므로 루이자 메이 올컷의 작품과 가족은 따로 떼어 놓고 생각하기 힘들다. 자매들과 달리 평생 결혼하지 않았던 루이자는 줄곧 경제적으로 무능했던 아버지를 대신하여 집안의 가장 노릇을 했지만 그만큼 가족을 사랑했고, 작품을 집필할 때에도 그 영향을 많이 받았다.

### 루이자 메이 올컷의 삶과 가족

루이자의 아버지 에이머스 브론슨 올컷은 가난한 집안에서 태어나 어린 나이부터 행상을 하면서 독학으로 공부했다. 5년 동안 행상을 했지만 수익보다 빚이 많아지자 그는 교사가 되었는데, 지식을 주입하기보다는 소크라테스식 토론을 통해 학생들의 의견을 끌어내는 급진적인 교수법으로 당시 뉴잉글랜드 지역에서 일부 교육자들의 관심을 끌었다. 나중에 브론슨의 부인이 된 애비게일의 오빠 샘 메이도 그런 사람들 중 하나였다.

애비게일은 어렸을 때부터 오빠를 따라 학교에 다니며 가족들의 지원하에 교육을 받았고, 그 자신도 언니와 함께 학교를 열려고 했던 만큼 교육이나 사회 문제에 관심이 많았다. 그녀는 사촌과 결혼하라는 부모님의 뜻을 따르지 않고, 가난하고 교육도 받지 못했지만 지적으로나 정신적으로나 자신에게 어울린다고 생각했던 브론슨과 부부가 되었다. 두 사람은 1830년에 결혼했고, 유산으로 잃은 아이들과 태어난 지 이틀 만에 죽은 아들 외에 네 딸 — 애나, 루이자, 엘리자베스, 메이 — 을 두었다. 올컷 부부는 유토피아 공동체 생활과 실험적인 학교 운영, 노예 탈출을 돕는 지하 활동까지 함께

한 동지였지만, 브론슨의 경제적 무능력 탓에 애비게일과 두 딸이 온갖 일을 하며 생계를 꾸려야 했기 때문에 항상 화목한 가정은 아니었다.

브론슨은 보스턴에서 실험적인 학교 템플 스쿨을 열었지만, 자비로 출판한 『복음에 대한 아이들과의 대화 *Conversations with Children on the Gospels*』의 일부 내용 때문에 큰 비난을 받고 경제적 위기까지 겹쳐 결국 템플 스쿨의 문을 닫을 수밖에 없었다.

당시 뉴잉글랜드 지역에서는 정신이 물질보다 더 중요하다고 주장하며 인간의 감각으로는 파악할 수 없는 초월적 세계가 존재한다고 보는 초월주의가 널리 퍼져 있었다. 브론슨은 템플 스쿨 시절 알게 된 랠프 월도 에머슨Ralph Waldo Emerson, 헨리 데이비드 소로Henry David Thoreau와 함께 초월주의자 클럽을 만들었다. 올컷 가족은 템플 스쿨이 실패하자 콩코드로 이주한 다음 프루틀랜드 Fruitland라는 실험적인 농업 공동체를 만들지만, 유토피아 공동체 실험은 금방 실패로 돌아갔다. 결국 브론슨은 아내 애비게일의 가족과 에머슨의 도움을 받아 콩코드에 힐사이드라는 집을 마련해서 자리를 잡았고, 평생 교류하며 힘들 때마다 경제적 도움을 주었던 에머슨뿐만 아니라 월든 호숫가에 오두막을 짓고 살던 헨리 데이비드 소로와도 자주 왕래했다. 에머슨에게 교육을 받기도 했던 루이자는 두 사람으로부터 큰 영향을 받았고, 자신의 소설 『무드 *Moods*』에 두 사람을 닮은 두 남자 주인공을 등장시키기도 했다.

루이자는 언니 애나와 함께 가족을 부양하기 위해 여러 가지 일을 해야 했다. 아이들을 가르치고, 바느질을 하고, 때로 글을 쓰거나 연극에도 출연했던 루이자는 한때 애나와 함께 연극배우로 성공을 꿈꾸기도 했다. 즉 직접 희곡을 써서 자매들과 함께 연극 공연을 하거나 돈을 벌기 위해 자극적인 소설을 쓰는 『작은 아씨들』의 조는 실제 루이자의 모습이었다. 결국 루이자가 1868년에 출판한 『작은 아씨들』이 어마어마한 성공을 거두면서 올컷가(家)는 가난에서 벗어나게 되었지만, 루이자는 그 이후로도 계속 가장으로서 집안을 책임져야 했다.

루이자는 남북 전쟁 당시 육군 병원에서 간호사로 일하다가 장티푸스에 걸리는 바람에 집으로 돌아왔는데, 당시 치료법 때문에 수은 중독에 시달렸고 평생 건강이 좋지 않았다. 그럼에도 불구하고 루이자는 언니 애나의 남편이 세상을 떠나자 두 조카에게 아버지 역할을 해야 한다는 의무감을 느꼈고, 『작은 아씨들』의 에이미처럼 유럽에서 그림을 공부하는 여동생 메이를 계속 격려하며 지원했다. 그뿐 아니라 메이가 딸을 낳고 6개월 만에 세상을 떠나자 조카 룰루를 입양하여 키우기도 했다.

그동안 아버지 브론슨은 계속 강연 여행을 다니며 루이자 덕분에 〈『작은 아씨들』의 할아버지〉로 관심과 인기를 만끽했고, 딸에게 자신에 대한 글을 써달라고 부탁하기도 했으니, 그런 브론슨을 책임감 없는 아버지라고 비난하는 시선들도 있다. 그러나 『작은 아씨들』이나 『작은 신사들』에서 아버지는 큰 비중을 차지하지는 않지만 이상적인 모습으로 등장한

다. 작가 루이자가 가족을 부양해야 한다는 의무감에 시달리고, 가끔은 무엇이든 쉽게 얻는 것처럼 보이는 동생을 부러워하면서도 가족을 깊이 사랑했기 때문이다. 어쨌거나 루이자에게 가장 많은 영향을 끼쳤던 사람들은 아버지를 비롯한 가족들과 아버지의 친구들이었으니 당연한 일이었을지도 모른다. 결국 루이자에게 가족은 커다란 짐이기도 했지만 마치가의 자매들처럼 풍성한 애정을 주고받을 수 있는 안식처이기도 했고, 그런 가족이 있었기에 『작은 아씨들』이라는 작품도 탄생할 수 있었던 것이다.

### 루이자 메이 올컷의 여성주의

루이자 메이 올컷은 부모님과 마찬가지로 사회 문제에도 관심이 많았다. 도망 노예를 숨겨 주거나 재판 중인 도망 노예의 구명 운동을 하면서 노예 제도 폐지를 옹호하는 글을 발표했을 뿐만 아니라, 여성주의와 여성 참정권 운동에도 관심과 지지를 보냈다. 영국의 유명한 페미니스트 메리 울스턴크래프트Mary Wollstonecraft의 글을 인상적으로 읽었던 그녀는 런던을 방문했을 때 페미니스트 작가들과 활발히 교류했다. 그뿐 아니라 미국에서 벌어지고 있던 여성 참정권 운동을 지지했고, 콩코드에서 선거 등록을 한 최초의 여성으로 기록되어 있다. 그러나 작가의 이러한 대외적인 활동을 모른 채 『작은 아씨들』이라는 작품만 보아도 루이자 메이 올컷의 여성주의를 엿볼 수 있다.

우선 루이자가 자신의 모습을 가장 많이 투영한 조는 실제 루이자와 그 자매들처럼 무척 독립적인 여성이다. 조는 가족에 대한 책임감이 누구보다도 클 뿐만 아니라, 실제 루이자와 마찬가지로 여러 가지 일을 해서 가족을 부양한다. 또한 글을 써서 성공하고 싶다는 욕망 역시 가족을 위한 마음에서 비롯된 것이다. 작가 루이자는 조를 독신으로 남겨 두고 싶어 했지만 조와 로리의 결혼을 바라는 독자들의 성화에 어쩔 수 없이 조가 결혼하는 결말을 썼다고 한다. 그러나 그녀는 독자들의 바람과 달리 젊고 잘생기고 부유한 로리가 아니라 못생기고 나이 많은 바에르 교수를 등장시켰고, 조는 그의 청혼을 받아들이면서 〈내 몫의 짐은 내가 들고 집을 구하는 것도 돕〉겠다고 딱 부러지게 말한다. 조뿐만 아니라 부유한 구혼자를 마다하고 가난하지만 성실한 남자를 택해서 자신의 뜻에 따라 살림을 꾸려 가는 메그, 화가로 성공하겠다는 야망을 품고 유럽에서 공부하며 성숙한 여성으로 성장하는 에이미 역시 독립적이고 주체적인 모습을 보여 준다.

루이자는 『작은 아씨들』의 조와 마찬가지로 어렸을 때부터 남자아이 같은 놀이를 했고, 자신은 남자의 영혼을 가지고 있다고 말했다. 또 남북 전쟁이 발발했을 때에는 전쟁을 직접 보고 싶어 했지만 여성이라서 입대할 수 없었기 때문에 육군 간호사가 되었다. 현재의 기준으로 보면 여성성을 부정하는 듯한 이러한 발언이 과연 여성주의적인가 의아해할 수도 있다. 그러나 당시의 시대적 상황을 고려한다면 루이자가 자신의 독립적인 정신을 드러내는 표현이라는 해석이 더욱 설득력 있게 다가온다.

### 시간과 장소를 초월하는 소녀들의 애독서

『작은 아씨들』이 수많은 언어로 출판되고 여러 문화권에서 다양한 세대의 여성에게 호소력을 갖는 것은 이처럼 독립적이고 개성 있는 네 자매 — 맏이답게 어른스럽고 다정하면서 약간의 허영심도 가지고 있는 메그, 상상력이 풍부하고 덤벙거리지만 집안의 남자를 자처하는 조, 너무나 착하고 수줍음 많은 베스, 막내답게 응석을 부리거나 제멋대로 굴 때도 있지만 사랑받는 법을 아는 에이미 — 가 작품 속에서 생동감 있게 살아 있기 때문이다. 게다가 주인공이 한 명이 아니라 네 명이기 때문에 독자가 감정 이입할 수 있는 폭도 더 넓다. 루이자는 자신의 가족이라는 아주 훌륭한 모델을 바탕으로 1권에서는 서로 너무나 다른 네 자매가 일상에서 교훈을 얻으며 더 나은 소녀로 성장하는 모습을, 2권에서는 인생의 굴곡을 겪으며 한 사람의 어른으로 성장하는 모습을 무척 설득력 있게 보여 준다.

『작은 아씨들』 1권은 네 자매가 전장으로 떠난 아버지의 부재 속에서 1년 동안 성장하는 이야기를 담고 있는데, 루이자는 존 버니언의 알레고리 소설 『천로 역정』을 무척 중요한 모티프로 활용한다. 『천로 역정』은 크리스천이라는 주인공이 등에 짐을 지고 파멸의 도시에서 출발하여 온갖 장애에 부딪치고 희생을 겪으며 천상의 도시에 도착하는 여정을 그린 소설이다. 루이자의 아버지 브론슨은 젊은 시절 『천로 역정』을 읽고 무척 깊은 인상을 받아서 자녀들을 가르칠 때에도 이 책을 읽혔다고 한다.

1권의 도입부에서 소박한 크리스마스를 보내야 한다고 불평하는 네 소녀는 『천로 역정』의 크리스천처럼 1년 동안 각자 고난을 겪으며 한층 성장해서, 1년 뒤 크리스마스에는 전장에서 돌아온 아버지를 조금 더 어른스러운 모습으로 맞이한다. 『천로 역정』이 모티프인 만큼 다소 청교도적인 면도 있지만, 네 자매가 일상에서 허영에 빠지거나 분노에 휩싸였다가 잘못을 깨닫고 교훈을 얻는 과정은 시대와 장소를 초월해서 공감을 얻을 수밖에 없다. 각자의 꿈을 이야기하며 앞날을 기대하고, 병든 가족을 돌보거나 멀리서 지켜보면서 반성하고 성장하는 모습 역시 마찬가지이다.

2권은 1권의 인기에 힘입어 1년 만에 발표되었지만 기대에 못 미치는 속편들과는 전혀 다르다. 1권이 네 자매가 1년 동안 순례자처럼 짐을 짊어지고 가난한 일상을 헤쳐 나가며 성장하는 이야기라면, 2권에서는 자매들이 여러 해에 걸쳐 진정한 어른으로 성장하는 이야기를 담고 있다. 따라서 인물의 입체적인 변화가 더욱 두드러진다. 1권에서 천방지축에 자신만만했던 조는 2권에서 사랑하는 동생의 죽음을 겪고 가족에 대한 의무감과 외로움에 번민하면서 한층 더 속 깊은 여성으로 성장한다. 에피소드 형식으로 나열되는 1권의 소소한 사건들과 달리 2권에서 조가 겪는 암흑은 더욱 짙고 우울하며, 그렇기 때문에 성장의 폭도 매우 넓다. 일련의 사건과 성장이 얼마나 자연스럽게 일어나는지, 1권이 시작될 때의 말괄량이 조와 2권이 끝날 때의 차분하고 성숙한 조를 비교하면 너무나 많이 변했음을 깨닫고 깜짝 놀라게 된다. 그리고 약간 이기적이고 속물적이었던 에이미 역시 오랜 기간 유럽을 여행하면서 어른스러워지는데, 그 변화가 무척 입체적이고 설득력 있다. 2권 뒷부분에서 자기 연민에 빠져 시간을 낭비하는 로리를 나무라는 장면이 전혀 어색하지 않을 정도이다.

이처럼 『작은 아씨들』은 소녀에서 어른으로 성장하는 여성들의 고민과 희망을 입체적이고 공감할 수 있게 그려 내고 있다. 시대적 배경이 무척 뚜렷한 소설임에도 불구하고 지금까지 전 세계 소녀들의 애독서 자리를 지키는 것은 바로 그 이유 때문일 것이다. 세월은 흐르고 시대는 변하지만 소녀들이 성장하며 겪는 문제와 고민은 어느 시대 어느 곳이든 비슷하다. 소설 속 네 자매는 21세기를 살아가는 소녀도 이해할 수 있는 방식으로 고민을 이야기하고 해결책을 찾아낸다. 소년의 성장담에 비해 그 수가 한없이 적은 소녀들의 성장담이기 때문에 더욱 귀중한 작품이다.

마지막으로, 이 책의 번역 원본으로는 주로 Louisa May Alcott, *Little Women*(London: Penguin Books, 1989)를 사용했음을 밝힌다.

2022년 6월
허진

# 루이자 메이 올컷 연보

**1832년** 출생 11월 29일에 펜실베이니아 저먼타운에서 에이머스 브론슨 올컷Amos Bronson Alcott과 애비게일 메이 올컷Abigail May Alcott의 둘째 딸로 태어남(언니 애나 브론슨 올컷Anna Bronson Alcott은 1831년 3월 16일에 필라델피아에서 태어남).

**1834년** 2세 7월에 보스턴으로 이주. 브론슨이 애비게일의 가족과 학교 개혁가 엘리자베스 피보디Elizabeth Peabody의 도움을 받아 실험적인 학교 템플 스쿨을 설립. 허먼 멜빌Herman Melville, 너새니얼 호손Nathaniel Hawthorne, 랠프 월도 에머슨Ralph Waldo Emerson, 존 퀸시 애덤스John Quincey Adams의 친인척이 이 학교에 다님.

**1835년** 3세 6월 24일에 여동생 엘리자베스 수얼 올컷Elizabeth Sewall Alcott(리지)이 태어남.

**1837년** 5세 브론슨이 랠프 월도 에머슨, 헨리 데이비드 소로Henry David Thoreau 등과 함께 초월주의 클럽을 결성하고 『복음에 대한 아이들과의 대화*Conversations with Children on the Gospels*』를 출간. 템플 스쿨이 문을 닫음.

**1840년** 8세 매사추세츠 콩코드로 이주. 7월 26일에 여동생 애비게일 메이 올컷Abigail May Alcott(메이)이 태어남.

**1841년** 9세 첫 시 「개똥지빠귀The Robin」를 씀. 리지와 함께 에머슨의 학교에 다님.

**1843년** 11세 브론슨이 지인들과 함께 매사추세츠 하버드 근처 농장에서 유토피아 공동체 프루틀랜드Fruitland를 설립하여 〈공동 가족〉 생활을 함. 플루타르크, 바이런, 디킨스 등의 작품을 읽음.

**1844년** 12세 프루틀랜드가 실패하여 매사추세츠 스틸 리버로 이주함.

**1845년** 13세 어머니가 받은 유산과 에머슨의 경제적 도움으로 콩코드의 힐사이드를 사서 이주함.

**1847년** 15세 올컷 가족이 도망 노예를 일주일 동안 힐사이드에 숨겨 줌. 호손, 샬럿 브론테, 셰익스피어, 단테, 괴테 등을 읽음. 7월에 온 가족이 월든 호수에 살고 있던 소로를 방문함.

**1849년** 17세 소설 『유산*The Inheritance*』을 씀. 돈을 벌기 위해서 아이들을 가르치거나 바느질을 함. 자매들과 함께 픽윅 클럽을 본떠서 가족 신문 『올리브 잎*The Olive Leaf*』을 만듦.

**1851년** 19세 플로라 페어필드Flora Fairfield라는 가명으로 『피터슨스 매거진*Peterson's Magazine*』에 시 「햇빛Sunlight」을 발표함.

**1852년** 20세 자매들이 즐겨 읽던 주간지 『올리브 브랜치*The Olive Branch*』에 단편 「라이벌 화가들The Rival Painters」이 실림. 너새니얼 호손이 힐사이드를 매입함. 12월에 단편 「가면 결혼식The Masked Marriage」을 발표함.

**1854년** 22세 『새터데이 이브닝 가제트*Saturday Evening Gazette*』지에 단편 「라이벌 프리마돈나들The Rival Prima Donnas」이 실림. 에머슨의 딸을 위해 쓰고 어머니에게 헌정한 동화집 『꽃의 우화*Flower Fables*』를 출간하여 호평을 받음.

**1855년** 23세 언니 애나와 함께 아마추어 연극에 출연함.

**1856년** 24세 『새터데이 이브닝 가제트』에 단편과 시를 발표함. 리지와 함께 성홍열에 걸림. 보스턴에서 앨리스 러버링Alice Lovering이라는 몸이 약한 소녀의 가정 교사로 일함.

**1858년** 26세 건강이 악화된 리지를 어머니와 함께 간호하지만 3월에 리지가 세상을 떠남. 올컷 가족이 콩코드의 2층짜리 농장 가옥 오처드 하우스로 이사함. 콩코드 드라마틱 소사이어티의 연극에 출연함. 다시 러버링의 가정 교사로 돌아감.

**1860년** 28세 시 「존 브라운이 순교한 날에 피어난 장미로With a Rose That Bloomed on the Day of John Brown's Martyrdom」를 발표함. 언니 애나가 결혼하자 『애틀랜틱 먼슬리*The Atlantic Monthly*』지에 애나 부부의 로맨스를 바탕으로 한 단편 「현대판 신데렐라A Modern Cinderella: or, The Little Old Shoe」를 발표함.

**1861년** 29세 4월에 남북 전쟁이 시작됨.

**1862년** 30세 보스턴의 유치원에서 아이들을 가르침. 5월에는 소로의 장례식에 참석함. 12월에 워싱턴으로 가서 육군 간호 장교가 됨.

**1863년** 31세 단편 「폴린의 수난과 처벌Pauline's Passion and Punishment」이 상금 1백 달러를 받고 『프랭크 레슬리스 일러스트레이티드 뉴스페이퍼*Frank Leslie's Illustrated Newspaper*』에 실림. 병원에서 장티푸스에 걸려 수은이 함유된 염화 제일수은으로 치료를 받는데, 이로 인해 평생 건강 문제에 시달리게 됨. 언니 애나의 첫아들이 태어남. 『보스턴 코먼웰스*The Boston Commonwealth*』지에 발표한 간호 장교 경험에 대한 글이 인기를 끌어 『병원 스케치*Hospital Sketches*』로 출간됨. 『애틀랜틱 먼슬리』지에 시 「소로의 피리Thoreau's Flute」와 반(反)노예제를 다룬 단편 「나의 도망 노예My Contraband; or, the Brothers」를 발표함.

**1864년** 32세 1월에 『피켓 듀티에 대하여*On Picket Duty, and Other Tales*』가 출간됨. 7월에는 『보스턴 코먼웰스』에 「유색 군인들의 편지Colored Soldiers' Letters」가 실리고, 12월에는 소설 『무드*Moods*』가 출간됨.

**1865년** 33세 A. M. 바너드Barnard라는 가명으로 『플래그 오브 아워 유니언*The Flag of Our Union*』지에 스릴러 「V.V.: or, Plots and Counterplots」를 연재함. 애나 웰드Anna Weld라는 병자의 동행으로 유럽을 방문하여 영국, 벨기에, 네덜란드, 독일, 스위스, 프랑스를 여행함.

**1866년** 34세 런던에서 시인, 여성주의 에세이 작가, 의사, 철학자 등 다양한 사람을 만남. 7월에 귀국하여 콩코드로 돌아옴.

**1867년** 35세 스릴러 「애벗의 유령The Abbot's Ghost; or, Maurice Treherne's Temptation」 연재를 시작하지만 과로 및 건강 악화로 몇 달 동안 글을 쓰지 못함. 아동 잡지 『메리스 뮤지엄*Merry's Museum*』의 편집자가 됨. 12월에 『나팔꽃*Morning-Glories, and Other Stories*』이 출간됨.

**1868년** 36세 여자아이들을 위한 소설을 의뢰받아서 쓴 『작은 아씨들*Little Women*』 1권이 9월에 출간되어 큰 성공을 거두자 속편을 의뢰받고 쓰기 시작함. 12월에는 영국에서 『작은 아씨들』이 출간됨.

**1869년** 37세 4월에 『작은 아씨들』 2권이 출간됨. 집안의 빚을 모두 갚음. 『병원 스케치와 야영지 모닥불가의 이야기들*Hospital Sketches and Camp and Fireside Stories*』이 발표됨.

**1870년** 38세 3월에 소설 『시대에 뒤떨어진 소녀*An Old-Fashioned Girl*』가 출간됨. 여동생 메이와 그녀의 친구와 함께 유럽으로 가서 프랑스와 스위스, 이탈리아를 여행한 다음 로마에 아파트를 구함. 11월에 언니 애나의 남편이 두 아들을 남기고 세상을 떠남.

**1871년** 39세 조카들의 아버지 역할을 해야겠다는 의무감을 느끼고 이들을 부양하기 위해 로마에서 『작은 신사들*Little Men: Life at Plumfield with Jo's Boys*』을 쓰기 시작하여 5월에 런던에서 출간함. 여동생 메이는 미술 공부를 하도록 유럽에 남겨 두고 혼자 보스턴으로 돌아옴.

**1872년** 40세 1월에 『조 이모의 잡동사니 가방: 나의 소년들*Aunt Jo's Scrap Bag: My Boys*』이 출간됨. 『크리스천 유니언*Christian Union*』지에 유럽 여행기 「숄 끈Shawl Straps」을 발표함.

**1873년** 41세 6월에 『일*Work: A Story of Experience*』이 출간됨. 『조 이모의 잡동사니 가방: 큐피드와 차우차우*Aunt Jo's Scrap Bag: Cupid and Chow Chow*』와 1840년대에 프루틀랜드에서 생활했던 경험을 바탕으로 한 「초월주의 귀리Transcendental Wild Oats」를 발표함.

**1874년** 42세 6월에 하녀로 일했던 경험에 대한 글 「나는 어떻게 일을 시작했는가How I Went Out to Service」를 발표함.

**1875년** 43세 소설 『여덟 명의 사촌들*Eight Cousins: or, The Aunt-Hill*』을 발표함.

**1876년** 44세 11월에 소설 『활짝 핀 장미*Rose in Bloom: A Sequel to Eight Cousins*』가 출간됨.

**1877년** 45세 익명으로 『현대판 메피스토펠레스*A Modern Mephistopheles*』를 발표함. 애나가 콩코드에 집을 사도록 도와주고 아픈 어머니를 돌보지만 11월에 어머니가 세상을 떠남. 『조 이모의 잡동사니 가방: 나의 소녀들*Aunt Jo's Scrap Bag: My Girls*』이 출간됨.

**1878년** 46세 여동생 메이가 파리에서 스위스인 사업가와 결혼함. 『라일락 아래에서*Under the Lilacs*』가 출간됨. 메이 부부의 로맨스와 결혼을 바탕으로 한 짧은 소설 「다이애나와 퍼시스Diana and Persis」를 씀.

**1879년** 47세 콩코드에서 여성 최초로 지방 선거에 등록하고 여성 참정권 운동에 참여함. 『조 이모의 잡동사니 가방: 앞치마를 두른 지미의 항해*Aunt Jo's Scrap Bag: Jimmy's Cruise in the Pinafore*』가 출간됨. 파리에서 메이가 아이를 낳고 6주 만에 세상을 떠남.

**1880년** 48세 메이의 딸을 입양함. 『잭과 질*Jack and Jill: A Village Story*』이 출간됨.

**1882년** 50세 4월에 에머슨이 세상을 떠난 후 그에 대한 글을 『유스 컴패니언*The Youth's Companion*』에 발표함. 아버지가 뇌졸중으로 쓰러져 반신불수가 됨. 『조 이모의 잡동사니 가방: 옛날식 추수 감사절*Aunt Jo's*

*Scrap Bag: An Old-Fashioned Thanksgiving*』과 『교훈적인 이야기들 *Proverb Stories*』이 출간됨.

**1884년** 52세 11월에 『물레 이야기들*Spinning-Wheel Stories*』이 출간됨.

**1886년** 54세 9월에 마치가(家) 3부작의 마지막 작품 『조의 아이들*Jo's Boys, and How They Turned Out*』이 출간됨. 통증과 불면증에 시달리며 의사로부터 글을 쓰지 말라는 처방을 받음.

**1887년** 55세 12월에 『소녀들을 위한 꽃 장식*A Garland for Girls*』이 출간됨.

**1888년** 사망 건강이 악화된 아버지를 만난 다음 날 쓰러져서 의식을 잃음. 아버지가 세상을 떠나고 이틀 뒤인 3월 6일에 숨을 거두고, 먼저 세상을 떠난 가족들이 묻혀 있던 콩코드 슬리피 할로 공동묘지에 묻힘.

열린책들 세계문학 279 **작은 아씨들 2**

**옮긴이 허진** 서강대학교 영어영문학과와 이화여자대학교 통번역대학원 번역학과를 졸업했다. 옮긴 책으로 조지 오웰의 『조지 오웰 산문선』, 샐리 루니의 『친구들과의 대화』, 엘리너 와크텔의 인터뷰집 『작가라는 사람』(전2권), 지넷 윈터슨의 『시간의 틈』, 도나 타트의 『황금방울새』, 마틴 에이미스의 『런던 필즈』와 『누가 개를 들여놓았나』, 할레드 알하미시의 『택시』, 나기브 마푸즈의 『미라마르』, 아모스 오즈의 『지하실의 검은 표범』, 수잔 브릴랜드의 『델프트 이야기』 등이 있다.

**지은이** 루이자 메이 올컷 **옮긴이** 허진 **발행인** 홍예빈·홍유진
**발행처** 주식회사 열린책들 **주소** 경기도 파주시 문발로 253 파주출판도시
**전화** 031-955-4000 **팩스** 031-955-4004 **홈페이지** www.openbooks.co.kr

**ISBN** 978-89-329-1279-0 04840 **ISBN** 978-89-329-1499-2 (세트)
**발행일** 2022년 7월 20일 세계문학판 1쇄

# 열린책들 세계문학
## Open Books World Literature

001 **죄와 벌** 표도르 도스또예프스끼 장편소설 | 홍대화 옮김 | 전2권 | 각 408, 512면

003 **최초의 인간** 알베르 카뮈 장편소설 | 김화영 옮김 | 392면

004 **소설** 제임스 미치너 장편소설 | 윤희기 옮김 | 전2권 | 각 280, 368면

006 **개를 데리고 다니는 부인** 안똔 체호프 소설선집 | 오종우 옮김 | 368면

007 **우주 만화** 이탈로 칼비노 단편집 | 김운찬 옮김 | 416면

008 **댈러웨이 부인** 버지니아 울프 장편소설 | 최애리 옮김 | 296면

009 **어머니** 막심 고리끼 장편소설 | 최윤락 옮김 | 544면

010 **변신** 프란츠 카프카 중단편집 | 홍성광 옮김 | 464면

011 **전도서에 바치는 장미** 로저 젤라즈니 중단편집 | 김상훈 옮김 | 432면

012 **대위의 딸** 알렉산드르 뿌쉬낀 장편소설 | 석영중 옮김 | 240면

013 **바다의 침묵** 베르코르 소설선집 | 이상해 옮김 | 256면

014 **원수들, 사랑 이야기** 아이작 싱어 장편소설 | 김진준 옮김 | 320면

015 **백치** 표도르 도스또예프스끼 장편소설 | 김근식 옮김 | 전2권 | 각 504, 528면

017 **1984년** 조지 오웰 장편소설 | 박경서 옮김 | 392면

019 **이상한 나라의 앨리스** 루이스 캐럴 환상동화 | 머빈 피크 그림 | 최용준 옮김 | 336면

020 **베네치아에서의 죽음** 토마스 만 중단편집 | 홍성광 옮김 | 432면

021 **그리스인 조르바** 니코스 카잔차키스 장편소설 | 이윤기 옮김 | 488면

022 **벚꽃 동산** 안똔 체호프 희곡선집 | 오종우 옮김 | 336면

023 **연애 소설 읽는 노인** 루이스 세풀베다 장편소설 | 정창 옮김 | 192면

024 **젊은 사자들** 어윈 쇼 장편소설 | 정영문 옮김 | 전2권 | 각 416, 408면

026 **젊은 베르테르의 슬픔** 요한 볼프강 폰 괴테 장편소설 | 김인순 옮김 | 240면

027 **시라노** 에드몽 로스탕 희곡 | 이상해 옮김 | 256면

028 **전망 좋은 방** E. M. 포스터 장편소설 | 고정아 옮김 | 352면

029 **까라마조프 씨네 형제들** 표도르 도스또예프스끼 장편소설 | 이대우 옮김 | 전3권 | 각 496, 496, 460면

032 **프랑스 중위의 여자** 존 파울즈 장편소설 | 김석희 옮김 | 전2권 | 각 344면

034 **소립자** 미셸 우엘벡 장편소설 | 이세욱 옮김 | 448면

035 **영혼의 자서전** 니코스 카잔차키스 자서전 | 안정효 옮김 | 전2권 | 각 352, 408면

037 **우리들** 예브게니 자먀찐 장편소설 | 석영중 옮김 | 320면

038 **뉴욕 3부작** 폴 오스터 장편소설 | 황보석 옮김 | 480면

039 **닥터 지바고** 보리스 파스테르나크 장편소설 | 홍대화 옮김 | 전2권 | 각 480, 592면

041 **고리오 영감** 오노레 드 발자크 장편소설 | 임희근 옮김 | 456면

042 **뿌리** 알렉스 헤일리 장편소설 | 안정효 옮김 | 전2권 | 각 400, 448면

044 **백년보다 긴 하루** 친기즈 아이뜨마또프 장편소설 | 황보석 옮김 | 560면

045 **최후의 세계** 크리스토프 란스마이어 장편소설 | 장희권 옮김 | 264면

046 **추운 나라에서 돌아온 스파이** 존 르카레 장편소설 | 김석희 옮김 | 368면

047 **산도칸 — 몸프라쳄의 호랑이** 에밀리오 살가리 장편소설 | 유향란 옮김 | 428면

048 **기적의 시대** 보리슬라프 페키치 장편소설 | 이윤기 옮김 | 560면

049 **그리고 죽음** 짐 크레이스 장편소설 | 김석희 옮김 | 224면

050 **세설** 다니자키 준이치로 장편소설 | 송태욱 옮김 | 전2권 | 각 480면

052 **세상이 끝날 때까지 아직 10억 년** 스뜨루가츠끼 형제 장편소설 | 석영중 옮김 | 224면

053 **동물 농장** 조지 오웰 장편소설 | 박경서 옮김 | 208면

054 **캉디드 혹은 낙관주의** 볼테르 장편소설 | 이봉지 옮김 | 232면

055 **도적 떼** 프리드리히 폰 실러 희곡 | 김인순 옮김 | 264면

056 **플로베르의 앵무새** 줄리언 반스 장편소설 | 신재실 옮김 | 320면

057 **악령** 표도르 도스또예프스끼 장편소설 | 박혜경 옮김 | 전3권 | 각 328, 408, 528면

060 **의심스러운 싸움** 존 스타인벡 장편소설 | 윤희기 옮김 | 340면

061 **몽유병자들** 헤르만 브로흐 장편소설 | 김경연 옮김 | 전2권 | 각 568, 544면

063 **몰타의 매** 대실 해밋 장편소설 | 고정아 옮김 | 304면

064 **마야꼬프스끼 선집** 블라지미르 마야꼬프스끼 선집 | 석영중 옮김 | 384면

065 **드라큘라** 브램 스토커 장편소설 | 이세욱 옮김 | 전2권 | 각 340, 344면

067 **서부 전선 이상 없다** 에리히 마리아 레마르크 장편소설 | 홍성광 옮김 | 336면

068 **적과 흑** 스탕달 장편소설 | 임미경 옮김 | 전2권 | 각 432, 368면

070 **지상에서 영원으로** 제임스 존스 장편소설 | 이종인 옮김 | 전3권 | 각 396, 380, 496면

073 **파우스트** 요한 볼프강 폰 괴테 희곡 | 김인순 옮김 | 568면

074 **쾌걸 조로** 존스턴 매컬리 장편소설 | 김훈 옮김 | 316면

075 **거장과 마르가리따** 미하일 불가꼬프 장편소설 | 홍대화 옮김 | 전2권 | 각 364, 328면

077 **순수의 시대** 이디스 워튼 장편소설 | 고정아 옮김 | 448면

078 **검의 대가** 아르투로 페레스 레베르테 장편소설 | 김수진 옮김 | 384면

079 **예브게니 오네긴** 알렉산드르 뿌쉬낀 운문소설 | 석영중 옮김 | 328면

080 **장미의 이름** 움베르토 에코 장편소설 | 이윤기 옮김 | 전2권 | 각 440, 448면

082 **향수** 파트리크 쥐스킨트 장편소설 | 강명순 옮김 | 384면

083 **여자를 안다는 것** 아모스 오즈 장편소설 | 최창모 옮김 | 280면

084 **나는 고양이로소이다** 나쓰메 소세키 장편소설 | 김난주 옮김 | 544면

085 **웃는 남자** 빅토르 위고 장편소설 | 이형식 옮김 | 전2권 | 각 472, 496면

087 **아웃 오브 아프리카** 카렌 블릭센 장편소설 | 민승남 옮김 | 480면

088 **무엇을 할 것인가** 니꼴라이 체르니셰프스끼 장편소설 | 서정록 옮김 | 전2권 | 각 360, 404면

090 **도나 플로르와 그녀의 두 남편** 조르지 아마두 장편소설 | 오숙은 옮김 | 전2권 | 각 408, 308면

092 **미사고의 숲** 로버트 홀드스톡 장편소설 | 김상훈 옮김 | 424면

093 **신곡** 단테 알리기에리 장편서사시 | 김운찬 옮김 | 전3권 | 각 292, 296, 328면

096 **교수** 샬럿 브론테 장편소설 | 배미영 옮김 | 368면

097 **노름꾼** 표도르 도스또예프스끼 장편소설 | 이재필 옮김 | 320면

098 **하워즈 엔드** E. M. 포스터 장편소설 | 고정아 옮김 | 512면

099 **최후의 유혹** 니코스 카잔차키스 장편소설 | 안정효 옮김 | 전2권 | 각 408면

101 **키리냐가** 마이크 레스닉 장편소설 | 최용준 옮김 | 464면

102 **바스커빌가의 개** 아서 코넌 도일 장편소설 | 조영학 옮김 | 264면

103 **버마 시절** 조지 오웰 장편소설 | 박경서 옮김 | 408면

104 **10 1/2장으로 쓴 세계 역사** 줄리언 반스 장편소설 | 신재실 옮김 | 464면

105 **죽음의 집의 기록** 표도르 도스또예프스끼 장편소설 | 이덕형 옮김 | 528면

106 **소유** 앤토니어 수전 바이어트 장편소설 | 윤희기 옮김 | 전2권 | 각 440, 488면

108 **미성년** 표도르 도스또예프스끼 장편소설 | 이상룡 옮김 | 전2권 | 각 512, 544면

110 **성 앙투안느의 유혹** 귀스타브 플로베르 희곡소설 | 김용은 옮김 | 584면

111 **밤으로의 긴 여로** 유진 오닐 희곡 | 강유나 옮김 | 240면

112 **마법사** 존 파울즈 장편소설 | 정영문 옮김 | 전2권 | 각 512, 552면

114 **스쩨빤치꼬보 마을 사람들** 표도르 도스또예프스끼 장편소설 | 변현태 옮김 | 416면

115 **플랑드르 거장의 그림** 아르투로 페레스 레베르테 장편소설 | 정창 옮김 | 512면

116 **분신** 표도르 도스또예프스끼 장편소설 | 석영중 옮김 | 288면

117 **가난한 사람들** 표도르 도스또예프스끼 장편소설 | 석영중 옮김 | 256면

118 **인형의 집** 헨리크 입센 희곡 | 김창화 옮김 | 272면

119 **영원한 남편** 표도르 도스또예프스끼 장편소설 | 정명자 외 옮김 | 448면

120 **알코올** 기욤 아폴리네르 시집 | 황현산 옮김 | 352면

121 **지하로부터의 수기** 표도르 도스또예프스끼 장편소설 | 계동준 옮김 | 256면

122 **어느 작가의 오후** 페터 한트케 중편소설 | 홍성광 옮김 | 160면

123 **아저씨의 꿈** 표도르 도스또예프스끼 장편소설 | 박종소 옮김 | 312면

124 **네또츠까 네즈바노바** 표도르 도스또예프스끼 장편소설 | 박재만 옮김 | 316면

125 **곤두박질** 마이클 프레인 장편소설 | 최용준 옮김 | 528면

126 **백야 외** 표도르 도스또예프스끼 소설선집 | 석영중 외 옮김 | 408면

127 **살라미나의 병사들** 하비에르 세르카스 장편소설 | 김창민 옮김 | 304면

128 **뻬쩨르부르그 연대기 외** 표도르 도스또예프스끼 소설선집 | 이항재 옮김 | 296면

129 **상처받은 사람들** 표도르 도스또예프스끼 장편소설 | 윤우섭 옮김 | 전2권 | 각 296, 392면

131 **악어 외** 표도르 도스또예프스끼 소설선집 | 박혜경 외 옮김 | 312면

132 **허클베리 핀의 모험** 마크 트웨인 장편소설 | 윤교찬 옮김 | 416면

133 **부활** 레프 똘스또이 장편소설 | 이대우 옮김 | 전2권 | 각 308, 416면

135 **보물섬** 로버트 루이스 스티븐슨 장편소설 | 머빈 피크 그림 | 최용준 옮김 | 360면

136 **천일야화** 앙투안 갈랑 엮음 | 임호경 옮김 | 전6권 | 각 336, 328, 372, 392, 344, 320면

142 **아버지와 아들** 이반 뚜르게네프 장편소설 | 이상원 옮김 | 328면

143 **오만과 편견** 제인 오스틴 장편소설 | 원유경 옮김 | 480면

144 **천로 역정** 존 버니언 우화소설 | 이동일 옮김 | 432면

145 **대주교에게 죽음이 오다** 윌라 캐더 장편소설 | 윤명옥 옮김 | 352면

146 **권력과 영광** 그레이엄 그린 장편소설 | 김연수 옮김 | 384면

147 **80일간의 세계 일주** 쥘 베른 장편소설 | 고정아 옮김 | 352면

148 **바람과 함께 사라지다** 마거릿 미첼 장편소설 | 안정효 옮김 | 전3권 | 각 616, 640, 640면

151 **기탄잘리** 라빈드라나트 타고르 시집 | 장경렬 옮김 | 224면

152 **도리언 그레이의 초상** 오스카 와일드 장편소설 | 윤희기 옮김 | 384면

153 **레우코와의 대화** 체사레 파베세 희곡소설 | 김운찬 옮김 | 280면

154 **햄릿** 윌리엄 셰익스피어 희곡 | 박우수 옮김 | 256면

155 **맥베스** 윌리엄 셰익스피어 희곡 | 권오숙 옮김 | 176면

156 **아들과 연인** 데이비드 허버트 로런스 장편소설 | 최희섭 옮김 | 전2권 | 각 464, 432면

158 **그리고 아무 말도 하지 않았다** 하인리히 뵐 장편소설 | 홍성광 옮김 | 272면

159 **미덕의 불운** 싸드 장편소설 | 이형식 옮김 | 248면

160 **프랑켄슈타인** 메리 W. 셸리 장편소설 | 오숙은 옮김 | 320면

161 **위대한 개츠비** 프랜시스 스콧 피츠제럴드 장편소설 | 한애경 옮김 | 280면

162 **아Q정전** 루쉰 중단편집 | 김태성 옮김 | 320면

163 **로빈슨 크루소** 대니얼 디포 장편소설 | 류경희 옮김 | 456면

164 **타임머신** 허버트 조지 웰스 소설선집 | 김석희 옮김 | 304면

165 **제인 에어** 샬럿 브론테 장편소설 | 이미선 옮김 | 전2권 | 각 392, 384면

167 **풀잎** 월트 휘트먼 시집 | 허현숙 옮김 | 280면

168 **표류자들의 집** 기예르모 로살레스 장편소설 | 최유정 옮김 | 216면

169 **배빗** 싱클레어 루이스 장편소설 | 이종인 옮김 | 520면

170 **이토록 긴 편지** 마리아마 바 장편소설 | 백선희 옮김 | 192면

171 **느릅나무 아래 욕망** 유진 오닐 희곡 | 손동호 옮김 | 168면

172 **이방인** 알베르 카뮈 장편소설 | 김예령 옮김 | 208면

173 **미라마르** 나기브 마푸즈 장편소설 | 허진 옮김 | 288면

174 **지킬 박사와 하이드 씨** 로버트 루이스 스티븐슨 소설선집 | 조영학 옮김 | 320면

175 **루진** 이반 뚜르게네프 장편소설 | 이항재 옮김 | 264면

176 **피그말리온** 조지 버나드 쇼 희곡 | 김소임 옮김 | 256면

177 **목로주점** 에밀 졸라 장편소설 | 유기환 옮김 | 전2권 | 각 336면

179 **엠마** 제인 오스틴 장편소설 | 이미애 옮김 | 전2권 | 각 336, 360면

181 **비숍 살인 사건** S. S. 밴 다인 장편소설 | 최인자 옮김 | 464면

182 **우신예찬** 에라스무스 풍자문 | 김남우 옮김 | 296면

183 **하자르 사전** 밀로라드 파비치 장편소설 | 신현철 옮김 | 488면

184 **테스** 토머스 하디 장편소설 | 김문숙 옮김 | 전2권 | 각 392, 336면

186 **투명 인간** 허버트 조지 웰스 장편소설 | 김석희 옮김 | 288면

187 **93년** 빅토르 위고 장편소설 | 이형식 옮김 | 전2권 | 각 288, 360면

189 **젊은 예술가의 초상** 제임스 조이스 장편소설 | 성은애 옮김 | 384면

190 **소네트집** 윌리엄 셰익스피어 연작시집 | 박우수 옮김 | 200면

191 **메뚜기의 날** 너새니얼 웨스트 장편소설 | 김진준 옮김 | 280면

192 **나사의 회전** 헨리 제임스 중편소설 | 이승은 옮김 | 256면

193 **오셀로** 윌리엄 셰익스피어 희곡 | 권오숙 옮김 | 216면

194 **소송** 프란츠 카프카 장편소설 | 김재혁 옮김 | 376면

195 **나의 안토니아** 윌라 캐더 장편소설 | 전경자 옮김 | 368면

196 **자성록** 마르쿠스 아우렐리우스 명상록 | 박민수 옮김 | 240면

197 **오레스테이아** 아이스킬로스 비극 | 두행숙 옮김 | 336면
198 **노인과 바다** 어니스트 헤밍웨이 소설선집 | 이종인 옮김 | 320면
199 **무기여 잘 있거라** 어니스트 헤밍웨이 장편소설 | 이종인 옮김 | 464면
200 **서푼짜리 오페라** 베르톨트 브레히트 희곡선집 | 이은희 옮김 | 320면
201 **리어 왕** 윌리엄 셰익스피어 희곡 | 박우수 옮김 | 224면
202 **주홍 글자** 너새니얼 호손 장편소설 | 곽영미 옮김 | 360면
203 **모히칸족의 최후** 제임스 페니모어 쿠퍼 장편소설 | 이나경 옮김 | 512면
204 **곤충 극장** 카렐 차페크 희곡선집 | 김선형 옮김 | 360면
205 **누구를 위하여 종은 울리나** 어니스트 헤밍웨이 장편소설 | 이종인 옮김 | 전2권 | 각 416, 400면
207 **타르튀프** 몰리에르 희곡선집 | 신은영 옮김 | 416면
208 **유토피아** 토머스 모어 소설 | 전경자 옮김 | 288면
209 **인간과 초인** 조지 버나드 쇼 희곡 | 이후지 옮김 | 320면
210 **페드르와 이폴리트** 장 라신 희곡 | 신정아 옮김 | 200면
211 **말테의 수기** 라이너 마리아 릴케 장편소설 | 안문영 옮김 | 320면
212 **등대로** 버지니아 울프 장편소설 | 최애리 옮김 | 328면
213 **개의 심장** 미하일 불가꼬프 중편소설집 | 정연호 옮김 | 352면
214 **모비 딕** 허먼 멜빌 장편소설 | 강수정 옮김 | 전2권 | 각 464, 488면
216 **더블린 사람들** 제임스 조이스 단편소설집 | 이강훈 옮김 | 336면
217 **마의 산** 토마스 만 장편소설 | 윤순식 옮김 | 전3권 | 각 496, 488, 512면
220 **비극의 탄생** 프리드리히 니체 | 김남우 옮김 | 320면
221 **위대한 유산** 찰스 디킨스 장편소설 | 류경희 옮김 | 전2권 | 각 432, 448면
223 **사람은 무엇으로 사는가** 레프 똘스또이 소설선집 | 윤새라 옮김 | 464면
224 **자살 클럽** 로버트 루이스 스티븐슨 소설선집 | 임종기 옮김 | 272면
225 **채털리 부인의 연인** 데이비드 허버트 로런스 장편소설 | 이미선 옮김 | 전2권 | 각 336, 328면
227 **데미안** 헤르만 헤세 장편소설 | 김인순 옮김 | 264면
228 **두이노의 비가** 라이너 마리아 릴케 시 선집 | 손재준 옮김 | 504면
229 **페스트** 알베르 카뮈 장편소설 | 최윤주 옮김 | 432면
230 **여인의 초상** 헨리 제임스 장편소설 | 정상준 옮김 | 전2권 | 각 520, 544면
232 **성** 프란츠 카프카 장편소설 | 이재황 옮김 | 560면
233 **차라투스트라는 이렇게 말했다** 프리드리히 니체 산문시 | 김인순 옮김 | 464면
234 **노래의 책** 하인리히 하이네 시집 | 이재영 옮김 | 384면

235 **변신 이야기** 오비디우스 서사시 | 이종인 옮김 | 632면

236 **안나 까레니나** 레프 똘스또이 장편소설 | 이명현 옮김 | 전2권 | 각 800, 736면

238 **이반 일리치의 죽음 · 광인의 수기** 레프 똘스또이 중단편집 | 석영중 · 정지원 옮김 | 232면

239 **수레바퀴 아래서** 헤르만 헤세 장편소설 | 강명순 옮김 | 272면

240 **피터 팬** J. M. 배리 장편소설 | 최용준 옮김 | 272면

241 **정글 북** 러디어드 키플링 중단편집 | 오숙은 옮김 | 272면

242 **한여름 밤의 꿈** 윌리엄 셰익스피어 희곡 | 박우수 옮김 | 160면

243 **좁은 문** 앙드레 지드 장편소설 | 김화영 옮김 | 264면

244 **모리스** E. M. 포스터 장편소설 | 고정아 옮김 | 408면

245 **브라운 신부의 순진** 길버트 키스 체스터턴 단편집 | 이상원 옮김 | 336면

246 **각성** 케이트 쇼팽 장편소설 | 한애경 옮김 | 272면

247 **뷔히너 전집** 게오르크 뷔히너 지음 | 박종대 옮김 | 400면

248 **디미트리오스의 가면** 에릭 앰블러 장편소설 | 최용준 옮김 | 424면

249 **베르가모의 페스트 외** 옌스 페테르 야콥센 중단편 전집 | 박종대 옮김 | 208면

250 **폭풍우** 윌리엄 셰익스피어 희곡 | 박우수 옮김 | 176면

251 **어셴든, 영국 정보부 요원** 서머싯 몸 연작 소설집 | 이민아 옮김 | 416면

252 **기나긴 이별** 레이먼드 챈들러 장편소설 | 김진준 옮김 | 600면

253 **인도로 가는 길** E. M. 포스터 장편소설 | 민승남 옮김 | 552면

254 **올랜도** 버지니아 울프 장편소설 | 이미애 옮김 | 376면

255 **시지프 신화** 알베르 카뮈 지음 | 박언주 옮김 | 264면

256 **조지 오웰 산문선** 조지 오웰 지음 | 허진 옮김 | 424면

257 **로미오와 줄리엣** 윌리엄 셰익스피어 희곡 | 도해자 옮김 | 200면

258 **수용소군도** 알렉산드르 솔제니찐 기록문학 | 김학수 옮김 | 전6권 | 각 460면 내외

264 **스웨덴 기사** 레오 페루츠 장편소설 | 강명순 옮김 | 336면

265 **유리 열쇠** 대실 해밋 장편소설 | 홍성영 옮김 | 328면

266 **로드 짐** 조지프 콘래드 장편소설 | 최용준 옮김 | 608면

267 **푸코의 진자** 움베르토 에코 장편소설 | 이윤기 옮김 | 전3권 | 각 392, 384, 416면

270 **공포로의 여행** 에릭 앰블러 장편소설 | 최용준 옮김 | 376면

271 **심판의 날의 거장** 레오 페루츠 장편소설 | 신동화 옮김 | 264면

272 **에드거 앨런 포 단편선** 에드거 앨런 포 지음 | 김석희 옮김 | 392면

273 **수전노 외** 몰리에르 희곡선집 | 신정아 옮김 | 424면

274 **모파상 단편선** 기 드 모파상 지음 | 임미경 옮김 | 400면

275 **평범한 인생** 카렐 차페크 장편소설 | 송순섭 옮김 | 280면

276 **마음** 나쓰메 소세키 장편소설 | 양윤옥 옮김 | 344면

277 **인간 실격·사양** 다자이 오사무 소설집 | 김난주 옮김 | 336면

278 **작은 아씨들** 루이자 메이 올컷 장편소설 | 허진 옮김 | 각 408, 464면

**각 권 8,800~19,800원**